Gerhard von Leonstein

Die Bucht der Nachtigall

Roman

Weishaupt Verlag

inhalt

EIN NEUER TAG BEGINNT

Es war ein Tag wie jeder andere, ein sanfter Spätsommertag. Der Wind, ein sanfter Maestrale, der berühmte Schönwetterwind, wehte über die Bucht herein, als würde er das Wasser nur streicheln. Zärtlich versetzte er in der Kruševica-Bucht (phon. Kruscheviza) das Meer in kleine Wellen, hin zu dem kleinen Steinhäuschen, das im Schatten der Bäume lag, versteckt, kaum zu sehen, als würde es sich scheuen, sich zu zeigen.

Es hatte sicher schon bessere Tage gesehen und hätte einige Reparaturen benötigt, doch Zoran (phon. Soran, Soki), von allen liebevoll Zoki genannt, hielt dies nicht für nötig. Es reichte ihm, so wie sein Haus war. Es bestand aus einem größeren Wohnraum mit einem offenen Kamin, einer kleinen Küchenecke und einem kleinen Nebenraum als Schlafraum. Im Dachgeschoss hatte er noch einen Schlafraum, falls Gäste übernachteten. Das Dach musste er demnächst, also vor dem nächsten Winter noch, auf seine Dichtheit überprüfen. Irgendwo sickerte es bei Regen nass durch, aber das war für ihn keine große Angelegenheit, er hatte schon eine Vorstellung, wo die Reparatur durchzuführen war, Material hatte er auch schon besorgt.

Neben dem Haus befand sich noch ein kleiner, von Büschen umgebener Stall, wo einige Schafe und Schweine untergebracht waren. Ein paar Hühner hatte er auch noch. Sie schenkten ihm Milch, Eier und Fleisch. Wenn er nur an Peka dachte, an dieses herrliche Gericht „unter der Glocke", mit Schaffleisch, Kartoffeln, Karotten, Knoblauch, frischem wilden Rosmarin, Olivenöl und Weißwein, begann ihm das Wasser im Munde sich zu sammeln, spielten seine Magennerven schon einen Tango.

Das Leben hier in der Abgeschiedenheit der langen Insel war ein sehr einfaches. Es war ein Leben, das ihn zu einem sehr reichen Mann machte, reich an Glücksgefühlen, ein Reichtum, der mit Geld nie aufzuwiegen wäre.

Vor seiner Hütte hatte er einen kleinen Steg, aus Holz gezimmert, der keine vier Meter ins Meer ragte. An diesem hatte er sein kleines altes Fischerboot, das er mit einem 4-PS-Motor, einem alten Tomos-Motor antrieb, sicher befestigt. Es war ein gutes Boot, schwer, das sicher im Wasser lag.

Zlatna Duša, also goldene Seele, nannte er es, es war sein Baby, hatte es für ihn doch eine Seele. Liebevoll pflegte er sein Schiffchen, jedes Jahr holte er es ein- bis zweimal aus dem Wasser, pflegte das Holz, strich es mit neuer Farbe. Er konnte jedes Mal die Freude des Bootes spüren, tief drinnen in seiner Seele. Das konnte kein Fremder verstehen, keiner empfinden, nur er, der Kapitän dieses wunderbaren alten Fischerbootes war. Und wenn einmal der alte Tomos-Motor versagte, so hatte er zwei mächtige Ruderblätter, mit denen er das Boot kräftig bewegen konnte. Zoki hatte das nie verlernt, das kann man nicht verlernen, was man schon in Kindertagen erfahren hat. Eins werden mit dem Boot, mit den Wellen, die See genießen, wenn man die Ruderblätter weich eintauchte und spürte, wie man das Schiffchen zügig durch das Wasser vorwärts bewegte, wie es das Wasser teilte und er dabei trotzdem Demut vor der See verspürte.

Oben am Ende des Weges, zehn Gehminuten von seiner Hütte entfernt, hatte er sein altes Moped unter einem Bretterverschlag mit einem kleinen Anhänger und ein altes restauriertes Auto hatte er in der Magrovica-Bucht stehen. Damit fuhr er ein- bis zweimal nach Sali hinüber auf die andere Inselseite nordöstlich von ihm, wo er seine Besorgungen machte und bei einem Gläschen Wein mit seinen Freunden den neuesten Tratsch austauschte, um den Kontakt zur weiten Welt, wie er sagte, nicht zu verlieren. Galt er doch bei manchen als ein wenig seltsam, er, der einsam in seiner Bucht lebte. Wie konnte er nur? So alt war er doch noch nicht.

Zoki kümmerte sich um dieses Geschwätz, wenn auch meist hinter seinem Rücken geführt, in keiner Weise. Es war ihm egal, was andere über ihn dachten, ob andere sein Denken und Handeln verstanden. Sie würden auch nie seinen Reichtum, den er in seinem Herzen spürte, verstehen, die, die nur von materiellem Reichtum sprachen, nach immer mehr gierten und jedem alles neidig waren. Diese Ignoranten, die des Lebens Werte nicht sehen wollten, die blind in ihrem Denken und Handeln nie genug bekommen konnten.

An diesem Tag nahm er sich vor, Brennholz für den Winter zu sammeln auf seinem Hügel, der von kleinen Gehölzern und Bäumen bewachsen war. Er sammelte aber auch angeschwemmtes Holz, er nahm, was ihm die Natur bescherte. Nachdem er seine Tiere versorgt hatte, holte er seine hölzerne Trage, ein selbst gebasteltes Gestell, das er sich auf den Rücken schnallte, und begann den Hügel langsam hinauf zu steigen.

Er wünschte sich, seine alte Hündin Leila, die er erst vor wenigen Wochen begraben musste, bei sich zu haben. Bei diesen Gedanken traten ihm Tränen in die Augen, wenn er an diese treue Gefährtin dachte. Wie er dieses Tier geliebt hatte, das ihn vierzehn Jahre seines Lebens begleitete und vor so manchen Gefahren bewahrte. Wie oft hat Leila ihn vor einer giftigen Schlange gewarnt oder ausgebüchste Schafe aufgespürt, in traurigen Minuten seines Lebens getröstet, in dem sie ihre Schnauze in seinen Schoß legte und dabei zu ihm aufschaute, um ihm zu sagen: „Du, mein Freund, du bist nicht alleine, ich bin auch noch da!" Ja, er liebte seine Hündin, sie war wie ein Kind für ihn. Sie war für ihn ein Lebewesen mit Herz und Seele, das sich Leid und Liebe mit ihm teilte. Oder Mala, seine erste Schäferhündin. Was hatte sie ihm viel Freude gebracht.

Zoki dachte nun darüber nach, ob er sich nicht rasch wieder einen Hund zulegen sollte. Doch durfte er das, er, der immerhin schon 63 Jahre alt war? Durfte er so egoistisch sein, sein Bedürfnis nach tierischer Zuneigung zu befriedigen, nochmals sich ein Lebewesen, das mindestens noch 12 bis 15 Jahre bei ihm lebte, zu sich zu holen? Was wäre mit seinem Tier, wenn er krankheitshalber in ein Spital aufs Festland müsse oder gar bettlägerig in einer Anstalt landen würde? Was geschieht dann mit seinem Hund? Um die anderen Tiere machte er sich keine Sorgen, die könnten unverzüglich verkauft werden, aber der Hund? Würde das Tier in einem Tierheim, eingesperrt in einem Zwinger landen oder bei einem Fremden, der ihn lieblos halten würde, schlecht versorgt? Würde sein Hund an seelischem Schmerz zugrunde gehen?

Zoki schritt zügig den Hügel hinauf, bis er zu einem kleinen Plateau kam, wo er anhielt. Er kannte diesen Platz seit seiner Kindheit, es war einer seiner Lieblingsplätze auf dieser Insel. Von diesem Platz aus konnte er ostwärts die Nachbarinseln sehen und auch das Festland. Selbst heute noch überwältigte ihn diese Aussicht. Ein wunderbares Gefühl des Friedens und der Freiheit machte sich in seiner Brust breit. Es war, als würde die Zeit stehen bleiben. Das Meer hatte eine so berauschende tiefblaue Farbe, wie kein Edelstein sie hervorbringen konnte.

Zoki blickte einem Richtung Norden kreuzenden Segelboot nach. Manchmal, wenn er Segler beobachtete, spürte er ein gewisses Fernweh in seinem Herzen. Ganz besonders hatte er diese Sehnsucht in seiner Jugend verspürt. Als Junge hatte er oft davon geträumt, auf einem Segler die Welt entdecken zu dürfen, geräuschlos in die Welt hinaus zu gleiten, mitfahren zu dürfen zu Orten, deren Namen für ihn exotisch klangen, die seine Neugier weckten, Fremdes kennenlernen zu dürfen. Wie oft hatte er den Worten seines Großvaters und seiner Freunde gelauscht, die etliche Jahre zur See gefahren sind. Er träumte damals davon, das Handwerk des Seemannes von der Pike auf zu erlernen. Doch das Leben hatte es anders für ihn bestimmt, besser gesagt, sein Großvater hatte für ihn ein anderes Leben bestimmt.

Und dann blickte er Richtung Westen. Zuerst hinunter zu seinem aus Stein und Holz gebauten Haus, das er liebevoll Kuča Života (phon. Kutscha Schiwota), des Lebens Haus, nannte. Hier in dieser so wunderbaren Bucht hatte er bereits als kleines Kind gewohnt. Damals noch mit seinen Großeltern, die ihm das Häuschen gemeinsam mit dem gesamten Hügel und der Bucht vererbt hatten, in der er bis heute lebte. Was hatte er da nicht alles erlebt, wie viel Leid, wie viele Tränen vergossen, aber auch wie viel Freude genossen. Seine Bucht war kaum zu sehen unter den Bäumen, die bereits seit Ewigkeiten das Haus vor Wind und Wetter schützten.

Man hatte ihm schon mehrmals sehr, sehr viel Geld für seinen Grund, der sich über den gesamten kleinen Berg und über die gesamte Bucht erstreckte, angeboten. Es sollte jeweils eine Hotelanlage hier entstehen, oder eine Appartmentanlage! Hier, in diesem kleinen, seinem Paradies! Für die einen herrlich, für ihn eine Horrorvorstellung! Diese

Bucht war für ihn ein so magischer Ort, der vor Frieden, vor Ruhe nur so strotzte, der ihn anschrie: „Bewahre mich, wie ich bin, und ich mache dich zum glücklichsten Menschen!"

Verstehen diese Menschen denn gar nichts mehr, haben sie aus der Vergangenheit nichts gelernt? Schaut euch doch nur das Heute an, verbaute Inseln, Betonburgen der Küste entlang! Moderne Architektur nennt man das heute, für die noch Preise vergeben werden, Preise dafür, dass man den Zauber dieser Küste verbaut mit vermeintlichen Palästen und diesen Zauber vernichtet! Seid ihr des Wahnsinns gierige Beute? Was treibt euch dazu?

Zoki musste sich zwingen, sein Inneres, seine Gefühle wieder zu besänftigen, seinen Pulsschlag wieder zu beruhigen. Er fokussierte seinen Blick wieder auf seine Bucht, die wie ein ruhiger See vor ihm lag, direkt zu seinen Füßen! Sofort beruhigte sich seine Seele, Ruhe kehrte wieder ein in seinem Herzen.

Das ist sein Refugium, seine kleine, heile Welt, die ihn bis heute in ihrem Bann hielt. Etwas weiter im Nordwesten konnte er seine orangen, kleinen Bojen erkennen, mit denen er seine kleinen Netze und Reusen heute am Morgen ausgebracht hatte. Er wird sie im Anschluss seines Ausfluges einbringen, nachsehen, ob es Fisch für das Abendessen gibt. Vielleicht würde auch etwas übrig bleiben, um es verkaufen zu können? So verdiente er sich sein kleines Geld, um das Eine oder Andere erwerben zu können. So verkaufte er auch seine Oliven für die Ölerzeugung von den Bäumen, die schon sein Großvater gepflanzt hatte. Zoki hatte das damals noch nicht verstanden, als sein Großvater Mateo, den alle Mate nannten, ihm immer wieder erklärte, dass diese Bäume sein Zusatzeinkommen in der Pension seien! Heute verstand er die Weitsicht dieses weisen alten Mannes, den er so sehr liebte! So streng er zu ihm als Kind auch immer war, hatte er ihm doch immer wieder seine tiefe Liebe spüren lassen und war ihm immer ein Freund.

EIN SCHRECKLICHER WINTERTAG

Zoki hatte es das Herz zerrissen, als Mate, sein Großvater, starb. Es war schon lange her, er war noch ein junger Mann. Großmutter lebte nicht mehr und für ihn brach damals eine Welt zusammen. Er erinnerte sich noch gut an diesen schrecklichen Tag, Anfang Dezember. Eigentlich hatte der Tag so schön begonnen. Er war am Vortag drüben in Sali bei seinen Freunden, wo er mit ihnen seinen Spaß hatte. Am späten Nachmittag machte er sich zu Fuß wieder nach Hause auf, Großvater brauchte das Moped. Am Abend saßen die beiden vor dem Kamin zusammen und grillten sich frischen Fisch. Zoki liebte es, wenn sie beim Fischen erfolgreich waren; es gab Orada mit Kartoffeln, garniert mit frischem Rosmarin.

Mate erzählte eine seiner Geschichten, die Zoki zwar schon kannte, doch hörte er seinem Mentor so gerne zu, der diese wunderbare Gabe des Erzählens beherrschte, als hätte er nie etwas anderes gemacht, als wäre er professioneller Schauspieler. Es faszinierte ihn immer wieder, ihm zuzuhören.

Er erzählte die Geschichte, als er alleine mit dem Fischerboot draußen war am Meer, vor vielen Jahren, auf der Außenseite der langen Insel. Er erzählte, wie er einen großen Angelhaken mit dem letzten Köder, einem großen Stück Makrele, bestückte und diesen auslegte, rund eine halbe Seemeile von der Insel entfernt. Jugo, also Wind direkt aus dem Süden kündigte sich an. Eigentlich wollte er gar nicht mehr raus fahren, denn wenn Südwind zu wehen begann, konnte es sehr schnell zur Sache gehen, dann bauten sich sehr rasch hohe Wellen auf. Jugo bedeutete Schlechtwetter und Regen.

Es war kurz nach dem Zweiten Weltkrieg und es gab nur das zum Essen, was man selbst hatte oder beim Fischen erbeutete. Die Vorräte waren noch gering, es war eine schlechte Saison in diesem Jahr. Fisch wurde gesalzen und an der Luft getrocknet.

Mate hatte die Hoffnung schon aufgegeben, diesmal mit einem herrlichen Fang nach Hause zu kommen. Doch plötzlich, ein Ruck! Er konnte es nicht glauben, das sah nach einem herrlichen Brocken aus, nach einem wirklich großen Fisch! Der Fisch zerrte an der Angelleine, er fuhr, wie die Fischer sagten, damit ab in die Tiefe! Oh mein Gott, dachte er sich, was passiert denn hier, was geht da ab! Die Angelleine begann zu surren, das Boot nahm Fahrt auf, ohne dass er etwas dazu tat. Sein Großvater wusste, dass er all sein Können nun aufbieten musste, um diesen Prachtkerl von Fisch nicht zu verlieren! Er wurde sich wieder einmal bewusst, dass er allein auf sich angewiesen diesen Kampf bestreiten musste, ohne fremde Hilfe. Es wurde ein langer Kampf, den er unbedingt gewinnen wollte, galt es doch, seine Familie mit Essen zu versorgen!

Sein Großvater schaffte es nach über drei Stunden den Fisch, es war ein rund 250 kg schwerer Thun, zum Boot zu holen, wo er ihn tötete und festband. Ins Boot konnte er ihn nicht holen. Mate schaffte es aber, den Fisch nach Hause zu bringen, in seine Kruševica-Bucht, wo er mit großem Stolz seinen Fang seiner Frau zeigte, die schon voller Angst auf ihn gewartet und mit großen Sorgen ständig nach ihm Ausschau gehalten hatte. Der Winter war gerettet, der Essensvorrat war gesichert. Nachdem er seine blutigen Hände versorgt hatte, gab es herrlich frisches Thunfischsteak.

Am Ende dieser Geschichte saßen Zoki und sein Großvater noch länger zusammen, diskutierten und lachten noch über das eine oder andere Detail, ob wirklich sich alles so zugetragen hatte, wie er erzählte.

An diesem Abend merkte Zoki, dass etwas nicht stimmte. Mate hatte einen so schwachen Eindruck gemacht, seine Stimme war leise und seine Hände zitterten. Auch seine Lippen hatten eine unübliche bläuliche Farbe.

„Großvater, ich koche dir noch einen guten Tee mit Schnaps, der wird dir gut tun", sagte Zoki noch zu ihm. „Mein Junge, ich bin so stolz auf dich, du bist mein guter Junge", antwortete ihm Mate und ging zu seinem Bett in der kleinen bescheidenen Kammer neben dem Wohnraum, die er alleine bewohnte. Zoki verwendete die im Wohnraum befindliche Liege, wenn er sich schlafen legte, das war immer schon so.

Als Zoki den Tee fertig hatte, den er mit ordentlich viel Zucker und selbstgebranntem Schnaps anreicherte, genau so wie Großvater ihn am meisten liebte, brachte er ihn zu ihm ins Zimmer. Er stellte den Tee auf einen kleinen Hocker. „Danke Junge, schlafe gut, morgen wird es mir sicher wieder besser gehen", sagte der alte Mann noch zu ihm. Zoki verließ sein Zimmer und schloss die Tür hinter sich.

Am nächsten Tag erwachte Zoki sehr früh, der Tag war noch nicht angebrochen. Er entzündete Feuer im Kamin und hängte den Wasserkessel rein, um Tee zu kochen. Eigentlich wäre Großvater auch schon auf um diese Zeit, er machte sich Sorgen um ihn. Er hielt es nicht mehr aus und öffnete die Tür zu seiner Kammer. Er sah, dass er den Tee nicht angerührt hatte. Er ging zu ihm und berührte ihn leicht an der Schulter. „Mate! Alter Mate, guten..." Den Morgen brachte er schon nicht mehr heraus. Das Wort blieb ihm im Mund stecken. Sein über alles geliebter Mensch, seine Familie, sein Ein und Alles, er rührte sich nicht! Und in diesem Moment wusste er, sein Großvater, sein so geliebter alter Mate, er lebte nicht mehr, er war auf die große Reise gegangen.

Zoki sank bitterlich weinend zu Boden, die Hand seines Großvaters haltend. Er, der die Güte in Person war, den er über alles liebte, hat ihn verlassen! Zorn und Wehmut, alles in einem machten sich in seiner Brust breit, unheimlicher Schmerz, den er verspürte! Seine Tränen hörten nicht auf, sein Gesicht herabzurinnen.

Zoki erhob sich, küsste seinen Großvater, schloss ihm die Augen und faltete seine Hände auf dessen Brust. Dann stellte er sich vor sein Bett, die Tränen rannten ohne Ende weiter sein Gesicht hinunter. Dann nahm er Haltung an und salutierte vor ihm: „Lass mich dir meinen letzten Respekt erweisen, alter Mann, ich liebe dich so sehr! Lass mich dir sagen, dass du der großartigste Mensch in meinem Leben warst, ich danke dir für deine Liebe, die du mir schenktest, danke dir mein Freund!" Sein Schluchzen wurde noch stärker, er konnte es nicht fassen! Zoki war am Boden zerstört.

Zoki trat vor ihre Hütte, die Faust gegen den Himmel stoßend und brüllte seinen Schmerz hinaus! „Du, warum hast du ihn mir so früh genommen! Warum nur? Warum lässt du mich so jung alleine zurück! Alles hast du mir genommen! Was der Krieg nicht geschafft hat, nimmst du mir mit Krankheit! Wer bist du, dass du das Recht hast, die rechtschaffenen und liebenden Menschen so früh sterben zu lassen! Warum holst du dir nicht jene, deren Seele verdorben ist, die nur Schlechtes tun! Wie soll ich an dich glauben, wenn du mir solche Schmerzen bereitest!"

Sein Brüllen, seine Schreie, sie verhallten und gingen wieder in herzzerreißendes Schluchzen über. Es änderte aber nichts an der Tatsache am Tod seines besten Freundes, am Tod seines Großvaters.

Eine Stunde danach machte er sich auf den Weg nach Sali, wo er den Tod von Mate im Gemeindeamt bekannt gab und den Arzt bat, mit ihm zu kommen.

Als der Abend kam, hatte Zoki den Leichnam seines Großvaters im Wohnraum aufgebahrt, das Grab für ihn hatte er etwas oberhalb ihrer Hütte bereits ausgehoben. Der Pfarrer hatte ihm mitgeteilt, dass das Begräbnis erst in zwei Tagen stattfinden könne. Jeder Schritt, jede kleinste Tätigkeit fiel ihm so schwer, als würde er bei jeder Bewegung zentnerschwere Last heben müssen, wobei es ihm jedes Mal einen Stich im Herzen versetzte.

Nur, als er Mate auf einer Liege im Wohnraum aufgebahrt hatte, im schönsten Gewand, das Mate besaß, da gewann seine innige Liebe zu diesem Menschen die Oberhand. Liebevoll strich er ihm das Gewand glatt, streichelte sein Gesicht und seine Hände! „Na, mein Freund", begann er mit ihm zu sprechen, „jetzt werde ich deinen Beginn zur großen Reise zu etwas ganz Besonderem machen! Ich habe für dich eine wunderbare Überraschung! Lass mich dich an deinem letzten Tag morgen ein bisschen verwöhnen, so, wie du es mit mir dein Leben lang getan hast, alter Mann! Frag jetzt nicht!" Über Zokis Gesicht huschte ein zärtliches Lächeln, als er auf seinen Großvater hinabblickte.

DER LETZTEN REISE PROZESSION

„Du kleiner Spitzbub, komm, fahre mit mir hinaus aufs Meer, lass uns schauen, ob wir für uns ein paar Fische fangen können!" Mate, sein Großvater lachte ihm ins Gesicht und nahm ihn an der Hand. Er ging mit ihm zu ihrem Boot, der Zlatna Duša, hinunter zum Meer und hob ihn ins Boot. Die Sonne spiegelte sich im Wasser, sein Großvater wandte sich ihm zu und sagte ihm noch: „Fahr schon los, Zoki, fahr schon", während er selbst am Wasser auf den Sonnenstrahlen schon losmarschierte. Zoki sah ihm nach, Zoki begann zu weinen und schrie ihm nach: „Mate, Mate, warte auf mich!", aber sein Großvater schien ihn nicht mehr zu hören.

Als Zoki in der kleinen Kammer erwachte, wusste er, dass er geträumt hatte. Er bemerkte trotz des schlimmen Ereignisses vom Vortag, dass die Sonne schien und der Himmel klar war, als würde sein Herrgott versuchen, sich mit ihm zu versöhnen. Als würde er ihm erklären, dass der Tod, der jedem Lebewesen schon in die Wiege gelegt wird, nichts Schlimmes sei, dass eben nun sein Großvater Mate nach einem erfüllten Leben an der Reihe gewesen sei.

Dieser Traum! Zoran wusste, dass er das Richtige vorhatte. Er wusste nun, dass er für seinen Großvater seinen nicht ausgesprochenen Wunsch verwirklichen musste, dass er sich um das Gerede anderer Menschen keine Sorgen machen musste. Wer hat das Recht, uns zu sagen, dass unsere Gefühle falsch oder richtig sind, solange deren Erfüllung nicht einer rechtlichen Norm widersprechen? Zoki fühlte tief in seinem Herzen, dass er seine Überraschung für seinen stari Mate, seinen alten Mate, umsetzen musste, dass er seiner Seele diese letzte Handlung schuldig war.

Zoki verließ seine Kammer, ging zu seinem Großvater, stellte sich vor ihn hin, nahm feierlich wieder Haltung an, als er vor ihm salutierte. „Mein Freund, heute bereite ich dir noch eine große Freude, eine letzte Überraschung!"

Rasch stieg er den Hang hinauf zu dem alten Moped, schwang sich hinauf und fuhr nach Sali. Dort suchte er Matko und Dean, zwei alte Freunde seines Großvaters auf. Er erzählte ihnen vor seinem Vorhaben und bat sie innig, ihn und Mate dabei zu begleiten. Die beiden schüttelten nur mehr den Kopf und lächelten, dass Zoki ganz warm ums Herz wurde. Er musste sich derart beherrschen, dass er nicht wieder zu weinen begann. „Das, mein lieber Zoki, das wird uns ein großes Vergnügen sein, und mache dir keine Sorgen, was die Leute hier über dich reden werden, in drei Stunden sind wir bei dir", verkündete ihm Dean. Dabei grinste er verschmitzt.

Als Zoran zur Hütte zurückkam, holte er sich zwei Bretter und einige Leinen, aus dem Haus zwei Laternen und Kerzen. Die beiden Bretter nagelte er in ihrem Fischerboot auf die beiden Bänke, sodass er eine Liege vor sich hatte. Dann holte er seinen Großvater aus dem Wohnraum und trug ihn auf seinen Armen zum Boot. Vorsichtig bettete er ihn auf die Liege. Doch irgendetwas störte ihn dabei. „Mein Alter, so siehst du ja nichts", rief er und eilte zur Hütte zurück. Er suchte und suchte, bis er einige kurze Bretter fand. Mit diesen ging er zurück zum Boot und holte aus der Kammer noch einen kleinen Polster. Mit den Brettern bastelte er Mate unter seinem Kopf eine kleine Erhöhung und mit dem Polster einen weichen Untergrund. Dann brummte er zufrieden. Die beiden Laternen befestigte er neben dem Kopf von Mate. Da hörte er schon das Brummen von mehreren Motoren am Meer.

Dort kam ein Boot um die Ecke in die Bucht gefahren. Zoki sah nach vorne, zum Beginn ihrer Kruševica-Bucht. Das waren aber nicht Dean und Matko, was ist denn da los, dachte er sich noch, als nacheinander ein Boot, und noch eines … was war da los! Es kamen sieben kleine Fischerboote ums Eck gefahren, alle kamen zu ihm her und in jedem Boot saßen bis zu fünf Menschen, Menschen die ihn bei seiner Überraschung begleiten wollten, die ihn mit ihrer Anwesenheit ihre Achtung für Mate, seinen Großvater, Ausdruck verleihen wollten. Da sprang Zoran auf, winkte diesen und sagte leise zu seinem stari Mate: „Siehst du, Großvater, Mensch sein kann man auf so viele Arten zeigen. Schau sie dir an, sie verdienen es wirklich, dass man sie Menschen nennt, sie, die dich heute noch einmal so liebevoll beschenken. Danken wir ihnen mit unserem Herzen, sie helfen mir, dich zu überraschen."

Voller Staunen betrachtete Zoran die vielen Menschen, die in feierlicher traditioneller Kleidung nun zu seinem Boot kamen und sich darum scharten. Zoki begrüßte sie alle einzeln mit einem stillen traurigen Lächeln und streichelte dem einen oder anderen die Hand oder über die Wange und flüsterte ein leises „Danke." Plötzlich begannen einige ein wunderschönes altes dalmatinisches Fischerlied zu singen. Es handelte von den alten Fischern, ein Lied, das von der Schönheit, aber auch von der schweren Arbeit der Fischer erzählte, von der Liebe zum Meer, von der Liebe des Lebens. Die anderen stimmten mit ein, hielten sich an den Händen und blickten zum alten Mate, der ruhig auf seiner Zlatna Duša (phon. Slatna Duscha), seinem Fischerboot lag. Als das Lied endete, drehte sich Zoran zu den Leuten und bat sie, ihm mit ihren Booten zu folgen. Er setzte sich in das Boot und begann zu rudern.

„Großvater, du warst doch so gern dort drüben auf der anderen Seite, dort, von wo du uns so oft Langusten und herrliche Muscheln nach Hause gebracht hast. Weißt du noch, als ich dort einmal ins Wasser gefallen bin, als ich dich begleitete und du vor lauter Lachen vergessen hattest, mir zu helfen wieder ins Boot zu gelangen. Dort möchte ich mit dir hinrudern."

Das Wetter war wie ein erfüllter Wunsch, so klar und rein, die Sonne schien, auch wenn es kalt war. Nur ein Hauch von Wind wehte aus Nordwest. Ein leises Wispern der Wellen begleitete seine Ruderschläge, während von den ihm folgenden Booten weitere dalmatinische Lieder erklangen. „Mate, so schönes Wetter hattest du wohl schon lange nicht mehr, und diese Musik! Wann hattest du schon je Musik bei deinen Ausfahrten, was sagst du dazu! Sterben muss man, dass einem so was widerfährt!" Zoki lachte und sah seinen Großvater liebevoll an.

Als sie an diesem Platz ankamen, ließ Zoki seinen Anker fallen. Es war wunderschön hier, so friedlich und ruhig, wie geschaffen für den Abschied seines Großvaters. Die anderen Boote hängten sich an seines und an das nächste, bis sie alle in einem Päckchen lagen. Einige andere hatten auch den Anker ausgebracht.

„Meine lieben Freunde, ihr, die mich und Mate begleitet, in meiner Trauer nicht alleine lässt, euch danke ich zuerst aus tiefstem Herzen! Ich möchte aber heute nicht traurig sein, ich möchte, dass wir noch einmal mit meinem alten Mate einen schönen Tag erleben, noch einmal mit ihm lachen, noch einmal mit ihm feiern, auch wenn uns die eine oder andere Träne entflieht! Ich werde euch das nie vergessen!" Während Zoki zu diesen Menschen sprach, griff er auf den Boden des Bootes, wo er zwei große Krüge mit Schnaps stehen hatte, die er hervorholte und sie weiterreichte. Außerdem holte er einen ganzen Schinken hervor und Brot, das er aus Sali mitgenommen hatte. Die Menschen applaudierten ihm und riefen laut: „Auf Mate, auf Mate!" und stimmten das nächste Lied an. Es wurde gelacht und gesungen und alle prosteten immer wieder Mate zu.

Nach einer halben Stunde verstummten plötzlich die Stimmen. Zoki blickte auf, was war los? Was löste plötzlich diese Stille aus. Er blickte in die Richtung, in die seine Freunde sahen und mit den Händen deuteten! Zwei Delfine kamen majestätisch und ruhig in ihre Richtung geschwommen. Vor seinem Boot schwammen sie langsam vorbei, als würden sie Mate die letzte Ehre erweisen. Zoran rann es kalt seinen Rücken hinunter, die Haare stellten sich ihm auf. Seine Hände begannen zu zittern. Das war, ja, was war das? Das war schon fast unwirklich. Er blickte ihnen nach, wie sie wieder langsam diese kleine Bucht verließen. Unendliche Ruhe kehrte ein, die Ruhe der Ewigkeit.

EIN SCHWEIN WIRD GESCHLACHTET

Das Schönwetter hatte bis jetzt angehalten, die Sonne schien, ein Maestrale blies leicht übers Meer. Zoki trug mit drei Freunden den Sarg mit Mate den Hügel hinauf, dorthin, wo auch seine Großmutter begraben lag, die Trauergemeinde ging hinter ihnen her. Den Sarg hatten einige Freunde am frühen Morgen gebracht. Die Menschen freuten sich, dass das Wetter noch hielt, wurde doch für den heutigen Tag eine Schlechtwetterfront prognostiziert.

Als die kleine Trauergemeinde, im Großen und Ganzen die selben Leute, die am Vortag an seiner Bootsprozession teilgenommen hatten, um das Grab standen und sie gemeinsam einen Rosenkranz beteten, konnte ein stiller Beobachter ein kleines Schmunzeln um Zorans Lippen erkennen. Zoki glitt in seinen Gedanken ab in seine Kindheitstage. Es waren so schöne Erinnerungen, die er mit seinen Großeltern verband. An seine Eltern, die bei einem schweren Unwetter am Meer draußen ihr Leben verloren, konnte er sich kaum noch erinnern.

Zoran tauchte in seinen Gedanken in eines der wunderschönen Erlebnisse ein, als er erstmals bei der Aufarbeitung eines geschlachteten Schweines dabei sein durfte. An diesem Tag, es war auch im Winter, weckte ihn Mate schon am frühen Morgen auf. „Zoki, du kleiner Faulpelz, wach auf mein kleiner Liebling, heute wirst du schon für dein Leben etwas lernen, heute werden wir das große Schwein schlachten und das Fleisch aufarbeiten! Komm, Zoran, Großmutter hat uns schon Frühstück gemacht, komm Junge!" Mate lachte über sein ganzes Gesicht und begab sich zum Tisch.

Zoran hatte heute ein Problem, wirklich munter zu werden. Er wusste nicht, ob er sich wie sein Großvater freuen sollte, dass heute das große Schwein geschlachtet werden würde und dass er dabei sein sollte! Aber letztlich gewann seine Neugier ob dieses Geschehens, das ihm angekündigt wurde, die Oberhand. Damit war für ihn klar, dass er heute keine schlechte Stimmung aufkommen lassen durfte. Er hüpfte aus dem Bett und schrie laut: „Großvater, warte auf mich, ich möchte viel von dir lernen!" Großmutter und Mate lachten über ihren Enkel aus ganzem Herzen. „Du musst aber zuerst deinen Tee und das Butterbrot mit Honig essen, Zoki! Du brauchst Kraft heute!", beschwor ihn Mate.

Dann ging's aber zur Sache. Nachdem das Schwein geschlachtet war, wurde die Schwarte geflämmt und dann auf einem Baum mit dem Schädel nach unten aufgehängt. Großvater hatte sich aus Sali zwei Freunde zur Unterstützung geholt, die ihm bei der Aufarbeitung halfen. Als Zoran das Schwein hier hängen sah, wurde ihm doch ein bisschen mulmig. Die Tötung des Tieres hatte er nicht mit ansehen müssen, aber alleine das Abflammen der Borsten, na ja, das hat ihm nicht gefallen, als ihm dieser unangenehme Geruch der verbrannten „Haare" in die Nase stieg. Doch dann ging alles schnell. Mate rief ihn zu sich, nachdem das Tier geöffnet und der Darm entfernt war. Er erklärte ihm die Organe und deren Funktion. „Das ist gleich wie beim Menschen, Zoki", was in dem Jungen noch mehr Interesse erzeugte. „Und jetzt werden wir Großmutter die Leber bringen, die uns dann zur Marenda, unserer Jause, ein köstliches Essen zubereiten wird.

Dann wurden die Fleischteile zerteilt, ein Teil wie Schinken und andere kostbare Fleischteile wurden vorbereitet, um an der Luft zu reifen, um dort zu trocknen, der andere Teil, der mit mehr Fett durchzogen war, wurde für die Wurstproduktion vorbereitet. Währenddessen wurde viel, viel Knoblauch geschält und in einem großen Gefäß gekocht. Die Fleischteile, die für die Wurstproduktion vorgesehen waren, wurden durch eine handbetriebene Maschine gedreht, die sie fein zerkleinerte, und danach mit Meersalz und Pfeffer gewürzt. Zoran durfte dabei helfen, das Fleisch mit den Gewürzen zu mischen. Dabei tauchte er seine Arme bis über die Ellbogen hinaus in der Fleischmasse ein und rührte und knetete. Na, das war vielleicht anstrengend!

Erstaunt sah er dann zu, wie das Wasser, in dem der Knoblauch gekocht wurde, dazugegeben wurde, während man den gekochten Knoblauch selbst entfernte. Das Wurstbrat wurde sodann in den inzwischen gereinigten Darm gefüllt. Zoki versuchte sich auch dabei, den Darm zu füllen, und freute sich ungemein, als ihm die ersten paar Meter gelangen.

Inzwischen heizte seine Großmutter den offenen Kamin an. Nach kurzer Zeit stellte sie eine gusseiserne Pfanne mitten in die Glut und holte sich einige Meter von der frisch gefüllten Wurst. Zoki lief sofort zu seiner Nona, seiner Großmutter. Er sah ihr zu, wie sie die Wurst in kleine Stücke schnitt und diese in die inzwischen heiße Pfanne gab. „Nona, gibst du denn kein Olivenöl dazu?" „Nein, mein Liebling, nein, in der Wurst ist genug Fett, wir brauchen das Öl erst später", erklärte ihm seine Großmutter. Zoran lief das Wasser im Mund zusammen, wie das roch und brutzelte! Nona rührte mit einem langen hölzernen Kochlöffel ständig in der Pfanne die Wurststückchen um, griff dann zum Olivenöl und leerte etwas davon in die Pfanne, gleich darauf kam Weißwein dazu und gleichzeitig zog sie die Pfanne an den Rand des Grills, wo sich keine Glut mehr befand. Das zischte und dampfte, der sanfte Geruch strich um Zokis Nase. „Oh, wie fein, Nona! Ich freue mich schon so sehr, das probieren zu dürfen!", rief er seiner Großmutter zu. „Das Essen ist fertig!", rief diese ihrem Mann und den beiden Helfern zu. Dann stellte sie die große Pfanne mitten auf den Tisch und brachte ihr frisch gebackenes Weißbrot. „Schau, Zoran, jetzt nimmst du das frische Weißbrot und tunkst es in den Saft in der Pfanne, na probiere doch!", forderte sie den Jungen auf. „Und dann isst du ein paar Stücke der knusprig gebratenen Wurst dazu, damit du weißt, was du heute mit Großvater und seinen Freunden gemacht hast!" Mate und die anderen amüsierten sich, als sie Zoki zusahen, wie er voller Lust und Freude ordentlich zulangte und dabei mit seinen Augen rollte!

„So, mein Junge, wir sind aber noch nicht fertig, wir müssen noch die Fleischstücke zum Trocknen aufhängen und den Rest der Würste, komm hilf uns noch", forderte er seinen Enkelsohn auf. Die eingesalzenen Fleischstücke wurden im Freien dann auf Fleischhaken unter dem Dach aufgehängt. „Weißt du, mein Junge", erklärte ihm Mate, „das können wir nur jetzt machen, wenn der kalte Wind aus Nordost, die Bora, weht! Erst nach zehn bis vierzehn Tagen können wir das Fleisch dann in unseren Keller bringen! Wir brauchen diesen kalten Wind, damit sich die Poren des Fleisches rasch schließen, mein Junge, damit es nicht schlecht wird!" Zoran fühlte Stolz in seinem Herzen, als er die Fleischstücke und die Würste dort hängen sah, weil er seinem Großvater, wenn auch nur in kleinem Rahmen, helfen durfte. Er wusste ja inzwischen, wie gut der Schinken, Speck und die anderen Köstlichkeiten schmeckten!

Zoki konnte diesen herrlichen Geschmack direkt auf seinem Gaumen spüren, wie zart und köstlich das schmeckte. Manchmal, wenn seine Großeltern draußen zu tun hatten, schnitt er sich ein Stück des köstlichen Fleisches herunter mit seinem kleinen Taschenmesser, das er von Mate geschenkt bekommen hatte. Besonders lachen musste er, wenn seine Großmutter es bemerkte, dass er sich bedient, ein bisschen gestibitzt hatte. Dann sagte sie mit einem tiefen Lächeln im Gesicht sehr laut: „Na, da waren wohl wieder die Mäuse an meinem Schinken, sie hatten wohl einen besonders großen Hunger!" Mate musste sich dann den Bauch vor lauter Lachen halten.

Als Zoran an diesem Abend in sein Bett schlüpfte, das im Wohnraum stand, sank er unverzüglich mit einem sehr, sehr zufriedenem Lächeln im Gesicht in einen tiefen Schlaf. Er liebte seine Großeltern über alles und empfand tiefe Dankbarkeit.

„Und nun übergeben wir den Leichnam von Mate deiner Liebe und Güte, mein Herr. Nimm ihn auf, o Herr, in dein Reich…", hörte Mate noch, als er aus seiner Erinnerung aufschreckte.

ALLEIN IM LEBEN ANGEKOMMEN

Nun war Zoran alleine, ganz alleine, er hatte niemand mehr. Nachdem die Trauergäste gegangen waren, holte sich Zoran eine Flasche Wein, ging zum Steg hinunter und setzte sich, gegen einen Dalben gelehnt, seinen Blick aufs Meer gerichtet, hin. Schön langsam dämmerte es ihm, dass kein Mensch ihn mehr begleiten würde in seinem Leben.

Was macht das Leben eigentlich lebenswert? Es gibt ja niemanden, mit dem ich das teilen kann, dachte er sich. Sollte er wirklich dableiben, in dieser so einsamen Bucht? Nur in der Saison verirrte sich das eine oder andere Segelboot herein, ging hier vor Anker. Manchmal fragten die Leute auch, ob es etwas Brot, Schinken oder Käse zu kaufen gäbe. Das war aber schon alles an Abwechslung, außer er fuhr mit dem Moped nach Sali. Aber hier, hier war er allein. Sollte er wirklich hier bleiben?

Als er den ersten Schluck Wein trank, fiel ihm der Gesang der Vögel auf. An diesem Tag konnte er auch die Nachtigallen hören, die immer wieder in die Bucht kamen. Er liebte ihren Gesang, ihre Anwesenheit. Allein das zarte Schmatzen und Gurgeln der kleinen Wellen, wenn sie am Steg auftrafen, dieses Geräusch hatte einen besonderen Charme für ihn. Das kleine Fischerboot, das seinem Großvater gehört hatte, wie alles andere hier, war nun sein Eigentum. Man hatte ihm gesagt, dass das in den nächsten Tagen ihm schriftlich bestätigt werde, doch was bedeutete das für ihn, was bedeutete es, etwas sein Eigen zu nennen, zu besitzen?

Eines war klar, das Fischerboot, nun seine Zlatna Duša, musste er bald aus dem Wasser heben und es überholen. Eigentlich hatten Mate und er das für die nächsten Tage geplant, das war seinem Großvater wichtig. Er sagte zu ihm: „Zoki, auch das Schiff hat eine Seele, wenn du einmal alleine bist, wirst du es spüren! Versprich mir, dass du nicht nur auf unser Haus gut schaust, auch auf Zlatna Duša, es hat es sich verdient, mein Junge!" Er hatte es ihm versprochen und er würde sein

Versprechen auch halten, weil es Mate wichtig war. Außerdem, was sollte er ohne einem Fischerboot machen, wie sollte er zum Fischen hinausfahren?

Da bemerkte Zoran, dass er sich bereits mehr damit beschäftigte, wie er hier in dieser einsamen Bucht leben, wie er überleben würde und nicht, wo er in der großen Welt, wie er und Mate zu sagen pflegten, Arbeit finden könnte. Andererseits, wenn er ans Festland ginge, dort arbeitete, hätte er jeden Monat Geld, mit dem er sich so manche Wünsche und stillen Sehnsüchte erfüllen könnte! Er hätte auch ständig Gesellschaft und wäre nie mehr wirklich allein. Da erinnerte er sich an ein Gespräch mit seinem Großvater, als dieser zu ihm sagte: „Zoki, da draußen herrscht oft Kälte zwischen den Menschen, mehr Einsamkeit, als hier einsam zu sein in dieser Bucht, vergiss das nie! Die Menschen denken immer mehr nur an sich. Egoismus ist der Tod der Gesellschaft! Hier in unserer Kruševica-Bucht wirst du nie einsam sein, auch wenn du alleine bist. Höre doch die Natur, sie begleitet dich, sie unterhält sich mit dir, gibt dir Freude und Frieden in deinem Herzen, erzählt dir keine Lügen, sie beglückt dich. Öffne dein Herz, kommuniziere mit deiner Umgebung, sprich mit ihr und du wirst nie einsam sein!"

War das wirklich so einfach? Zoran wusste, dass er jetzt, wo er noch jung war, eine Entscheidung treffen musste. Jetzt konnte er möglicherweise noch eine Ausbildung zu einem Facharbeiter machen, den Anschluss in der Gesellschaft schaffen. Doch was würde hier geschehen, mit dem Haus, mit den Tieren, mit seinem Besitz hier in der Bucht? Gäbe es das dann noch? Würde er dann nochmals hierher zurückkehren? Konnte, ja durfte er das Erbe seiner Großeltern wirklich verfallen lassen? Es gehörte ja nun ihm, nur er konnte nun entscheiden, was weiter damit geschah.

Zoran schenkte sich nach, stieg mit seinem Glas Wein in das Fischerboot und machte es sich bequem. Die Luft war frisch, die Sonne senkte sich nun sehr rasch. Die Stimmung dieses Sonnenuntergangs berührte ihn tief in seinem Herzen, eine Ruhe breitete sich aus in seinem Körper. Er verspürte nur Glücksgefühle hier an diesem Platz, an dem er den Großteil seines Lebens bis jetzt verbracht hatte. Wenn er das verkaufen würde, besäße er zwar für einige Zeit viel Geld, viel für ihn jedenfalls. Doch kann man sich solche Wahrnehmungen wie diesen wundervollen Sonnenuntergang hier am Meer in seiner eigenen Bucht kaufen, sich diese Gefühle erwerben, mit diesem erhaltenen Geld? Nein, das wusste er, dass konnte man nicht. Selbst, wenn er nach Jahren des Verkaufs für ein paar Stunden hierher zurückkehren würde, gäbe es diese wunderbaren Gefühle nicht mehr, nur Trauer und Schmerz über die Dummheit, es je verkauft zu haben.

Ob er alleine hier bleiben würde, das würde sich ja noch zeigen, dachte Zoki, das zu ändern obliege ja ihm selbst. Hatte nicht sein Großvater immer gesagt, jeder sei seines Glückes Schmied. Was benötigt man wirklich, um glücklich zu sein? Das war doch hier an diesem Platz sein ganzes Leben! Was hätte er von dem Geld auf einem Bankkonto, oder sollte er sich im Landesinneren Grund für eine Landwirtschaft kaufen? Das hatte er doch hier auch, dazu musste er nicht verkaufen.

Es gibt immer ein Für und Wider, viele Vorteile und viele Nachteile, doch was will man wirklich im Leben, was macht Glück und Zufriedenheit aus?

Zoran stieg wieder auf die Mole, schenkte sich nochmals ein. Dann drehte er sich mit seinem Glas zum Meer hin. Seine Entscheidung war für immer gefallen, endgültig, so endgültig, wie Mate nun auf die große Reise gegangen war. Er hob sein Glas und dachte sich: „Willkommen, meine Kruševica-Bucht, du warst immer mein, wirst immer mein sein, auf euch, meine Lieben, die ihr mir das geschenkt habt, ich danke euch!" Tränen der Dankbarkeit, der Demut, sickerten langsam sein Gesicht hinab.

EIN HARTER ALLTAG

„Ach", dachte sich Zoran, „jetzt wird es wirklich einmal Zeit, dass dieses Sauwetter endlich aufhört." Seit vier Tagen gab es nun schon Südwind, der Jugo wehte, begleitet von heftigen Regenschauern. Zoki blieb in seiner Hütte, hier war es trocken, Holz hatte er genug, deshalb heizte er auch ständig den Kamin. Er liebte diese angenehme Wärme im Haus. Er konnte auch zu jeder Zeit sein Essen kochen oder wärmen.

Ja, ja, das liebe Essen. Gott sei Dank hatte er sich von seinen Großeltern immer wieder abgeschaut, wie sie sich Essen zubereiteten, wie sie kochten. Doch so richtig hatte er es nicht gelernt. Fisch und Fleisch zu grillen, sofern er auch frische Ware hatte, das fiel ihm nicht schwer, das beherrschte er richtig gut. Aber alles andere, wie Eintöpfe und Ähnliches, oder gar Süßes, da war er schon rasch an seiner Grenze angelangt, das musste er sich wirklich zeigen lassen. Er würde so gerne wieder einmal eine ordentliche Maneštra essen, dieses Bohneneintopfgericht, das er so liebte, vor allem in den Wintermonaten mit viel Speck und getrocknetem Schinken drinnen, ja, da begann er zu träumen, dieses Gericht endlich einmal selbst kochen zu können.

Vor einigen Tagen hatte er einen kleinen Katzenhai gefangen. Der war ja einfach zu grillen. Er musste ihm nur die Haut abziehen, in Stücke schneiden, Gräten hat er ja keine, und auf den Grill legen. Er hätte aber gerne ein gutes Gemüsegericht dazu gegessen. Das Gemüse fehlte ihm hier im Winter, das musste er in Sali kaufen um diese Jahreszeit. Er wusste auch nicht, wie diese herrlichen Gemüseeintöpfe zu kochen waren, die seine Nona, seine Großmutter, so gut beherrschte. Sie hatte auch immer aus dem eigenen kleinen Garten herrliche Kräuter, mit denen sie das Essen würzte, das in seinem Mund dann im wahrsten Sinne des Wortes eine Geschmacksexplosion auslöste. Also hatte er sich den Katzenhai gegrillt und ein paar Kartoffeln mit frischem Rosmarin, der hinter seinem Häuschen wuchs, dazu gebraten. Doch das hatte er doch immer, er wollte einfach ein bisschen Abwechslung auf seinem Speiseplan.

Der Abwasch des Geschirrs, das Wäschewaschen, all die anderen kleinen Arbeiten eines Haushaltes, das gefiel ihm zwar nicht sonderlich, aber gutes, abwechslungsreiches Essen, das liebte er. Doch wie konnte er das verbessern?

Auch das Fischen fiel ihm nicht schwer. Es war zwar manchmal stürmisch da draußen, doch sein alter Großvater sagte immer wieder: „Nach jedem Sturm scheint wieder die Sonne, mein Junge, nimm es leicht!" Wie oft war er mit seinem Boot da draußen und war nicht erfolgreich, doch auch das gehörte dazu, ein anderes Mal allerdings war das Netz voll oder hatte in den Reusen eine schöne Languste. Seine Schwielen an den Händen und seine muskulösen Schultern und Arme zeugten von den vielen Ruderschlägen, die er absolvierte. Er hatte zwar einen Tomos-Motor mit vier PS, doch Benzin war teuer, und Geld stand ihm nicht immer zur Verfügung. Da ruderte er lieber, als teures Benzin zu erwerben. Man musste einfach nur Prioritäten setzen!

Die nächste Hürde, nämlich der Gemüsegarten, ja, da hatte er auch noch Bedarf zu lernen. Die ganzen Gewürze, vor allem Knoblauch, aber auch das Gemüse, wann musste er das ausbringen? Großmutter zog sich ihren eigenen Samen, zahlte sich das aus? Karotten und Kartoffeln brauchte er das ganze Jahr! Nur das Backen von Weißbrot in der Pfanne am Grill, das hatte er von seinem Großvater noch gelernt. Das bereitete ihm richtig Freude, wenn er es aus der Form holte, dann nahm er sich ein Stück getrockneten Schinken und sein eigenes frisches Brot, was ihn fürchterlich stolz machte.

Doch als Erstes musste er besser kochen lernen, und es fiel ihm schon etwas ein. Als am nächsten Tag der Regen aufhörte, machte er sich mit seinem Moped auf nach Sali. Er fuhr zur Kirche und ging zum Pfarrhof. Zuerst musste er mit dem Pfarrer sprechen, sich seine Erlaubnis holen. Der hatte nämlich die alte Dragica, eine liebenswerte, bescheidene Frau des Ortes, die den Haushalt des Pfarrers versorgte und auch für ihn kochte. Da Zoran wusste, dass der Körperumfang des Geistlichen sicherlich nicht von kargem, schon eher von hervorragendem Essen kam, nahm er an, dass Dragica ihm hervorragendes Essen zubereitet. So trug Zoki Hochwürden seine Sorge und Bitte vor, ob er nicht bei Dragica ein bisschen kochen lernen dürfe, um sich selbst besser versorgen zu können.

Der Pfarrer, ein schlaues Kerlchen, sah ihn zuerst lange an, bis sein Gesicht sich plötzlich erhellte. Dann meinte er gütig: „Also, Zoran, du bist mir ein wichtiger Christ in meiner Gemeinde, auch wenn du öfter die Messe besuchen könntest. Ich will dir unter zwei Bedingungen helfen: Erstens, du kommst wieder öfter am Sonntag in die Kirche, und zweitens", nun wurde sein Grinsen aber richtig breit, „solltest du einen guten Fischfang haben, also, so einen richtig schönen wohlschmeckenden Fisch fangen, so wollen wir uns dieses Gottesgeschenk teilen! Was hältst du davon?"

Zoran konnte sich sein eigenes Schmunzeln über die Schlauheit Hochwürdens nicht zurückhalten. Er blickte dem Pfarrer ins Gesicht und sah in Gedanken, wie er bereits schmatzend sich über den von ihm gelieferten Fisch hermachte, das Fett von seinen dicken Finger rann! „Das würde ich gerne machen, Hochwürden, da ich nun ja jedes Mal auch gleich zu einem Essen komme, wenn Dragica mich das Kochen lehrt!", antwortete Zoki ihm mit einem glucksenden Lachen. Nun hatte jeder einen doppelten Gewinn gemacht, womit Zoki zukünftig sich besser versorgen konnte.

Doch nun galt es, noch mit Dragica diesen Handel zu festigen. Er musste auch sie fragen, denn ohne ihre Geduld und ihr Einverständnis war sein Ansinnen nicht durchführbar. „Mit Speck fängt man Mäuse", dachte sich Zoki. Daher ging er, nachdem er den Pfarrhof eilenden Schrittes verlassen hatte, in das kleine Geschäft im Hafen. Dort fragte er, was die alte Pfarrersköchin Dragica gerne an Süßigkeiten kaufte, falls sie Geld dafür übrig hatte. Die Betreiberin des Geschäftes teilte ihm mit, dass sie so Schokodrops hier habe, nach denen Dragica immer Ausschau hielt, doch noch nie gekauft hatte, weil sie es sich nicht leisten konnte. „Na, dann gib mir ein paar davon mit für sie!", sagte Zoran und machte sich auf den Weg zur alten Dragica, die ein kleines Häuschen am Rande von Sali alleine bewohnte.

Als Zoran dort ankam, klopfte er laut und rief ihren Namen, da er wusste, dass sie schon etwas schwerhörig war. Dann konnte er ein leises

Schlurfen hören, und gleich darauf öffnete ihm Dragica. Erstaunt wich sie zuerst zurück, dann aber huschte ein freundliches Lächeln über ihr Gesicht, als sie ihn erkannte. „Zoki, was machst du hier bei mir?" Sie bat ihn ins Haus, wo er sein Anliegen Dragica höflich vorbrachte. Gleichzeitig übergab er ihr die Schokodrops. Dragica schaute Zoki mit großen Augen an, dann fiel sie ihm um den Hals und küsste ihn auf die Wange. Ganz gerührt sagte sie: „Zoki, du bist ja noch ein größerer Charmeur als dein Großvater war, du Schlingel, wie könnte ich da nein sagen, mein Junge!" Dabei streichelte sie Zokis Hand. „Zoki, du wirst morgen Früh, spätestens um acht Uhr, bei mir im Pfarrhof sein. Für dich ändere ich den Speiseplan, wir werden morgen Maneštra kochen. Nimm dir auch was zum Schreiben mit, dass du dir Notizen machen kannst, wir werden das schon schaukeln und aus dir einen guten Koch machen. Du wirst zweimal pro Woche für die nächsten paar Monate zu mir kommen, das schaffst du, mein Junge!"

Als Zoran in seine Kruševica-Bucht zurückfuhr, blieb er bei den beiden Gräbern seiner Großeltern stehen. „Hallo Nona, Nono, ich habe euch etwas zu erzählen, wie ich dieses Leben hier in dieser wunderschönen Bucht leichter bewältigen kann, wie ich besser kochen lernen werde", begann Zoran. Er erzählte ihnen von dem heutigen Tag, und er erzählte ihnen, dass dieser Alltag hier, von dem er angenommen hatte, dass er sehr hart werden würde, doch nicht mehr so hart erschien.

EIN NEUER MITBEWOHNER

Es war noch immer kalt, der Winter zeigte seine Zähne. Die Tage waren kurz, die Bora, dieser kalte Wind aus Nordosten wehte noch immer, als Zoran erwachte. Er hörte, wie der Wind durch die Bäume pfiff. Am liebsten hätte er sich in seinem Bett umgedreht und weiter geschlafen. Dieses kalte eisige Wetter lud wirklich nicht dazu ein, früh aufzustehen. Ein Blick auf seine alte Uhr, die an der Wand hing und die er einmal pro Woche aufziehen musste, zeigte ihm, dass es kurz nach 05:00 Uhr war.

Da erinnerte sich Zoki, dass er ja heute früh bei Dragica einen Termin hatte, also musste er sich sputen, seine täglichen morgendlichen Arbeiten vorher noch zu erledigen. Zurzeit hatte er zwei alte und sechs junge Schweine, zwölf Hühner, vier Schafe und zwei Ziegen. Das Futter musste er mühsam mit seinem Moped auf dem kleinen Anhänger aus Sali heranschaffen und dann den Berg heruntertragen. Er hatte kaum eigene Grünflächen, um Heu zu machen. Vom Lebensmittelgeschäft in Sali, dem Bäcker und dem Gasthaus erhielt er regelmäßig Abfälle wie altes Gemüse und Obst, oder altes Brot für seine Tiere. Im Gegenzug brachte er ihnen dann ab und an ein kleines Stück Speck oder Fisch.

Mühsam streckte Zoran seine Füße aus dem Bett und ging in den Wohnraum. Auch das war ungewohnt für ihn, da er jetzt in der kleinen Kammer schlief, die sein Großvater Mate benutzt hatte. Er entzündete im Kamin ein kleines Feuer und kochte sich Kaffee. Ohne einen guten Schluck dieses für ihn so herrlichen Getränkes kam er nicht in die Gänge, das brauchte er täglich, darauf würde er nie verzichten. Wie gerne würde er jetzt mit jemandem seinen Kaffee teilen. Manchmal machte ihm die Einsamkeit noch ziemlich zu schaffen, tat ihm in der Seele weh.

Als er das Haus verließ und sich zu seinen Tieren begab, wehte ihm die Bora so kalt um die Ohren, dass er sich seine Haube tief herunterzog und den Kragen seiner dicken Jacke aufstellte. Selbst seine Tiere lagen zusammengekauert in ihren Ställen, um sich gegenseitig zu wärmen. Wenn er dann nach Sali fuhr, dachte er sich, muss ich ordentlich aufpassen, es könnte die eine oder andere Stelle eisig sein. Es war der Wind, der ihm das Gefühl gab, dass die Temperaturen unter Null Grad gesunken waren. Die Schafe und die Ziegen würden sicherlich nicht vor neun Uhr ins Freie gehen, auch ihnen war der Wind heute zu stark.

Nachdem Zoran mit seinen Arbeiten fertig war, machte er sich noch ein herzhaftes Frühstück mit Schinken und Spiegeleiern. Der Duft des gebratenen Fleisches versetzte ihn heute in eine richtige Vorfreude auf das Kochen mit Dragica. Endlich würde er erfahren, wie er eine Maneštra (phon. Maneschtra) zubereiten muss. Er mochte diese alte Frau, die für jeden ein freundliches Wort über hatte, die so bescheiden in ihrem alten, kleinen Häuschen wohnte. Sie erinnerte ihn immer wieder an seine Großeltern, deren Großherzigkeit er immer wieder bewundert hatte.

Als Zoran zu seinem Moped kam, hoffte er, dass es sofort anspringen würde. Doch sein Wunsch wurde, wie so oft, nicht erfüllt. Nur nicht fluchen, dachte er sich, nur nicht fluchen. Nach einer gefühlten Ewigkeit und zahlreichen Versuchen, die ihm trotz der Kälte den Schweiß aus den Poren trieb, sprang sein altes Vehikel mit einem lauten Getöse und einer fürchterlich nach Öl stinkenden Rauchwolke endlich an. Zu Fuß hätte er nach Sali länger als eine Stunde benötigt. Besser schlecht gefahren als gut gegangen, schoss es Zoki in den Kopf und machte sich auf den Weg. Er fuhr wegen des starken Windes sehr langsam, immer wieder erfasste ihn eine Windböe, die ihn fast zu Sturz brachte.

Es war erst halb acht, als er den Pfarrhof erreichte. Er konnte schon Licht in der Küche sehen. „Zoki, da bist du ja, du kommst gerade richtig", rief ihm Dragica lächelnd zu. „Schau, ich habe gestern noch die Bohnen in kaltes Wasser gegeben, damit wir sie heute kochen können und sie weich werden, das darfst du nie vergessen. Sie müssen mindestens zwanzig Stunden im Wasser lagern, bevor du Bohnen kochst.

Nun begann Zorans Kochabenteuer, auf das er sich schon so gefreut hatte. Aber jeder Anfang ist schwer, wie er feststellte. Dachte er doch, er könne sofort den Kochlöffel schwingen. Dem war aber nicht so.

Dragica stellte Karotten, Knoblauch und Kartoffeln vor ihm hin und forderte ihn mit einem Lächeln auf, sie zu schälen. Sie zeigte ihm danach, wie sie richtig geschnitten werden, um kleine Würfelchen zu erhalten. „Solltest du dir in den Finger schneiden, bekomme ich noch einmal von dir solche Schokodrops", lachte sie ihn an. Na, die würde er Dragica auch ohne Verletzung bringen, dachte er sich.

Zoki war sehr aufmerksam, wenn diese liebenswerte alte Frau ihm immer wieder erklärte, warum das Eine so, und das Andere so gemacht werden müsse. Als Nachspeise sollte es Palatschinken, gefüllt mit süßem Frischkäse, geben.

Als Zoran gerade seine erste Palatschinke probierte, den dünnen Teig in die Pfanne goss, ging hinter ihm die Tür auf. Er blickte sich um, als ein ihm fremder Mann die Küche betrat. „Dragica!", schrie dieser, die hinter der Tür gerade Kochgeschirr spülte. „Na, das darf doch nicht wahr sein, du alter Esel, mein Neffe Ivo, was machst du denn in Sali, was treibt dich hierher?" Dragica trat hervor und umarmte und küsste den Eindringling. „Da schau her, das ist Zoki, der heute zum ersten Mal bei mir ist und ein bisschen kochen lernen will, das könnte dir auch nicht schaden, du altes Faultier! Was willst du bei mir? Hat dich deine Frau geärgert, dass du freiwillig zu mir kommst?" Ivo, der seine alte Tante über alles liebte und sich freute, sie wieder zu sehen, setzte sich gleich auf den nächsten Stuhl und nahm sich – ohne lange zu fragen – eine der ersten fertigen Palatschinken und stopfte sie sich sofort zur Gänze in den Mund, noch bevor ihm Dragica einen Schlag mit dem Kochlöffel auf die Finger geben konnte. „Ich hatte Sehnsucht nach deinen Palatschinken", grinste er sie an.

„Tantchen, du weißt doch, dass ich nur dann zu dir komme, wenn ich weiß, dass du besonderes Essen kochst. Palatschinken mit Frischkäse gehören zu diesen Besonderheiten! Tatsächlich aber habe ich ein kleines Problem. Du weißt, dass wir eine Hündin haben und die hat jetzt fünf Junge bekommen. Sie sind jetzt neun Wochen alt. Für vier habe ich schon einen Platz gefunden, nur die fünfte, eine Hündin, für die habe ich keinen Platz!" Zoran hielt inne, es war ihm, als hätte er einen Stromschlag bekommen, und drehte sich langsam um zu Ivo. „Was für eine Rasse hast du, Ivo", fragte er ihn.

„Es sind deutsche Schäferhunde, sollten eigentlich reinrassig sein, ich züchte sie", sagte er leise, „ich habe sie sogar mit." Ivo stand auf, ging kurz vor die Tür und holte eine offene Kiste herein. Zoki stand mit offenem Mund da, brachte kein Wort heraus und ließ sich auf die Knie nieder. Die kleine Hündin blickte ihn an und begann mit ihrem Schwanz zu wedeln, als Zoran ihr näher kam. Dieser nahm sie und hob sie zu seiner Brust, was dieses kleine und noch zierliche Wollknäuel mit eindringlichem Fiepen und Küssen gegen Zokis Wange offensichtlich gefiel. Zoran wurde es ganz warm in der Brust. Er streichelte dieses Tier ganz zärtlich und flüsterte ihm leise ins Ohr.

„Ich nehme sie!", rief er Ivo entgegen, „aber bezahlen kann ich nichts, Ivo! Ich habe kein Geld, das tut mir leid." Dragica und Ivo schauten Zoran erstaunt an. Dragica zwickte Ivo leicht in die Hand und zwinkerte mit ihren Augen hoffnungsvoll ihrem Neffen entgegen. „Na… na… ja…, „stammelte Ivo, „na… eigentlich wollte ich nur einen guten Platz für sie finden, Zoki, weißt du, ich würde sie dir schenken."

Zoran wusste nicht, wie ihm geschah. Wie konnte er nur soviel Glück haben, dass ihm heute so ein schönes Geschenk gemacht wird! Er versprach Ivo, dass er beim nächsten Mal für ihn bei Dragica ein schönes Stück luftgetrocknetes Fleisch hinterlegen würde. Doch nun musste er für einen sicheren Transport des kleinen Hundes sorgen.

Nach dem Essen holte er eine alte Stofftasche, in die er einen alten Polster aus dem Pfarrhof legte. Dann bettete er seine kleine Hündin darin, die Tasche hängte er sich um den Hals. So fuhren die beiden alsdann nach Hause in die Kruševica-Bucht. Der Wind hatte sich beruhigt, die Sonne strahlte. Er konnte sein Glück nicht fassen. Auch heute blieb er bei den beiden Gräbern stehen. Er wollte seinen Großeltern seine kleine Hündin vorstellen, als ihm einfiel, dass er noch gar keinen Namen für sie hatte. Als das kleine „Wollknäuel" mit den süßen Augen so ansah, sagte er plötzlich: „Ich möchte euch meine kleine Hündin ‚Mala' (die Kleine) vorstellen, sie wird in Zukunft auf uns aufpassen!" Dabei streichelte er liebevoll seine Hündin. Nun war Zoran nicht mehr alleine.

DES PARTNERS ERSTE ABENTEUER

„Mala", dieser Name gefiel Zoran, obwohl er wusste, dass sie bei Gott nicht ein kleiner Hund werden würde. Als er mit ihr zu seiner Hütte kam, ließ er sie sofort aus seiner Umhängetasche raus, wo sie gleich zu den Büschen lief, um ihr Geschäft zu verrichten. Dabei schnupperte sie gleichzeitig mit ihrer kleinen Nase die ersten Gerüche ihres neuen zu Hauses am Boden ein. Zoki richtete in einer kleinen Schüssel Wasser her, das Mala gierig trank. Dann sah sich Zoran in seinem Wohnraum um. Gekochter Reis vom Vortag und etwas Fleisch, das war das Richtige für Mala. Schnell war eine kleine Portion für sie zubereitet, das sie gierig hinunterschlang. „Na, da hatte wohl jemand wirklich Hunger", grinste Zoki sein Hundebaby an.

Neben seinem Bett in seiner kleinen Kammer richtete er beim Kopfteil am Boden ein kleines Bettchen aus Tüchern und einem Polster für Mala, die ihn keinen Augenblick alleine ließ und ständig bei seinen Füßen sich aufhielt. Er musste ständig aufpassen, dass er sie nicht aus Unachtsamkeit verletzte. „Na, das kann ja noch heiter werden, Prinzessin", grinste er das „Wollknäuel" an.

Die erste Nacht mit Mala war auch nicht gerade erholsam. Er wusste, dass die kleine Hündin alle drei bis vier Stunden vor das Haus gebracht werden musste, wenn er verhindern wollte, dass sie im Haus ihr Geschäft verrichtete. Aber das war es nicht alleine. Kaum hatte er Mala auf ihrem Bettchen hingelegt, fiel sie in einen tiefen Schlaf, die Aufregung war wohl zu groß für sie an diesem Tag. Doch eine halbe Stunde später begann sie zu winseln, erwachte und ihr Weinen wurde noch stärker. Das war wohl der Abschiedsschmerz von ihrer Hundefamilie, dachte sich Zoki. Er beruhigte sie, indem er ihr mit leiser Stimme zuredete und sie ständig streichelte.

Was müssen das für Menschen sein, dachte sich Zoran, die neugeborene oder noch junge, hilflose Tiere einfach aussetzten, sie entsorgten wie Müll. Welche Persönlichkeit muss ein Mensch haben, so etwas zu tun? Sind das nicht genauso Lebewesen mit einem eigenen Charakter? Übernimmt man nicht genauso, so wie man Kinder bekommt, auch bei einem Haustier Verantwortung? Verantwortung, die man für die gesamte Lebenszeit des Tieres übernimmt! Mala, die erst zehn Wochen alt war, wäre alleine in der Wildnis nicht überlebensfähig, würde man sie aussetzen, wäre sie zum Tode verurteilt.

Gemeinsam hatten sie die erste Nacht hervorragend bewältigt, Mala hatte sich beruhigt. Am nächsten Tag gingen aber ihre ersten Abenteuer so richtig los. Zoki, der zuerst seine Tiere füttern musste, nahm sie natürlich überall mit hin. Die Hühner, mit denen wollte Mala sofort spielen, indem sie versuchte, sie schwanzwedelnd an den Federn zu ziehen. Die ließen sich laut gackernd das nicht gefallen, worauf sich Mala hinter Zokis Füßen immer wieder versteckte, aber mit jedem Versuch wurde sie mutiger.

Die Ziegen und Schafe waren ihr aber nicht geheuer und bei den Schweinen, deren lautes Grunzen und Schmatzen, nachdem sie ihr Futter erhalten hatten, ihr ordentlichen Schrecken einjagten, hielt sie einigen Abstand. Da hielt sie es für besser, außerhalb des Stalles zu warten, gab es dort doch auch Neues zu entdecken. Zoran konnte sich das Lachen nicht verhalten.

Kaum waren sie mit dem Füttern der Tiere fertig und in die Hütte zurückgekehrt, lief Mala sofort in das Schlafgemach und ließ sich mit einem tiefen Seufzen auf ihrem Bettchen nieder. So wie sie sich hinlegte, schlief sie auch schon ein. Zoki richtete sich in der Zeit sein Frühstück; für Mala kochte er Milch mit etwas Maismehl auf. Dabei fühlte er in seinem Herzen tiefe, schöne Gefühle. Seine Einsamkeit bereitete ihm seit dem Vortag keine Probleme mehr. Er ertappte sich ständig, wie er mit der kleinen Hündin sprach, wie in seinem Inneren eine tiefe Ruhe einkehrte. Er hatte wieder einen Ansprechpartner, ein Lebewesen, das seine Aufmerksamkeit, seine Hilfe benötigte, jemanden, der seiner Liebe bedurfte. Ein Hund kann, das wusste er, zwar einen Menschen nicht ersetzen, aber tiefe Liebe erzeugen. Er sah in Mala nicht nur ein Tier, sondern einen Partner, und zwar einen besonderen.

Eines war ihm aber auch klar, das wusste er, dass seine Hündin immer in ihm den Rudelführer sehen musste, dass er die Führungsrolle ihr gegenüber einzunehmen hatte, und zwar schon vom ersten Tag an. Er musste ihr nicht nur von Beginn an helfend zur Seite stehen, sondern ihr auch zeigen, was sie durfte und was nicht. Ihr spielend das beizubringen, ja, da würde er selbst noch lernen müssen, aber auch Zoki freute sich schon auf diese Aufgabe.

Hatte Mate, sein Großvater, denn nicht dasselbe mit ihm gemacht? Auch seinerseits gab es manchmal Tadel und nicht nur Lob und Spaß. Zoki konnte sich noch erinnern, als er als Bub einmal auf die Idee kam, das Feuer im Kamin mitten in den Wohnraum verlegen zu müssen. Gott sei Dank waren seine Großeltern aufmerksam und hatten sein Unterfangen im Keim erstickt. Na, da gab es ein Donnerwetter. Vor allem bekam er Angst, als sie ihm erklärten, dass ihr Leben dadurch in Gefahr wäre und sie im schlimmsten Fall keine Wohnung mehr hätten. Nie mehr spielte er mit Feuer, sondern fragte immer seine Großeltern, ob er das im Kamin machen dürfe. Sie lernten ihm daraufhin, sorgsam mit Feuer umzugehen und Feuer nur in ihrer Anwesenheit zu entzünden.

Am Nachmittag wollte er nach seinen ausgelegten Reusen schauen. Er hielt es für richtig, Mala gleich von Beginn an mitzunehmen, sie an das Schaukeln des Bootes zu gewöhnen. Diese war schon wieder auf Entdeckungsreise, war vor seiner Hütte unterwegs. Zoran begab sich unter ständigen Lockrufen nach Mala zu seinem Fischerboot. Das Wasser schien ihr aber auch noch nicht ganz geheuer. Am Stegrand knickte sie mit ihren Vorderpfoten ein, senkte ihren Kopf und begann zu winseln. „Mala", sagte Zoki beruhigend, „das ist doch nur Wasser", dabei hob er sie hoch und setzte sie am Bug des Bootes hin. Da wurde ihr Winseln nur noch lauter, stand Zoran doch noch am Steg, als wollte sie sich bei ihm beschweren, dass sie nun alleine am Boot sitze. Zoki stellte den Kübel mit dem Fischköder noch ins Boot und stieg nun selbst ein. Dann startete er seinen Tomos-Motor, denn heute wollte er bewusst unter Motor trotz der Benzinkosten zu seinen Reusen fahren, da auch dieses Geräusch Mala kennenlernen sollte.

Zoki ergriff Mala, nahm sie auf seinen Schoß und tuckerte gemächlich los. Unverzüglich ließ das Zittern des kleinen Hundes nach, sie beruhigte sich. Nach wenigen Minuten schon hob sie ihren Kopf und genoss die Fahrt mit ihrem neuen Freund Zoran. Ganz wichtig blickte sie nach vorne, als würde sie das schon immer genießen. An diesem Tag herrschte ja auch wunderschönes Wetter, kaum Wind und keine Wellen. Perfekt für die erste Bootsfahrt mit der kleinen Mala.

Als Zoki bei seinen ausgelegte Reusen ankam, lege er Mala vorne im Bug wieder ab. Damit war es mit ihrer Selbstsicherheit sofort wieder vorbei. Allerdings beobachtete sie nun Zoran, wie er die erste Reuse aus dem Wasser zog, wie er freudestrahlend zur Kenntnis nahm, dass eine Languste sich darin befand. Mala, die erkannte, dass das Tier lebte, meinte einen neuen Spielgefährten zu erkennen und begann schwanzwedelnd und winselnd mit ihren Vorderpfoten auf und ab zu hüpfen. Sie schien sich überhaupt nicht zu beruhigen. Ihr Hüpfen verstärkte sich. Während Zoki die Languste in einen mit Wasser gefüllten Kübel gab und neuen Köder in die Reuse legte, hörte er ein Platschen. Er drehte sich um, ließ gleichzeitig die Reuse ins Boot sinken und sprang zum Bug vor. Er sah gerade noch, wie Mala kurz im Wasser versank, wieder auftauchte und prustend und nach Luft japsend mit ihren kleinen Pfoten zu schwimmen versuchte. Zokis linke Hand schoss nach vor ins Wasser, erwischte Mala am Nacken, hob sie hoch und hievte sie wieder ins Boot. Dort schüttelte die kleine Hündin das Wasser aus ihrem Fell, wedelte mit ihrem Schwanz, sah ihn mit freudigen Augen hechelnd an, als wollte sie ihren Herren fragen: „Na, habe ich das nicht gut gemacht?" Zoran schüttelte sich vor Lachen und sagte zu ihr: „Das wird noch sehr lustig werden mit uns zwei!"

Zoran rieb ihr Fell mit einem Tuch trocken und nahm sie wieder auf den Schoß. Nachdem sie auch die restlichen Reusen versorgt hatten, tuckerten sie wieder in ihre Kruševica-Bucht, zu ihrem kleinen Häuschen zurück. Dort angekommen, setzte er Mala zuerst auf den Steg hinaus, die Languste in eine eigene Reuse, die am Steg befestigt war; den Rest brachte er zur Hütte hinauf. Als er zurück zum Steg kam, traute er seinen Augen nicht. Er sah Mala mit den Vorderpfoten im Wasser am Ufer neben dem Steg stehen. Sie versuchte sich mit einem neuen Schwimmversuch. „Mala!", schrie Zoki, das reicht aber für heute!" Er holte sie aus dem Wasser, trocknete sie erneut ab und ging mit ihr zum Haus zurück. „Du wirst noch eine richtige Wasserratte werden", meinte er zu ihr und schüttelte verwundernd seinen Kopf.

Als die beiden nach diesem ereignisreichen Tag sich zur Nachtruhe in die kleine Kammer begaben, ließ Zoki noch einmal diesen wunderschönen, mit Aufregung gefüllten Tag in seinen Gedanken Revue passieren.

Ist es denn das nicht Wert, Verantwortung für so ein tolles Lebewesen zu übernehmen?, dachte sich Zoran, der gleichzeitig die bereits auf ihrem Bettchen schlafende Mala streichelte. Er wusste jetzt schon, dass ihm dieses wundervolle Tier jeden Tag Glücksgefühle schenken würde, dass jeder Tag mit Mala ihn aber auch zum Lachen bringen wird. Er wusste, dass er sich richtig entschieden hatte, als er sagte, er würde die kleine Hündin übernehmen.

BESUCH IN DER BUCHT

Der Frühling war eingezogen und die Sonne liebkoste mit ihren zarten warmen Strahlen Zorans Haut. Er hatte Zlatna Duša, sein Fischerboot, an Land stehen. Es war auf Holzblöcken aufgebockt, so wie Mate, sein Großvater es ihm gezeigt hatte. Auch er hatte das Boot jedes Jahr für einige Tage an Land gebracht, um es einer gründlichen Pflege zu unterziehen. Da gehörte unter anderem ein neuer Unterwasseranstrich dazu.

Zuerst aber hatte Zoki sein Boot einer gründlichen Inspektion unterzogen. Er hatte beim Bug vorne gesehen, dass das Holz eine schadhafte Stelle hat. Beim Bugspriet wies das Holz erste Anzeichen von Fäulnis auf. Dafür hatte er zur richtigen Mondphase geschlagenes, lange gelagertes Holz gekauft. Zoran wusste, was er zu tun hatte, schließlich war sein Nono, wie er Mate auch zu nennen pflegte, ein guter Lehrer für ihn gewesen. Außerdem musste Zoran heuer das Schiffchen zur Gänze neu streichen.

Während Mala im Schatten der Bäume ein Schläfchen hielt, begann Zoki mit den Schleifarbeiten. Ein leichtes Schmunzeln umspielte seine Lippen, wenn er nur an seine junge Hündin dachte. Sie entwickelte sich zu einer prachtvollen Gefährtin. Er liebte dieses Tier, das bereits seine Wachinstinkte wahrnahm. Abends könnte kein Mensch oder Tier mehr sich seiner Hütte nähern, ohne dass Mala dies durch ihr Bellen nicht sofort melden würde. Am meisten aber musste er lachen, wenn sie die Hühner ärgerte oder die Schafe und Ziegen. Nur mit den Schweinen hatte sie noch immer keine besondere Freude. Sie waren ihr noch immer nicht ganz geheuer.

Zoran gab sich mit besonderer Aufmerksamkeit seiner Arbeit hin. Es machte ihm Spaß, wenn das Holz roch, sobald er den Lack abgeschliffen hatte. Aus dem Augenwinkel heraus nahm er einen Schatten in der Bucht wahr. Er drehte sich in Richtung Bucht und sah, wie ein Segelboot langsam in die Bucht kam. Das war schon beachtlich, dachte er sich, denn es wehte kaum Wind! Draußen vom offenen Meer um die vielen Ecken hier in die Kruševica-Bucht zu gelangen, war eine Leistung. Geologische Formationen und sich drehende Winde bedingten einen ständigen Richtungswechsel. Ja, das war eine Herausforderung!

Aber jetzt wollte der Segler mitten in der Bucht den Anker werfen! „Nein!", schrie Zoki hinüber, „Nein! Weiter herein, bis du nur mehr fünf Meter Wassertiefe hast!" Er sah, wie der Segler das Ankermanöver abbrach, neu anluvfte und weiter mit seinem Boot in die Bucht hereinglitt. „Jetzt!", schrie Zoki und beobachtete, wie der Segler zum Aufschießer wendete. Gleichzeitig ging eine Frau vor zum Bug und ließ den Anker fallen. Da wurde ihm bewusst, dass es sich nicht um einen Segler, sondern um eine Seglerin handelte. Langsam drehte sich der Bug weg, während die Frau weiter die Kette rauslaufen ließ. Nach rund 25 bis 30 Metern stoppte sie die Kette. Zoki beobachtete, wie sich die Kette spannte. Er wusste, dass der Anker jetzt hielt, das Schiff hatte sich in seiner Bucht einen perfekten Platz gesucht. Er drehte sich wortlos um und machte sich wieder an die Arbeit.

Mala hatte sich durch die Schreie ihres Herrn nicht stören lassen. Sie hatte zwar aufgeblickt, ließ sich in ihrer Ruhe aber nicht stören. Zoran kümmerte sich nicht mehr um die Seglerin. Er schliff und schliff an seiner Zlatna Duša. Er würde ihr diesmal einen besonderen Farbanstrich geben. Es würden die Farben weiß, rot und blau sein, es musste leuchten vor Schönheit. Zoki wollte aus diesem Boot wieder ein stolzes machen. Großvater hatte da nicht so viel Wert darauf gelegt. Außerdem hatte ein Freund von ihm aus zwei Autofelgen eine Rolle gefertigt, die er an einer Halterung am Bug befestigen wollte, um seine Fischernetze leichter bergen zu können, sie leichter an Bord holen konnte, ohne sie immer wieder zu beschädigen.

Als er merkte, dass sein Magen nicht zu knurren aufhörte, beschloss er eine Pause einzulegen. Er holte sich aus dem Haus ein Stück Schinken und Brot, für Mala nahm er einen Teil des Knochens des Schinkens mit. Mit seiner Jause setzte er sich zu Mala in den Schatten, den Knochen holte sich seine Hündin schwanzwedelnd ab. Sie liebte es, wenn sie solche Leckerbissen bekam und widmete sich sofort mit Genuss dieser Köstlichkeit.

Während Zoran sich seiner Marenda, seiner Jause, hingab, hörte er langsames Platschen im Wasser. Die Frau ruderte mit einem kleinen Beiboot in Richtung seines Steges. „Jetzt ist es aus mit unserer Ruhe, Mala", wandte er sich zu seinem Partner. „Die wird doch nicht alleine unterwegs sein", meinte er noch zu ihr. Mala sprang bellend auf und lief zum Steg. Sie bellte, als wollte sie diesen Eindringling nicht an Land lassen. Zoran konnte sich das Lachen nicht verhalten. Sie entwickelt sich wirklich hervorragend, dachte er noch.

„Pfeife diesen Hund zurück!", schallte es vom Steg her. Zoran war zu keiner Regung fähig. Ihm stand sprachlos der Mund offen. Geht's noch, dachte er sich, die kommt zu mir und beschwert sich über meine kleine Hündin. Ein ungutes Gefühl machte sich breit in seinem Bauch, seine Sympathie für diesen Ankömmling sank auf null.

Umständlich kletterte die Seglerin auf den Steg und befestigte ihr Beiboot daran. Na ja, übel sieht sie nicht aus, stellte Zoki fest, als er sie nun betrachtete. Er schätzte sie auf höchstens 1,65 m, ihre Figur war schlank, wohl proportioniert und ihr schwarzes, über die Schultern reichendes Haar trug sie offen. Mala hörte nicht auf zu bellen, hielt aber Abstand zu der Frau. „Mala, ruhig, komm her zu mir!", rief ihr Zoran zu, die sofort das Bellen einstellte, zu Zoran zurückkehrte und sich neben ihm auf den Boden legte.

Die junge Frau, er schätzte sie höchstens auf zwanzig Jahre, kam zu ihm! „Bok, Servus", begrüßte sie ihn. Der Tonfall war allerdings nicht der freundlichste, stellte Zoki fest. Nach dieser Begrüßung folgte aber nichts mehr, keine weitere Begrüßung, keine Vorstellung, wer sie sei noch sonst irgendetwas. Allerdings, so bemerkte Zoran, spielte sie nervös mit ihren Fingern. Die würde sicher vom Festland kommen, so eine, aus einer Großstadt, womöglich aus Zagreb, wie die sich benimmt, dachte er sich, und tat nichts dergleichen, eine Unterhaltung aufzunehmen. Er musterte absichtlich auffällig ihren Körper, was ihr Wohlfühlen noch mehr beschränkte. Auf einmal streckte sie hochmütig das Kinn nach vor. „Hast du genug gesehen?", schnauzte sie ihn an.

„Zuerst schnauzt du meine junge Hündin an, dann fehlt es dir an

Freundlichkeit, denn normal stellt man sich vor! Also, was willst du?" Zokis Freundlichkeit hielt sich in Grenzen, obwohl, wenn er ihr Ankommen überdachte, sie seglerisch eine tolle Leistung für ihr Alter vollbracht hatte. Ihre Antwort fiel schon etwas leiser und zögerlicher aus. „Ich bin Jasna und auf dem Weg nach Zadar. Mein Motor ist ausgefallen und ich schaffe es nicht mehr bis zum Festland. Hier liege ich sicher, da wahrscheinlich noch heute Nacht eine Schlechtfront heranziehen wird. Das Barometer fällt rapide nach unten", meinte sie. „Ich habe keine Ahnung von Motoren, könntest du mir helfen?" „Das Zauberwort dazu fehlt dir, Jasna. Wir haben auf den Inseln ein Zauberwort, das bitte heißt. Kennst du das Jasna? Und wenn dazu deine Mundwinkeln nach oben rutschen würden, was einem Lächeln gleich käme, würde das einer freundlichen Bitte nachkommen, wo schon alles viel leichter fällt! Ich bin Zoran, also Jasna, willst du dich zu mir setzen, willst du was zu trinken und ein Stück Schinken?" Zoki sagte ihr das mit seinem verführerischen, charmanten Lächeln.

Jasna ließ sich mit einem Seufzen neben ihm auf den Boden sinken. „Entschuldige", seufzte sie weiter, „aber ich sollte eigentlich heute noch in Zadar zurück sein, ich schaffe das aber nicht mehr vor dem Sturm ohne Motor. Das wird mir zu gefährlich. Ich weiß, dass ich ganz passabel segle, aber es mangelt mir noch an Erfahrung. Du warst ja auch nicht gerade die Freundlichkeit in Person!" „Ja, ja, wie man in den Wald hineinruft, so schallt es zurück", konnte sich Zoki nicht verkneifen, „also fangen wir nochmals von vorne an!"

Zoran begab sich in sein Häuschen und holte für Jasna ein Stück Schinken, Brot und ein Glas, das er ihr mit Wein vollschenkte. „Hättest du ein Wasser für mich?", fragte sie zögerlich und vorsichtig. „Wasser ist bei mir Mangelware, Jasna, ich muss Trinkwasser aus Sali holen und dann den Berg heruntertragen. Wein mache ich selbst, den brauche ich nicht transportieren", erklärte er ihr. „Na, dann soll es so sein", meinte Jasna unsicher und trank vorsichtig den angebotenen Wein.

„Weißt du was", schlug nun Zoki dem Mädchen vor, „ich werde noch kurz an meinem Boot arbeiten, ich muss es noch abdecken, weil auch Regen kommt, du könntest mir dabei helfen, und dann wollen wir nach deinem Motor sehen, ich kann dir aber nichts versprechen." Jasna bedankte sich bei ihm leicht stotternd: „Das ... das ... wäre sehr nett von dir."

Gemeinsam begannen sie das Werkzeug wegzuräumen. Zoran versank in seine Gedanken. Wie liebte er das Inselleben. Es gab immer wieder Menschen, sicher nicht alle, aber sehr viele, die jederzeit bereit waren, anderen, die Hilfe benötigten, diesen auch selbstlos und selbstverständlich zu helfen. Die Menschen hier hatten sich eine Freundlichkeit und Hilfsbereitschaft bewahrt, das war ihnen wichtig. Und wieder einmal kam ihm die Erkenntnis, wie wichtig menschliche Wärme innerhalb einer Gesellschaft ist. Die Bereitschaft der Menschen, aufeinander zuzugehen, sich aufeinander einzulassen auf der Basis von Vertrauen, auf der Basis von Menschlichkeit. Macht es nicht gerade das aus, sich glücklich zu fühlen? Sich gegenseitig die Hände zu reichen und zu sagen, du bist nicht allein. Er konnte ein Lied davon singen, lebte er doch schon einige Zeit allein. Und doch wusste er, dass er zu jeder Zeit Menschen hatte, an die er sich wenden konnte, die sich Zeit für ihn nehmen würden.

DER TANK IST LEER

Kaum hatten Jasna und Zoki das Fischerboot abgedeckt und das Werkzeug und Schleifpapier in der Hütte untergebracht, gingen sie zu dem kleinen Beiboot. Zoran hob Mala ebenfalls ins Boot, was ihm von dem Mädchen einen fragenden, aber auch zweifelnden Blick einbrachte. „Wenn du mich an Bord haben willst, musst du schon meine Mala auch akzeptieren, Jasna", brummte er. Sie zuckte nur mit den Schultern und reichte ihm eines der beiden Ruderblätter. Gemeinsam paddelten sie zu ihrem kleinen Segelboot.

„Weißt du überhaupt, ob du noch Diesel im Tank hast?", fragte Zoki, wobei er seine rechte Augenbraue hob und die Frage damit theatralisch verstärkte. Jasna begann wieder zu stottern, „Ich bin sicher mit vollem Tank weggefahren und hatte den Motor kaum in Verwendung. Meine beiden Freunde, die letzte Woche damit unterwegs waren, sagten, sie hätten vollgetankt."

„Hatten sie vollgetankt, bevor sie wegfuhren oder nachdem sie zurückgekehrt waren, was sagt die Tankanzeige, Jasna?", wollte Zoki wissen. „Na ja, wann sie vollgetankt haben, weiß ich nicht, aber ich gehe schon davon aus, dass sie erst bei ihrer Rückkehr getankt haben. Ja, die Tankanzeige hat noch nie funktioniert, die steht immer auf null." Zoran ließ ein Knurren von sich, schüttelte den Kopf und sagte mehr zu sich selbst: „Dann prüfen wir zuerst einmal, ob überhaupt noch Diesel im Tank ist. Hast du eine Taschenlampe bei dir?", fragte er sie. Jasna drehte sich schon um und kletterte in die kleine Kajüte. Zoran hörte sie herumrumoren und vor sich unverständlich murmeln. Doch nach wenigen Minuten tauchte ihr Kopf lächelnd beim Niedergang wieder auf und hielt ihm ihre alte Taschenlampe siegesgewiss hin. Außerdem hielt sie in der anderen Hand einen kleinen Werkzeugkasten, den sie ins Cockpit wuchtete. Dann öffnete sie die kleine Backskiste im Cockpit, wo ein kleiner Stahltank zum Vorschein kam.

Zoran öffnete rasch die Inspektionsluke zum Tank, auf dem der

Schwimmer auch angebracht war, der die Tankanzeige bediente. Dann leuchtete er in den Tank. „Na, da brauchst du dich nicht wundern, dass der Motor nicht mehr geht, Prinzessin, dein Tank ist staubtrocken, hast du wenigstens einen Reservekanister?" Jasna wurde nun ganz blass im Gesicht. „Du brauchst mir nicht mehr antworten, mein Fräulein, nicht einmal einen Reservekanister hast du, das darf es doch nicht geben, das darf doch nicht wahr sein, jetzt muss ich auch noch nach Sali fahren und Diesel holen!" Zoki konnte nicht glauben, dass man ohne Reserve an Kraftstoff aufs Meer hinausfährt. Er schüttelte nur mehr den Kopf. „Wir müssen nicht nur Diesel holen, sondern auch noch die Leitungen entlüften!"

Als sie wieder an Land waren, gingen sie zu seiner Hütte. Dabei fragte Jasna: „Wie kommt es, dass du dich technisch da auskennst?" „Beim Militär war ich Gehilfe in der Autowerkstatt, da habe ich mir ein bisschen was gemerkt", antwortete Zoran leise. Er war wütend auf sie, weil er nun nach Sali fahren durfte und sein Blick zum Himmel verriet ihm, dass er sich beeilen musste. Die ersten Regenschauer würden früher da sein, als er heute am Morgen noch angenommen hatte.

„Komm rein in meine gute Stube. Du musst inzwischen hier bleiben, Jasna, ich habe nur ein Moped, mit dem ich deinen Diesel holen werde, Mala wird auf dich inzwischen aufpassen. Mache es dir gemütlich. Wenn es dir zu kalt wird, falls das Unwetter schon früher kommen sollte, kannst du ja den Kamin einheizen." Zoran war wirklich nicht in guter Stimmung, er zeigte nur zum Kamin hin, ließ Mala und Jasna wortlos zurück und schloss hinter sich die Tür. Von der Abstellkammer holte er den großen 25 Liter fassenden Kanister und stapfte den Berg hinauf.

Nach fast drei Stunden kehrte er zurück. Es regnete bereits und er war völlig durchnässt. Den schweren Kanister stellte er unter das Vordach. Als er seinen Wohnraum betrat, saß Jasna am Boden bei Mala und streichelte sie. Er merkte sofort, dass sie fror. Es war frisch im Haus. Das Unwetter hatte die Temperatur im Haus abgekühlt, im Kamin brannte kein Feuer. „Warum hast du kein Feuer gemacht?", fragte er sie. „Ich habe es probiert, aber es ist mir nicht gelungen", flüsterte sie ängstlich und sah in schüchtern von der Seite her an. „Vielleicht könntest du es mir zeigen, wie ich es richtig machen muss." Dabei blickte sie Zoki mit ihren wunderschönen großen, dunklen Augen an, sodass sie ihm schon wieder leid tun konnte. Er durfte nicht so abweisend sein, dachte er sich. Wenn ihr keiner das beigebracht hat, dafür kann sie ja nichts. Sie hat es zumindest probiert. „Komm, ich zeige dir, wie einfach das geht, du hast nur zu großes Holz verwendet. Schau, hier liegen Späne in dieser Kiste, die zünden wir mit dem alten Papier an, das geht ganz einfach und dann legst du ein paar größere Holzscheite darauf. Und nun muss ich mich zuerst umziehen, sonst verkühle ich mich noch, und dann werden wir uns was kochen. Kannst du kochen?" Als er sie dabei anblickte, wusste er schon, dass auch diese Frage vergeblich war.

Zoki hatte aus Sali frisches Fleisch und Gemüse mitgebracht. Er drückte Jasna Zwiebel, Karotten und Sellerie zum Schälen in die Hand. „Ich nehme an, das hast du auch noch nie gemacht, dann probierst du es heute, du wirst das schaffen." Lächelnd forderte er sie auf, ihr Glück zu versuchen. Er selbst schnitt Speck und Tomaten, die er in den Topf gab. Dann schnitt er noch das Gemüse zusammen, das Fleisch schnitt er ebenfalls in große Stücke, würzte es und gab es auch in den Topf, den er nun über das Feuer im Kamin hing. Jasna beobachtet ihn dabei interessiert. „Das machst du hervorragend, wo hast du das gelernt, Zoki?" „Von unserer Pfarrersköchin, bei der ich in den letzten Monaten zweimal die Woche mithelfe, um auch das zu lernen. Kochst du zu Hause nie?" „Nein", wir haben eine Köchin zu Hause, die mag es nicht, wenn ich ihr zuschauen oder gar helfen will. Jetzt lebe ich außerdem in einer Studentenwohnung, da koche ich für mich selbst nicht. Dafür habe ich keine Zeit, ich möchte mit meiner Ausbildung sehr schnell fertig sein."

Das musste Zoran erst verdauen, nämlich die Tatsache, dass sie für das Leben noch nicht wirklich viel gelernt hat. Wenn sie mit ihrem Studium, welches auch immer, er wollte es nicht einmal wissen, fertig sein sollte, was kann sie außer dem Fachwissen noch? Was haben ihre Eltern ihr beigebracht, welche Fertigkeiten zum täglichen Leben kann sie? Er schüttelte verwundert den Kopf. Sie war ja alles andere als unsympathisch, mit ihrer leicht schüchternen und andererseits wieder aufsässigen Art. Ihre wunderschönen Augen haben es ihm vor allem angetan, in ihnen könnte er sich verlieren, die so voll Wärme leuchteten, wenn sie ihn anblickte.

Zoki schnitt noch Kartoffeln, die er nach einer halben Stunde ebenfalls in den Topf gab, dazu kamen noch Salz und Pfeffer. Nach eineinhalb Stunden, der Eintopf duftete schon so herrlich, war es endlich so weit. Erstmals, seit Zoki alleine dieses kleine Häuschen bewohnte, war er nicht allein beim Essen. Und noch dazu weibliche Gesellschaft! Er freute sich insgeheim darüber, er konnte es gar nicht fassen. Ein leichte Nervosität machte sich bei ihm bemerkbar, er spürte, wie es in seinem Bauch zu kribbeln begann.

„Zoran", begann Jasna mit leiser Stimme, bevor sie zu essen begann, „ich möchte mich für mein tollpatschiges Verhalten, als ich bei dir angekommen bin, entschuldigen. Du tust sehr viel für mich, ich möchte mich bei dir bedanken. Nach dem Essen werde ich auf mein Boot zurückkehren. Ich hoffe, dass es morgen wieder schöneres Wetter gibt, dass ich nach Zadar zurückkehren kann." Dabei sah sie ihn mit ihren großen Augen ganz unschuldig an. Zoran schluckte schwer, mit soviel Einsicht hatte er ihrerseits nicht gerechnet. Sie brachte ihn ständig aus der Fassung. „Jetzt essen wir erst einmal, dann sehen wir weiter." Er blickte dabei etwas verlegen auf seinen Teller und sagte: „Lass es dir schmecken."

Jasna legte ihre Hand auf die von Zoran, schaute ihn an und hauchte ein leises „Danke." Diese kleine zarte Berührung verbrannte ihm fast die Hand. Er zog sie schnell unter ihr weg und senkte wieder den Kopf, weil er spürte wie er errötete. So hatte ihn noch keine Frau berührt, er war auch noch nie in so einer Situation, was machte sie nur mit ihm? Er fühlte sich plötzlich unbeholfen, als wäre er noch ein Kind, das erst lernen musste, wie man sich verhält! Das darf doch nicht wahr sein! Er war doch schon erwachsen. Er musste schauen, dass Jasna rasch auf ihr Boot zurückkehrte, sie brachte ihn ständig in Situationen, in denen er sich unsicher fühlte.

Nach dem Essen räumten sie gemeinsam den Tisch ab und machten sauber. Es gab Zoran ein Gefühl von, ja, er getraute sich das gar nicht fertig zu denken, von … Familie? Funktioniert so Familie, dachte er sich, wäre das so einfach? Gemeinsam das Leben bestreiten? Wäre das für ihn wünschenswert? Davor bräuchte er keine Angst haben, das wäre ja etwas Schönes. Warum funktionierte aber dann Familie oftmals nicht? Warum ist das für manche so schwierig, gemeinsam zu agieren?

„Wir werden heute nicht mehr zu deinem Boot fahren, Jasna. Schau doch nur, wie es regnet und stürmt!" Dabei blickte er aus dem Fenster und betrachtete die aufgepeitschte See. „Du wirst heute hier in meinem Häuschen schlafen!" Ich wollte sie vor Kurzem noch so rasch als möglich auf ihrem Boot wissen, dachte sich Zoran, was macht sie nur mit mir?

Eines ließ ihm aber gar keine Ruhe, was studierte sie eigentlich, dass sie sich keine Zeit nahm fürs Leben, außer ab und zu mit dem Segelboot ihres Vaters aufs Meer hinauszufahren. Er konnte sich nicht zurückhalten, er musste es wissen. „Was studierst du eigentlich?" „Ich liebe Musik über alles, Zoran. Ich studiere Musik, ich möchte Opernsängerin werden, ich habe letzten Herbst damit begonnen. Außerdem werde ich auf meinem Boot schlafen."

Vor allem dieser letzte Satz kam sehr bestimmt von ihr. Diese Feststellung versetzte Zoki einen Stich. Wäre das nicht schön gewesen, zu wissen, dass erstmals ein weibliches Wesen gemeinsam mit ihm im selben Haus schliefe.

„Versprichst du mir, dass du mich in meiner Bucht besuchen kommst, Jasna?", versuchte Zoki sie zu einem weiteren Besuch zu überreden, ihr ein Versprechen abzuringen. Ihre linke Augenbraue wanderte nach oben, als sie ihm lächelnd antwortete: „Wer weiß?"

GLÜCK IM UNGLÜCK

Das Wetter hatte sich am nächsten Tag wider Erwarten gebessert, der Regen hatte nachgelassen und hörte in den frühen Morgenstunden dann auf; der Wind kam nicht mehr so stark und drehte nach Nordwest. Als Zoran nach dem Segelboot von Jasna sah, war der Ankerplatz schon leer. Jasna war nicht nur fort, sie hatte auch eine Sehnsucht in Zorans Brust erzeugt, eine gewisse Leere hatte sich breitgemacht. Das kannte er noch nicht. Er hatte noch nie so stark das Verlangen nach Gesellschaft einer Frau verspürt wie jetzt.

Und wieder einmal überfielen Zoran Zweifel, ob es richtig war, sich für ein einsames Leben in seiner Bucht zu entscheiden. Als könnte sie seine Gedanken lesen, kam Mala zu ihm getrottet, setzte sich zu ihm und stieß ihn mit ihrer Nase an, wobei sie ein leises Winseln von sich gab. Zoki streichelte zärtlich ihren Kopf und sagte zu ihr: „Na meine Kleine, ich weiß, dass du immer für mich da sein wirst, aber manchmal sehne ich mich doch nach einer Frau, die mich meinetwillen liebt, die hier leben könnte ohne die Annehmlichkeiten der sogenannten Zivilisation."

Zoki beschloss, bei den Reparaturen seines kleinen Fischerbootes Zlatna Duša weiter zu machen. Er musste auch ein Teil des Holzes ausbessern, das schon morsch war. Er war sich sicher, dass er zumindest an diesem Tag die Arbeit fortsetzen konnte. So begann er das Boot wieder abzudecken, holte sich Hammer und Werkzeug. Zoki begann vorsichtig das kaputte Holz mit einem Meißel-ähnlichen Stichel herauszuarbeiten, ohne das gesunde Holz zu verletzen. Dabei war er mit seinen Gedanken bei Jasna, die ihn noch immer beschäftigte. Würde sie ihn tatsächlich wieder aufsuchen, in seine Bucht wieder kommen, wie lange würde er darauf warten müssen, käme sie dieses Jahr noch?

Während er so dahin arbeitete, gellte er plötzlich mit seinem Werkzeug vom Holz ab und schlug sich mit dem Stichel in den Oberschenkel. So stark, dass das Werkzeug dort fast stecken blieb. „Oh verdammt, warum habe ich nicht besser aufgepasst", schrie Zoki vor Schmerz auf! Mala sprang sofort auf und begann wie wild zu bellen. Zoran zog das Werkzeug mit einem Ruck aus seinem Oberschenkel, worauf das Blut aus der tiefen Wunde nur so herausquoll. Zoran lief blutend in sein Haus, wo er sich ein kleines Tuch an sich riss, es zusammenrollte, auf die Wunde drückte und mit einem weiteren mit starkem Druck festband.

Eines war ihm sofort klar: er musste unverzüglich zu einem Arzt, aber wie? Mit seiner Zlatna Duša, seinem Boot, konnte er nicht über den Seeweg nach Sali fahren, das schaffte er nicht, sie zu wassern! Wie sollte er es aber mit dem verletzten Fuß den Hang hinauf zu seinem Moped schaffen? Er musste es versuchen!

Zoran nahm sich ein paar Habseligkeiten in einer Tasche, die er sich umhing, mit. Den verletzten Fuß konnte er zwar nicht abbiegen, doch er zog ihn immer nach. Es ging zwar sehr schlecht, doch er kam langsam den Weg hinauf, Mala blieb dabei immer an seiner Seite. Zoran rann der Schweiß in Strömen, zähneknirschend entwich immer wieder der eine oder andere Fluch, als er Luft holend stehen blieb. Der Schmerz wurde immer schlimmer, wobei er sich am meisten darüber ärgerte, dass er nicht aufgepasst hatte, mit seinen Gedanken nicht bei der Arbeit war.

Zoki wusste letztlich nicht mehr, wie lange er für dieses Stück, für das er normalerweise nur 10 Minuten benötigte, tatsächlich gebraucht hatte, doch es erschien ihm wie eine Ewigkeit. Er hoffte, dass sein Blutverlust nicht zu groß war, es wurde ihm so flau im Magen, er merkte, dass er mehrfach kurz vor der Bewusstlosigkeit stand. Eines half ihm aber ungemein: Sein Moped sprang heute ausnahmsweise einmal sofort an. Noch nie hatte er sich darüber so gefreut wie heute. Zoki fuhr langsam los, während er den verletzten Fuß weit von sich streckte, abstützen konnte er ihn am Moped nicht, er konnte ihn nicht mehr vor Schmerzen abbiegen. Mala lief neben ihm her.

Kurz vor Sali passierte es dann, als ihm schwarz wurde vor den Augen.

Im allerletzten Moment konnte er zwar stehen bleiben, merkte aber noch, dass er mitsamt dem Moped umfiel.

Als Zoran wieder zu sich kam, lag er auf einem einfachen Bett, er spürte Schmerzen in seinem Fuß. Er hatte im ersten Moment keine Orientierung, wusste nicht, wo er war. Als er aufsah, bemerkte er medizinische Geräte und dass sein Oberschenkel einen großen Verband hatte. „Oh Gott, ich weiß wieder, was passiert ist, aber wie komme ich hierher und wo bin ich?", sprach er zu sich selbst. In diesem Moment ging die Tür auf und der Arzt aus Sali blickte herein. „Na, Zoran, du bist ja schon munter, das ging aber schnell, ich habe dir nämlich ein Schlafmittel gespritzt, ich dachte, du würdest die nächsten paar Stunden noch schlafen!" Dabei lachte er über sein ganzes Gesicht.

„Dr. Damjanič", ächzte Zoran, „wie bin ich zu ihnen gekommen und wo sind mein Moped und mein Hund Mala?" „Also", erzählte ihm Dr. Damjanič, der Arzt aus Sali, „ein Mann, der mit seinem kleinen LKW auf dem Weg von Veli Rat hierher unterwegs war, hat dich gefunden und dich auf seiner Ladefläche gemeinsam mit deinem Hund direkt zu mir gebracht. Deine Hündin ist zurzeit bei Dragica, die gerade nach Hause gehen wollte. Sie hat Mala gleich mitgenommen. Sie hat gesagt, ich solle dich rasch zusammenflicken, dann könntest du Mala bei ihr abholen. Die Wunde habe ich dir versorgt, ich musste sie natürlich nähen, es wurden aber keine Gefäße oder Sehnen verletzt, Zoran. Aber du hast doch einiges an Blut verloren. Du bleibst heute bei mir hier liegen, ich lass dir dann gleich etwas zu essen bringen. Morgen sehen wir dann weiter, mein Junge. Sei froh, dass du es bis hierher geschafft hast! Du hattest eine Menge Glück, das hätte viel schlimmer ausgehen können!"

„Danke, Doktor, vielen Dank! Ich muss trotzdem bald wieder zurück in meine Bucht. Ich kann mir das hier auch nicht leisten, sie wissen es ja", erklärte Zoki dem Arzt. Er wusste doch, dass es um seine Barmittel nicht gerade rosig stand. Wie sollte er das bezahlen? Der Arzt lachte weiter: „Zoki, mache dir keine Sorgen darum, wir werden uns schon einig werden, du hast doch immer wieder schöne Fische oder einen guten Speck. Wenn du einmal was übrig hast, bringst du mir was mit,

Junge." Dabei strich er mit der Hand über seinen Bauch, wissend, dass er ihn bald mit Köstlichkeiten Zorans füllen würde.

Zwei Tage später entließ Dr. Damjanič Zoran und belehrte ihn noch über die Fortsetzung der Behandlung. Zoran fand auch sein Moped vor dem Haus des Arztes. Er fuhr sofort zu Dragica, um seine Mala abzuholen. Die kam ihm schon schwanzwedelnd mit lautem Gebell entgegen, als sie sein Moped hörte. Für Dragica hatte er die teuren Schokodrops mitgenommen, die sie freudestrahlend entgegennahm. „Zoran, dafür hätte ich noch viel länger auf deine Hündin geschaut, in die habe ich mich richtig verliebt! Sie hat mich am Abend immer gewärmt, hat sich auf meine Füße gelegt, daran könnte ich mich schon gewöhnen, du kannst sie jederzeit wieder zu mir bringen, wenn du einmal nicht zu Hause sein solltest. Übrigens, mein Nachbar war bei dir in der Bucht. Er hat dir die Tiere gefüttert."

Zoran wurde wieder einmal ganz warm ums Herz. In Wirklichkeit lebten doch nur wenige Menschen auf dieser Insel. Sali war nun wirklich keine Stadt, es war in Wirklichkeit ein kleines Dorf auf einer Insel, die „große Stadt" Zadar war nur über die Fährverbindung zu erreichen, zur Zeit nur zweimal pro Tag. Dieser Vorfall machte ihn sehr nachdenklich. Zoran erzählte Dragica seine Gedanken, seine Bedenken, sollte er wirklich einmal eine Familie hier gründen und Kinder haben. Jasna hatte diese Wünsche in ihm geweckt.

„Ach Zoran", meinte die alte Dragica, „was hätten da deine Großeltern machen sollen? Da hätten sie dich nicht bei ihnen aufnehmen dürfen, wenn sie nur Angst um dich gehabt hätten. Du kannst auch am Festland verletzt werden, fern von einem Krankenhaus. Glaubst du wirklich, dort ist es um soviel besser? Da dürften hier keine Menschen mit ihren Kindern leben, Junge! Es gibt nirgendwo ständig Sicherheit. Das ganze Leben ist ein Risiko, und doch ist es so schön, so faszinierend, Zoran. Da dürftest du nie alleine mit dem Boot aufs Meer hinausfahren. Hast du dann keine Angst? Kann dir dort nichts passieren? Und trotzdem fährst du immer wieder raus." Dabei schaute sie ihn fragend an.

„Ja, Dragica, ich weiß, du hast Recht. Es überkommen mich dennoch immer wieder Zweifel, ob es richtig ist, dass ich alleine in meiner Bucht lebe. Im Besondern jetzt, als ich mich verletzt habe und ich es kaum hierher schaffte", erzählte ihr Zoki von seinen Zweifeln.

Als Zoran wieder in seiner Bucht ankam, war von seinen Zweifeln nicht mehr viel vorhanden. Er saß vor seinem Haus und blickte hinaus aufs Meer. Zoran wurde bewusst, wie schnell ein Unglück geschehen konnte, wie schnell ein Leben vorbei sein konnte. Er dachte sich, dass jeder Tag des Lebens ein Geschenk war, dem er viel mehr Aufmerksamkeit in Zukunft widmen wollte. Es wurde ihm klar, dass Leben nicht gestern geschieht, denn dieses Gestern war schon vorbei und auf keinen Fall im Morgen, denn das ist uns ungewiss. Er wollte zukünftig das Heute intensiver leben, es bewusster genießen. Das Leben mag uns schon dann und wann stürmisch und gefährlich erscheinen, doch es bleibt immer ein wunderschönes, faszinierendes Geschenk, dachte sich Zoran, als er die Sonne langsam untergehen sah.

UNERWARTETER BESUCH

Der Sommer kam, Zlatna Duša schwamm im reparierten Zustand im Wasser und Zoki war dabei, seine Vorräte für den Winter wieder zu füllen. Mala entwickelte sich zu einer wunderbaren Schäferhündin und wachte über ihr Areal, über ihre Bucht. Fast täglich trainierte sie Zoran. Er genoss es, zumindest ein Mal pro Tag mit ihr zu üben, was ihr unendlich Spaß bescherte, aber auch Gehorsam und Geduld von ihr verlangte.

Es war bereits Anfang August, als der Tag anbrach und Zoran vom beginnenden Gezwitscher der Vögel geweckt wurde. Das wird wieder ein schöner Tag werden, dachte er sich, heute werde ich gleich nach dem Frühstück wieder die Reusen kontrollieren. Dabei blickte er aus dem Fenster und sah hinaus auf seine Bucht. „Nein! Das darf doch nicht wahr sein!", schrie er los, hüpfte aus seinem Bett und rannte hinaus auf seine Veranda. Ja, dachte er sich, das muss ihr Schiff sein. Ein kleines Segelboot lag vor Anker, das genauso aussah, wie jenes von Jasna! Sein Blutdruck schnellte hinauf vor Freude, sein Herz schlug Purzelbäume! Er würde warten, bis sich am Schiff etwas rührte, bis er sicher war, dass sie es ist, dieses faszinierende Mädchen, von dem er schon so oft träumte. Wie oft hatte er schon gehofft, dass sie wieder einmal kommen würde, dass sie ihm die Freude machte, ihn zu besuchen.

Zoran eilte in sein Haus und entfachte Feuer im Kamin. Er bereitete alles vor für ein herzhaftes Frühstück. Nachdem er damit fertig war, ging er wieder vor das Haus und setzte sich in seinen alten Schaukelstuhl. Er starrte hinaus zu dem Boot, er konnte es nicht mehr erwarten, sie wieder zu sehen. Ob sie alleine gekommen war, oder hatte sie inzwischen einen Freund? Plötzliche Zweifel nagten tief in seiner Seele. Durfte er sich überhaupt Hoffnungen machen, dass sie seine Nähe suchte? Wollte sie ihn, den einfachen Fischer, überhaupt besuchen oder suchte sie nur einen sicheren, ruhigen Ankerplatz? Oder doch einen Ankerplatz in ihrem Leben?

Zoran hielt es nicht mehr aus. Er sprang auf und lief zum Wasser hinunter und rief mehrfach laut Jasnas Namen. Da sah er sie, wie sie ins Cockpit trat und zu ihm herüber winkte. „Jasna, ich habe uns Frühstück gerichtet. Willst du herüberkommen?" Zoran konnte es kaum erwarten, sie bei sich zu sehen. „Gib mir zehn Minuten, Zoki!", rief sie zurück. Dabei drehte sie sich um, zog sich in Ruhe ihr Gewand aus und hüpfte, so wie Gott sie geschaffen hatte, ins Wasser. Zoran konnte das nicht glauben. Er bewunderte nicht nur ihren wunderschönen, splitterfasernackten Körper, sondern auch ihren Mut, ihre Natürlichkeit und Unbekümmertheit. Nach wenigen Minuten kehrte Jasna zurück auf ihr Boot. Schon nach wenigen Minuten stieg sie in ihr kleines Schlauchboot und ruderte gemütlich zu ihm ans Ufer, wo sie von Zoran sehnsüchtig erwartet wurde.

„Jasna, ich hätte nicht gedacht, dich noch einmal zu sehen, ich freue mich von Herzen, dass du gekommen bist", sagte Zoki, wobei er ihre Hände hielt und ihr verlegen ins Gesicht lächelte. Auch Jasna wirkte etwas verlegen. „Ich komme von der Insel Hvar und bin die Nacht durchgesegelt, der Wind passte, sodass ich heute früh hier herein in die Bucht kommen konnte. Ich bin hundemüde und sehr, sehr hungrig", seufzte Jasna. „Ich hatte schon gehofft, dass du mir ein Frühstück anbietest. Es ist auch für mich schön, dich wieder zu sehen, Zoran." Dabei strahlte sie ihn an, dass Zoran sie packte und in seine Arme zog. „Schön, dass du zu mir gekommen bist!", seufzte er leise in ihr Ohr.

„Wie lange wirst du bleiben? Hast du ein paar Tage Zeit?" Zoran fragte Jasna sehr vorsichtig, er wollte sich nicht zu große Hoffnungen machen, während er luftgetrockneten Schinken, Speck und Eier mit frischen Kräutern in einer Pfanne briet. „Leider, Zoran, ich kann nur bis zum Morgen bleiben. Ich habe am Wochenende die Möglichkeit, im Zuge einer großen Veranstaltung mit einem Orchester aufzutreten. Ich darf zwar nur zwei Lieder singen, aber es wird mein erster Auftritt vor großem Publikum sein. Ich freue mich schon darauf! Ich verspreche dir aber, dass ich danach noch einmal kommen werde, bevor ich in das neue Semester starte", wobei sie ihn mit ihren großen funkelnden Augen anhimmelte, sodass das Kribbeln in Zorans Bauch sich noch verstärkte.

„Was wirst du singen, Jasna", fragte Zoran interessiert, „ich möchte dich auch einmal hören." Jasna lachte. „Du kannst mich heute noch hören, Zoki, wenn ich übe! Möchtest du nicht einmal zu einem Konzert kommen, wenn ich einen Auftritt habe?"

Diese Frage bereitete Zoran tiefe Schmerzen. Wie sollte er Jasna erklären, dass er weder das Geld noch die dazu erforderliche Kleidung zur Verfügung hatte. Wie sollte er ihr erklären, dass seine Welt und ihre Welt, in der sie lebten, eine jeweils andere war. Das wurde ihm blitzartig klar, als sie ihn nun fragte. Wie sollte er ihr sagen, dass seine Welt sich auf diese Bucht weitgehend begrenzte. Hier gab es weder Strom noch Telefon, fernsehen konnte er nur, wenn er Freunde in Sali besuchte. Selbst dort verfügten nur wenige Haushalte über einen Fernseher.

Zoran lenkte Jasna von ihrer Frage ab, indem er ihnen das Frühstück auf den Tisch stellte. „Komm, lass es uns genießen", forderte er sie mit einem krampfhaften Lächeln auf. Jasna ließ nach den ersten paar Bissen, die sie offensichtlich genoss, aber nicht locker. „Warst du schon einmal bei einem Konzert", fragte sie ihn mit ihrer bezaubernden Art. „Nein", murmelte Zoran, „hatte noch keine Gelegenheit dazu. Hier auf der Insel haben wir so etwas nicht." „Zoran, ich werde für dich alleine dann singen, nur für dich. Ich weiß, dass es schwierig ist, wenn man hier auf der Insel lebt."

„Wie stellst du dir dein Leben eigentlich vor, Jasna, wenn du deine Ausbildung abgeschlossen hast, wo wirst du leben? Wirst du in einer Schule Gesang unterrichten?" Zoran musste das in Erfahrung bringen, er wollte mehr von diesem zauberhaften Mädchen erfahren, das ihm immer öfter den Schlaf kostete.

„Ich weiß es nicht", antwortete sie leise, „weißt du, ich würde mir wünschen, einmal auf den großen Bühnen dieser Welt auftreten zu dürfen, vor einem großartigen Publikum singen zu dürfen. Ja, davon träume ich, Zoran, das wäre mein ganz großer Traum." Dabei leuchteten ihre Augen, als würde sie vor ihrem Publikum schon auf der Bühne stehen und ihren Erfolg genießen. Zoran konnte ihre Begeisterung sehen, er konnte sie fast spüren, wie sie dem entgegenfieberte.

Ihre Stimme wurde immer leiser, als würde sie Angst haben, ihre Wünsche, ihre Träume zu offenbaren. „Wo ich einmal zu Hause sein werde", setzte sie fort, „weiß ich noch nicht. Wo ist man zu Hause? Ist es so wichtig?" Mit einem tiefen Seufzer, der ihre inneren Zweifel über ihre Ziele offenbarte, der ihre Unsicherheit verriet, ließ sie ihr Besteck sinken. „Danke für dieses tolle Frühstück", versuchte sie die Stimmung zu retten. „Lass mich ein bisschen ausruhen, bitte. Ich bin so müde nach dieser Nachtfahrt, Zoran", bat sie ihn. „Jasna", forderte er sie auf, „lege dich draußen in den Schaukelstuhl, meine Liebe, versuche es, du wirst den besten Schlaf darin finden", lächelte Zoran sie an.

Jasna versank unverzüglich in tiefen Schlaf. Zoran beobachtete sie lange. Er wurde sich plötzlich bewusst, dass er sich umsonst Hoffnungen machte, ihr Herz zu erobern. Ihre Fragen haben ihn zutiefst erschüttert. Da konnte er nicht mithalten. Er würde sie nie besuchen können, wenn ihre Ausbildung zu Ende war. Ein tiefer Schmerz zog in sein Herz ein, er fühlte, als würden tausend kleine Nadeln es durchbohren. Eine gemeinsame Zukunft würde es nicht geben.

Kaum dass Jasna erwacht war, verabschiedete sie sich von Zoran. Das ging so schnell, dass Zoki keine Möglichkeit mehr fand, sich weiter mit ihr zu unterhalten. Als würde sie vor mir flüchten, dachte er sich, als hätte sie Angst vor mir. Mit hängenden Schultern ging er zurück zu seinem Häuschen, wo er sich traurig in den Schaukelstuhl sinken ließ.

Es war kurz vor der Dämmerung, als Zoran sie im Cockpit sitzen sah. Sie, die er so gerne lieben hätte dürfen, sie, die Unerreichbare, sie, die nun Leid und Schmerz für ihn bedeutete. Er wollte schon aufstehen, um nicht ob ihres Anblicks noch mehr leiden zu müssen, als er plötzlich ihre Stimme vernahm.

Jasna sang ein altes dalmatinisches Lied, das von einer unerfüllten Liebe handelte, von zwei Liebenden, denen es nicht möglich war, einen gemeinsamen Weg zu gehen. Sie sang mit so wunderschöner Stimme, mit so viel Gefühl. Da durchfuhr ihn eine Hoffnung. Wollte sie ihm etwas mitteilen, wollte sie ihm mit diesem Lied sagen, dass es ihr ebenso erging? Hegte sie für ihn dieselben Gefühle wie er für sie?

Im selben Moment ertönte der Gesang einer Nachtigall aus den Bäumen. Man hörte sie tagsüber nicht oft in seiner Bucht, manchmal aber auch nachts. Er erfreute sich immer wieder an ihrem Gesang. Und jetzt Jasnas Stimme und die der Nachtigall und das Meer – dies alles versetzte sein Herz in Schwingungen, dass ihm ein tiefer Seufzer des Glücks entwich. Nur wenn Jasna sich jetzt neben ihm befände, wäre er noch glücklicher. Sie war so nah vor ihm und doch so fern. Wie gerne hätte er sie jetzt in seine Arme genommen, ihre Augen geküsst und ihr seine Gefühle ins Ohr gehaucht.

Kaum hatte sie das Lied beendet, verschwand Jasna in ihrer Kajüte. Obwohl Zoki ein paar Mal ihren Namen rief, ließ sie sich nicht mehr blicken. Mit ihrer Stimme in seinem Herzen, die immer noch in seinen Ohren klang, schlurfte Zoran traurig in sein Haus. Mala, die seine Stimmung spürte, kam am Abend in seine Kammer, stupste ihn mehrfach mit ihrer Nase an und legte sich dann neben sein Bett mit einem tiefen Seufzer nieder. Zoran wusste, dass seine Hündin seinen Kummer spürte.

Als Zoran am nächsten Morgen erwachte, wusste er, ohne nachsehen zu müssen, dass Jasna mit ihrem Boot nicht mehr da sein würde, dass sie ihn, wie beim ersten Mal, fluchtartig noch vor Sonnenaufgang verlassen hatte.

SEHNSUCHT

Der Sommer zog ins Land. Es war für Zoran eine schöne Zeit, eine Zeit im Überfluss. Er war glücklich mit seinem erfolgreichen Fischfang, die Oliven gediehen prächtig und auch seine Haustiere zogen ihren Nachwuchs heran.

Eines Morgens gegen Ende September erwachte Zoran, weil ein heftiger Herbststurm durch seine Bucht zog. Ein Tramontana, ein Nordwind, krachte mit heftigen Böen heran, begleitet von kaltem Regen. Er wusste, dass dem die Bora folgen würde. Der Wind rüttelte an seinem nordwärts gelegenen Fenster, als würde ein Erdbeben das Haus erschüttern. Zoki hoffte, dass sein Dach hielt, das hatte schon einige Schwachstellen, die er unbedingt vor dem Wintereinbruch noch reparieren musste.

Doch so, wie sich das Wetter darstellte, so wurde es kalt in seinem Herzen. Dunkelheit umhüllte es. Das Gefühl der Einsamkeit machte sich wieder einmal breit in seinem Inneren. Im Besonderen, wenn er an Jasna dachte, wenn seine Gedanken zu diesem so wunderbaren Mädchen mit ihrer feinen Stimme zu ihr abdrifteten, die ihn so sehr betörte, die sein Herz immer schneller schlagen ließ, wenn er nur ihre Augen sich in Erinnerung rief oder sie im Geiste singen hörte.

Warum hatte sie ihn noch nicht besucht? Weißt du denn nicht, dass du mir so sehr fehlst, dachte sich Zoki. Du bist für mich das Sinnbild einer Frau, von der ich immer schon träumte, das Wunschbild meiner Sehnsucht, du bist für mich wie das Wasser dieser Bucht, deren Magie es nicht gäbe, wäre das Wasser nicht hier. Warum kommst du nicht mehr, hast du jemand anderen kennengelernt, bist du in einen anderen verliebt? Jasna, sann Zoran weiter, du weißt gar nicht, wie sehr ich dich vermisse!

Draußen peitschte der Wind die Wellen gegen seine Bucht, als würde er Zorans Stimmung seines Herzens interpretieren. Zoki wurde immer aufgewühlter, ging in seinem kleinen Wohnraum auf und ab, blickte nach dem Kamin, wo das Feuer wild flackerte. Mala hatte sich in eine Ecke zurückgezogen und beobachtete ihn mit hochgezogenen Brauen. Ihr entging die Unruhe ihres Herren nicht.

Plötzlich stoppte Zoki, als sei er gegen eine unsichtbare Wand gelaufen. Er drehte sich um, sah in Richtung der Tür seines Schlafgemaches und verschwand darin. Kurz darauf kehrte er mit Papier und Füllfeder zurück und machte es sich beim Tisch damit gemütlich. Er füllte sich aus dem Krug Wein ein und nahm einen kräftigen Schluck, als würde er diesen brauchen, um seinen Mut zu stärken, den er jetzt benötigte. Er hatte so etwas noch niemals getan.

Dann begann er zu schreiben:

Liebe Jasna!

Ich weiß nicht, ob es richtig ist, dir zu schreiben, aber meine Sehnsucht, mich dir mitzuteilen, dir zu schreiben, ist riesengroß. Ich hatte nämlich gehofft, dich öfter hier in meiner Bucht zu sehen, dir nahe sein zu dürfen, dir in deine so wunderschönen Augen zu sehen. Alleine wenn ich an deine Augen denke, sehe ich das Feuer deines Herzens, das mich so betört.

Jasna, ich weiß, dass ich nur ein sehr einfacher Mensch bin und dass ich ein sehr bescheidenes Heim habe, hier, an diesem Ort, wo ich lebe. Du hast aber etwas in mir geweckt, eine ungestillte Sehnsucht nach einem Menschen, dem ich meine Gefühle schenken darf, mit dem ich Schönes teilen kann, mit dem ich lachen kann. Du hast das ausgelöst in mir, du bist für mich wie die Süße des Weines, den ich gerade genieße, nur unerreichbar. Das lässt mich sehr traurig werden.

Ich weiß, Jasna, dass unsere Welten, in denen wir leben, sehr unterschiedlich sind. Sie sind nicht verschmelzbar. Und doch, ja, wie soll ich dir das erklären, Jasna, mein Herz empfindet wunderschöne Gefühle für dich.

Gestern, als noch kein Sturm ging, legte ich mich abends ins Bett, als ich draußen eine Nachtigall singen hörte. In diesem Moment hörte ich dich, als du letztes Mal bei mir warst, dein wunderschönes Lied, das du auf deinem Segelschiff gesungen hattest. Jeder einzelne Ton klang wieder in meinem Ohr, als wärst du tatsächlich hier. Meine Haare auf meinen Armen stellten sich auf, mein Herz begann zu rasen und ein unendlich schönes Glücksgefühl breitete sich in mir aus. All deine Emotionen, die du mit deiner Stimme zum Ausdruck brachtest, spürte ich wieder.

In diesem Moment wurde mir klar, wie sehr du mir fehlst und dass ich tiefe Gefühle für dich empfinde. Bitte verzeihe mir, wenn ich dich mit meinem Geständnis zu sehr bedrängen sollte. Ich hielt es aber nicht mehr aus, ich musste dir das mitteilen.

Der immer an dich denkende
Zoran

Er ließ langsam seinen Schreiber sinken, stieß einen langen Seufzer aus, der seinen Kummer widerspiegelte. Dann trank er sein Glas aus und füllte es sofort wieder. Ob ich ihr wirklich diesen Brief schicken soll? Zokis Mut begann schon wieder zu bröckeln. Ich will sie ja nicht verlieren! Seine Zweifel begannen ihn zu martern, Schweiß stand auf seiner Stirn. „Mala, was meinst du, soll ich diesem wunderbaren Weib meinen Brief schicken?" Mala sprang auf und bellte ihn an. „Na, dann bleibt mir ja nichts anderes übrig", brummte Zoran.

Am nächsten Tag steckte Zoran den Brief in ein Kuvert und fuhr damit nach Sali. Beim Postamt wurde er von Milan herzlich empfangen, sie waren schon lange gute Freunde. Milan und Zoran waren gemeinsam zur Schule gegangen. „Milan, ich brauche deine Hilfe und deine Verschwiegenheit, du musst die Adresse von einem Mädchen in Zadar herausbekommen!" Dabei errötete er derartig, dass Zoki nicht nur vor Verlegenheit fast im Erdboden versank, sondern auch Milan sich das Lachen nur mit Mühe verkneifen konnte. „Das werden wir doch wohl schaffen, Zoki, wäre doch gelacht, wenn ich deinem Glück nicht helfen könnte!" Milan wusste, dass es sein Freund schwer hatte, eine Frau für ein Leben in seiner einsamen Bucht zu finden. Er hätte ihm eine glückliche Verbindung von Herzen gegönnt.

Als Zoran das Postamt verlassen hatte, ging er hinüber zu dem kleinen Lebensmittelgeschäft. Er kaufte wieder einmal Schokodrops für Dragica, er wollte sie besuchen gehen, er wollte nicht alleine sein. Er brauchte jetzt jemanden zum Reden. Bei ihr fühlte er sich immer wohl. Irgendwie hatte sie in seinem Herzen einen besonderen Platz eingenommen. Er liebte diese alte, wenn auch etwas schrullige alte Frau, als wäre sie seine Großmutter. Er hatte für sie außerdem etwas Schinken mitgenommen.

Als er bei ihr angekommen war, öffnete sie schon die Haustür, noch bevor er anklopfen konnte. „Ich habe dich schon kommen gesehen, mein Junge, komm' rein, ich habe noch ein bisschen Hühnersuppe übrig, die magst du bestimmt!" Sie umarmte ihn herzlichst und schubste ihn in ihre Küche. Er kam außer der Begrüßung gar nicht zu Wort, Zoki freute sich über das Wiedersehen. Außerdem konnte er auf diese Suppe, von der er wusste, dass sie köstlich schmecken würde, auf keinen Fall verzichten. Dragica stellte ihm eine große Schüssel mit der dampfenden Köstlichkeit hin. „Dragica, was hast du da alles drinnen, das so duftet und schmeckt?" Zoran war begeistert und stürzte sich auf die Suppe.

„Du hast Sorgen, Zoki, was bedrückt dich, mein Junge?", eröffnete Dragica das Gespräch, nachdem Zoki das Essen beendet hatte. Dann begann er ihr von Jasna zu erzählen, vom ersten Kennenlernen, als sie in seine Bucht hereingesegelt kam, bis zu seiner unstillbaren Sehnsucht nach diesem Mädchen. Er erzählte von dem Brief, den er zuvor an sie geschickt hatte, aber auch von seinen Zweifeln. Dragica schwieg zuerst. Dann blickte sie ihn an mit einem zarten Lächeln und sagte in leisem Ton: „In der Liebe ist alles erlaubt, Zoki, es gibt nichts Lächerliches und nichts Verbotenes, nur Offenheit. Liebende dürfen sich respektvoll alles sagen. Nur wer sich mitteilt, legt den richtigen Grundstein für gegenseitiges Vertrauen. Für die Liebe muss man immer kämpfen, ob sie erwidert wird, weiß man nicht, das wird sich weisen. Wenn du nicht dafür kämpfst, kann es sein, dass sie an dir vorübergeht."

Zoran blickte ihr lange in die Augen. Er ergriff ihre Hände, die er küsste, und murmelte leise zu ihr: „Du bist so ein lieber Mensch, Dragica, ich danke dir, dass du ein Ohr für mich hattest, was täte ich nur ohne dich." Zoki stand auf und ging, ohne sich umzudrehen.

Als Zoran wieder in seine Kruševica-Bucht zurückgekehrt war, überfielen ihn neuerlich heftige Zweifel. Durfte er wirklich einem Mädchen, das er kaum kannte, so offen seine Gefühle für sie darlegen? Gleichzeitig wurde ihm seine riesige Sehnsucht nach ihr, sie wieder hier bei ihm zu haben, bewusst. Er beruhigte sich aber gleich wieder, als ihm die Worte seiner so lieb gewonnenen Dragica wieder einfielen.

Zoki rief Mala zu sich. Sie schritten hinunter zum Meer, wo er sich unter einen Baum setzte. Er starrte hinaus aufs Wasser und wünschte sich, dass ein kleines Segelschiff jeden Moment in die Bucht hereingleiten würde.

TOURISTEN

Es war Mitte August, als Zoran gerade von einem Einkauf aus Sali zurückkehrte. Er blickte zum Meer hinunter und erfreute sich an diesem Anblick, an dieser unwahrscheinlichen Ruhe. So friedlich lag seine Bucht unter ihm. Das ist unbezahlbar, dachte er sich. Er roch das Meer und atmete tief die Luft ein, er genoss diese salzhaltige Luft, diesen Atem des Meeres, wie er sie nannte. Die Unberührtheit seiner kleinen Welt machte ihn immer wieder aufs Neue glücklich.

Seine Lebensmittel hatte er vom Anhänger in sein Tragegestell verstaut, das er auf seinem Rücken schulterte, und die beiden Wasserkanister nahm er je in eine Hand. So machte er sich auf zum Abstieg zu seinem Häuschen. Da hörte er Motorgeräusche am Meer, als würde ein Motorboot sich seiner Bucht nähern. Er war noch keine hundert Meter unterwegs, als zwei kleine Motorboote in rauschender Fahrt und lärmend um die Ecke fuhren. Gott sei Dank nahmen sie sofort das Gas zurück, als sie sahen, dass sie in eine kleine Bucht kamen. Zoki beobachtete sie, wie einer der Freizeitkapitäne dem anderen deutete, dass sie hier vor Anker gehen würden.

Zoran beeilte sich, nun den steinigen Weg hinabzukommen. Er wollte so rasch als möglich bei seinem Häuschen ankommen, denn offensichtlich handelte es sich bei den Leuten mit ihren Booten um Touristen. Er hatte schon damit gerechnet, dass irgendwann auch bei ihm Ausländer mit ihren Booten vorbeikommen würden. Hatte Jasna doch auch zu ihm gefunden, die wäre ihm auch wesentlich lieber gewesen, wenn sie es gewesen wäre, die nun bei ihm vor Anker gegangen wäre. Diese Leute waren ihm aber nicht wirklich willkommen.

Als er beim Häuschen ankam, sah er die Menschen auf ihren Booten, die mit deutschen Flaggen gekennzeichnet waren, fröhlich zusammensitzen. Er sah, wie sie mit Getränken sich zuprosteten und sich offensichtlich für eine längere Pause hier einrichteten. Na, jetzt ist es aber mit der Ruhe vorbei, dachte er sich. Mit einem Grinsen im Gesicht ging er zu seiner Haustüre und öffnete sie, um Mala herauszulassen, die laut bellend als Begrüßung zum Strand hinunterlief.

Zoki kümmerte sich nicht mehr um diese Leute, er konnte ohnehin nichts ändern. Da es bereits Mittag war, bereitete er sich herrlich gebratenen Schinken in einem Omelette zu. Ein paar Tomaten aus seinem Garten würden seinem bescheidenen Mahl als Salat die Krone aufsetzen. Das ging schnell und sein Magen knurrte schon bedrohlich. Er nahm sich sein Essen und setzte sich vor dem Haus in den Schatten. In aller Ruhe begann er sein Essen genießend zu verzehren. Auch Mala bekam dabei einen kleinen Teil ab. Er hatte noch ein Stück Knochen für sie aus Sali mitgenommen.

Zoran war noch mit dem Essen beschäftigt, als er sah, dass von den beiden Booten zwei Männer mit dem Schlauchboot zu ihm übersetzten. Als sie bei seinem Steg anlandeten, rief der eine Mann fragend ihm zu, ob sie nicht zu ihm kommen dürften, sie hätten eine Frage. Zoran deutete ihnen zu, sie sollten doch zu ihm herkommen. Er dachte sich noch, die fragen wenigstens freundlich.

Als sie bei ihm ankamen, reichte ihm der Eine mit einem freundlichen Lächeln sofort die Hand. „Ich bin Tomislav, entschuldige wenn wir dich stören. Das ist mein deutscher Freund Peter. Wir sind mit unseren Frauen von Zadar hierher gefahren." Zoki lud sie ein, sich zu ihm zu setzen. Er nahm ihre nette Art als sehr positiv auf und dachte sich, na, wenn sie schon Lärm machen, aber sie dürften ganz angenehme Leute sein. Höflich sind sie zumindest.

Zoran stellte sich ebenfalls vor und lud sie auf einen Schnaps ein, den er ihnen kredenzte. „Zoran", sagte Tomislav etwas verlegen, „wir haben den herrlichen Duft deines Mahles, als du es zubereitet hattest, in unsere Nasen bekommen. Weißt du, wir wollten nur kurz baden gehen und ein bisschen Spaß haben und dann nach Zadar wieder zurückfahren. Es ist aber so schön hier bei dir. Das ist wirklich eine tolle Bucht, wir kannten sie noch nicht. Wir sind am Überlegen, ob wir hier nicht übernachten sollten und erst morgen wieder zurückfahren. Das Problem ist nur", und jetzt grinste Tomislav über das ganze Gesicht, „dass wir zwar genug zu trinken mithaben, aber mit dem Essen schaut es traurig aus. Außer einer kleinen Jause haben wir nichts mit. Wäre es für dich möglich, dass du uns etwas zu Essen machen könntest?"

Zoran hatte mit einem solchen Anliegen nicht gerechnet. Natürlich könnte er das für sie machen. Für vier Personen wäre er nicht überfordert. Ein bisschen Geld könnte er sich auch verdienen, das er bitter nötig hatte. Er hätte außerdem ein bisschen Gesellschaft und Spaß. Aus seinem Bauchgefühl heraus sagte er zu, doch erklärte er ihnen, dass sie nichts Großartiges erwarten könnten. „Wisst ihr, normalerweise könntet ihr bei mir Fisch essen, doch heute war ich in Sali einkaufen, da bin ich nicht zum Fischen hinausgefahren. Und ich esse nur fangfrischen Fisch. Bei uns gibt es das Sprichwort: ein Fisch hat vierundzwanzig Geschmäcker. Jede Stunde, den du ihn später isst, verliert der Fisch einen Geschmack. Wir essen daher einen frischen Fisch innerhalb der ersten 24 Stunden nach dem Fang. Den Rest verkaufen wir an die Händler nach Zadar. Aber ich könnte euch Schinken mit Ei oder Ähnliches anbieten. Die Getränke müsst ihr selbst mitnehmen, falls ihr Bier trinken wollt. Wein und Schnaps habe ich selbst." Tomislav übersetzte Peter dass Angebot und fast gleichzeitig jubelten sie und fielen Zoki um den Hals.

Zoran dachte sich, na, wenn ich schon ein bisschen Geld damit verdienen möchte, sollte ich ihnen schon etwas Ordentliches zum Essen auftischen. Er schlachtete schließlich zwei fette, schöne Brathühner, die er in seinem Kamin grillen wollte. Außerdem begann er sofort, Brot zu backen, was bei ihm schon lange zur Routine geworden war.

Als gegen Abend dann seine Gäste kamen, war das Essen schon fertig. Er hatte die Hühner halbiert und am Rost zart und knusprig gegrillt. Dazu gab es sein Weißbrot, das er in einer Gusspfanne in der Glut zugedeckt im Kamin ebenfalls knusprig gebacken hatte, Rosmarin-Kartoffeln und Tomatensalat. Das Essen wurde mit einem Applaus von seinen Besuchern entgegengenommen. Sie waren überrascht, wie lecker das aussah und duftete.

Während des Essens erzählte Tomislav, der neben Zoki saß, dass er 1960 nach seinem Universitätsabschluss nach Deutschland gegangen sei und dort Arbeit gefunden hatte. Heute sei er bereits wegen seines

Fachwissens in der Firmenhierarchie aufgestiegen und verdiene im Verhältnis zu seiner Heimat Jugoslawien ein Vielfaches mehr. Es fehle ihm seine Heimat sehr, aber auch das Brauchtum hier.

„Es ist nicht alles Gold, was glänzt", beendete Tomislav seine Geschichte, „auch als Erwachsener leidest du an Heimweh, vielleicht mehr als Kinder darunter leiden würden. Es ist die Sehnsucht nach deinen Wurzeln, nach deiner Familie, nach dem Ort. Es ist die Sehnsucht, mit dem du den Begriff Heimat damit verbindest, wo du zum ersten Mal die Liebe deiner Eltern erlebt hast. Deshalb beneide ich dich, der du in dieser Bucht leben darfst. Es ist für dich vielleicht nicht immer einfach, Zoran, weil du doch auf einiges verzichten musst, hier, wo du sehr einfach lebst. Aber verschließe bitte nicht die Augen vor deinem Reichtum, denn ich beneide dich darum!"

Abschließend halfen die beiden Frauen von Tomislav und Peter noch beim Abwasch, der trotz der Sprachbarrieren doch sehr lustig verlief. „Wenn ihr wollt, mache ich morgen Früh noch ein Frühstück mit gebratenem Speck und Eier. Brot haben wir noch von heute!" Das Angebot wurde dankbar von dieser lustigen Runde mit einem strahlenden Lächeln im Gesicht angenommen.

Nach einem Abschlussgetränk, Zorans Schnaps, kehrten die neuen Freunde, als solche bezeichnete sie Zoran nun, zu ihren Booten zurück.

Zoran setzte sich mit einem Glas Wein unter seinen Baum am Meer. Das Gespräch mit Tomi hatte ihn sehr nachdenklich gemacht. Wie oft hatte er schon erwogen, doch in die Zivilisation zu ziehen, wie er das Festland nannte. Nicht nur, dass er hier weder Strom noch Wasser hatte. Es waren viele Kleinigkeiten, die er vermisste. Das Schlimmste aber war, dass Jasna, in die er sich wahnsinnig verliebt hatte, kaum hierher ziehen würde, er keine Chance sah, sein Leben mit ihr zu teilen. Andererseits war er hier so uneingeschränkt glücklich. Hatte er nicht auch aus Tomis Erzählung vernommen, dass dessen bescheidener Luxus, den er sich aufgrund seiner guten finanziellen Situation im Ausland leisten konnte, auch Abschläge hinnehmen musste. Vielleicht war dieser gar nicht so glücklich wie er selbst.

Am nächsten Tag nahmen seine neuen Freunde und er gemeinsam das Frühstück zu sich. „Zoran, meine deutschen Freunde und ich wollten dich fragen, ob wir wieder kommen dürfen", fragte ihn Tomi, „wir würden nämlich bei dir gerne einmal frischen Fisch essen. Wäre das am Freitag nächste Woche möglich. Wir müssen nämlich am Wochenende wieder nach Deutschland zurückfahren." Zoran sagte sofort zu. Er freute sich schon, wenn er diese lustige Truppe wieder sehen würde. Außerdem konnte er sich damit seine finanzielle Situation ordentlich aufbessern, hatten sie ihn doch fürstlich entlohnt. Es wurde ein wahrlich herzlicher Abschied mit der Aussicht, sich in wenigen Tagen wieder zu sehen.

Als Zoran wieder alleine in der Bucht war, hatte sich eine Idee in seinem Kopf festgesetzt. Warum sollte er nicht fallweise für Touristen ein bisschen kochen? Er könnte sich ein bisschen Geld dazu verdienen und Gesellschaft hätte er auch. Er konnte sich seine Gäste ja aussuchen. Wenn sie ihm nicht zum Gesicht standen, könnte er ja sagen, dass er keine Zeit habe. Dass zukünftig mehr Touristen kommen würden, daran zweifelte er nicht. Eines war ihm aber jetzt schon klar, dass er sich dabei nicht zu seinem eigenen Sklaven machen durfte. Sein Heim sollte auf keinen Fall den Charakter einer Konoba, eines Restaurants, annehmen.

STÜRMISCHES MEER

Am darauffolgenden Mittwoch sah Zoran zum Fenster raus, es herrschte seit dem Vortag Jugo, also Südwind, es regnete noch nicht, doch er hoffte, das der unausbleibliche Regen in der Nacht vorüber sein würde. Er sollte doch für Freitag für seine neuen Freunde frische Fische zur Verfügung haben. Er würde das Wetter einmal abwarten wie es am nächsten Morgen aussah. Die Reusen in der Bucht hatte er ausgelegt, die Netze würde er von Donnerstag auf Freitag in der Bucht auslegen. Doch irgendwie hatte er Lust zu probieren, ob es ihm gelänge, einen Thun zu fangen, das wäre schon etwas ganz Besonderes.

Als er am nächsten Morgen aufwachte, war sein erster Blick zum Fenster raus. Er sah, wie sich die Bäume bogen und heftiger Regen vom Himmel fiel. Oh, das schaut nicht gut aus, dachte er sich, da werde ich noch ein bisschen warten müssen. Doch schon nach kurzer Zeit hörte es auf zu regnen, wenn auch noch Wind aus Süden wehte, doch weniger.

Zoki war sich nicht sicher, ob Thunfische schon da wären, normalerweise müsste er noch zwei bis vier Wochen warten, bis die Wassertemperatur des Meeres etwas sank. Er hatte aber auch schon den einen oder anderen Thunfisch, die auf Raubfang waren, in den späten Sommermonaten aus dem Wasser kommen gesehen.

Gegen Mittag wurde der Wind weniger, also beschloss er, in einer Stunde aufzubrechen. Er wollte zumindest für zwei bis drei Stunden es versuchen, einen Thun zu fangen. Außerdem würde er heute seinen Beiboot-Motor verwenden, da konnte nichts schiefgehen. Er wollte auch nicht weit auf das offene Meer hinausfahren, höchstens ein bis zwei Meilen. Dass am offenen Meer vom Jugo verursachte höhere Wellen waren und stärkerer Wind noch wehte, auch dessen war er sich bewusst.

Am frühen Nachmittag zog er dann los. Sein alter Tomos-Motor

schnurrte brav. Zoki hatte auch zu seiner Sicherheit einen Reservekanister voll mit Benzin an Bord. Mala ließ er diesmal zu Hause, sie
liebte es nicht, bei ihm im Boot sein zu müssen, wenn zu hohe Wellen
waren. In der Bucht selbst, wo es kaum Wellen gab, freute sie sich jedes
Mal, dabei zu sein, doch nicht wenn das Boot fürchterlich schaukelte,
da wurde sie seekrank.

Als Zoki zur Ausfahrt zur offenen See kam, bemerkte er, dass zwar
die Wellen noch eine beachtliche Höhe hatten, doch seiner Erfahrung
nach bei Weitem nicht mehr gefährlich waren, auch wenn sein Boot
relativ klein war. Seine Zlatna Duša war ein schweres Holzboot, bei
dem der Schwerpunkt sehr tief lag und sich schon als sehr seetüchtig
bewiesen hatte. Auch der Wind wehte nicht mehr so giftig im Vergleich zum Morgen. Zoran rechnete damit, dass der Wind schon bald
aufhören würde. Also fuhr er mit nordwestlichem Kurs vorerst weiter raus aufs offene Meer, obwohl die aus Süden kommenden Wellen
ihn ganz ordentlich durchschüttelten und immer wieder Wasser ins
Boot spritzte. Er wollte nicht in unmittelbarer Nähe der Steilküste von
Dugi Otok entlangfahren, das war zu gefährlich, mit dem Boot gegen
die Felsen gedrückt zu werden. Außerdem würde er dort auch keinen
Thun fangen.

Zoran hatte sich schon knapp über eine Meile von der Ausfahrt entfernt. Er dachte sich gerade, ein kleines Stückchen noch, dann werde
ich meinen Köder auslegen, als sein Tomos-Motor plötzlich zu stottern
begann, seine Drehzahl verlor und dann ganz verstummte. Zoran war
ganz perplex, er konnte es nicht glauben, dass sein von ihm so viel
geliebter Tomos ihn plötzlich im Stich ließ. Das durfte nicht wahr sein!
Er begann zu fluchen, doch das nützte ihm nichts. Er wusste, entweder
versuchte er mit den Rudern zurückzukommen oder den Motor zu
reparieren, was bei diesem Wellengang schwer sein würde.

Zoki probierte es zuerst mit dem Rudern. Da er aber in Richtung Nordwesten Kurs genommen hatte, war er doch schon mehr als ein gutes
Stück von der Einfahrt weg. Er würde also auch gegen Wind, Wellen
und die Strömung ankämpfen müssen. Aber er musste es probieren.
Aber schon nach einer halben Stunde sah er, dass er kaum weitergekom-
men war, nein – es hatte ihn sogar noch abgetrieben. Seine Laune

sank auf null. Erst jetzt wurde ihm bewusst, in welche Situation er sich selbst gebracht hatte. Das war wirklich dumm von ihm.

Es blieb ihm also nur die Möglichkeit, den Motor zu reparieren. Vielleicht war nur Schmutz in der Benzinleitung gewesen, das ließe sich beheben. Das Boot trieb nun quer zu den Wellen der Insel weiter entlang, wobei es derart schaukelte, dass sich Zoki immer wieder festklammern musste. Er konnte nicht reparieren und gleichzeitig mit den Ruderblättern das Boot vor dem Wind halten, er war ja alleine. Hatte ihn der Ruderversuch schon ganz schön ins Schwitzen gebracht, rann ihm nun der Schweiß ganz heftig von der Stirn.

Trotz seines Wissens als Mechaniker-Gehilfe gelang es Zoran nicht, den Motor wieder in Gang zu setzen. Aber eine Möglichkeit stand noch offen, dachte er sich: Vielleicht ist die Zündkerze kaputt? Er holte sich seinen Schlüssel dafür aus diesem alten Leinensäckchen, wo er das Werkzeug für das Boot aufbewahrte. Aber genau in dem Moment, als Zoki den Schlüssel bei der Zündkerze ansetzen wollte, wurde das Boot von einer Welle so stark angehoben, dass er sich mit beiden Händen am Bootsrand festhalten musste. Dabei geschah das nächste Malheur: Der Schlüssel für die Kerze flog ins Wasser. Zoki begann vor Zorn nur so zu brüllen. Er schrie und schrie und schrie. Er ließ seinen ganzen Frust und Zorn hinaus aufs Meer schallen. Doch keiner hörte ihm zu, es war niemand in der Nähe. Er war allein am Meer.

Zoran probierte es wieder mit dem Rudern. Er kam zwar näher zur Insel, doch nicht in Richtung der Einfahrt. Der Wind und die Wellen hatten auch noch nicht nachgelassen. Es waren schon viele Stunden vergangen, seit er von zu Hause aufgebrochen war. Er hatte keine Uhr bei sich, doch wusste er, dass es keine Stunde mehr dauern würde, bis die Nacht hereinbrach. Zoran hatte auch keine Chance, in eine Bucht zu rudern, wo er das Wetter abwarten und rasten konnte. Da gab es keine, nur gerade abfallende Steilwand von dieser 43 Kilometer langen Insel und offene See auf der anderen Seite. Dazu kam, dass mit ziemlicher Sicherheit der Wind irgendwann dann auf Nordost drehen würde. Damit hätte er wesentlich bessere Chancen wieder zur Einfahrt, die sich am südlichen Ende von Dugi Otok befand, zurückzukommen. Dass er aber, falls ihn der Teufel nicht zuvor noch holte, mit

Sicherheit bei Tageslicht nicht mehr nach Hause kommen würde, war ihm klar.

Mit all seinen Chancen, die er sich überlegte, kam er zu dem Schluss, dass er sich zumindest eine Pause gönnen sollte. Er holte sich aus seiner kleinen Kiste die Jause, die er sich mitgenommen hatte, ohne der er nie aufs offene Meer hinaus fuhr, heraus und begann sie zu verspeisen. Dabei dachte er an Jasna. Ein unglaublich schönes Gefühl breitete sich wieder einmal in seinem Herzen aus. „Na, du würdest mir ganz schön was erzählen, mit mir schimpfen, wenn ich nicht nach Hause käme, wo du auf mich warten würdest", führte er murmelnd sein Selbstgespräch, „weil ich mich wie ein kleiner, noch unerfahrener Bub benommen habe. Ach Mädchen, ich vermisse dich so sehr, dass es fast schon schmerzt. Wie schön wäre es, wenn du wirklich als meine Frau bei mir zu Hause auf mich warten würdest, wenn das real wäre."

Dieses Zwiegespräch mit Jasna hatte Zoran plötzlich derart motiviert, dass er die Fäuste ballte und sich schwor, dass er mit Sicherheit überleben würde! Er würde nicht aufgeben. Er packte wieder die Ruder und begann sie wieder ins Wasser einzutauchen. Fast im selben Moment hörte der Wind schlagartig auf aus Süden zu wehen. Sofort drehte Zoki das Boot in Richtung Südost, in Richtung des Südendes der Insel Dugi Otok zur Einfahrt hin. Er wusste, dass er zwar noch einige Zeit zu rudern hatte, aber die Wellen würden rasch nachlassen.

Es war schon lange nach Mitternacht, als er zu Hause ankam, mit vielen Schwielen an den Händen, aber unversehrt. Mala begrüßte ihn derart stürmisch, als hätte sie die Not, in der sich Zoki befunden hatte, gespürt. „Diesen Sonntag, Mala, werde ich in die Kirche gehen, unserem Herrgott danken, dass das so gut ausgegangen ist. Ich war ein unglaublicher Dummkopf. Das ist kein Thunfisch wert", flüsterte er ihr ins Ohr.

Warum habe ich eigentlich so etwas getan, dachte Zoki sich. Bei diesem Wetter hinauszufahren, die Chancen, jetzt einen Thunfisch zu fangen, waren ohnehin gering. Nur aus Imponiergehabe heraus, damit ich meinen Gästen zeigen kann, was für ein toller Fischer ich bin? Das ist ja absolut pubertäres Gehabe, bin ich noch nicht erwachsen geworden? Ach Nono, mein alter Freund, du hättest mir die Ohren lang gezogen, wenn du noch bei mir wärst, wie ich dich vermisse. Ich bräuchte wirklich noch manchmal deinen weisen Rat. Doch wie sollte ich mich in meiner Einsamkeit weiterentwickeln, lernen, wenn ich keine Fehler machen würde?

Als Zoran dann zu Bett ging, obwohl der Tag bald anbrach, galten seine letzten Gedanken wieder einmal Jasna. „Dir schicke ich einen ganz zärtlichen Kuss, meine Süße, voller Liebe, du hast mir heute so viel Kraft gegeben, soviel Energie, ich schicke dir alles Liebe dieser Welt in einem wundervollen Traum", murmelte er noch, dann schlief er tief und fest.

GLUTAUGEN UND FISCH

Zoki hatte nicht lange geschlafen. Seine innere Uhr und das Sonnenlicht hatten ihn nach drei Stunden geweckt. Das reichte ihm aber. Mala begrüßte ihn mit lautem Bellen und ging keinen Schritt mehr von seiner Seite. Unverzüglich begann Zoki den Kamin einzuheizen, um sich ein Frühstück zu kochen. Seine Hündin wusste, dass da mit Sicherheit ein kleiner Happen für sie übrig blieb. Während Zoran das Wasser für den Kaffee in einem Kessel über dem Feuer aufgefangen hatte, versorgte er seine Tiere. Heute geschah das etwas schneller als sonst, etwas weniger gewissenhaft.

Nach dem Frühstück stellte Zoran fest, dass er eigentlich noch keinen einzigen frischen Fisch und keine Langusten oder Scampi für seine Gäste für den morgigen Tag hatte. Schlechtestenfalls muss ich morgen in der Früh nach Sali fahren und bei den anderen Fischern einkaufen. „Also, Mala, los, komm, schauen wir, ob wir zumindest in den Reusen was haben", rief er seinem Hund zu. Gemeinsam gingen sie zu ihrem Boot. Als sie dort ankamen, sagte Zoki in Richtung seines Bootes feierlich: „Zlatna Duša, du warst gestern besonders hervorragend, du hast mich sicher vor der See bewahrt, ich danke dir, du bekommst heuer noch einen extra Anstrich frischer Farbe."

Als Mala und Zoki von den Reusen zurückkehrten, konnte er in jene beim Steg befestigte sechs Scampi und eine Languste hineingeben. Er freute sich, denn wie oft waren die Reusen leer. Das wird eine tolle Fischplatte werden, dachte sich Zoki, wobei er den reich gedeckten Tisch schon vor sich sah.

In den Abendstunden legte Zoran seine Netze in der großen Bucht und am Beginn der Kornaten aus. Er war sich sicher, dass er genug Fische für das Essen seiner Gäste fangen würde. Den Motor hatte er inzwischen auch repariert, es war nur eine Kleinigkeit. In den frühen Morgenstunden würde er die Netze dann einholen. Bei seiner Rückfahrt kamen ihm dann Zweifel. Er wusste, dass er mit diesem Essen, das er für seine Gäste kochen würde, ein schönes Geld verdienen würde. Er musste unter anderem noch Material für die Reparatur seines Daches kaufen, doch wo würde das hinführen, wenn er das immer öfter machen würde? Na ja, immerhin hätte er vielleicht das Geld dann, um Jasna in ihrer Zivilisation besuchen zu können, doch zu welchem Preis?

Zoran hatte noch bevor der Tag anbrach, seine Netze eingeholt. Es war ein toller Fang, da würde er auch noch in Sali einiges verkaufen können. Zu Hause begann er gleich mit den Vorbereitungen für den Abend. Er hatte noch kaum damit begonnen, hörte er schon das Geräusch der ihm bekannten kleinen Motorboote in die Bucht kommen.

Er wartete, bis sie vor Anker gegangen waren und winkte ihnen dann zu, zu ihm herüberzukommen. Diesmal beobachtete er, dass sie mit zwei Beibooten zu ihm ruderten, in einem Boot saßen zwei, im anderen drei Personen, bei der dritten handelte es sich um eine junge Frau mit langem schwarzem Haar. Zoki war erstaunt, dass sie diesmal zu fünft waren. Tomi und seine Freunde begrüßten ihn herzlich und stellten ihm das neue Mädchen vor. Tomi sagte: „Zoki, das ist Dunja, die Tochter meines Freundes aus Rijeka. Sie kam zu uns zu Besuch, wäre das möglich, dass du für sie auch noch ein Essen hast?"

Zoki gab auch Dunja die Hand, wobei er feststellte, dass sie ein überaus hübsches Mädchen in seinem Alter war, mit großen schwarzen Augen und einer überaus ansehnlichen Figur. „Hallo, Zoki", hauchte die schwarze Schönheit mit ihrer tiefen, rauchigen Stimme ihm entgegen, sodass er vorerst sprachlos war. „Kommt, meine Freunde, selbstverständlich werde ich ein Fischlein auch für Dunja finden, doch lasst uns einen kleinen Willkommenstrunk nehmen", fing sich Zoki wieder und führte sie zu seinem Häuschen unter das Vordach in den Schatten.

Während sie bei einem Gläschen Wein und einem Schnaps sich fröhlich unterhielten, beobachtete Zoran immer wieder verstohlen Dunja, die wahrlich ein Blickfang war. Sie beteiligte sich kaum an der Unterhaltung, hatte ihn aber immer im Blick. Diese Augen, dachte sich Zoki, die sind der reine Wahnsinn! Er musste sich richtig zusammennehmen, um sie nicht immer wieder anzustarren. Ihm war bei Gott nicht wohl zumute, gehörte doch sein Herz Jasna. Aber Dunja, ja, das war die Versuchung in Person. Na, der Abend kann ja noch heiter werden. Als seine Freunde zu ihren Booten zurückkehrten, bat sie Zoran noch, Geschirr und Besteck mitzunehmen, da er nicht genug davon für sechs Personen zur Verfügung hatte.

Am frühen Nachmittag ging dann Zoran zum Ufer, um die Fische für den Abend zu säubern. Dabei blickte er immer wieder zu den Booten hinüber, wo seine Freunde und Dunja badeten und ihren Spaß hatten. Er stellte fest, als sie wieder an Bord ging, dass sie eine atemberaubende Figur in ihrem Badeanzug hatte. Sie war wirklich eine Schönheit von besonderer Seltenheit. Und ihre Augen, erinnerte sich Zoki, die glühten, wenn sie ihn ansah, sie sprühten ein Feuer von Temperament und Emotionen.

Noch während Zoran mit der Zubereitung der Fische und seiner Vorspeise, Spaghetti mit Scampi und der Languste, beschäftigt war, kamen seine Gäste zu ihm. Noch bevor er etwas sagen konnte, sagte Tomislav zu ihm, dass Dunja ihm in der Küche helfen und die anderen den Tisch decken und die Getränke richten würden.

Zoki wurde es ein wenig mulmig, da gleichzeitig Dunja mit einem wundervollen Lächeln im Gesicht zu ihm in das Wohnhaus kam. „Wo kann ich dir helfen, Zoran?", fragte sie ihn mit ihrer unverkennbaren und scheinbar unschuldigen Stimme. Dunja schritt sofort zur Tat und half ihm tatsächlich, und das mit Herz und Fleiß. „Kochst du zu Hause", fragte er sie. „Selbstverständlich Zoki", antwortete sie ihm, „Was glaubst du denn? Ich musste von Kind her schon meiner Mutter in der Küche helfen. Das machte mir immer viel Spaß, weil ich Mami über alles liebe. Mein Bruder brauchte das nicht, der hatte nur Blödsinn im Kopf, oder glaubst du gar, nur weil Mutter Natur mich mit schönem Aussehen versehen hat, wird mir alles geschenkt? Zoran, in 30 Jahren und nach zwei, drei Kindern ist auch meine Schönheit vergangen, von dieser kannst du nicht abbeißen", dabei lachte sie ihn verschmitzt an.

Während sie gemeinsam die Vorspeise fertigstellten, erzählte sie ihm in einem unverfänglichen Plauderton, dass sie unmittelbar vor Beendigung ihres Studiums sei und dann an einem Gymnasium in Rijeka arbeiten würde. Vermutlich, würde sie dann ihren Verlobten heiraten, aber erst nachdem sie schon ein oder zwei Jahre gearbeitet habe. Zoki wusste nicht, als er das hörte, ob er sich darüber freuen oder ärgern sollte.

„Und wie schaut es bei dir aus, Zoki, ich meine mit einer Frau, bist du verheiratet?", fragte sie ihn plötzlich. „Das ist einfach erklärbar", lächelte Zoki sie an, „ich bin verliebt, weiß aber nicht, ob sie mich liebt." Seine Augen bekamen einen leichten Schleier dabei und sein Gesicht erstarrte dabei etwas. Er erzählte Dunja im Telegrammstil die Geschichte von ihm und Jasna. „Schau dich um Dunja, ich liebe diese Bucht und mein Leben hier, aber welche Frau würde hierherziehen, um mit mir hier ein Leben zu führen", fragte er sie.

Die Antwort von Dunja war kurz und prägnant, als sie ihm ins Gesicht blickte und sagte: „Jede Frau, die dich liebt, wird hier leben wollen! Es mag zwar ein einfaches Leben sein, aber wer hat sowas schon, so etwas Wunderbares? Das Schicksal wird es weisen, Zoran. Du kannst dich zwar vor der Zivilisation nicht verstecken, du wirst genau so mit der Zeit gehen müssen, doch du brauchst diesen wunderbaren, zauberhaften Ort deshalb nicht verlassen. Es wird an dir liegen, auch diesen Ort in die neue Zeit zu führen, ohne großartig etwas zu verändern. Irgendwann wird es auch hier Strom und Wasser geben und das eine oder andere, was die Zukunft uns bringen wird. Lass dich einfach überraschen, was passieren wird, Zoran, du bist ein wunderbarer Mensch." Dann hauchte sie ihm einen Kuss auf die Wange, errötete und huschte rasch zu den anderen Freunden auf die Terrasse.

„Die Spaghetti waren fulminant, einfach köstlich", riefen seine Freunde. Es hatte zwar jeder nur eine kleine Portion bekommen, doch es war ja auch nur eine Vorspeise. Er erzählte seinen Freunden, wie er immer wieder zu Dragica gefahren war, um kochen zu lernen, nachdem auch sein Großvater so früh gestorben sei. „Du bist ein Wahnsinn, Zoran, wer würde sich an deiner Stelle so etwas antun", gratulierte ihm Dunja klatschend, und der Rest seiner Gäste fiel ebenfalls in den Beifall ein. „Na gut, dann kommt mit zum Kamin, wenn ihr zuschauen wollt, wie ich unsere Fische jetzt grille", forderte er sie auf, mit ihm zu kommen.

Sie hatten sich alle um ihn versammelt, als er bei seinem Kamin nun die Glut von hinten nach vorne kratzte und ganz dünn verteilte. Über die Glut stellte er ein flaches Grillgitter darüber, auf die er die Fische legte. Zuvor bestrich er das Gitter noch mit seinem Olivenöl. Trotz dieses nur dünnen Films der Glut, welche in Wirklichkeit fast keine Glut mehr war, sondern eher nur mehr heiße Asche, begannen die Fische leicht zu brutzeln, ein leichter Rauch stieg auf. Jedem seiner Gäste lief schon jetzt das Wasser im Mund zusammen. Zoran bestrich dann mit frischen Rosmarinzweigen, die er zuerst in Olivenöl tauchte, immer wieder die Fische. Am liebsten hätten sich seine Zuschauer schon jetzt ihren Fische vom Grillgitter geholt. „Alles, auch ein gut gegrillter Fisch, benötigt seine Zeit, so wie die Liebe, Zoran, aber wenn die Zeit kommt, darf man in vollen Zügen genießen", sagte Dunja, als die anderen schon voller Erwartung ihre Plätze eingenommen hatten, „doch wir sollten nicht das ganze Leben darauf warten, das Leben ist dazu zu kostbar und endet zu schnell." Zoran zweifelte, ob Dunja das nur so allgemein meinte. Er konnte sich keinen Reim daraus machen.

Es wurde nach diesem köstlichen Mahl ein wundervoller und lustiger Abend. Es wurde gesungen und gescherzt, aber auch viel gelacht. Kurz vor Mitternacht setzten seine Freunde dann zu ihren Booten über. Auch diesmal hatten sie beim Abwasch und dem Zusammenräumen geholfen, sodass Zoran sich darüber kein Kopfzerbrechen mehr machen musste.

Als bei Zoran dann Ruhe eingekehrt war, nahm er sich ein Glas und setzte sich wieder unter seinen Baum am Uferrand. Er blickte hinaus aufs Wasser, wo sich der Mond spiegelte. Was war das für ein verrückter Tag, dachte er sich. Da lerne ich eine weitere, unwahrscheinlich hübsche und tolle Frau kennen, aber keine ist erreichbar. Als er an Dunja nun dachte, sah er ihre wunderschönen sprühenden Augen vor sich und im selben Moment drängten sich jene von Jasna in sein Gesichtsfeld. Zoran war völlig verwirrt. Mit einem tiefen Seufzer stand er auf und wollte zu Bett gehen. Als er seine Schlafkammer betrat, sah er einen kleinen Zettel am Boden liegen, der offensichtlich unter der Türe durchgeschoben worden war. Darauf stand Dunjas Name, ihre Adresse und Telefonnummer.

POST AUS DER ZIVILISATION

Zoran konnte das Zusammentreffen mit Dunja nicht vergessen. Was wollte sie bezwecken, dass sie ihm ihre Adresse und Telefonnummer hinterlassen hatte? Sie war einem anderen versprochen, sie war verlobt, ihre Zukunft schon verplant. Er glaubte aber auch nicht, dass sie nur ein Abenteuer suchte, so eine Frau war sie nicht. Er hatte ihr doch auch von seiner unerfüllten Liebe erzählt. Sie wusste, dass er sich in eine andere Frau verliebt hatte. Zoki hatte auch keinen Freund, mit dem er solche Sachen besprechen wollte. Er hatte einfach keine Erfahrung mit Frauen. Na ja, einmal, während er bei der Armee war, dafür musste er aber bezahlen, er schämte sich heute noch dafür. Aber dafür hatte sich ein Geheimnis für ihn gelüftet. Das bewertete er nicht wirklich, das ist einfach geschehen. Aber in der Liebe, die als Geheimnis des Lebens offenbart wird, da hatte er keine Erfahrung, leider.

Für Zoran bedeuteten seine Gefühle nur Ablenkung von seinen täglichen Arbeiten. In seiner Seele herrschte ein völliges Durcheinander. Dunja, aber im Besonderen Jasna, waren in Wirklichkeit unerreichbar für ein Leben mit ihm. Er war sich sicher, dass es besser war, sich wieder auf sein Leben in seiner Kruševica-Bucht zu besinnen.

Zoran hatte mit Hilfe von ein paar Freunden in den letzten Tagen Material für das Dach seines Häuschens gekauft und bis zum Parkplatz seines Mopeds gebracht. Normalerweise benötigte er für den Weg von seinem Häuschen zum Moped um die zwölf Minuten, sofern er nur Kleinigkeiten zu tragen hatte. Als er das Baumaterial zum Häuschen brachte, benötigte er einen ganzen Tag. Die Ausbesserungsarbeiten, ja, für die benötigte er dann doch vier Tage. Daneben musste er nicht nur seine Tiere versorgen, sondern auch seine gefangenen Fische frühmorgens nach Sali zum Verkauf bringen. Bei der Arbeit selbst musste er für jedes Stück Material nach unten klettern, und wenn es noch so schwer war, über eine wackelige Leiter nach oben bringen. Das kostete viel Schweiß und viele Ächzer. Aber irgendwann war es geschafft. Jetzt konnte der Wind wieder an seinem Häuschen rütteln, ohne Angst haben zu müssen, dass ein riesiges Loch über ihm im Dach klaffte. Stolz erfüllte ihn, als er fertig war. Er hatte es alleine geschafft.

Als Zoran am Abend sich seiner Maneštra, der Bohneneinmachsuppe mit dem luftgetrockneten Schinken und Kartoffeln, genussvoll widmete, gingen ihm so manche Gedanken wieder einmal durch den Kopf. Sollte er wirklich sein ganzes Leben alleine bleiben? Ist das die wahre Erfüllung eines Lebens? Nein, das konnte es nicht sein, er hatte solche Sehnsucht nach einer Frau an seiner Seite, einem Menschen, der nicht nur das Bett mit ihm teilt, sondern mit dem man sich unterhält, dem man bei den Aufgaben des Lebens beisteht, mit dem man die schönen Seiten des Lebens teilt. Dass das Leben nicht nur aus Sonnenschein besteht, das wusste er schon lange, aber auch stürmische Zeiten sind, gemeinsam bewältigt, nur mehr halb so schlimm.

Am nächsten Morgen musste er wieder nach Sali fahren, er wollte seine Fische, welche er frühmorgens fangen würde, verkaufen. Dabei, so nahm er sich vor, wollte er seinen Freund Milan in der Poststation besuchen. Der eigentliche Grund war in Wirklichkeit, dass er wissen wollte, ob Post von Jasna da wäre, doch das wollte er Milan sicher nicht auf die Nase binden. Er wunderte sich schon sehr, dass er bis heute keinen Brief, kein Lebenszeichen, von Jasna bekommen hatte.

Zoran setzte ein sehr gelangweiltes Gesicht auf, als er die Post betrat und Milan ihm gegenüberstand. „Naaah, mein Freund", begrüßte ihn Milan mit einem Grinsen, das sich über sein ganzes Gesicht zog, „erwartest du Post, weil du wieder einmal bei mir vorbeischaust?" „Sollte ich eine erwarten, ich wüsste nicht Milan", antwortete ihm Zoki. „Ich wollte dich besuchen und dich fragen, ob du mich wieder einmal in der Kruševica-Bucht besuchen kommst. Wir könnten uns doch einen Fisch grillen, was hältst du davon?"

Milan konnte sein Grinsen gar nicht beenden. „Bist du dir sicher, dass du keine Post erwartest, mein Freund, immerhin haben wir vor vielen Wochen eine Adresse eines wahrscheinlich hübschen Mädchens für dich gesucht und auch gefunden. Also, rück schon raus mit der Sprache, du alter Haudegen!" Zoran wurde nun doch verlegen. Obwohl Milan sein Freund war, wollte er eigentlich doch nicht mit ihm über

Jasna sprechen. Dann dachte er sich, warum eigentlich nicht. Er erzählte ihm kurz von den Begegnungen mit Jasna und seinem Brief, den er ihr geschrieben, aber bis heute keine Antwort erhalten hatte.

„Milan, ich weiß einfach nicht, wie ich mit Jasna dran bin. Ich weiß, dass sie in einer anderen Welt lebt." Nun tat Milan sein Freund plötzlich leid und war sehr betroffen von Zokis Traurigkeit. Es tat ihm leid, dass er ihn so marterte. Er legte ihm einen Arm auf seine Schulter und sagte: „Zoran, ich wäre heute noch zu dir gekommen. Ich wusste ja, dass du auf eine Antwort warten würdest. Dieses Mädchen hat dir geschrieben und der Brief liegt bei mir. Schau, da ist er." Dabei zeigte er auf seinen Schreibtisch, wo tatsächlich einer lag. Von einer Sekunde auf die andere wurde Zorans Gesicht von einem Strahlen erfasst, als würde er wie ein kleiner Junge erstmals vor dem hell erleuchteten Christbaum stehen. „Dann gib ihn mir bitte." Mehr brachte er nicht heraus, Zoran war einfach nur sprachlos.

Kaum hatte Zoki die Post mit dem Brief verlassen, ging er zur Mole, wo die Fähre immer anlegte. Am Beginn der Mole stand unter einem kleinen Baum eine alte Bank, wo er sich niederließ, den Brief in der linken Hand haltend. Er starrte aufs Wasser hinaus. So viele Gedanken gingen ihm durch den Kopf. Was, wenn sie für mich nichts empfindet, oder hat sie schon einen Freund oder Verlobten, wie Dunja, oder findet sie meine Gefühle für sie lächerlich? Er war sich nicht sicher, ob er den Brief hier öffnen sollte. Plötzlich stand er auf. Er fühlte sich beobachtet, als würden alle Menschen hier in Sali ihn anstarren. Nein, er würde ihn erst zu Hause lesen, in Ruhe.

Kaum war Zoran zu Hause angekommen, holte er sich einen Becher Wein, nahm den Brief und ging in Richtung des Steges zum Ufer, wo er wieder unter seinem Sorgenbaum, wie er ihn in der letzten Zeit nannte, Platz nahm. Diesmal hatte er keinen Blick für sein viel geliebtes Meer übrig. Gierig öffnete er den Brief und begann zu lesen.

Lieber Zoran!

Zuerst muss ich dir gestehen, dass mich deine Zeilen sehr berührt haben! Ich habe nicht mit einem Brief von dir gerechnet. Aber der Reihe nach:

Seit ich heuer im Sommer bei dir war, ist bei mir die Zeit nur so verflogen. Ich habe zuvor und auch nach diesem Segelausflug nur gelernt. Nebenbei habe ich auch zwei Mal die Woche bei einem Verlag in der Nacht gearbeitet, um mir ein bisschen Taschengeld zu verdienen. Außerdem habe ich mich einer Sängergruppe hier angeschlossen, mit der ich meist an den Wochenenden Auftritte absolviere. Ich muss dabei immer öfter Solo-Auftritte dazwischen absolvieren, was natürlich etliche Proben nach sich zieht. Zum Schlafen komme ich gleich wenig wie während des Studiums.

Bevor du dir Gedanken machst, ob ich vergeben sei, nun, da kann ich dich beruhigen. Ich habe für Beziehungen einfach keine Zeit, zumindest jetzt während des Studiums nicht, und ich will auch keine Beziehung. Natürlich habe ich viele Freunde. Wir gehen auch immer wieder gemeinsam fort oder treffen uns bei ihnen zu Hause. Aber das war es dann auch schon.

Ja, Zoki, ich würde lügen, wenn ich behaupten würde, du wärst mir egal. Du bist nicht nur ein fescher Mann, du hast einen berührenden Charme, du hast Charisma, du gefällst mir. Ich war mir nicht sicher, ob ich dir das schreiben sollte, aber es entspricht der Wahrheit. Auch du gehst mir immer wieder im Kopf herum, aber ich muss diese Gedanken aus meinem Kopf bannen, ich darf sie nicht zu oft zulassen. Ich muss mich immer wieder auf mein Studium konzentrieren, Zoran, das geht nicht anders. Das bin ich meinen Eltern schuldig, die mein Studium, also mich finanzieren. Das kostet sie wirklich viel Geld. Ich habe ihnen gegenüber immer ein schlechtes Gewissen.

Du sprichst von verschiedenen Welten, in denen wir leben, die nicht verschmelzbar seien. Wenn sich zwei Menschen wirklich lieben, Zoran, verschmelzen alle Welten, nicht nur die beiden. Ich glaube an die Liebe, an ihre Kraft, ich glaube an ihre besondere Energie, die zwei liebende Menschen beflügelt. Da spielt es keine Rolle, ob du in einer einsamen

Bucht ohne Strom, ohne Wasser und Telefon lebst und deine Liebste im vermeintlichen Luxus. Die Frage, die sich beide stellen sollten, ist, ob sie diese Liebe eingehen wollen und nichts anderes. Alles andere löst sich zum überwiegenden Teil von selbst. Sie werden einen Weg dafür finden.

Auch wir beide werden herausfinden, ob wir gemeinsam die Liebe finden werden, Zoran. Jetzt habe ich keinen Platz für sie in meinem Herzen, jetzt muss sie der Vernunft weichen. Ich würde mich aber sehr über weitere Briefe von dir freuen.

Irgendwann, Zoran, wird aber wieder ein Segelschiff in deiner Bucht vor Anker liegen und nicht nur die Natur genießen, sondern auch einen ganz besonderen Menschen, der dort wohnt.

Jasna

Ringsherum war es still. Die Zugvögel wie die Nachtigall waren schon in ihr Winterquartier weitergezogen. Nur seine geliebten heimischen Möwen, seine Freunde der Lüfte, welche ihn jedes Mal am Meer begleiteten, die waren noch hier. Diese gespenstische Ruhe, die ihn sonst so angenehm berührte, sie belastete ihn nun. Schwer lag sie auf seiner Seele. Zoki wusste nicht, was er von diesem Brief halten sollte. Durfte er sich freuen, weil es letztlich doch eine Hoffnung für sie beide gab? Natürlich hatte er Verständnis für die Situation von Jasna, aber sein Herz, das sich nach Jasna sehnte, hatte es nicht.

Mit gemischten Gefühlen und einem gehörigen Schuss Traurigkeit begab er sich zu Bett. Lange konnte er nicht einschlafen. Seine Gedanken beschäftigten sich mit seiner Zukunft, mit der Gründung einer Familie. Ja, er war noch ein junger Mann, gerade erst 26 Jahre alt. Andere würden sagen, er hätte noch genügend Zeit. Doch die Uhr, sie tickt.

ES WEIHNACHTET

Anfang November hatte es an manchen Tagen sicherlich zwanzig Grad, Sonnenschein, zumindest zur Mittagszeit. Doch wehe, der Wind kam aus Nordost, wenn die Bora wehte, die mit ihren Böen vom Festland her zu den Inseln herauskrachte. Dann war es klirrend kalt, zumindest gefühlt, auch wenn das Thermometer gar nicht so weit nach unten fiel. Der kalte Wind drang dann bis in die Knochen vor. Das war die Zeit, wo Zoran und Mala sich am liebsten im Häuschen aufhielten, da fuhr er auch nicht nach Sali, solange das nicht unbedingt notwendig war.

Anfang Dezember fuhr er nach Sali. Es war wieder einmal ein so schöner Tag, die Sonne strahlte eine angenehme Wärme aus, es war fast windstill, und Zoran hatte das Gefühl, Weihnachten wäre noch weit weg. Er besuchte seinen Freund Milan, der vormittags immer seiner Arbeit im Postamt nachging. Zoki hatte wieder einmal das Gefühl, nicht alleine sein zu wollen. Er musste sich wieder einmal mit jemandem unterhalten. Mala war zwar eine gute Zuhörerin, doch die Unterhaltungen mit ihr waren eben nur einseitig.

„Na, Zoran, hast du genug von deiner Einsamkeit, dass du zu mir kommst", fragte ihn Milan. „Du liegst da gar nicht so falsch, mein Freund", lachte Zoki ihn an. Gemeinsam tranken sie Kaffee, als Milan plötzlich fragte: „Zoki, was machst du eigentlich am Heiligen Abend? Bist du da alleine, oder hast du gar Besuch?"

Zoki starrte ihn entsetzt an, bis er wieder die Sprache fand. „Weißt du, darüber habe ich mir noch gar nicht Gedanken gemacht. Aber es wird Zeit, dass ich mir das überlegen sollte. Weiblichen Besuch werde ich keinen haben, zumindest habe ich ja Mala", lachte ihn Zoran nun an. „Ich würde dich, falls du nicht alleine bleiben möchtest, zu unserer Familie nach Hause einladen. Meine Eltern würden sich bestimmt sehr freuen und Mala könntest du auch mitnehmen", lud Milan ihn ein. Zoran war momentan ganz perplex über so viel Wärme, über diesen tollen Freund. Er begann zu stammeln: „Milan, das… das… das berührt mich nun sehr, mein Freund. Ich… ich danke dir sehr für dieses wunderschöne Angebot, aber ich möchte doch lieber in meiner Bucht bleiben."

Milan meinte daraufhin: „Weißt du, Zoran, ich denke oft an solche Feiertage. Ich glaube, dass es genug Menschen gibt, die alleine zu Hause sind, traurig, einsam. Das sollte nicht so sein. Denke doch an Dragica, wie lange lebt sie schon alleine, seit ihr Mann gestorben ist. Manche kommen sich dann auch noch überflüssig vor. Ich glaube, dass diese Menschen zu diesen Festtagen viele Tränen vergießen, denn ihnen bleiben nur Erinnerungen von schönen Erlebnissen mit Menschen, die es aber nicht mehr gibt. Und das zu einem Zeitpunkt, wo sie sich eigentlich freuen sollten, wo sie schöne Stunden erleben und ein bisschen menschliche Wärme erhalten sollten.

„Milan", rief Zoran dazwischen, „du bringst mich da auf eine tolle Idee! Was hältst du davon, wenn ich Dragica zu mir nach Hause einladen würde, sie könnte doch in meiner Kammer schlafen. Ich bin ihr soviel schuldig, weißt du. Nicht nur, dass sie mich geduldig kochen lehrte, sie hatte bis heute auch immer ein Ohr für mich, wenn meine Sorgen zu groß geworden sind. Sie hat außer Ivo keine Verwandten hier auf der Insel. Ich glaube, ich gehe anschließend gleich zu ihr, um sie zu fragen." „Zoran, ich glaube, das ist eine großartige Idee", bestätigte ihm Milan, der ebenso ganz begeistert war von den Überlegungen seines Freundes.

Als Zoran bei Dragica eintraf, stellte er fest, dass Dragica ihm sehr abgemagert vorkam, mit eingefallenen Wangen. Sie wirkte auf ihn, als bestände ihr Körper nur mehr aus Haut und Knochen. Zoki war richtig entsetzt. „Dragica, meine Liebe, was ist mit dir los, geht's dir nicht gut?", wollte er von ihr wissen. „Ach Zoki", seufzte sie, „ich werde einfach alt, mein Junge. Außerdem war ich jetzt auch krank, hatte Fieber, aber es geht schon wieder aufwärts, mach dir keine Sorgen."

Zoran blickte sich um in der Küche. Er konnte keine Vorbereitungen erkennen, die darauf schließen ließen, dass sie sich ein Mittagessen kochen würde. „Weißt du was, Dragica, ich möchte dich heute verwöhnen. Ich gehe nur kurz ins Dorf hinunter, dann aber darf ich dir endlich einmal etwas kochen. Wir werden dann gemeinsam ein schönes Mahl einnehmen. Und ich dulde keinen Widerspruch! Du sollst doch feststellen, dass ich von dir gelernt habe", lächelte Zoki sie an.

Er hatte für Dragica und sich Suppe als Vorspeise und frisches Fleisch mit Gemüse und Kartoffelbrei als Hauptspeise gekocht. Als sie mit dem Essen fertig waren, hielt er es nicht mehr aus. „Dragica, ich bin aus einem bestimmten Grund zu dir gekommen. Ich nehme an, dass du zu den Weihnachtsfeiertagen keinen Besuch erwartest, dass du alleine bist. Weißt du, ich bin auch alleine. Ich würde dich für zwei oder drei Tage zu mir einladen, es wäre eine wahre Freude für mich, wenn du tatsächlich kommen würdest, um das Weihnachtsfest mit mir zu feiern. Bitte Dragica, bitte sage einfach nur ja! Du bist fast wie eine Großmutter für mich geworden, meine Liebe. Du könntest in meiner Kammer schlafen."

Dragica schaute Zoran mit großen Augen an. Sie seufzte tief, Tränen der Freude traten in ihre Augen. Sie ergriff Zorans Kopf mit ihren beiden Händen und küsste ihn auf seine Wangen. „Ach, du bist ein guter Junge, dass ich so etwas noch erleben darf!" Sie weinte und die Tränen rannen ihr nur mehr so herunter. Zoki drückte diesen schwachen, ausgemergelten Körper an sich und streichelte ihren Kopf. „Ich freue mich schon darauf, Dragica", flüsterte er.

Was Zoran nicht wusste, war die Tatsache, dass Dragica die letzten Jahre zu Weihnachten immer alleine war. Nicht einmal ihr Neffe Ivo, der im Norden der Insel zu Hause war, hatte sie zu sich eingeladen. Das schmerzte Dragica, wo sie ihren Neffen doch so liebte. Da kam nun ein, für sie fremder, junger und sehr liebenswerter Mensch und lud sie zum Weihnachtsfest zu sich nach Hause ein, um ihre Einsamkeit zu verbannen.

Zoran kehrte nochmals zu Milan zurück. Er erzählte ihm von seinem Besuch bei Dragica. „Milan, ich habe nur ein Bitte. Ich getraue mich nicht, Dragica mit dem Moped zu mir in die Kruševica-Bucht zu bringen, sie könnte sich eine Lungenentzündung holen. Könntest du mir Dragica am 23. Dezember mit einem Auto bringen", bat Zoran seinen Freund. „Ach Zoki, ich bin überzeugt, dass mir jemand mit einem

Auto helfen wird, du brauchst dir da keine Sorgen zu machen. Das mache ich gerne", versprach ihm Milan.

Als Zoran zurückkam in die Kruševica Buch, blieb er bei den Gräbern seiner Großeltern stehen. Er erzählte ihnen von der Einladung Dragicas. „Diese Einladung gilt auch für euch beide, ich würde mich freuen, wenn ihr auch anwesend wäret", endete er.

EIN FEST DER WÄRME

Jasna und Zoran hatten sich inzwischen je zwei Briefe geschrieben, Briefe der Hoffnung und zarter keimender Zuneigung, während sich das Weihnachtsfest näherte. Zoki sah der Zukunft, in der er auch Jasna mit einschloss, positiv entgegen. Anfangs konnte er Jasna nicht verstehen, dass für die Liebe in ihrem Herzen noch kein Platz war, für ihn kein Platz war. In der Zwischenzeit verstand er sie immer besser. Sie schrieb ihm von ihren ausgefüllten Tagen, in denen es nur um ihr Studium und ihre immer öfter stattfindenden Gesangsauftritte ging. Er war richtig stolz auf sie, wenn er sie vor Publikum in seinem Kopfe sah und hörte, wie sie mit ihrer klaren, unverkennbaren und wunderschönen Stimme sang.

Einen Tag vor der Ankunft von Dragica brachte er seinen Wohnraum und die Schlafkammer auf Vordermann. Er putzte, was das Zeug hielt, richtete das Bett für Dragica, schmückte beide Räume mit Olivenzweigen und stellte Kerzen auf. Außerdem richtete er im Wohnraum wieder sein Notbett her, auf dem er schon als kleiner Junge geschlafen hatte. Ab heute würde ihm das die nächsten Tage als Schlafstätte dienen. Dabei huschte ihm ein Lächeln über das Gesicht, er dachte voller Liebe an diese Zeit zurück, als seine Großeltern noch lebten. Er erinnerte sich gerne, wenn auch mit Wehmut, daran zurück. Manchmal hatte er sich auch nachts, während seine Großeltern schliefen, die eine oder andere Kleinigkeit zum Essen gestibitzt. Einmal hatte er sogar versucht, vom Schnaps seines Großvaters zu kosten. Doch es blieb beim Versuch, den er ob der Schärfe, die ihm entgegenschlug, bereits im Ansatz abbrach.

Am nächsten Tag, die Sonne schien, als wollte sie diesen Tag bekrönen, holte er frühmorgens noch die Netze ein, die er tags zuvor ausgelegt hatte. Er wollte heute schon einen großen Topf Fischgulasch kochen. Außerdem hatte er die in den letzten Tagen gefangenen Scampi, Kalamare und Muscheln in getrennten Käfigen gesammelt, die er wie immer am Steg festgemacht hatte. Zoran kochte mit einer

Leidenschaft, als müsse er für einen Hofstaat kochen. Es roch und duftete im Topf, der über dem Feuer im Kamin hing, dass ihm das Wasser im Mund zusammenlief. Es mundete ihm jetzt schon, dass er mit dem Kosten kaum aufhören konnte. Gleichzeitig kochte er Polenta, diesen Maisgrieß, den er zum Essen noch grillen wollte.

Die Zeit verging wie im Fluge, als er in den frühen Nachmittagsstunden Stimmen vernahm. Mala begann gleichzeitig mit ihrem Bellen, um den Besuch zu melden. Zoran konnte es nicht glauben, das waren nicht Dragica und Milan alleine, nein, da kam ja ein ganzer Schwung an Leuten, die er alle kannte! Wie damals, als Mate, sein Nono, starb und mit ihm noch eine Seerunde zum Abschied drehte. Und zwischen ihnen Dragica, die über ihr ganzes Gesicht strahlte. Ihre Wangen waren gerötet vor Freude und Aufregung. Als alle vor seinem Häuschen standen, begannen sie ein wunderschönes, dalmatinisches Weihnachtslied zu singen. Zoran wurde es wieder einmal ganz eng ums Herz. Als sie mit ihrem Lied geendet hatten, musste er nicht nur einmal schlucken, bevor er die Sprache wieder fand.

Milan, der das alles organisiert hatte, sagte dann ganz feierlich zu Zoran: „Mein lieber Freund, wir alle, die dir Dragica gebracht haben, sind der Meinung, dass du mit der Einladung von Dragica dein riesengroßes Herz unter Beweis gestellt hast! Wir alle sind stolz, dass wir deine Freunde sein dürfen. Wir wünschen euch beiden morgen ein wunderschönes Weihnachtsfest. Wir wissen, dass du Dragica mit einem köstlichen Essen und deiner ganzen Aufmerksamkeit verwöhnen wirst. Wir haben dir auch ein kleines Weihnachtsgeschenk mitgenommen. Um das aber morgen genießen zu können, musst du es heute schon öffnen." Es wurden zwei größere Pakete vor ihm hingestellt. Zoran, wieder einmal sprachlos, begann sofort, diese zu öffnen. Zum Vorschein kamen ein altes Grammophon, ein Trichter, Schellacks und zwei Schachteln Nadeln für den Tonarm. „Du hast doch keinen Strom da, Zoki", lachte Milan, „ihr solltet doch am Weihnachtsabend nicht ohne Musik sein!"

Nachdem sich Zoran voller Freude bei seinen Freunden für ihr Kommen und das Geschenk bedankt hatte, gingen alle in sein Häuschen. Zoki war nun froh, so eine große Menge Fischgulasch gekocht zu haben. Rasch war die Polenta gegrillt und der Großteil des Essens an alle verteilt. Auch Wein und Schnaps fehlten nicht. Zwei seiner Besucherinnen hatten auch eine große Menge Kekse und Kuchen mitgebracht.

Als Dragica und Zoran am Abend dann alleine waren, saßen sie gemütlich vor dem Kamin bei einem Gläschen Wein zusammen. Dragica strahlte in ihrem Gesicht vor Glück, als sie leise zu Zoran sprach. „Weißt du, mein Junge, ich bin nun alt geworden und habe in meinem Leben schon viel erlebt. Viel Trauriges, besonders im Krieg, aber auch viel Schönes. Ich habe schon viele Tränen vergossen, vor allem wenn ich meine Lieben für immer verabschieden musste, aber auch sehr viel gelacht und viel Freude erlebt. So viel Wärme aber, wie ich sie von dir mit deiner Einladung jetzt erlebe, das habe ich in meinem ganzen Leben nie erfahren, das werde ich dir nie vergessen. Dafür danke ich dir jetzt schon. Doch nun, mein Lieber, lass mich bitte zu Bette gehen, meine alten Knochen sind schon müde." Dragica nahm Zorans Hände in ihre und küsste sie, während sie ihm ein Lächeln schenkte.

Zoran musste nun selbst über den gesamten Tag nachdenken. Diese Einladung hatte er aus dem Bauch heraus ausgesprochen. Ja, er wollte Dragica eine Freude machen. Warum, dachte er sich, wird das von uns Menschen nicht öfter gemacht? Jeder einzelne wird, sofern er Glück hat, alt werden und irgendwann dann alleine seine letzten Tage leben müssen. Diesen einsamen Menschen ein bisschen Wärme zukommen zu lassen, kostet uns nicht viel, nur ein bisschen Zeit, um anderen ein bisschen Glück zu schenken.

Am Weihnachtstag genossen Dragica und Zoran gemeinsam ein herrliches Frühstück. Die Tiere waren schon versorgt, Mala hatte wie immer die Hühner, vor allem aber die Schweine geärgert, was Zoki jedes Mal ein herzhaftes Lachen entlockte. Für seine Hündin hatte er einen besonderen Leckerbissen für den feierlichen Abend vorbereitet. Er würde am Abend einen Lammbraten zubereiten. Für Mala gab es Lammknochen. Eine größere Freude konnte er ihr gar nicht machen.

Seit dem Morgen herrschte schon eine ganz besondere Stimmung in der Bucht. Die Möwen, so schien es Zoran, waren heute ganz besonders ruhig. Die Sonne tauchte sein Häuschen in ein ganz weiches Licht. Eine Ruhe hatte sich ausgebreitet, als würde der Herrgott über diesen Tag seinen schönsten Schutzmantel mit einer Feierlichkeit ausbreiten, als würde er jeden Menschen mit Frieden im Herzen beschenken, auch die ganz griesgrämigen unter ihnen.

Dementsprechend feierlich begann Zoran am frühen Nachmittag mit den Vorbereitungen für das Abendmahl. Immer wieder versuchte ihm Dragica zur Hand zu gehen, doch er ließ es nicht zu. „Wenn du mir wirklich helfen willst, meine liebe Dragica, dann könntest du mir ein paar Kleinigkeiten flicken, denn nähen beherrsche ich nicht wirklich", bat er sie. „Das, mein Junge, mache ich wirklich gerne", und lächelte verschmitzt, wusste sie doch, dass Nähen nicht zu den Lieblingsbeschäftigungen von Männern gehört.

Das Fleisch hatte er für die Lamm-Peka schon gewürzt und mit Karotten, Knoblauch, Kartoffeln, Olivenöl und Weißwein in seinen Peka-Topf getan, den er jetzt in den Kamin stellte und mit Glut zudeckte. Nun konnte das langsam dahinschmoren. Dann wandte er sich zu Dragica und fragte sie, ob sie ihn nicht zum Grab seiner Großeltern begleiten wolle. „Das würde ich gerne tun, Zoki", sagte Dragica und zog sich an. Als sie dort ankamen, sagte Zoki, zum Grab gewandt: „Schaut, wen ich euch heute mitgebracht habe, meine alte Freundin Dragica, wie ich euch schon erzählt habe, so ist keiner von uns beiden heute alleine. Ich möchte euch heute einladen, an unserem Weihnachtsfest teilzunehmen und euch sagen, dass ich euch fürchterlich vermisse." Zoran versank in Schweigen. Nach kurzer Zeit nahm Dragica seine Hand und meinte zu ihm: „Zoran, komm, lass uns für deine Großeltern und alle Menschen, die wir lieben, beten." Gemeinsam sprachen sie Gebete am Grab. Schweigend gingen sie dann zum Häuschen zurück den Hügel hinunter.

Zoran hatte inzwischen mit dem Grammophon einige wunderschöne dalmatinische Lieder gespielt. Die Lamm-Peka war schon im Fertigwerden, als Zoran mit einer Schachtel zu Dragica kam. „Liebe Dragica, ich glaube, es ist an der Zeit, die Geburt Jesu Christi zu feiern. Ich wünsche dir jedenfalls alles Liebe, frohe Weihnachten und Frieden in deinem Herzen. Ich habe hier ein kleines Geschenk, ein bisschen

Schinken, geräucherten Fisch und Würste für dich vorbereitet." Dragica holte unter dem Polster auf der Bank auch ein kleines Päckchen hervor, das sie Zoki gab. „Mein lieber Junge, du hast mich mit deiner Einladung die schönste Freude schon gemacht, ich kann dir gar nicht genug danken. Ich wünsche dir, dass du die Liebe findest, nach der du dich schon so lange sehnst. Dann übergab auch sie ihm ihr kleines Geschenk. Sie hatte ihm eine Haube und einen warmen Schal gestrickt.

Bei Tisch sprachen sie dann ein Tischgebet, nachdem Zoki dieses wunderbare Weihnachtsessen serviert hatte. Es breitete sich eine wunderbare, feierliche Stimmung im Wohnraum aus, die durch das flackernde Kerzenlicht auf der alten Kommode neben dem Eingang und dem Weihrauch im Kamin noch verstärkt wurde. Zoran hatte das Gefühl, als würden seine Großeltern tatsächlich unter ihnen weilen und diese Ruhe und den Frieden mit ihnen teilen.

WIEDERSEHEN MACHT FREUDE

Weihnachten war vorbei. Wochenlang stand Zoran unter dem Einfluss dieses Festes. Es hatte ihm wahrlich gut getan, dieser Friede, diese Ruhe, die er erfahren durfte, und das nur, weil er diese alte Frau, seine geliebte Dragica, zu sich eingeladen hatte. Es wurde ihm bewusst, dass er auf keinen Fall sein Leben lang hier alleine bleiben wollte. Der Mensch ist eben grundsätzlich nicht für das Alleinsein geschaffen, dachte er sich. Diese Einsamkeit ertrug er zwar leichter durch Mala, die ihm derart ans Herz gewachsen war, doch sie konnte einen geliebten Menschen nicht ersetzen.

Der Frühling kehrte ein, seine über alles geliebten Nachtigallen, deren Gesang er so gerne lauschte, waren aus Afrika zurückgekehrt. Das Leben startete mit überaus schönen Wetterperioden in die neue Saison. Als die Temperaturen schon angenehme Aufenthalte am Meer garantierten, kamen die ersten Touristen mit Booten, wenn auch nur vereinzelt. Seine Kruševica-Bucht blieb aber von ihnen unbeobachtet, sie fuhren meist zur nördlich gelegenen Magrovica-Bucht, wo sie ankerten. Es war ihm recht, da ihm so seine Ruhe blieb. Er wollte keinen Wirbel bei ihm haben. Ab und zu war es für Zoki ja in Ordnung, wenn er sich ein bisschen dazuverdienen konnte, doch nicht um jeden Preis.

Es war schon Mai, das Wochenende stand vor der Tür und wunderschönes Wetter mit leichter Bora kündigte sich an, als er wieder die Geräusche von Motorbooten aus südlicher Richtung, also aus Richtung der Einfahrt in die große Telašćica-Bucht, wo sich seine Kruševica-Bucht befand, näherkommen hörte. Ah, die werden sicherlich in die Magrovica-Bucht fahren, dachte er sich noch. Zoran war gerade beim Sammeln von Holz für seinen Kamin. Er befand sich über seinem Häuschen am Hügel und hatte beste Aussicht, als er schon zwei kleine Motorboote sah, die aber in langsamer Fahrt nun in die Kruševica-Bucht kamen und hier vor Anker gingen. Zoran war gespannt, wer zu Besuch kam, vielleicht kannte er sie?

Als Zoran ein großes Bündel altes, trockenes Holz gesammelt und fest verschnürt hatte, schleppte er es auf seinem Rücken zu seinem Häuschen. Es war schon eine mühsame Arbeit, so vermeintlich einfache Grundarbeiten, wie Holz für den täglichen Gebrauch, erst recht für den Wintervorrat, zu sammeln. Da marschierte er dann schon mehrere Kilometer am Tag. Wenn er Besuch hatte, dann sahen die Menschen nur, dass er den Kamin heizte, hatten aber keine Ahnung, wie beschwerlich es war, dass er Feuer machen konnte. Natürlich hätte er auch Holz vom Festland kaufen können, doch diese finanziellen Mittel hatte er nicht.

Zoran saß unter seinem Vordach und gönnte sich eine Jause. Er war mit einem Riesenhunger von seiner schweißtreibenden Arbeit nach Hause gekehrt, als er die Bootsleute mit ihren Beibooten zu ihm herüber rudern sah. Mala hatte sie schon am Ufer stehend und laut bellend angekündigt. „Die hätten sich ruhig noch etwas Zeit lassen können", brummte Zoki. Doch seine Stimmung änderte sich rasch, als er sah, wer da näher kam. Das war doch Tomi und Peter mit Anhang und … ja, das durfte doch nicht wahr sein, auch Dunja, das Glutauge, war dabei! Jetzt sprang er aber auf und beeilte sich, zum Steg zu kommen. „Das ist aber schön, dass ich euch wieder sehe", rief er ihnen zu und half ihnen beim Anlanden. Sie umarmten sich alle voll Freude und gingen zu seinem Häuschen, wo er ihnen ein Willkommensschnäpschen, aufgeschnittenen Schinken, Oliven und Brot brachte.

„Zoki, wir haben uns schon den ganzen Winter darauf gefreut, dass wir dich wieder sehen, wir konnten es gar nicht erwarten, dass die neue Saison beginnt", erzählte ihm Tomislav, „und Dunja wird in zwei Monaten heiraten." Zoran versetzte diese Tatsache einen Stich in seiner Brust, obwohl er ja Jasna liebte. „Das freut mich für dich, Dunja, ich gratuliere dir", beglückwünschte er sie, und lächelte sie verkrampft an."

Danke Zoki", hauchte sie mit ihrer unverkennbaren Stimme zurück, wobei sie ihm fast nicht in die Augen schauen konnte und schwer schlucken musste.

Tomi bat Zoki, ob er ihnen ein Abendessen und allenfalls Frühstück machen könne. „Wir wissen, dass du nichts vorbereiten konntest, Zoki, doch wir sind nicht anspruchsvoll, und wenn wir nur etwas Kaltes bekommen, soll uns das Recht sein", meinte Tomi. „Ich werde schon was finden, ihr seid doch meine Freunde", grinste er die Runde an. „Ich werde hierbleiben und dir helfen, Zoran", überraschte ihn Dunja. „Hervorragend, dann können wir ja zurück zu den Booten fahren", lachte Peter, der froh war, nicht selbst helfen zu müssen. Doch Zoran wusste genau, dass Dunja mit ihm reden wollte, dass ihre Seele sich mitteilen wollte. Er würde ihr ein guter Zuhörer sein.

Als sie alleine waren, fragte Zoran: „Na Dunja, was ist los, wo drückt der Schuh? Du schaust nicht wirklich überaus glücklich aus. Eine junge Frau, die kurz vor ihrer Hochzeit steht, sie lacht glücklicher als du!" Dunja seufzte tief. „Sieht man mir das so deutlich an, Zoki", fragte sie ihn leise. „Ich weiß nicht, ob ich das Richtige mache. Ich habe den Eindruck, dass mein Verlobter, der sehr eifersüchtig ist, eine gewisse Kontrollsucht entwickelt, die mir Sorgen macht. Er hat mir zwar versprochen, dass er daran arbeiten werde, aber ich weiß nicht, ob er es schaffen wird. Ich weiß, dass ich mit einer gewissen Schönheit versehen wurde und viele Männer nicht den Menschen in mir sehen. Ich bemerke, wie viele Blicke mich verschlingen wollen, die Gier in diesen Augen. Zoki, das ekelt mich. Natürlich sieht das auch mein zukünftiger Ehemann. Ich glaube, er kommt nicht klar damit. Ich kann doch nichts dafür. Ich kann nichts für die Fantasie dieser Männer. Dazu kommt, dass viele Frauen mich als Konkurrentin anfeinden, sie haben Angst, ich würde ihnen ihre Männer wegnehmen. Was glauben die alle von mir, dass ich ein leichtes Mädchen bin, Zoran?" In Dunjas Augen traten Tränen, und ehe er sich versah, weinte sie bitterlich.

Zoran nahm ihre Hand, zog sie mit sich zum Sofa und setzte sich mit ihr. „Dunja", eröffnete er vorsichtig, „wir Menschen sind wie wir sind. Der eine entwickelt sich zu einer Schönheit, der andere hat nicht dieses Glück, auch der kann nichts dafür. Das sagt aber nichts über den Charakter, über das Herz, was er hat, aus. Ich würde Menschen, die mich nur wegen meines Aussehens bewerten, einfach ignorieren. Ich gebe mich selbst hier auf dieser Insel nur mit jenen ab, die mich so akzeptieren und lieben wie ich bin. Es gibt auch hier Menschen, die meinen, ich wäre ein Taugenichts und arbeite kaum, weil ich alleine hier lebe. Also, ignoriere sie einfach. Die Sache mit deinem Verlobten, ja, das kannst nur du entscheiden. Du musst dich fragen, ob du ihn wirklich liebst, ob du dein Leben mit ihm teilen willst. Nur das Herz entscheidet, Dunja."

„Danke, Zoki, du bist wirklich ein großartiger Mensch. Das hat mir geholfen, mit dir zu sprechen. Ich fange heuer mit dem neuen Schuljahr mit meiner Arbeit an. Ich weiß noch nicht, ob ich wirklich in Rijeka unterrichten kann oder ob ich woanders hin muss. Wie geht es dir eigentlich mit deiner Liebe?", fragte Dunja ihn. Er erzählte ihr von den letzten Briefen und dass er Jasna seit letztem Jahr nicht mehr gesehen habe. Dabei fühlte er wieder seine Traurigkeit und seine unendliche Sehnsucht nach Liebe.

Bevor Dunjas Freunde zum Essen kamen, nahm Dunja tief Luft, bevor sie sich zu Zoran drehte. „Weißt du, Zoki, ich habe dich erst einmal gesehen. Du hast in mir etwas ausgelöst. Mir ist klar geworden, als ich deine Umgebung hier damals näher betrachtet hatte, dass es völlig egal ist, ob ich an einem Gymnasium als Professorin unterrichte oder hier leben würde, so lange man glücklich ist. Es ist keine Frage, ob man gutes Geld verdient oder nicht. Du kommst mit dem aus, was du hier hast, bist aber glücklicher als viele andere. Letztlich wollen wir Menschen doch nur glücklich sein, die Liebe leben und nicht Neid und Hass. Wärst du nicht in ein anderes Mädchen verliebt, ich würde dich nicht auslassen." Kaum hatte sie geendet, drehte sie sich um und flüchtete vor das Häuschen.

Zoran stand nur da, den Mund offen und perplex über die Offenheit und Ehrlichkeit von Dunja. Wie sollte er damit umgehen, er wollte Dunja nicht verletzen. Jeder der beiden blieb für sich allein, jedes Wort mehr wäre überflüssig gewesen. Die beiden grübelten über das Gesagte, das ihre Gefühlswelt durcheinander gebracht hatte.

Dunja und Zoran hatten einen herrlichen Fischeintopf im Kessel und Polenta über dem Feuer gekocht. Außerdem gab es frisches Weißbrot aus der Peka-Pfanne. Es wurde ein wunderschöner Abend, bei dem ihr Wiedersehen gefeiert wurde. Dunja hatte ihre Sorgen in diesen Abendstunden hinter sich gelassen. Zoran merkte, dass das nicht nur ihr, sondern auch ihm gut tat.

Seine Freunde blieben gleich zwei Tage in der Kruševica-Bucht. Jeden Tag bekochte Zoran sie; Abendessen und Frühstück. Dunja half ihm jedes Mal. Am Tag darauf sagte Zoki zu ihr: „Dunja, du siehst doch langsam, wie beschwerlich es ist, alleine für fünf Personen hier zu kochen. Wenn ihr weg seid, muss ich wieder mit Kanistern Wasser aus Sali holen, ich muss mindestens hundert Liter wieder herbringen, ich muss jeden Schluck sauberes Trinkwasser den Berg heruntertragen. Ja, sie bauen jetzt eine kleine Schotterstraße von Sali bis zur Magrovica-Bucht. Dann kann ich die schweren Dinge, wie die Wasserkanister, mit meinem Moped dorthin und dann mit dem Boot zu mir in die Bucht transportieren, das wird eine große Erleichterung sein. Das würde dir nicht gefallen, glaube mir. Du bist es gewohnt, dass du zu Hause den Wasserhahn aufdrehst, ohne dir darüber Gedanken zu machen. Ich muss mich selbst im Winter mit dem Meerwasser, das ich mit einer Handpumpe vom Meer hole, duschen. Man gewöhnt sich daran, ich kenne nichts anderes." Seine Frage, ob sie sich das vorstellen könne, so zu leben, ließ er absichtlich offen.

Dunja war zwar nicht geschockt über diese Details und doch, ja, irgendwie musste sie das verdauen. Natürlich hatte sie viele Details gesehen, aber wie hart dieses Leben hier ist, konnte sie natürlich nicht wissen. Zoki hatte ihnen auch am Vortag erzählt, was es heißt, Brennholz das gesamte Jahr über neben dem Kamin liegen zu haben. Welche schweißtreibende Arbeit das war, oder die Tiere jeden Tag zu versorgen und genug Futter für sie zur Verfügung zu haben.

Das war etwas anderes, als jeden Tag in die Schule zu gehen, dort zu unterrichten, auch wenn an manchen Wintertagen aus Spargründen die Unterrichtsräume fast kalt waren und man warm angezogen sein musste. Genauso bekamen die Professoren ihren Gehalt nicht immer pünktlich, manchmal dauerte es länger als ihnen lieb war, aber das war ebenso. Das nahm sie für ihren zukünftigen Beruf in Kauf.

Aber all das war nichts im Vergleich zu Zorans Leben. Natürlich, für die Touristen war das nicht sichtbar, das sollte auch nicht so sein. Man wollte doch ihr Heimatland Jugoslawien, diesen kommunistischen Staat als Devisen einbringendes Land mittels Tourismus aufbauen. Da wollte man keine internen Probleme für Erholungsuchende präsentieren.

Bevor seine Freunde abreisten, kam Dunja alleine zu ihm. Nachdenklich blickte sie ihn mit ihren wunderschönen Augen an und sagte: „Zoki, ich bin gekommen, um dir und mir für unsere Liebe alles Gute zu wünschen. Ich bin gekommen, um dir auch zu danken für unsere Gespräche, dass du dir Zeit dafür genommen hast, dass du immer so ehrlich zu mir bist. Ich genieße jede Stunde mit dir. Ich würde mich freuen, wenn du in meiner Nähe leben würdest, du bist mein wichtigster Freund geworden, auch wenn wir uns noch nicht oft gesehen haben. Mir ist manchmal, als würde ich dich schon sehr lange kennen. Ich hoffe, dass auch du glücklich wirst, dass du die Liebe erfahren darfst, die du dir wünschst."

Als seine Freunde aufbrachen, blickte ihnen Zoran noch lange nach. Auch ihm taten die Gespräche mit Dunja gut. Sie tat ihm leid. Er hatte das Gefühl, dass eine Heirat mit diesem Menschen, der offensichtlich mit seiner Eifer- und Kontrollsucht ein starkes psychisches Problem hatte, sie nicht glücklich machen würde. Er hoffte, dass sie eine weise Entscheidung traf, obwohl das Aufgebot schon lange stand.

Da gab es auch die sogenannte Gesellschaft, sowohl die Familie vom Bräutigam als auch von der Braut, aber auch die vielen Freunde und Bekannten. Alles Menschen, die es nur gut mit einem meinten, von denen man zu den Problemen hörte: „Ach, nach der Hochzeit legt sich das schon, lass dir ein paar Kinder machen, dann hast du andere Sorgen." Wie Zoran nur diese Scheinheiligkeit der Gesellschaft hasste. Das waren meist Aussagen, die nur über die eigenen Probleme hinwegtäuschen sollten. War doch der Mann der unausgesprochene Herrscher der Familie. Hatten die Frauen menschliche Probleme, meinte die sogenannte Gesellschaft, sie sollten sich nicht so zieren.

Die Männer hörte man dann tuscheln, man sollte doch dann und wann die Frauen bei Bedarf einer gewisse Strenge unterziehen, wenn notwendig auch eindrucksvoll, also mit Gewalt, dann kämen sie schon wieder zur Besinnung.

Zoran hatte in seiner Familie so etwas nie kennengelernt. Er verabscheute derartige Lebenseinstellungen. Um die sogenannte Gesellschaft hatte er sich ohnehin noch nie etwas gemacht, diese konnte ihm gestohlen bleiben. Er war so, wie er eben war. Er hatte sich selbst oder anderen nie etwas vorgelogen.

RAUCH AM HIMMEL

Zoran freute sich, er konnte es nicht fassen. Man hatte es geschafft! Eine Schotterstraße verband nun Sali zur großen Telašćica-Bucht, wo auch seine Kruševica-Bucht und sein Häuschen lagen. Somit konnte er seine Sachen, vor allem die schweren, mit dem Boot von der Magrovica-Bucht, wo die Straße endete, zu ihm nach Hause bringen. Er musste sie nicht den Berg herunterschleppen, was ihm bisher viel Zeit, Kraft und Schweiß gekostet hatte. Er benötigte zwar rund zehn Minuten mit dem Boot für diese Strecke und auch Benzin, doch das zahlte sich allemal aus. Wenn er nur an das Baumaterial für sein Dach zurückdachte, das war schon eine Plackerei, als er es zum Häuschen herunterschleppen musste.

Er fuhr sofort mit dem Moped bis zur Magrovica-Bucht, ging zu Fuß wieder nach Hause und holte seine Zlatna Duša, sein Boot. Dann holte er mit seinen Kanistern Wasser in Sali und einige andere Sachen und brachte alles am Seeweg nach Hause. Er war begeistert, so einfach war das. Er musste nur noch einen zweiten Unterstand in der Magrovica-Bucht aufstellen, dann wäre alles perfekt.

Zoran kochte sich am nächsten Tag einen Eintopf, den er über dem Feuer hängen ließ, und fuhr los, um Material für den Unterstand zu kaufen. Den Grundeigentümer musste er auch noch für sein Bauvorhaben um Erlaubnis fragen. Diese Erlaubnis war aber dann kein Problem, die hatte er mit einem Lachen des Eigentümers sofort erhalten. Es sollte ja nur ein überdachter Unterstand für sein Moped und den Anhänger werden. Zoran hoffte, mit seinen Arbeiten in zwei Tagen fertig zu sein. Dieser Unterstand musste doch etwas stabiler werden, wegen des gefürchteten Nordostwindes, der Bora.

Er hatte kaum mit dem Bau begonnen, als leider am zweiten Tag auch schon dieser starke Sturmwind mit teils heftigen Böen zu wehen begonnen hatte, dass Zoran das Lachen verging. Als er am frühen Nachmittag dieses zweiten Tages, er war mit seiner Arbeit schon fast fertig, während einer Pause in Richtung seiner Bucht blickte, sah er Rauch. Er konnte sich nicht vorstellen, was dort Rauch erzeugen konnte, es war ihm unerklärlich, da er auch keine direkte Sicht dorthin hatte.

Plötzlich überfielen ihn schockartig Angstgefühle. Das Herz zog sich ihm zusammen. Panik brach in ihm aus, er war für Sekunden wie gelähmt. Er sprang auf, ließ alles liegen, rannte zu seinem Boot, sprang hinein und fuhr los in Richtung seiner Kruševica-Bucht.

Mit seinem kleinen Außenbordmotor war aber eine höhere Geschwindigkeit nicht möglich. Er konnte mit seinem Fischerboot auch in keine Gleitfahrt kommen. Obwohl er mit Vollgas fuhr, ging es Zoran viel zu langsam. Er verzweifelte, weil er das Schlimmste ahnte.

Als er freie Sicht in seine Bucht bekam, sah er sein Häuschen lichterloh brennen. Er schrie … und schrie … und schrie. Seine ganze Verzweiflung schrie er hinaus, bis er nur mehr bitterlich weinte. Als er bei seinem Steg ankam, konnte er nichts mehr tun. Sein ganzes Hab und Gut, sein so sehr geliebtes Häuschen, es war ein Raub der Flammen geworden. Zoran sank am Steg auf die Knie und konnte nur mehr mit ansehen, wie sich alles in Rauch auflöste. In seinem Kopf breitete sich eine unendliche Leere aus. Er war nicht in der Lage, klar zu denken. Obwohl er vom Berg herunter Leute kommen hörte, nahm er diese nur am Rande wahr.

Da vernahm er Mala. Ihr Bellen war in dieser Situation wie Balsam für seine Seele. Jetzt erinnerte er sich, dass er ja die Haustüre offen gelassen hatte! Er tat das sehr oft, weil Mala einen Fremden nie ins Haus gelassen hätte. Mala kam zu ihm gerannt und setzte sich winselnd vor ihm hin. Er umarmte sie und weinend freute er sich: „Meine Kleine, ich bin so froh, dass du lebst." Mala schleckte ihm mit ihrer langen Zunge die Tränen weg, als wollte sie ihm sagen: „Komm, mein Freund, wir schaffen auch das."

Einige Feuerwehrleute, aber auch andere hilfsbereite Einwohner aus Sali waren in die Kruševica-Bucht gekommen. Sie hatten den Rauch gesehen. Dass man hier nicht löschen konnte, war klar. Dazu gab es weder eine Möglichkeit, mit einem Feuerwehrauto herzukommen, noch sonstige Löschmöglichkeiten. Es fehlte auch an Strom für elektrische Pumpen, um Wasser vom Meer herauf zu pumpen, auf diese kleine Anhöhe, wo das Häuschen stand. Die Menschen eilten auf Zoki zu. „Zoran, Gott sei Dank, du lebst und bist nicht verletzt", sagte einer der Feuerwehrmänner zu ihm, der einen unendlich verzweifelten Menschen vor ihm sah.

Langsam fand Zoran in die Wirklichkeit zurück. „Danke, dass ihr gekommen seid", murmelte er, noch immer unter Schock stehend. Die Menschen kümmerten sich um das noch immer glimmende Feuer. Zoran hatte Glück, dass der Wind nachgelassen hatte, und hier, im Windschatten des Hügels, wehte es ohnehin nicht stark bei Bora. Das hatte ihn vor größerem Schaden bewahrt. Langsam beruhigten sich auch seine Tiere in ihren Stallungen wieder.

Am Abend gab es noch immer Glutnester. Die Menschen begannen nun mit Eimern Wasser aus dem Meer zu holen und den Rest zu löschen. Weil aber nicht genug Wassergefäße zur Verfügung standen, zog sich das dahin. Als sie in den späten Abendstunden dann endlich fertig waren, forderten sie Zoki auf, mit ihm nach Sali zu kommen. „Nein, Freunde, ich bleibe hier. Morgen habe ich frische Eier, das reicht mir zum Frühstück. Mein Platz ist hier. Ich habe zwar nicht nur mein Häuschen verloren, auch meine Vorräte. Aber ich habe soeben beschlossen, mir wieder ein Häuschen aufzubauen. Ich weiß zwar noch nicht wie, aber meine Hündin Mala hat mich davon überzeugt, dass wir um unser Erbe kämpfen müssen. Wir beide gehören hierher. Hier lebe ich und hier sterbe ich, und wenn ich es nicht schaffe, dann eben früher", sagte Zoran tief überzeugt.

Betretenes Schweigen trat ein. Niemand konnte das glauben. Die Menschen sahen Zoki ganz entgeistert an. „Kommt, wir gehen nach Hause", forderte einer die Helfer auf. Als sich der Sprecher zum Gehen schon abwenden wollte, drehte er sich zu Zoran nochmals um und sagte: „Zoran einige von uns werden in den nächsten Tagen vorbeischauen, um dir zu helfen. Du findest aber bei uns immer einen Platz zum Schlafen, falls du es dir anders überlegen solltest. Du bist nie alleine mein Freund."

Als Zoran alleine war, ging er zum Stall hinüber. In einem Nebenraum, in dem Werkzeuge und Futtermittel lagerten, richtete er sich
notdürftig eine Schlafstätte ein. Sogar eine alte Decke hatte er gefunden. Er fand keinen Schlaf. In seinem Kopf arbeitete es, er suchte nach
Möglichkeiten, wieder auf die Füße zu kommen, Möglichkeiten zu
finden, mit seinen bescheidenen Mitteln sich wieder eine Wohnstätte,
ein kleines Häuschen zu bauen. Er konnte seiner Verzweiflung kaum
Herr werden.

Während er so überlegte, kam er zu der Überzeugung, er müsse versuchen, mit alten Materialien diesen Wiederaufbau zu probieren. Er
hatte sich zwar vom Verkauf seiner Waren und dem Essen, das er dann
und wann an Touristen verkaufte, ein bisschen was in den letzten Jahren zusammengespart, doch reichte das nicht, wenn er alles für den
Bau kaufen wollte.

Da fiel ihm ein, dass es ein altes Haus gab, das dem Verfall überlassen
worden war. Er kannte auch den Besitzer. Diesen könnte er doch fragen, ob er sich dort Ziegel und Bretter holen dürfe. Für die Einrichtung
hatte er noch keine Idee, aber da würde ihm auch noch was einfallen.
Mit dem Wetter sollte es auch in Ordnung gehen, es war noch nicht
mal Sommer.

Bevor Zoran einschlief, dachte er sich noch, woher nehme ich plötzlich diese Kraft? Da sah er im Geiste die besorgten Gesichter seiner
Großeltern. In seiner Zwiesprache sagte er ihnen: „Nona, Nono, ich
verlasse euer Erbe nicht, macht euch keine Sorgen. Ich bin noch jung
und stark. Mit ein bisschen Glück habe ich unser Häuschen am Ende
der Saison wieder stehen. Schickt mir eure Kraft, ich bitte euch. Ihr
werdet sehen, ich verspreche es euch, ich bleibe hier, wenn ihr beide
mich immer wieder motiviert, falls ich die Kraft verlieren sollte." Mit
diesen Gedanken an seine Großeltern und einer großen Portion Motivation, nicht aufzugeben, fiel Zoki in einen tiefen, traumlosen Schlaf.

NEUANFANG

Als Zoran am nächsten Morgen langsam munter wurde, wusste er anfangs nicht, wo er war. Nur langsam kam seine Erinnerung wieder. Er nahm den Brandgeruch wahr. Dieses ganze Unglück, diese Katastrophe, das Zischen des Feuers ... es zog ihm das Herz zusammen. Sein seelischer Schmerz nahm kein Ende. Das Allerwichtigste seiner Existenz, das süße kleine Häuschen seiner Großeltern, das gab es nicht mehr.

Mala, die bemerkt hatte, dass er munter war, kam zu ihm und schleckte ihm mit einem Winseln über das Gesicht. Da wusste Zoran, dass er für sich und seine treue Gefährtin dieses Häuschen wieder errichten würde. Sie gab ihm soviel Motivation in seiner so unglaublichen Situation. „Komm, Mala, krempeln wir die Ärmel hoch, wir lassen uns nicht unterkriegen", murmelte er zu sich selbst, „jetzt holen wir uns ein paar Eier, wäre doch gelacht, wenn wir nichts zu essen hätten. Unser Garten Eden schenkt uns noch immer etwas, auch wenn wir im Moment kein Dach über dem Kopf haben." Trotz der Tragik huschte ein Lächeln über sein Gesicht.

Zoki kroch aus seinem Notquartier und betrat das Freie. Ein übler Anblick, dieser Haufen verkohlter Schutt, dachte er sich. Unwahrscheinlich, dass das mein Zuhause war. Ein Bad widersprüchlicher Gefühle machte sich breit in ihm, gleich wie das Wetter. Es hatte den Anschein, als ob die Sonne nicht wüsste, sollte sie scheinen oder doch hinter den Wolken weiter schlafen. Die ganze Stimmung in seiner Bucht war traurig.

Nach dem Frühstück mit ein paar rohen Eiern für Mala und ihn fuhr Zoki mit dem Boot in die Magrovica-Bucht, wo sein Moped noch stand. Zuerst wollte er als Erstes Dragan, dem das alte, dem Verfall preisgegebene Haus gehörte, aufsuchen. Das war das Wichtigste für ihn, denn davon hing es ab, ob er mit dem Wiederaufbau beginnen könnte. Mala nahm er diesmal mit.

Als er bei Dragan ankam, traf er ihn vor seinem Haus. Bei Drago verfinsterte sich das Gesicht, als er Zoki kommen sah. Er hatte bereits von seinem Unglück gehört, das hatte sich bereits in Sali schon herumgesprochen. „Na Zoki, du armer Junge, wie geht's dir", empfing er ihn, „ich habe schon gehört, was passiert ist, komm herein, meine Frau soll uns Kaffee machen."

Als sie dann zusammensaßen, erzählte ihm Zoki die ganzen Geschehnisse. „Ich habe jetzt kein Dach mehr über dem Kopf, Drago. Heute Nacht konnte ich lange nicht schlafen. Ich überlegte, wie ich es anstellen könnte, dass ich es finanziell schaffen könnte, mir wieder ein kleines Häuschen aufzubauen. Ich möchte weiterhin dort wohnen. Du weißt, wie sehr ich meine Großeltern geliebt habe. Ich habe dem alten Mate, meinem Nono, noch zu Lebzeiten versprochen, dass ich dort bleiben würde. Und dann kam mir die Idee, mit alten Materialien zu bauen. Dabei ist mir dein fast verfallenes Häuschen eingefallen, das drüben bei der Magrovica-Bucht auf diesem Feld steht." Zoki ist immer leiser geworden. Er war sich plötzlich unsicher geworden, ob er das Richtige machte.

Dragos Gesicht verfinsterte sich zuerst, dann schaute er etwas freundlicher. Zuletzt legten sich Lachfalten darüber, als hätte er etwas Schönes, Heiteres erlebt. Er sagte einige Zeit nichts, dann blickte er Zoran mitten ins Gesicht. „Zoki, mein Freund, hast du mehr Schweine oder mehr Schafe", fragte Drago. Zoran wusste nicht, worauf er hinaus wollte. Er hatte keine Ahnung, was seine Frage mit seinem ohnehin vagen Begehren zu tun haben sollte. „Schafe", antwortete er vorsichtig.

„Na, mein Freund, dann wirst du mir im Herbst zwei Schafe und ein Schwein bringen. Das ist der Preis für das Häuschen, von dem du dir alles holen sollst, was du brauchen kannst, auch wenn Möbel oder Sonstiges noch drinnen sind." Drago begann zu lachen. „Du weißt gar nicht, welchen Gefallen du mir machst, dann brauche ich es nicht entsorgen! Ich freue mich, wenn ich dir so helfen kann, mein Freund." Zoran wusste gar nicht, wie im geschah, besser hätte es gar nicht laufen können. „Drago, du weißt gar nicht, wie sehr du mir hilfst." Zoran schluckte schwer, er brachte über soviel Verständnis kaum ein Wort mehr heraus. „Schön langsam sehe ich wieder Licht für mein Leben in der Kruševica-Bucht. Alles andere wird schon wieder. Ich werde mir nun einen Gaskocher besorgen, damit ich mir Essen kochen kann. Ich werde heute noch mit den Arbeiten beginnen."

Zoki konnte es noch immer nicht fassen. Gib nie auf, dachte er sich, nach jedem Sturm scheint die Sonne wieder. Mit einem Handschlag besiegelten die beiden ihr Abkommen. Als Zoki dann gehen wollte, forderte ihn Drago auf, noch kurz zu warten. Dann kam er mit einer größeren Schachtel zurück. „Schau, Zoki, hier hat meine Frau ein bisschen Verpflegung für dich bereitgestellt, das hilft dir die nächsten drei Tage, und vor der Tür steht ein Gaskocher mit einer Gasflasche. Wenn du sie nicht mehr brauchst, bringst du sie mir wieder. Mit dem Abriss der alten Hütte kannst du jederzeit anfangen." Zoki bedankte sich immer wieder bei Drago bei seiner Verabschiedung.

Am Rückweg zur Magrovica-Bucht blieb er bei seinem nun erworbenen Abbruchhaus stehen. „Du wirst bald wieder zu neuem Leben erweckt", murmelte er in Richtung des alten Hauses. Er stellte fest, dass er genug Ziegel, einige noch funktionstüchtige Fenster und eine Tür mit Überholungsbedarf, ja sogar Dachziegel haben würde. Als er innen nachsah, war er überrascht. Dort gab es auch einige Möbelstücke, wenn auch sehr alt und renovierungsbedürftig. Im Schuppen, dessen Dach nur bedingt noch vorhanden war, fand er in einem etwas geschützten Bereich sogar Eimer, Werkzeug und anderes. Das wurde ja immer besser. Wer weiß, was da noch alles zum Vorschein kommt, freute sich Zoran.

Nachdem er das alles gesehen hatte, fuhr er zurück nach Sali. Er suchte Milan auf, dem er als Erstes von seinem Neuerwerb und seinem Vorhaben erzählte. „Glaubst du, du könntest mir morgen beim Wegräumen des Brandschuttes helfen", fragte er ihn, „du müsstest dir aber etwas zum Essen und Trinken mitnehmen, ich habe nichts mehr, Milan. Meine Vorräte gibt es auch nicht mehr." „Zoran, nicht nur ich werde kommen, es haben schon einige zugesagt, wir haben uns schon Gedanken dazu gemacht. Wir werden morgen bald in der Früh bei dir sein. Es war gut, dass du mir von deinem Geschäft mit Drago erzählt hast. Wir werden uns auch Gedanken machen müssen, was wir als Erstes demontieren und wie wir das in deine Bucht schaffen."

Milan und Zoran diskutierten noch eine Weile, dann kehrte Zoki zu seinem Boot zurück.

Als Mala und Zoki in die Kruševica-Bucht zurückkamen, wunderte er sich nicht mehr, dass der Schutthaufen ihn seelisch nicht mehr so belastete als noch am Morgen. Inzwischen freute er sich bereits, dass er eine modernere und etwas größere Heimstätte schaffen würde.

Er erinnerte sich an Mate, der einmal zu ihm sagte: „Altes muss weg, damit Neues Platz findet! Zoran, jeder Mensch hat Tiefpunkte in seinem Leben. Glaub nicht, dass es etwas bei mir nicht gegeben hätte. Wenn du glaubst, es kann nicht mehr schlimmer kommen, fällst du noch weiter runter. Aber irgendwann kommt der Punkt, da geht es wieder aufwärts. Aber du musst schon deinen Anteil dazu beitragen." Zoran hatte das damals noch nicht so verstanden. Heute wusste er, was sein Nono damals meinte. Er fehlte ihm in dieser Not. Er wäre froh gewesen, ihn jetzt an seiner Seite zu haben.

Zoran machte sich bereits Gedanken, wie er das Häuschen vergrößern würde. Er wollte eine Toilette, einen Waschraum und eine Vorratskammer im Haus haben. Vielleicht bestand auch die Möglichkeit, den Dachraum so zu gestalten, dass er später einmal diesen weiter ausbauen konnte.

Am nächsten Tag stand er schon früh auf. Sein Eierfrühstück war kurz und schmerzlos, aber frisch von den Hühnern serviert. Die Sonne begann gerade ihre warmen Strahlen auszubreiten, als seine Freunde kamen. Es herrschte Aufbruchsstimmung trotz des schlimmen Anblicks von Schutt und Asche. Zoran ergriff, wie am Vortag schon, eine derartige Lust, diesen Neuanfang endlich zu beginnen, aber auch ein tiefes Gefühl der Dankbarkeit seinen Freunden gegenüber. Jeden Einzelnen begrüßte er mit Handschlag und einem lauten „Danke, dass du gekommen bist".

NEUES ENTSTEHT

Nachdem der Brandschutt weggeräumt war, hatten sich die Freunde zusammengesetzt und sich beraten. Man hatte sich darauf geeinigt, dass zwei sich mit dem Abriss des Häuschens von Drago beschäftigten und zwei sich mit dem Transport des demontierten Materials mit den Booten von der Magrovica- in die Kruševica-Bucht. Der Rest der Mannschaft sollte das neue Häuschen aufbauen.

Dass nicht alle immer helfen konnten, das hatte man eingeplant. Zumindest hatte man ins Auge gefasst, dass Zoran so rasch als möglich zumindest einen Rohbau mit Dach und einen Kamin wieder zur Verfügung haben sollte. Damit konnte er schon mal eine Notschlafstelle einrichten.

Zorans Freunde versuchten bei Gott, das Abbruchhaus so schonend wie möglich zu demontieren. Das war nur sehr schwer möglich. Beim Dach ging es relativ einfach noch. Die Arbeit beim Dachgebälk gestaltete sich schweißtreibend, aber besser als erwartet. Die Dachbalken waren großteils noch verwendbar. Aber die Ziegel und Steine des Wohnhauses waren sehr schwierig abzubauen. Ein Teil des Wohnhauses war noch mit Steinen gebaut. Da sie festgestellt hatten, dass die Ziegel für Zokis Häuschen nicht reichen würden, beschlossen sie, auch bei Zoran einen Großteil der Steine, zumindest für den Wohnraum, zu verwenden.

Die Tage und Wochen vergingen. Es war schon Ende Juni. Pro Woche hatten sie drei bis vier Arbeitstage, an denen genug Freunde da waren, um dementsprechend effizient arbeiten zu können. Das war Zoki recht. So konnte er seine Arbeiten wie Fischen wieder aufnehmen und sich besser um seine Tiere kümmern. Er musste wieder Holz für den Winter sammeln, da sein Holzvorrat ebenfalls ein Raub der Flammen geworden war. Er hatte auch keine Vorräte mehr an Fleisch und Trockenfisch.

Manchmal arbeitete Zoki auch ganz alleine am Häuschen weiter. Bei jedem einzelnen Handgriff, den er dafür unternahm, spürte er Stolz, dass er nicht aufgegeben hatte. Er freute sich, wenn er wieder ein kleines Teilstück fertig hatte. Besonders als Zoki die Mauern für den Wohnraum, den sie aus Steinen errichteten, betrachtete, zersprang seine Brust fast vor Stolz und Freude. Das war das schwierigste und anstrengendste Stück des gesamten Bauwerks.

Am Abend, als sie damit fertig geworden waren, stand Zoki dann zwischen den Steinmauern. Mit einer Hand lehnte er sich dagegen und sagte ehrfurchtsvoll zu den Steinwänden gewandt: „Ihr werdet mir diesen Raum im Sommer angenehm kühl und im Winter kuschelig warm halten. Wenn ich Sorgen habe, werde ich sie euch zuflüstern. Ihr werdet mich gegen Sturm und Wind schützen. Dafür werde ich euch gut in Schuss halten und immer pflegen."

Während seine Freunde die weiteren Mauern mit den Ziegeln zu bauen begannen, half Zoran bei der Demontage der Nebengebäude des Abbruchhauses. Von dort wollten sie die Bretter, die sich noch als sehr stark herausstellten, für die Decke verwenden. Sie mussten aber neu gehobelt werden. Außerdem wollten sie die Bretter – es standen genug zur Verfügung – doppelt verlegen, um eine bessere Isolation zwischen dem Dach und den Wohnräumen zu erreichen. Noch an Ort und Stelle wurden die Bretter sowie Balken für den Dachstuhl gehobelt, bevor sie in die Kruševica-Bucht abtransportiert wurden.

Langsam, aber sicher nahm alles eine Form an. In der zweiten Juliwoche, am Sonntag, einigten sich die Freunde, erst am Mittwoch wieder weiter zu arbeiten. Zoran wollte gerade mit der Holzbearbeitung fortsetzen, als ein Polizeiboot aus Zadar in seine Bucht hereingefahren kam. „Oh, mein Grott, das schaut nach Problemen aus", meinte Zoran zu seiner Hündin gewandt und legte sein Werkzeug aus der Hand. Er sah, wie zwei Uniformierte mit wichtiger Miene zu ihm kamen. In knapper Art und etwas reserviert begrüßten sie Zoran. „Ja bitte, wo kann ich helfen, meine Herren", begrüßte Zoran höflich die beiden Polizisten. Er wusste von seinem Großvater, dass man Uniformierten am besten mit einem freundlichen Lächeln begegnete.

„Wir haben die Meldung bekommen, dass ihre Unterkunft hier abgebrannt ist. Wer ist der Eigentümer hier und wie kam es zu diesem Feuer", fragte ihn der Polizist, jetzt aber schon ein wenig freundlicher. „Setzen wir uns doch zuerst, Herr Kommandant", lud Zoran die beiden ein und kredenzte ihnen Schnaps und Wein. Diese Vorräte hatten nicht im Haus gelagert, als es brannte, sondern in seinen Nebengebäuden.

„Nun zur ersten Frage: Ich habe die gesamte Bucht und auch die Gebäude von meinem Großvater vererbt bekommen. Ich kann ihnen aber keinerlei Papiere zeigen, es tut mir leid, sie sind mit verbrannt. Ich hatte sie in meinem Schlafgemach aufbewahrt", erklärte Zoran in leicht verzweifeltem Ton. „Das Amt", damit meinte Zoki die Außenstelle des Gemeindeamtes von Zadar in Sali, die alle auf der Insel nur eben „das Amt" nannten, „müsste aber alle Durchschriften haben."

„Ja, Zoran, da werden wir anschließend gleich selbst nachfragen. Du musst ja keine Angst haben", lächelte ihn der Kommandant nach dem ersten Gläschen Schnaps an. „Der ist aber wirklich nicht schlecht", meinte er hinterher. Zoran hatte den Wink sofort verstanden und reagierte unverzüglich mit einem Lächeln. „Mir ist zwar nicht mehr viel geblieben, Herr Kommandant, aber nachdem sie mir helfen und gleich selbst zum Amt fahren, um Einsicht zu nehmen, würde ich ihnen gerne ein kleines Fläschchen meines bescheidenen Schnapses schenken", dabei dachte er an die Eineinhalb-Liter-Flasche, die er sofort holte und an den Polizeioffizier weiterreichte.

Er musste den beiden Polizisten dann über den Brand selbst erzählen. Als er damit geendet hatte, fragte in der Kommandant: „Zoran, was glaubst du, war die Ursache für den Brand?" „Dieses Bucht gehört meiner Familie schon seit vielen Generationen und das Haus war schon sehr alt. An diesem Tag wehte in den Morgenstunden heftig die Bora. Das Feuer war im Kamin noch nicht ganz aus, es war sicherlich etwas Glut vorhanden. Der Kamin war ja auch gleichzeitig meine Wärmequelle und Kochstelle. Das wird jetzt anders werden. Ich war zum Brandausbruch nicht in der Bucht. Ich glaube, und dem schließen sich meine Freunde an, dass ein besonders heftiger Windstoß Glut so weit in den Wohnraum geblasen hatte, dass es zu brennen begann.

Ich kann mir etwas anderes nicht vorstellen. Ein Fremder konnte es nicht gewesen sein. Mein Hund war zu Hause. Glauben sie mir, sie müssten ihn schon erschießen, dass sie mein Eigentum betreten könnten, wenn ich nicht da bin. Ja, mein Hund bewacht dieses Bucht."

„Ist in Ordnung, Zoran, Brandstiftung können wir somit ausschließen. Wir werden Ende Sommer noch einmal vorbeikommen, vielleicht bist du dann schon fertig. Dann kannst du dich wieder dem Fischen widmen", lächelte der Kommandant. Zoran hatte auch diesen Wink verstanden. Was soll's, dachte er sich, besser ein bisschen Schnaps und ein paar Fische wechseln den Besitzer, als Probleme mit den Behörden. Er wusste aus Erzählungen von seinen Freunden, dass das auch ganz anders hätte laufen können. Er wollte keine Probleme, er wollte nur in Ruhe hier leben.

Dieser Besuch hatte ihn schon ein bisschen aufgeregt, wenn er ehrlich war. Erst jetzt wurde ihm bewusst, dass er weder von seinem Besitz noch zu seiner eigenen Person oder irgendwelche andere amtliche Unterlagen oder Ausweise hatte. Diese Papiere waren allesamt verbrannt. So lange er auf der Insel blieb, brauchte er auch keinen Ausweis. Aber so wie jetzt, bei dieser Kontrolle? Also musste er sich um diese Angelegenheiten auch noch kümmern. Aber zuerst brauchte er einmal ein Dach über seinem Kopf, da musste alles andere eben warten.

Hier auf der Insel zu leben hieß für Zoran, die Zeit ein bisschen langsamer laufen zu lassen. Das hatte für ihn wahrlich nichts mit faul sein zu tun, nein, das war er noch nie. Es war ihm viel wichtiger, seine Arbeiten mit Bedacht zu erledigen, sich vorher Gedanken zur bevorstehenden Arbeit zu machen und dann mit Ruhe zu arbeiten.

So haben Zoran und seine Freunde in seinem neuen Häuschen elektrische Leitungen mit eingeplant, obwohl er noch keinen Strom hatte. „Aber irgendwann", sagten seine Freunde zu ihm, „wird es auch hier am Ende unserer Insel Strom geben, Zoran! Dann kannst du dein Häuschen beleuchten, und wenn du nicht mehr alleine sein solltest, wirst du mit deiner Liebsten ein kleines Fest feiern", wobei alle in ein herzliches Lachen ausbrachen.

So arbeiteten sie emsig weiter. Die einen restaurierten ein paar brauchbare Möbel aus dem Abbruchhaus und fertigten neue aus dem alten Holz, die anderen bauten am Häuschen weiter. Sogar die Fenster und Türen wurden aus dem Altmaterial gefertigt. Dachrinnen wurden angebracht, eine kleine Zisterne gebaut, es herrschte eine Aufbruchsstimmung, von der jeder einzelne angesteckt wurde.

Sogar Tomislav und sein Freund Peter, die vom Brand nichts gewusst hatten, erfuhren erst davon, als sie mit ihren Booten ihn besuchen wollten. Sie, die eigentlich zum Urlaub hergekommen waren, halfen für einige Tage beim Aufbau des Hauses.

Zoran war einfach nur mehr glücklich. Wie oft hatte er all seine Freunde, wenn sie mit der Arbeit geendet hatten, an seine Brust gezogen, gedrückt und ein ehrliches Danke ausgesprochen. Seine Freunde waren von Zoki immer wieder tief berührt nach Hause gegangen.

Es war Mitte September, an einem Dienstag, als Zoran mit seinen Freunden feststellte, dass sie eigentlich mit ihren Arbeiten fertig waren. Auch an diesem Abend, wie so oft in den letzten Wochen, begab sich Zoki zum Grab seiner Großeltern. Er erzählte ihnen von der Fertigstellung, dass sie es geschafft hätten. Es tat ihm gut, wenn er hier an diesem Platz mit ihnen sprechen konnte. Er genoss dabei wie jedes Mal die Ruhe und den Frieden an diesem Platz. Die Natur, das schönste Orchester, ob nun die Insekten, Vögel oder einfach nur der Wind, der zärtlich die Blätter der Bäume zu einem sanften Rascheln brachte, gab der Grabstätte nichts Trauriges, oh nein, es war eine feierliche Stimmung.

Hier konnte er seine geheimsten Gefühle und Gedanken äußern, da fühlte er sich wohl. Er konnte spüren, wie sich seine Großeltern um ihn sorgten und über ihn wachten. Für Zoki gab es keinen Zweifel über das Leben nach dem Tod. Er konnte ihre Liebe in seinem Herzen noch immer spüren.

EIN RAUSCHENDES FEST

Zoran hatte seine Freunde für das kommende Wochenende mit ihren Frauen zu einem gemütlichen Einweihungsfest eingeladen. Er freute sich schon riesig darauf, für sie ein kleines Odojak, ein kleines Ferkel im Kamin im Ganzen zu grillen. Er hatte bei Gott keine finanziellen Reserven mehr, aber er wollte diesen Menschen, die ihm so selbstlos geholfen hatten, die ihn nicht im Stich gelassen hatten, mit dieser kleinen Geste nur danke sagen.

Als er mit den Vorbereitungsarbeiten beschäftigt war, dachte sich Zoki, ob er ohne diese Freunde es wirklich geschafft hätte, sich wieder ein Häuschen aufzubauen? Wäre er alleine daran zerbrochen? In dieser kurzen Zeit wäre er nicht in der Lage gewesen, das war ihm klar. Aber hätte er das durchgehalten, wenn er dafür ein Jahr oder noch länger dafür gebraucht hätte? So lange neben dem Stall in diesem Abstellraum zu hausen, auch im Winter?

Seine Gedanken drifteten ab zu seinen Freunden, mit deren Hilfe er jetzt ein neues Dach über dem Kopf hatte. Selbst seine deutschen Freunde hatten mit einer Selbstverständlichkeit geholfen, anstatt Urlaub zu machen. Jeder einzelne von ihnen hatte Zoran unterstützt. Gibt es das am Festland auch noch? Er war sich da nicht sicher. Zoran war sich bewusst, dass diese Hilfsbereitschaft auf den Inseln noch wesentlich ausgeprägter zu finden war als anderswo.

Zoran kaufte am Vortag für das Fest bei einem Weinbauern noch Wein und Schnaps, bei einem anderen noch genügend Gemüse und Kartoffeln für den Salat. Brot backte er ebenso schon am Vortag. Dabei stellte er mit Vergnügen fest, dass der neue Kamin im Wohnraum wesentlich besser funktionierte und sicherer war als der alte.

Das Spanferkel brutzelte ebenfalls schon im Grillkamin, den sie an der Außenmauer aufgebaut hatten. Es war noch nicht einmal Mittag, das Spanferkel noch nicht fertig, als schon die ersten zwei Freunde mit ihren Frauen ankamen. „Ihr seid noch ein bisschen zu früh dran", stammelte er ihnen entgegen, „ich bin noch nicht…" Als er ihr Lachen aber sah, lächelte auch Zoran. „Aber Zoki, wir sind doch extra früher gekommen, um dir zu helfen", begrüßte ihn Mara, die Frau von Milan. „Außerdem haben wir dir etwas mitgebracht, das du sicher brauchen kannst. Es ist zwar nicht neu, aber schau her", rief sie ihm mit einer überbordenden Freude entgegen. Dabei öffnete sie eine große Schachtel, die Milan auf den Tisch stellte. Darin befanden sich Gläser und Besteck, alles fein säuberlich eingewickelt. „Und irgendjemand bringt auch noch Teller mit", verriet sie ihm augenzwinkernd.

Milan sah seine Frau vorwurfsvoll an. „Du musst schon wieder vorher alles ausplaudern", schalt er sie fröhlich. „Du, als alter Postchef, kannst ja auch kein Geheimnis für dich behalten, jetzt frage ich mich, wer die größere Plaudertasche ist", lachte sie ihn neckisch an, was ein allgemeines Gelächter auslöste. Denn jeder wusste, dass Milan ein Garant dafür war, dass Neuigkeiten, die eigentlich seinem Amtsgeheimnis unterlagen, schneller auf der Insel bekannt waren, als der Brief oder die Postkarte zugestellt wurden.

Allmählich kamen auch die anderen Freunde mit ihren Frauen. Auch Dragan, der ihm sein Abbruchhaus fast geschenkt hatte, war in Begleitung gekommen. Er hatte auch die alte Dragica mitgenommen, worüber Zoki sich ganz besonders freute. Sie küsste ihn zur Begrüßung auf die Wange und streichelte seine Hände und flüsterte ihm zu: „Du armer Junge." Dabei traten ihr Tränen der Anteilnahme in die Augen.

Jeder hatte Zoran ein Geschenk für sein neues Zuhause mitgebracht. Die einen brachten Bettwäsche, die anderen Handtücher oder eben Geschirr. Jeder fand zu Hause Dinge für den täglichen Hausgebrauch, die er nicht mehr benötigte. Zoran konnte diese Hilfsbereitschaft kaum fassen. Er war derart überwältigt von seinen Gefühlen. Er stahl sich in einem unbeobachteten Augenblick hinter sein Häuschen, setzte sich hin auf den Boden und ließ seinen Gefühlen freien Lauf. „Nona, Nona, seht ihr das, welche Hilfsbereitschaft meine Freunde mir zukommen lassen? Ich kann es nicht fassen", flüsterte er vor sich hin.

Zoran hatte kaum selbst etwas zu tun. Jeder seiner Besucher griff zu, als wären sie selbst die Veranstalter dieses Festes. Bevor aber das Spanferkel vom Spieß genommen wurde, um zerlegt und aufgeteilt zu werden, drehte sich Zoki zu seinen Freunden. „Hej, meine Freunde", rief er in die fröhliche Gesellschaft hinein, „lasst mich doch vor unserem Mahl, dem so duftenden Spanferkel, noch ein paar Worte sagen." Es wurde plötzlich ruhig in der Runde und Zoran merkte, wie ihm das Sprechen plötzlich schwer fiel. „Ich ...", der Mund wurde ihm ganz trocken, „ich glaube, ich muss zuvor noch einen Schluck nehmen, sonst bekomme ich gar nichts raus", was bei seinen Gästen ein verständliches Lächeln verursachte. Nachdem er einen ordentlichen Schluck Wein gierig getrunken hatte, holte er tief Luft, bevor er weitersprach.

„Als dieses Unglück hier passierte, mein Hab und Gut sich in Rauch auflöste, da dachte ich, mein Leben sei zu Ende, ich hatte keine Perspektive mehr. Im ersten Moment hatten Verzweiflung und Mutlosigkeit mich übermannt, ich wollte nicht mehr in dieser wunderschönen Bucht leben, ich wollte alles aufgeben. Mala war die erste, die mir wieder Kraft gab, und dann, ja dann kamt ihr. Und plötzlich wusste ich, dass ich das Erbe meiner Großeltern nicht aufgeben würde."

Er nahm einen neuerlichen Schluck, bevor er weitersprach. „Ihr habt mir mit eurer selbstlosen Hilfe, mit eurer Freundschaft, die ihr in den letzten Wochen tausende Male unter Beweis gestellt habt, geholfen, eine neue Existenz wieder aufzubauen. Ich stehe tief in eurer Schuld, ich weiß nicht, wie ich euch das danken kann. Bitte nehmt meinen tiefen Dank an." Zorans Stimme wurde immer leiser. Dann machte er eine kurze Pause, schaute in die Runde, als suche er weiter nach Worten, als er plötzlich ein Lächeln in sein Gesicht zauberte und rief: „Freunde, habt vielen, vielen Dank, jetzt lasst uns aber essen und trinken!"

Von tosendem Applaus seiner Freunde begleitet, begann Zoran mit dem Zerlegen des Spanferkels. Zuvor erhoben aber alle noch ihr Glas und prosteten mit einem lauten „Auf unser Leben!" zu. Das Festmahl begann. Es gab herrlichen Tomaten- und Kartoffelsalat, frisches Brot aus der Pekapfanne, gebratene Kartoffeln und jede Menge vom Spanferkel, welches Zoki ausschließlich mit Meersalz und frischem Rosmarin gewürzt hatte.

Während Zoran mit dem Zerlegen des Spanferkels beschäftigt war, näherte sich ein altes Fischerboot in seine Bucht. Die letzten Meter herein in Richtung seines Steges wurde das Boot nur mehr mit den Rudern bewegt, um durch den Motor die Aufmerksamkeit Zorans nicht auf sich zu ziehen. Einige von Zorans Freunden hatten das Boot schon bemerkt und fingen an zu tuscheln und zeigten zum Meer hin. Dort erhob sich eine junge Frau im Boot.

Sie blickte hinauf zu diesem so wunderschönen neu errichteten Häuschen. Plötzlich breitete sie leicht die Hände aus und begann mit ihrer wunderschönen Stimme ein dalmatinisches Liebeslied zu singen. Es war ganz still geworden. Als Zoki die ersten Töne hörte, wusste er im selben Moment, wer das war. Er hob langsam den Kopf und blickte hinunter zu diesem kleinen Fischerboot. Da sah er sie, in ihrer dalmatinischen Tracht. Wie eine Göttin, fuhr es durch seinen Kopf. Das durfte nicht wahr sein: Jasna!

Andächtig hörte er ihrem Gesang zu. Sie sang von einem Fischer, der abends bei einem Glas Rotwein saß und seine Liebste vermisste, sein Mädchen, von dem er ständig träumte. Sie sang von der Einsamkeit dieses jungen Mannes, dessen größter Wunsch es war, sein Mädchen bei sich zu haben.

Als Jasna geendet hatte, brandete unheimlicher Applaus von Zoran und seinen Freunden auf. Dann sagte Jasna mit ihrer glasklaren Stimme: „Lieber Zoran, mit dem nächsten Lied möchte ich den himmlischen Schutz für dein neues Zuhause erbitten!"

Als Jasna nun begann, das „Ave Maria" zu singen, konnte Zoki seine Gefühle kaum im Zaum halten. Das war heute alles ein bisschen zu viel für sein Seelenleben, für seine Emotionen. Schweigend ging er langsam hinab zum Steg, wo in geringer Entfernung Jasna im Boot stand. Während sie die letzten Takte mit ihrer so wunderbaren Stimme gefühlvoll sang, blickte sie Zoki mit so viel Liebe an, sodass jeder seiner Freunde um ihre tiefen Gefühle füreinander wusste. Als Jasna geendet hatte, breitete sich eine Stille in der Bucht aus. Jeder war zutiefst berührt von Jasna, von ihrer Stimme und der Tatsache, dass sie doch gekommen war. Alle hatten es gewusst, dass Milan mit ihr

Kontakt aufgenommen und sie ersucht hatte, mit ihrem Besuch Zoran an diesem Tag zu überraschen. Jasna hatte Milan zugesagt, dass sie es versuchen würde, konnte diesen Besuch aber nicht versprechen. Mit neuerlichem überbordendem Applaus und vielen Bravo-Rufen gratulierten alle Jasna zu ihrem Gesang.

Als das Fischerboot dann am Steg anlegte, half Zoran ihr aus dem Boot. Unheimlich zärtlich nahm er sie in seine Arme. Leise flüsterte er ihr mit einem tiefen Seufzer sein „Danke" in ihr Ohr. „Danke, dass du gekommen bist, Jasna. Danke für deine wunderbaren Lieder. Danke, dass es dich gibt." Sein Herz zersprang fast vor Freude, dass Jasna gekommen war. Zoran wähnte sich im Himmel. Er konnte es noch immer nicht fassen, was sich da heute abspielte. Dann nahm Zoran dieses wunderschöne Mädchen zärtlich an der Hand und ging mit ihr zu seinen Freunden.

DIE WELT STEHT STILL

Es war unglaublich schön, nicht nur das Fest, nein. Kaum war Jasna angekommen, flüsterte sie ihm lieblich ins Ohr: „Zoki, ich möchte heute Nacht bei dir bleiben, ich möchte mit dir den Nachtigallen lauschen, ich möchte den Zauber deiner Bucht kennenlernen." Dabei strich sie ihm zärtlich mit ihrer Hand über seinen Nacken.

Zoran konnte sein Glück nicht fassen. Eine Woge der Liebe nach der anderen durchflutete sein Herz. Er war sprachlos. Jasna wich nicht mehr von seiner Seite. Selbst dann, wenn sie sang. Und sie sang noch einige Lieder. Es waren typische dalmatinische Lieder, welche von der Sehnsucht nach der Erfüllung der Liebe handelten, aber auch von Fischern und ihrer schweren Arbeit auf See. Seine Freunde sangen als Chor, Jasna ihre Soli. Hätten sie vor Publikum gesungen, wäre ihnen brandender Applaus sicher gewesen.

Jedes Mal, wenn Jasna von der Liebe sang, blickte sie Zoran verheißungsvoll an, streichelte dabei seine Hände. Ihre wunderschöne Stimme verzauberten Zoki und seine Freunde. Zoran konnte kaum mitsingen. Gebannt blickte er voll der Gefühle zu Jasna und gab sich der Musik hin. Er wusste, dass Jasna in erster Linie nur für ihn sang.

Am späteren Abend dann, die Frauen hatte den Abwasch schon erledigt, begaben sich alle in Begleitung von Zoran und Jasna zu ihren Booten. Es war, als würden sie Zoran nun in ein neues Leben führen, ihn auf eine Straße, die Zukunft hieß, bringen. Als würden sie sagen, schau, wir haben dir die Straße gebaut, jetzt beschreite sie auch in Richtung des Lichtes.

Als seine Freunde mit ihren Booten vom Steg ablegten, begannen die Frauen zu singen. Ihre Stimmen klangen am Wasser noch einmal so schön. Die kleinen Hügel der Kruševica-Bucht gaben dem Gesang eine besondere Resonanz. Jeder fühlte sich so berührt, dass sich ihnen die Haare aufstellten und sie Gänsehaut bekamen. Die Boote glitten im

Schein ihrer Lampen und Laternen von ihrer Musik begleitet hinaus, fort von Zoran und Jasna.

Zoki führte Jasna zu seinem Lieblingsplatz, dem Baum am Meeresrand, unter dem er so gerne saß. „Warte hier auf mich, meine Liebe." Er holte von seinem neuen Häuschen eine kuschelige Decke und Wein.

Als Jasna und Zoran dann unter dem Baum saßen, Jasna in den Armen von Zoki lag, zeigte er hinaus aufs Meer. „Weißt du, wie oft ich hier saß, so wie wir beide jetzt, aber allein. Meine Gedanken waren bei dir. Ich habe mir vorgestellt, du könntest bei mir sein, mir meine Sehnsucht nach dir nehmen. Ich habe mir vorgestellt, wie ich dir zärtlich streichelnd meine Gefühle zeige, dir sage, dass ich mich nach dir verzehre. Es war das Meer, das mich immer wieder tröstete, das mir mit seinem Glucksen am Uferrand sagte: Zoran, habe Geduld, und nun bist du wirklich da. Ich kann es nicht fassen, Jasna."

„Zoki, ich habe lange mit mir gekämpft. Ich wollte einige Male mit dem Segelboot kommen, doch immer wieder sagte ich mir, ich darf mich meinen Gefühlen für dich nicht hingeben", antwortete ihm Jasna nach einer kleinen Pause. „Ich wusste, dass ich mich meinem Studium zu widmen hatte. Aber deine Bucht und du, ihr habt mich verzaubert. Das ist hier ein unwahrscheinlicher magischer Platz, ein Platz, der soviel Energie hat. Wenn ich mit dem Boot bei dir hier war, dann erschien mir das Leben so einfach, so unkompliziert. Gleichzeitig fühlte ich in deiner Nähe eine unsagbare Wärme in meinem Herzen. Deine wunderschönen Augen, deine Stimme, sie begleiteten mich in den Schlaf, in meine Träume. Selbst am Tag lenkten sie mich ab. Immer öfter wünschte ich mir, hier bei dir zu sein. Als Milan mir einen Brief schrieb und mir schilderte, dass dein Zuhause durch einen Brand vernichtet worden ist, war ich schockiert. Ich machte mir unendliche Sorgen um dich, wie es dir wohl geht. Da war ich mir dann sicher, was ich für dich empfinde. Ich wollte sofort zu dir kommen, dir in deiner Not beistehen, dir helfen. Zoran, ich weiß nicht, wie es mit uns weitergehen wird. Aber ich weiß, was ich für dich empfinde und dass es richtig ist, jetzt bei dir zu sein." Jasna schmiegte sich mit einem tiefen Seufzer in seine Arme. „Ich werde morgen am Nachmittag mit der Fähre wieder nach Zadar fahren, aber bis dahin,

Zoran, möchte ich unsere gemeinsame Zeit genießen. Ich möchte die Zeit anhalten."

Zoran streichelte ihr zärtlich das Gesicht. Er nahm sie an der Hand, stand auf und zog sie mit sich hoch. „Komm, mein kleiner süßer Vogel, der Sehnsucht heißt, lass uns schwimmen gehen. Lass uns von Mutter Natur verwöhnen, lass sie uns gemeinsam genießen. Genießen wir das Jetzt und lass uns nicht den Kopf zerbrechen über das Morgen."

Das Meer war für diese Jahreszeit noch sehr warm, als es die Körper der beiden Liebenden umstreichelte. Die Nachtigallen wurden Zeugen ihrer Liebe, ihrer tiefen Gefühle füreinander, die sie sich gestanden. Für die beiden verschwamm der Begriff Zeit, sie glitten hinein in die Unendlichkeit auf einem Polster der Wärme, der Liebe und Leiden- schaft. Die Nacht nahm kein Ende.

Als der Tag anbrach, waren sie eins geworden. Sie genossen diesen Tag, als sei es ihr letzter. Die Gewissheit ihrer Zuneigung, ihrer tiefen Gefühle füreinander hatte sie stark gemacht. Eine tiefe Zufriedenheit hatte sich ausgebreitet in ihrer Seele.

Gemeinsam kochten sie sich ihr Mahl aus den Resten des Vortages mit einer derartigen Harmonie, als würden sie schon eine Ewigkeit gemeinsam zusammenleben. Mit einer Selbstverständlichkeit ergänz- ten sie sich in ihrer Harmonie beim Zubereiten der Speise, mit ihrer Liebe als Würze.

Nur, als dann der Aufbruch von Jasna nahte, wurden sie still. Wehmut und Traurigkeit breiteten sich aus in ihren Herzen. Keiner getraute sich zu fragen: „Wann sehen wir uns wieder?" Beide wussten in Wirk- lichkeit nicht, wie es mit ihnen weitergehen sollte. Über ihre gemein- samen Gefühle füreinander gab es keinen Zweifel, aber … Ja, dieses Aber. Sie wussten ob der Tatsache, dass einer abgeschnitten von der Zivilisation auf der Insel, der andere am Festland lebte, dass es sehr schwer werden würde.

Als sie dann ihr Mahl zu sich nahmen, hatten beide nicht mehr den Appetit, den sie unmittelbar zuvor noch hatten, als sie mit Spaß noch gemeinsam kochten. Plötzlich legte Zoran Jasnas Hand in seine und schaute ihr tief in ihre traurigen Augen, als er leise zu ihr sagte: „Jasna, wir sollten jetzt lachen und uns freuen, dass du überhaupt kommen konntest und wir zueinander gefunden haben. Lass uns einfach mit Freude daran denken über deine Wiederkehr, egal wann das ist. Lass uns einfach jede Minute, jede Stunde, jeden Tag genießen, wenn du kommen kannst. Komm, freuen wir uns über unser gutes Essen und lass uns darauf anstoßen, dass wir beim nächsten Mal wieder gemeinsam kochen. Unsere Liebe, unsere Gefühle werden uns wieder dabei leiten." Dabei lächelte er Jasna mit seinem ganzen Charme an, sodass sie gar nicht anders konnte, als sich in seine Arme fallen zu lassen.

Als Zoran dann mit Jasna sein Fischerboot bestieg, um sie bis zur Magrovica-Bucht zu bringen, sagte Jasna zu ihm: „Zoran, dieser Abschied von hier, wenn auch nur für kurze Zeit, der schmerzt mich schon sehr. Dieser Platz in deiner Bucht, er hat mich verzaubert. Diese Ruhe werde ich am Festland sehr vermissen." Dabei füllten sich ihre Augen mit Tränen. „Aber mein Liebes", antwortete Zoran lachend, „ich dachte schon, dass ich es sei, den du vermissen würdest." Jetzt konnte sie sich nicht mehr halten. „Du Scheusal", schrie sie auf und schlug ihm zärtlich gegen seine Brust. Ihre Tränen kannten keinen Halt mehr. Unaufhaltsam schluchzend sank sie gegen Zoki und kuschelte sich gegen seinen warmen Körper. Als sie in der anderen Bucht ankamen, war sein Hemd völlig feucht von ihren Tränen.

Milan wartete schon mit seinem alten Auto auf Jasna. Sie hatten am Vorabend vereinbart, dass er sie nach Sali zur Fähre bringen würde. „Na, es wird Zeit, dass ihr kommt", rief er ihnen schon entgegen. „Jasna, wir haben nicht mehr viel Zeit, die Fähre wird bald kommen, habt wohl keine Zeit gehabt, auf die Uhr zu schauen!" Dabei konnte er sich das Lachen nicht verhalten.

Zoran konnte es nicht glauben. Er hatte sich den Abschied von Jasna so romantisch vorgestellt. Die Zeit dazu war zu knapp. Kaum waren sie an Land, fuhr Milan mit ihr schon ab. Wie ein begossener Pudel stand Zoran da und blickte ihnen traurig nach. Er, der zuvor noch sagte, sie sollte nicht traurig sein, sollte lachen und sich auf ihr Wiedersehen freuen, er war nun derjenige, den die Traurigkeit voll erwischte.

Er ließ sich in sein Boot sinken und war ganz verstört. Er konnte nicht glauben, dass er wieder alleine war. Er spürte nicht die Sonne, die sich mit einer angenehmen Wärme in der Bucht ausgebreitet hatte. Ihre Strahlen erreichten ihn nicht. Langsam, wie unter Hypnose, griff er zu seinem Tomos-Motor und startete ihn. Langsam tuckerte er wieder in Richtung seiner Kruševica-Bucht.

Als er am Abend seine neue Schlafkammer aufsuchte, legte er sich ganz vorsichtig in sein Bett. Er wollte den Duft von Jasna nicht zerstören, den er noch immer wahrnahm. Zoran nahm ihn auf wie ein göttliches Geschenk. Zärtlich strich er dabei über das Laken, als läge sie noch immer bei ihm. „Danke", flüsterte er leise vor sich hin.

EIN TIERISCHER TRANSPORT

Es war schon fast zwei Wochen her, dass Zoran dieses wunderbare Fest mit seinen Freunden und Jasna gefeiert hatte. Der Alltag hatte sich eingeschlichen, gezeichnet von harter Arbeit. Zoki wusste, dass er dringend Wintervorräte benötigte. Jeden Tag legte er nun seine Netze aus. Das bedeutete für ihn, täglich spätestens um vier Uhr in der Früh aufs Meer hinauszufahren. Schlafen ging er frühestens um zehn Uhr am Abend. Er benötigte Holzvorrat für den Winter wie auch Futtervorrat für seine Tiere. Sein Gemüsevorrat musste geerntet werden wie auch die Oliven, die er heuer zur Gänze verkaufen würde. Seine finanziellen Mittel waren völlig erschöpft. Mit dem Verkauf von Fisch, Oliven und Fleisch musste er versuchen, sich wieder ein bisschen Geld zu lukrieren.

Zoran besann sich auch darauf, dass er für das Abbruchhaus noch zwei Schafe und ein Schwein liefern musste. Diese Lieferung bereitete ihm richtig Kopfschmerzen. Wie sollte er die Tiere denn liefern? Er schob das Problem schon einige Tage hinaus, bis ihn sein schlechtes Gewissen nicht mehr ruhen ließ.

Eines Tages, als er vom Fischen nach Hause gekehrt war, fuhr er mit seinem Boot nach dem Frühstück in die Magrovica-Bucht und von dort weiter mit dem Moped zu Dragan. „Hej, Zoki, schön dich zu sehen", begrüßte ihn dieser mit einer so lieben Art, dass die Sorgen von Zoran ihm nur mehr halb so schwer erschienen.

„Dragan, zuerst danke, dass du mit deiner Frau zum Fest gekommen bist. Ich habe mich wirklich darüber gefreut. Aber in den letzten Tagen wurde mein Gewissen immer stärker belastet, weil ich nicht weiß, wie ich die beiden Schafe und das Schwein von meiner Bucht zu dir herbringen kann. Ich möchte meine Schulden so rasch als möglich begleichen, mein Freund." Zoki blickte dabei so ratlos, dass Dragan wieder einmal über seinen neuen Freund Zoran lachen musste.

„Jetzt lass' mal die Pferde im Stall", grinste Dragan weiter, „gemeinsam schaffen wir das schon." Die beiden waren sich einig, dass es am besten sei, die Tiere zuerst mit dem Boot bis zur Magrovica-Bucht zu bringen und von dort mit einem kleinen Anhänger dann zu Dragan.

„Dragan, könntest du jetzt mit mir in meine Bucht fahren? Ich hätte gerne, dass du dir die Tiere selbst aussuchst. Das würde mich sehr freuen", sagte Zoran. „Das mache ich gerne, Zoki", stimmte Dragan ihm zu.

Kurze Zeit später brachen die beiden auf in die Kruševica-Bucht. Als sie dort ankamen, gingen sie zuerst zu der Stallung, in der die Schweine untergebracht waren. Rasch fand Dragan das richtige Tier für ihn, das Zoran sofort mit ein bisschen Farbe am Ohr markierte. „Und wo sind deine Schafe", wollte Dragan wissen. Jetzt war es an Zoran, mit einem Lachen zu antworten. „Da müssten wir den Hügel abwandern, um sie zu sehen. Aber ich werde ihnen gleich Futter geben, es ist ohnehin an der Zeit, dann kommen sie schon her."

Zoki nahm sich das Futter und gemeinsam gingen sie zur Weide, wo die Schafe entlang des Meeres gehalten wurden. Zoran leerte das Futter in einen Trog, nahm ein altes Blechgeschirr, das daneben stand, und klopfte mit einem Holzstück mehrfach dagegen. Es hörte sich an, als würde eine alte beschädigte kleine Kirchenglocke geläutet werden. Dann begann Zoran eigenartige Laute auszustoßen, mit denen er nach den Schafen rief. Kaum hatte Zoran geendet, hörten sie schon das eine oder andere Schaf antworten. „Das dauert jetzt ein paar Minuten", erklärte er Dragan.

Tatsächlich, nach wenigen Minuten kamen sie der Reihe nach an. „Könnte ich ein Paar haben, Zoki, ich möchte die Tiere nämlich nicht schlachten, ich würde sie für die Zucht verwenden", fragte ihn Dragan. Rasch waren die Tiere ausgesucht, die Zoki ebenfalls markierte. Auf der Rückfahrt in die Magrovica-Bucht einigten sich die beiden, dass Dragan selbst ihm beim Transport der Tiere helfen würde. Für den Transport des Schweines sollte Dragan einen hölzernen Käfig mitnehmen.

Zwei Tage später war es soweit. Als Zoran seinen Freund abholte, sah er den Holzkäfig, den sie auf das Boot verluden. „Meinst du, dass der Käfig noch halten wird", fragte er zweifelnd Dragan. „Der ist zwar schon alt, mein Freund, aber der hält dein Schwein sicher aus", lachte dieser. Ich hoffe es, dachte sich Zoran, der diesem Behältnis kein Vertrauen schenkte.

Der Transport der Schafe war im Großen und Ganzen kein Problem. Den Tieren wurden die Beine zusammengebunden und liegend im Boot untergebracht. Nur der Schafbock verhielt sich sehr unruhig am Wasser, wodurch das Boot doch etwas zu schaukeln begann. Aber letztlich ging alles gut. Wie geplant, wurden die beiden Tiere dann mit einem kleinen Anhänger zu Dragan nach Hause gebracht.

Doch nun kam das Schwein dran. Dieses wog schon sicher um die hundertvierzig Kilo, weshalb Zoki und Dragan das Tier mit einem Strick die paar Meter zum Meer bringen wollten. Dort sollte es erst in den Käfig gesperrt werden. Ein Strick wurde um den Hals des Tieres gelegt, ein weiterer Strick um einen hinteren Fuß als Sicherheit festgemacht. Das war aber leichter geplant, als es dann tatsächlich war. Das Schwein wehrte sich mit vollen Kräften, wobei es lautstark quiekte und die anderen Tiere in Panik gerieten. Das hörte sich an, als würden hier hunderte Schweine ihr Konzert abhalten. Dabei hatte Zoki aktuell nur neun Tiere im Stall.

Mit viel Mühe und Schweiß gelang es ihnen aber doch, dieses prächtige Schwein bis zum Meer zu bringen und in den Holzkäfig zu sperren. Mala, die laut bellend neben ihnen hin und her hüpfte, verstärkte dieses Tierorchester, denn auch seine Hühner waren laut gackernd zu hören, ebenso ein paar Schafe. Wenn das vorbei ist, gönne ich mir einen guten Schluck, dachte sich Zoki, der schon schweißgebadet war.

Als sie den Käfig mit dem Schwein dann über den Steg hinaus ins Boot schieben wollten, kippte der Käfig, als das Tier wieder zu wüten begann, so ins Boot, dass dieses alte Holzgestell gegen die Bordwand krachte. Einige Holzleisten des Käfigs zerbarsten! Und so schnell konnten die beiden gar nicht nach den noch immer am Schwein befestigten Stricken fassen, fiel dieses laut quiekend ins Wasser! Zoran sprang sofort nach, denn keiner der beiden hatte noch einen Stricke in seinen Händen, denn die schwammen ebenfalls mit dem Schwein im Meer.

An dieser Stelle betrug die Wassertiefe nur einen Meter, doch war es für Zoki trotzdem nicht einfach, einen der beiden Stricke zu fassen, aber es gelang ihm. Das Schwein schwamm zu Zorans Glück in Richtung Ufer. Dragan, der inzwischen zum Ufer geeilt war, half Zoran dann an Land zu kommen und das Schwein an einem Baum festzubinden. Dort setzte das Tier sein Quiekkonzert lautstark fort.

„Ich brauche frisches Gewand", sagte Zoki und ging laut fluchend zu seinem Häuschen. Es dauerte eine Weile, bis er wieder zu Dragan zurückkehrte. „Am liebsten würde ich es an Ort und Stelle schlachten, Dragan", rief ihm Zoran entgegen.

Der zweite Versuch, das Schwein in das Boot zu verladen, gelang ihnen aber dann. Den zerbrochenen Käfig ließ Dragan als Brennmaterial am Steg zurück. „Du hattest recht, Zoki, der Käfig war wirklich schon zu alt", bemerkte Dragan grinsend.

Während der Bootsfahrt hatte sich das Tier angesichts der Ausweglosigkeit etwas beruhigt. Nur das Verladen vom Boot auf den Anhänger verursachte noch einmal ein bisschen Aufregung, doch letztlich überstand das Tier den Transport, abgesehen von der Aufregung, recht gut.

Zoran schwor sich, niemals wieder jemandem ein Tier lebend zu verkaufen. Und falls das jemand wirklich verlange, müsse er den Transport selbst organisieren und durchführen. Er würde das nie mehr machen, das hielten seine Nerven nicht aus.

Doch nun hatte Zoran sein Versprechen eingelöst, in der Kruševica-Bucht kehrte wieder Ruhe ein. Gott sei Dank gab es in seiner Bucht kein Publikum, keinen, der dieses Malheur mit dem schwimmenden Schwein beobachten hätte können.

GESTÄNDNISSE

Es war schon Mitte November, das Wetter hatte bereits die ersten Vorboten des Winters geschickt. Die ersten Adriatiefs trafen dieses Mal früher ein. Das Meer hatte dieses Jahr bereits Temperaturen erreicht, die für diese Jahreszeit unüblich waren. Obwohl das Erlebnis mit dem schwimmenden Schwein erst einige Wochen zurücklag, hatte Zoran es geschafft, sich in der letzten Zeit Vorräte für die Wintersaison anzulegen. Tag und Nacht hatte er gearbeitet. Für seine Freunde in Sali blieb ihm bisher keine Zeit.

Zoran wusste, dass er sich das nie antun wollte, zu sagen, ich habe für meine Freunde keine Zeit. Aber dieses Jahr war eine absolute Ausnahme. Nicht nur dass sein Hab und Gut verbrannte, er schaffte es auch mit seinen Freunden, ein neues Zuhause wieder aufzubauen. Darauf war er stolz, es in dieser kurzen Zeit fertiggebracht zu haben. Aber nun sehnte er sich ein bisschen nach Erholung, nach ein bisschen Ruhe. Er war ausgelaugt, seine Kräfte waren verbraucht. Obwohl er noch jung war, auch junge Menschen haben Grenzen. Das musste er erst lernen zu akzeptieren. Es wird Zeit, dass ich mich endlich ein bisschen mit meinen Freunden austausche, dachte er sich.

So fuhr er eines schönen, wenn auch kalten Novembertages nach Sali. Der erste Weg führte ihn zu Milan, der bereits Feierabend hatte. Also holte Zoran ihn von zu Hause ab. Gemeinsam gingen sie in das Dorfwirtshaus, wo sie weitere Freunde trafen. Nach einiger Zeit, die Unterhaltung lief blendend, sagte Milan zu Zoran gewandt und schön laut, sodass keiner ihrer Runde etwas versäumte: „Zoki, eigentlich wollte ich heute noch zu dir in die Bucht kommen. Wir alle wollten kommen, um dein Schwimmbad für Schweine zu begutachten, den dieses muss kommissioniert werden." Schallendes Gelächter war die Folge. Zoran war nun bewusst, dass Dragan es nicht für sich behalten hatte und die gesamte Insel somit Bescheid wusste. Es blieb ihm nichts anderes übrig, als in dieses Gelächter herzhaft mit einzustimmen und ihnen die Details zu schildern. Er begann damit, dass Dragan und er ursprünglich einem Schwein nur das Schwimmen beibringen wollten, was natürlich wieder mit viel Lachen begleitet wurde.

Als Zoki mit seinen Erzählungen fertig war und das Lachen der anderen endlich verstummte, sagte Milan: „Zoran, das wollten wir uns nicht entgehen lassen. Aber eigentlich muss ich dir etwas gestehen, etwas Schönes, zumindest für dich. Ein Brief ist für dich gekommen, und ich darf dir sagen, er ist von Jasna. Ich hätte ihn dir wirklich heute noch gebracht. Bevor du nach Hause fährst, bringe ich ihn dir noch her." So schnell konnten Zokis Freunde gar nicht schauen, hatte er sein Glas schon leer getrunken. „Warum ist mein Brief noch nicht hier, Milan", fragte er seinen Freund vorwurfsvoll. Gemeinsam gingen sie zur Post, wo Zoran die von Jasna so sehnsüchtig erwartete Sendung entgegennahm.

Nun hatte es Zoran eilig, nach Hause zu kommen. Er heizte seinen Kamin ein und setzte sich in seinen alten Stuhl, der davor stand. Er schenkte sich ein Glas Wein ein. Er konnte es kaum erwarten, den Brief zu lesen. Feierlich öffnete er den Brief und begann zu lesen:

Lieber Zoran!

Zuerst möchte ich dich in meine Arme nehmen und dich küssen. Ich kann dir gar nicht sagen, wie sehr du mir fehlst. Jeden Tag sehne ich mich zu dir, der du mich mit so viel Liebe und Zärtlichkeit beschenkt hast. Ich sehne mich nach der Kruševica-Bucht, nach diesen so magischen Ort, der mir stets so viel Kraft gibt, und nach diesem charmanten Mann, der mich so sehr berührt. Vor allem sehne ich mich danach, in deinen Armen zu liegen und deine Zärtlichkeiten zu genießen.

Nachts, wenn ich zu Bett gehe, gehören meine Gedanken dir. Dann habe ich Zeit, in meinem Geiste zu dir zu eilen. Dann sitze ich mit dir unter deinem Baum und lausche dem Gesang der Nachtigall, während ich in deinen Armen liege. Ich spüre deinen Herzschlag, der mir aufgeregt die Freude übermittelt, dass ich bei dir bin.

Wenn ich an dich denke, dann nehme ich deinen unwiderstehlichen

Duft wahr, der mich umnebelt und mich glauben lässt, du seist wirklich bei mir. Gemeinsam mit dir teile ich mir eine Wolke und wir schweben ins Land der Träume, der Wärme, der Liebe.

Ich träume, wir segeln gemeinsam dem Sonnenuntergang entgegen. Die letzten Sonnenstrahlen des Tages streicheln unsere Haut, umschmeicheln unsere Herzen. Sie betten uns auf ihrer Wärme und der Wind singt uns leise ein wunderschönes Liebeslied.

Ich träume, dass wir in deinem wunderschönen Häuschen gemeinsam ein Menü der Liebe kochen, mit den besten Gewürzen der Welt, nämlich mit unseren Gefühlen, die wir füreinander empfinden.

Ich träume, dass wir unsere Liebe füreinander nie verlieren, dass wir sie mit jedem Jahr unseres so kostbaren Lebens vertiefen, sie pflegen und hüten.

Ich träume, dass sich unsere Liebe in einem unendlichen Glück für uns beide wieder findet, das uns in unserem Leben begleiten wird.

Ich gestehe dir meine Liebe.
Jasna

P.S.: Nächste Woche habe ich am 5. Dezember ein Konzert in Zagreb, bei dem ich auftrete. Ich hoffe, es schneit nicht zu viel, für die Berge ist mächtiger Schneefall angesagt. Danach möchte ich dich unbedingt besuchen. Ich küsse dich innig und freue mich schon auf dich!

Während Zoran das las, spürte er Jasna neben sich. Sein Herz wurde ganz warm. Unbändige Sehnsucht nach seiner Liebsten überkam ihn. Am liebsten wäre er sofort aufgebrochen, hätte hier alles liegen und stehen gelassen und wäre zu ihr aufs Festland gefahren. Doch das ging nicht. Er hatte hier Verantwortung. Er musste täglich seine Tiere versorgen, die konnte er nicht alleine lassen. Bis zu ihrer Abreise nach Zagreb waren noch wenige Tage. Diese Zeit würde genügen, dass er ihr noch einen Brief schreiben konnte. Er war sich sicher, dass Jasna ihn noch bekommen würde, bevor sie zu ihrem Auftritt nach Zagreb aufbrach. Also setzte er sich hin und begann zu schreiben:

Liebe Jasna!
Du mein Sonnenschein!

Ich gestehe, dass mich deine Zeilen zutiefst berührt haben. Ich vermisse dich unglaublich, du Sonnenschein meines Herzens!

Ich gestehe, dass ich mich schon bei unserem Kennenlernen zutiefst in dich verliebt habe! Ich getraute mich kaum zu hoffen, dass diese Gefühle von dir je erwidert werden würden. Nun ist dieser Traum wahr geworden.

Ich gestehe, dass ich, wenn du bei mir bist, das Bedürfnis habe, dir ständig zärtlich meine Gefühle für dich in dein Ohr zu flüstern, dir mitteilen möchte, wie glücklich du mich machst.

Ich träume, mit dir in dieses Land der Unendlichkeit – getragen auf den Strahlen der Liebe und Wärme – auf deinem Segelboot dahinzugleiten. Ich träume, mit dir die Reinheit unserer Liebe in ihrer Weite ohne Grenzen genießen zu dürfen, sie zu pflegen und zu hüten.

Du, mein Sonnenschein, ich zähle jeden Tag, jede Stunde, jede Minute, bis ich dich wieder in meinen Armen halten darf. Singe für mich bei diesem Konzert, denn deine Stimme wird mein Herz erreichen.

Ich küsse dich ganz zärtlich,
Zoki

Obwohl der nächste Tag sich mit kaltem Wetter präsentierte, brachte Zoran seinen Brief für Jasna schon um neun Uhr zur Post in Sali. Milan grinste schon über das ganze Gesicht, als er seinen Freund das Postamt betreten sah. „Milan, wird Jasna diesen Brief heute noch erhalten?", erkundigte sich Zoki. „Nein, das geht sich nicht aus, aber mit Sicherheit bis übermorgen", war sich Milan sicher.

Als Zoran zurück in die Kruševica-Bucht kam, beschlich ihn ein Gefühl der Beklemmung, Er wusste nicht, was es war. Irgendetwas stimmte nicht. Mala verhielt sich ebenso eigenartig. Er verdrängte dieses Gefühl. Er dachte an Jasna, an seinen Sonnenschein in seinem Herzen.

IN GEDANKEN BEI DIR

Eine besondere Stille lag über der Bucht. Die Sonne schien ein bisschen verzagt, es war für diese Jahreszeit weder warm noch kalt, die Temperatur war annehmbar. Kein Wind wehte, das Rascheln der Blätter fehlte Zoran. Gestern hatte er den Brief für Jasna aufgegeben. Wenn er nur an sie dachte, kam tiefe Sehnsucht in ihm auf. Er freute sich schon, wenn sie wieder zu ihm kommen würde. Jasna! Sie bestimmte seit ihrem letzten Besuch seine Gedanken, seine Gefühle.

Was würde die Zukunft für Jasna und ihn bringen? Wie würden sie sie gestalten, wenn Jasna einmal in den Opernhäuser dieser Welt unterwegs war, und er hier in der Kruševica-Bucht auf sie wartete? Zoran war überzeugt davon, dass sie diese Hürden meistern würden. Er selbst sah in ihrem zukünftigen Beruf keine Hürde. Sie würden nur ein anderes Leben führen als die meisten Menschen. Muss man ständig zusammen sein, um glücklich sein zu können, um eine gemeinsame Familie zu führen, dachte er sich. Oder kann man sich mit weniger gemeinsamer Zeit auch ein glückliches Leben bescheren?

Zoran kannte einige Familien, in denen die Ehepaare brav zusammen lebten, bei denen man aber genau wusste, dass sie kein glückliches Leben führten. Kein gemeinsames Leben, in dem sie miteinander lachten und scherzten, oder miteinander diskutierten. Sie teilten zwar miteinander noch Tisch und Bett, weil es zum Leben dazu gehörte, aber das war es schon. So ein Leben wollte Zoran mit Jasna nicht führen.

Zoran hatte die Tiere schon gefüttert, als er sein Fischerboot fertig machte, um auszulaufen. Er wollte Reusen für den Fang von Langusten auslegen. Da sich richtig schlechtes Wetter ankündigte, wollte Zoki diesen Tag noch nützen, um eventuell ein paar Langusten und Krebse zu fangen. Er wollte für Jasna und sich ein herrliches Gericht mit Meeresfrüchten kochen. Allein, wenn er nur daran dachte, lief ihm schon das Wasser im Munde zusammen.

Mala, die seine Vorbereitungen genau beobachtete, verfolgte ihn auf Schritt und Tritt. „Na, mein Mädchen, du willst wohl unbedingt mit mir mitfahren", sagte Zoran zu ihr, die mit ihrem Bellen seine Frage unmissverständlich bestätigte. Zoran kannte sie schon so gut, dass er genau wusste, dass seine Hündin immer dann, wenn er die Reusen für den Fang fertig machte, sie unbedingt dabei sein wollte. Nur zum Fischen wollte diese Schlaue nicht mit. Schwanzwedelnd wartete sie dann beim Steg, um die Abfahrt ja nicht zu verpassen.

Als Zoran zu seinem Boot mit dem Köder und seinem Notproviant in der Hand zurückkehrte, half er seiner Hündin ins Schiffchen. Alleine durfte sie nicht hineinhüpfen. Zu leicht hätte sie sich ein Bein brechen können. Dann ging es aber los. Gemütlich glitten sie über das glatte Wasser dahin. Zoran genoss mit Mala diese ruhige Fahrt hier. Der Duft des Meeres tat jedes Mal seiner Seele gut. Heute roch es besonders intensiv nach Frische, nach Salz, nach Leben.

Sie waren sicher länger als eine Stunde unterwegs, als Zoran eine Rast einlegte. Nahe eines kleinen Felsens, das Wasser schimmerte leuchtend grün, warf er den Anker von Bord. Hier hatte es höchstens drei Meter Wassertiefe. Die Sonne strahlte matt ihre zarte Wärme aus und das Wasser gluckste, wenn es bei den Felsen auftraf. Mala suchte sich einen gemütlichen Platz beim Bug, wo sie sich hinlegte und in kürzester Zeit einschlief.

Zoran, der mit seiner Jause beschäftigt war, kehrte in seinen Gedanken zurück zu Jasna. Was sie jetzt wohl macht? Bereitet sie sich vor für ihren Auftritt? In zwei Tagen ist es soweit, dann wird sie auf der Bühne leuchten wie ein kleiner Stern, dachte er sich. Sie wird ihre Stimme erklingen lassen und die Menschen begeistern. Sie wird das genießen, das Publikum, das Flair rund um sie herum. Dabei wird sie bei mir sein, hier in meiner Bucht, war Zoran sich sicher. Sie wird für mich singen. Ihre Lieder werden mein Herz umgarnen, sie wird mich mit ihrer Stimme verzaubern. Wie jedes Mal, wenn sie hier singt.

Er hörte noch, wie Jasna zu ihm sagte: „Zoki, es gefällt mir immer besser, vor Publikum zu singen. Ich werde direkt schon süchtig danach. Es ist so ein schönes Gefühl, wenn man anderen Menschen mit seiner Stimme Freude bereiten kann. Du musst das einmal erleben, wie gebannt sie dir zuhören, wenn du dabei in die Gesichter dieser Menschen schaust und ihre Freude erkennst. Genau das ist es, was auch mich dann glücklich macht. Menschen, die du gar nicht kennst, glücklich machen zu dürfen, ist für mich mein schönstes Geschenk."

Ich möchte das einmal erleben, wenn du auf der Bühne stehst und vor Publikum singst, Jasna, dachte sich Zoran. Du sollst gar nicht wissen, dass ich da bin, sinnierte er weiter. Dabei sah er Jasna vor sich, mit ihrem vor Freude strahlenden Lächeln, das die Menschen ohne ihren Gesang schon hellauf begeistert. Zoran freute sich bei seinem Fest vor wenigen Wochen über alle Maßen, als er bemerkte, wie Jasna seine Freunde alleine durch ihre ungezwungene Art und ihr Lächeln in ihren Bann zog und in kürzester Zeit deren Gunst erwarb. Ganz besonders freute sich damals Dragica, die zu Zoki gemeint hatte: „Mein Junge, da hast du einen Goldschatz gefunden."

Das leichte Schaukeln des Bootes ließ Zoran rasch in das Land der Träume hinübergleiten. Dieser Schlaf dauerte aber nicht lange. Im Traum kam Jasna zu ihm und flüsterte: „Zoki, es tut mir so leid, es tut mir so leid!" Dann war sie plötzlich weg. Er rief nach Jasna, doch er konnte sie nicht finden. Verzweifelt rief er immer wieder ihren Namen, doch sie antwortete ihm nicht. Erschrocken und schweißgebadet erwachte er.

Zoran war es kalt geworden. Da bemerkte er, dass die Sonne nicht mehr schien und kalter Wind aufgekommen war. „Na, Mala, es wird Zeit, dass wir nach Hause fahren", raunte Zoran seiner Hündin zu und startete den Motor. Die beiden waren froh, dass sie nicht lange fahren mussten, als sie zu Hause ankamen.

Als Zoran abends sein Bett aufsuchte, gehörten seine letzten Gedanken des Tages Jasna. Ach wie schön wäre es, wenn ich hier in der Bucht ein Telefon hätte, dachte Zoki wehmütig an die Nachteile dieses einsamen Lebens hier. Ich könnte jetzt mit meiner Liebsten telefonieren und ihr sagen, wie sehr ich sie vermisse. Im Besonderen ging ihm aber dieser seltsame Traum von Jasna heute Mittag nicht aus dem Kopf. Die Vorfreude auf ihren baldigen Besuch ließ ihn dann aber doch in einen tiefen Schlaf fallen.

UNENDLICHER SCHMERZ

Als Zoran sich nach dem Erwachen in seinem Bett räkelte, erinnerte er sich, dass an diesem Tag Jasna ihr Konzert in Zagreb singen würde. Er freute sich für sie. Sie sagte ihm bei ihrem letzten Besuch, sie würde dann ein oder zwei Tage nach dem Konzert zu ihm kommen. Er konnte es gar nicht mehr erwarten, sie wieder in seine Arme zu nehmen, ihren Duft einzuatmen und ihr ins Ohr zu flüstern, dass er sie über alles liebe. Aber jetzt wartete die tägliche Arbeit auf ihn. Bevor er frühstückte, wollte er seine Tiere füttern, die ihn immer sehnsüchtig erwarteten, was sie stets lautstark verkündeten.

Als er sein neues Häuschen verließ, schlug ihm eiskalter Wind entgegen. In den Bergen würde es schneien, dachte er sich. Dabei hatte Zoran kein gutes Gefühl, wenn er dabei an Jasna dachte. Sie musste ja heute Früh nach Zagreb fahren und ihr Weg führte durch das Gebirge. Ein Freund, so hatte sie ihm erzählt, der ebenfalls mit ihr studierte, würde sie nach Zagreb fahren. Aber Zoran fand, dass das zukünftig zu ihrer Arbeit gehöre, das ständige Reisen zu den Konzerten und zu ihren Auftritten.

Jasna hatte ihm auch erzählt, dass sie sich bei verschiedenen Opernhäusern bereits beworben habe, sowohl hier zu Hause, als auch in Österreich, Schweiz und Deutschland. Zoran freute sich für Jasna, dass sie nun bald ihr Studium abschließen konnte.

Während Zoran seine Tiere fütterte, er war gerade bei seinen Schweinen, rüttelte der Sturmwind so stark am Stall, dass es schon beängstigend wurde. Zoran sah besorgt zum Dachgebälk des Stallgebäudes hoch. Er fragte sich, ob der Stall diesen Sturm wohl überstehen würde. Er musste im kommenden Jahr unbedingt einige Ausbesserungen und Verstärkungen vornehmen.

Als er mit seiner Arbeit bei den Tieren fertig war, ging er zurück ins Häuschen, um sich Frühstück zu machen. Als er Feuerholz nachlegte und sich dann umdrehte, um Geschirr zu holen, bemerkte er, dass seine Uhr, welche neben der Eingangstür hing, um halb sieben Uhr stehen geblieben war. Das darf doch nicht wahr sein, wird diese schöne alte Pendeluhr, die er einmal pro Woche aufziehen musste, defekt? Ich habe sie erst gestern am Morgen aufgezogen, wunderte sich Zoki. Der Wind ließ erst am frühen Nachmittag nach. Zoran hatte bei dieser Kälte keine Lust, außerhalb des Hauses nur irgendeiner Arbeit nachzugehen.

Am nächsten Tag sah das Wetter schon ganz anders aus, die Sonne ließ sich wieder blicken, die Temperaturen stiegen wieder an. Zoran fing nun an, seinen Wohn- und Schlafraum peinlichst sauber zu putzen. Er wollte, dass bei Jasnas Ankunft sein bescheidenes Heim glänzte. Er wollte, dass sie sich bei ihm wohl fühlte, dass sie das Gefühl bekam, zu Hause zu sein. Milan hatte ihm versprochen, Jasna nach ihrer Ankunft mit der Fähre in Sali mit dem Auto bis kurz vor seine Bucht zu bringen. Das letzte Stück musste sie dann den kleinen Berg herunter zu Fuß gehen.

Wenn Jasna heute noch käme, dann sollte sie am späteren Nachmittag hier in der Kruševica-Bucht sein, dachte sich Zoran. Doch leider erfüllte sich sein dringlicher Wunsch nicht. Sie kam auch nicht am nächsten Tag. Er hatte so sehnsüchtig auf sie gewartet.

Zoran fuhr mit seinem Moped nach Sali, um Jasna direkt bei der Fähre zu empfangen. Er wartete bei der Mole, wo die Fähre anlegte. Er war sich sicher, dass sie an der Reling stehen und ihm aufgeregt entgegenwinken würde. Zoki sah sie schon, wie sie ihm entgegenlachte. Ein Lächeln zauberte sich dabei in sein Gesicht, als er sich das vorstellte.

Dann war es endlich soweit, er sah die Fähre, wie sie nun Kurs nach Sali nahm, wie sie in Richtung des kleinen Hafens hereinbog. Nur noch wenige Minuten, mein Sonnenschein, dachte sich Zoki, dann haben wir uns wieder. Doch er konnte keine Jasna an der Reling erblicken. Nun wurde Zoran doch angst und bange, dass sie auch diesmal nicht kommen würde.

Als die Fähre dann sicher vertäut an der Mole lag, kamen nur wenige

Personen, die er alle kannte, an Land, doch Jasna war nicht dabei. Zoran konnte es nicht fassen. Was war da los? Zoki ging noch zu einem Crew-Mitglied der Fähre und beschrieb ihm Jasna. Doch der verneinte, dass so eine junge Frau mit an Bord gewesen sei.

Am Boden zerstört, kehrte Zoran nach Hause zurück. Nun machte er sich tatsächlich Sorgen, irgendetwas Unvorhergesehenes musste passiert sein. Vielleicht ist sie krank geworden? Das war einer jener Momente, wo er sich ärgerte, kein Telefon zu haben. Jasna hätte ihn sicher angerufen, um ihm zu sagen, was passiert sei, dass sie nicht kommen konnte. Er fluchte innerlich, doch das nutzte ihm nichts. Jasna ist nicht gekommen. Er zweifelte auch, dass sie am nächsten Tag kommen würde. Seine Enttäuschung nahm kein Ende.

Zoran wartete noch einen weiteren Tag, vielleicht kam sie doch noch? Doch seine Hoffnung wurde nicht erfüllt. Am darauffolgenden Tag fuhr er am frühen Vormittag nach Sali zu Milan. Zoran erzählte ihm sein Problem mit Jasna. „Milan, ich habe so ein ungutes Gefühl, könntest du bei Jasnas Eltern anrufen und sie fragen, was los ist", bat er seinen Freund. „Ich weiß ihre Namen, du müsstest nur ihre Telefonnummer herausfinden."

Milan erfüllte sofort seinen Wunsch. „Tut mir leid, Zoki, das Telefon läutet dort zwar, aber es hebt niemand ab. Ich werde es, bevor ich nach Hause gehe, noch einmal probieren und wenn ich etwas weiß, dann fahre ich zu dir hinaus und sage es dir, mein Freund." „Danke Milan, das vergesse ich dir nie", verabschiedete sich Zoran.

Zu Hause versuchte sich Zoki mit Arbeit abzulenken, doch so richtig gelang ihm das nicht. Immer wieder rätselte er, warum Jasna bis jetzt nicht gekommen ist. Als es schon dunkel war, hörte er Schritte vor dem Haus. Gleich darauf öffnete sich die Tür und Milan kam herein. Sein Gesicht war bleich, er grüßte nicht einmal. „Zoki, hast du Schnaps für uns", fragte er ihn. „Was ist mit Jasna, Milan", fragte ihn sein Freund aufgeregt. „Zuerst einen Schnaps, Zoran, und dann lass uns hinsetzen, es ist kalt", forderte ihn Milan ganz verlegen nochmals auf.

Als die beiden dann saßen und den ersten Schluck getrunken hatten, begann Milan zögernd zu sprechen. „Also … ja, wo fange ich an. Zoki, ich habe vor einer Stunde mit dem Vater von Jasna gesprochen. Er erzählte mir, dass Jasna mit ihrem Kollegen auf der Fahrt nach Zagreb im Gebirge einen schweren Autounfall hatte. Das muss zwischen sechs und sieben Uhr in der Früh passiert sein. Ein Lastwagen ist auf der Schneefahrbahn ins Schleudern gekommen und gegen ihr Auto gekracht. Zoran, beide sind auf der Stelle tot gewesen! Zoran, Jasna ist tot! Heute Vormittag, Zoran, war ihr Begräbnis, es tut mir so leid mein Freund." Milan rannen nun die Tränen herunter.

„Tot? Jasna ist tot und begraben?", stammelte Zoran. Seine Hände fingen zu zittern an. Er konnte das nicht glauben, was er da hörte. „Meinen Sonnenschein, es gibt sie nicht mehr? Milan, bitte hilf mir, ich kann das nicht glauben." Mit einem Schmerzensschrei stürzte Zoran bei der Haustür hinaus und rannte in die Dunkelheit. Er lief zu seinem Baum am Meer, wo er mit heftigem Schluchzen zu Boden sank.

Milan verließ tieftraurig seinen Freund. Er wusste, dass Zoran jetzt allein seinen Schmerz bewältigen musste. Wenn er ihn brauchte, würde er da sein. Milan ahnte, dass Zoran in der nächsten Zeit durch die Hölle gehen würde. Er konnte ihn verstehen. Hatte Milan doch selbst beim Fest miterlebt, wie sich diese junge Liebe fand.

Zoran wusste nicht, wie lange er da saß. Unendlicher Schmerz hatte sich in seiner Brust ausgebreitet. Die Welt hatte aufgehört, für ihn zu existieren.

EIN TIEFER FALL

Zoran wusste nicht mehr, wie er es geschafft hatte, in sein Bett zu kommen. Völlig unterkühlt hatte er sich ins Haus geschleppt. Milan war nicht mehr hier, er war froh darüber. So konnte er seinen Tränen freien Lauf lassen. Er war froh, dass er alleine war. Er konnte es noch immer nicht fassen, dass sein Engel, sein Sonnenschein tot und begraben war. Er war wieder allein, seine Liebe hatte ihn verlassen. Wie konnte das nur passieren.

Am nächsten Morgen stand er nur auf, um seine Tiere zu füttern. Er musste sich dazu zwingen, dieser Arbeit nachzugehen. Er tat es nur für seine Tiere, Freude hatte er dieses Mal keine dazu. Mala ließ ihn keine Sekunde alleine. Sie spürte genau, dass etwas Furchtbares passiert sein musste. Sie wich keinen Meter von seiner Seite und blickte ihn ständig bekümmert an.

Kaum im Haus zurück, legte sich Zoran wieder in sein Bett. Er konnte nichts frühstücken. Eigentlich sollte er jetzt mit Jasna gemeinsam das Frühstück einnehmen. Kaum dachte er daran, musste er zur Toilette, um sich zu übergeben. Er glaubte, dass er seinen ganzen Schmerz hervorwürgen würde, doch er ließ nicht nach. Matt sank er am Boden zusammen, der Schweiß stand ihm auf der Stirn. Ständig hatte er das fröhliche Antlitz von Jasna vor seinen Augen, wie sie ihn anhimmelte.

„Warum, oh Herr, hast du uns das angetan", murmelte er. „Sind wir keine anständigen Menschen, dass du uns das antust? Haben wir uns nicht redlich verhalten? Was haben wir getan, dass du mir meinen kleinen Engel nimmst?"

Am Nachmittag, Zoki hatte noch immer nichts gegessen, holte er sich eine Flasche Schnaps. Er trank und trank ... und trank. Schwer betrunken schwankte er nach einiger Zeit in sein Schlafgemach. Rasch fiel er in einen unruhigen Schlaf. Im Traum sah er Jasna, blutüberströmt, wie sie auf der Straße neben dem demolierten Auto herumlief. Ihr Kopf sah fürchterlich aus. Er erkannte sie kaum wieder. Sie versuchte zu singen, doch es kam nur ein Krächzen hervor. Zoran schrie nach ihr, dabei erwachte er aus seinem Traum. Schweißgebadet und schockiert über die Bilder in seinem Traum ließ er sich wieder zurück ins Bett fallen.

In den darauffolgenden Tagen gelang es Zoran lediglich, seine Tiere zu versorgen. Sein Gesicht war eingefallen. Er sah schlecht aus. In seinem Herzen herrschte tiefe Nacht und Eiszeit. Er verlor jede Freude am Leben. Unzählige Male fragte er sich, was es für ihn noch Lebenswertes gab. Er hörte keine Möwenschreie mehr, er nahm auch nicht wahr, wenn die Sonne seine Bucht in wunderschönes Licht tauchte.

Es vergingen Wochen und Monate, das Leben war für Zoran zur Last geworden. Unzählige Male begab er sich zum Grab seiner Großeltern und hielt Zwiesprache mit ihnen. Doch er fand keinen Trost, der ihn wieder auf Schiene gebracht hätte.

Nach Sali fuhr er nur, wenn es unbedingt notwendig war, um einzukaufen oder seine Fische zu verkaufen. Seine Freunde sahen ihn kaum. Doch wenn er dort einen traf, lehnte er jede Einladung ab. Er wollte alleine bleiben, er hielt keine tröstenden Worte aus. Sie halfen ihm nicht. Milan hatte ihn zweimal in seiner Bucht besucht. Er hatte ihn immer wieder eingeladen zu sich nach Hause, hatte ihm angeboten, mit ihm über seinen Schmerz zu sprechen. Zoran konnte nicht, ganz einfach. Er hatte sich mit seinem Schmerz eingesperrt, er fand nicht raus aus diesem Käfig.

Zoki hatte sich selbst total vernachlässigt. Seine Haare wusch er sich nur noch selten, Bart wucherte in seinem Gesicht. Auf Körperpflege achtete er überhaupt nicht. Er wusste selbst nicht, wie er aus diesem Strudel in seinem Herzen herausfinden sollte. Mit der Zeit ließen seine Freunde Zoran in Ruhe.

Es war an einem Frühlingstag in den Vormittagsstunden, als er hörte, wie sich jemand seinem Haus näherte. Mala bellte nicht, er hörte sie eher freudig winseln. Da erkannte er die Stimme, die sich mit Mala unterhielt. Es war Dragica, seine liebe alte Dragica, die wie eine Ersatzoma für ihn war. Da ging auch schon die Haustür auf.

Unsicher blieb sie dort stehen und lächelte ihn an. „Na, mein Junge, könnte ich ein oder zwei Tage bei dir bleiben, ich bin so alleine zu Hause?"

Dass sie schwer schockiert war über das Erscheinungsbild von Zoran, das sagte sie ihm nicht. Auch die Unordnung im Wohnraum und vor dem Häuschen hatte Dragica wahrgenommen. Na, da bin ich ja noch rechtzeitig gekommen, dachte sie sich. Sie hatte Milan ersucht, sie herzubringen. Sie ahnte, dass es Zoki miserabel ging, dass es aber so schlimm war, mit dem hatte sie nicht gerechnet. Sie wusste um die Sensibilität von Zoran, deshalb hatte sie sich ja auch entschlossen, hierher zu kommen. Sie liebte diesen Jungen, als wäre er eines ihrer Kinder.

Es war das erste Mal seit Langem, dass sich Zoran über die Anwesenheit eines anderen Menschen freute. Er hatte diese alte Frau schwer in sein Herz geschlossen. Sie war die erste, die ihm nach dem Tod seines Großvaters unter die Arme gegriffen hatte. „Dragica, ich … ich … ich freue mich, dich zu sehen. Es wäre schön, wenn du die nächsten zwei Tage bei mir bleiben würdest". Mit dieser Begrüßung ging er zu ihr und umarmte sie mit einem tiefen Seufzer.

„Das freut mich, Zoki. Bevor wir aber irgendetwas weitermachen, gehst du dich erst einmal kultivieren. Das heißt, ich will dich rasiert und gewaschen und mit frischem Gewand dann wieder sehen, inzwischen werde ich uns was kochen. Na, mein Junge, was hältst du davon", schuf sie ihm mit einem schelmischen Lächeln und einem Augenzwinkern an und schob ihn einfach zur Tür hinaus.

Als Zoran völlig perplex vor der Haustür stand, kam ihm die Idee, Jasna muss diese liebenswerte alte Hexe zu ihm geschickt haben. Er war sich bewusst, dass er so nicht weiterleben konnte. Er musste wieder zurückfinden in das Leben.

ES GEHT VORWÄRTS

Die ersten Handgriffe, die Zoran unternahm, um aus sich wieder einen kultivierten Menschen zu machen, kosteten ihn viel Mühe. Nicht, dass es ihn gestört hätte. Es war diese Überwindung tief in seinem Herzen, den ersten Schritt zu setzen, seine Trauer langsam abzulegen. Einerseits freute er sich darauf, wissend, dass das nicht von heute auf morgen passieren würde, andererseits hatte er auch ein bisschen Angst davor. Er hatte Angst, damit seine Liebe mit Jasna zu verraten.

Irgendwie muss Dragica das gespürt haben, denn plötzlich öffnete sich die Tür hinter ihm und Dragica sagte: „Na, Zoki, jetzt mach endlich, sonst bin ich mit dem Kochen früher fertig als du!"

Das war der richtige Anstoß, den er gebraucht hatte. Zoran setzte sich in Bewegung. Die Rasur dauerte zwar etwas, denn dieses wilde Bartgestrüpp war dann doch nicht so einfach zu entfernen, die Dusche war dann aber schneller erledigt. Als er danach in frischer Bekleidung wieder erschien, fühlte er sich wie neugeboren.

„Du bist ja kaum wiederzuerkennen, Zoran", freute sich Dragica. „Die paar Kilo, die dir zur Zeit fehlen, die werden wir auch noch hinbekommen, mein Junge. Damit fangen wir gleich an." Mit diesen Worten stellte sie einen dampfenden Topf und eine Schüssel Nudeln auf den Tisch.

Es war das erste Mal seit Jasna verunglückt war, dass Zoran mit Appetit wieder etwas aß. Während des Essens setzte er plötzlich ab, sah Dragica an und sagte mit wässrigen Augen: „Danke, Dragica, dass du gekommen bist." Er schluckte dabei schwer. Dragica legte eine Hand auf seine und drückte sie leicht. „Ist schon gut, mein Junge", sagte sie leise zu ihm.

Als sie fertig waren, fragte sie Zoki, ob das alle Vorräte seien, die er in der Kammer aufbewahre, denn die sei ja völlig leer. „Ja", antwortete ihr Zoki leise, „ich habe ja nicht viel gebraucht." „Gut, dann wirst du heute noch deine Netze auslegen und sie morgen einholen, aber so, dass ich uns für Mittag einen Fischeintopf kochen kann. Es wird Zeit, dass du wieder Ordnung in dein Leben bekommst, Zoki. Außerdem wirst du morgen, während ich koche, einkaufen gehen, und ich hoffe, du kaufst ordentlich ein." Nun mussten sie beide lachen. Erst recht, als Zoki ihr antwortete: „Jawohl, Frau General!"

Wie lange habe ich nicht mehr gelacht?, dachte sich Zoran, dieses liebe, alte Weib bringt mich innerhalb weniger Stunden schon dazu. Zoran machte sich sofort auf, sein kleines Fischerboot fertig zu machen. Das Wetter passte perfekt dafür. Mala, die Zoran genau beobachtete und sah, dass er seine Netze und nicht die Reusen ins Boot gab, verdrückte sich sofort, damit sie ja nicht mitfahren musste.

Am späteren Nachmittag saßen Dragica und Zoran dann zusammen auf seiner Veranda. Zuerst schwiegen sie sich eine Zeit lang an, bis Dragica plötzlich aufstand, Zoran an der Hand nahm und mit ihm zu seinem Steg hinunterging. Bei dem Baum, unter dem er so gerne saß, hielten sie an. „Was siehst du, mein Junge", fragte sie ihn leise. „Meinen Baum", kam es zurück. „Sonst nichts, Zoki?", stieß sie nach. „Siehst du nicht die frischen Blätter, dieses saftige Grün, das Erwachen? Und im Herbst werden sie braun, fallen ab, aber stirbt deshalb der Baum über den Winter? Der Baum spiegelt dir perfekt unser Leben wider, Zoran. Du wirst geboren, wie diese Blätter, Samen wird gesät, neues Leben entsteht. Im Herbst fallen die Blätter ab, wir sterben, aber nur scheinbar. Auf eine gewisse Weise leben wir ja weiter. Nur weil wir dieses Weiterleben nicht sehen können, heißt das ja nicht, dass es das nicht gibt. Deine Liebe lebt weiter, Zoran, sie ist nur in eine andere Welt eingetreten. Glaubst du, nur du verlierst einen wunderbaren Menschen? Glaubst du, Jasna hätte nicht gewollt, dass du weiterlebst und glücklich wirst. Du wirst wieder eine Frau finden, die es wert ist, ihr deine Liebe zu schenken."

„Es schmerzt nur so sehr, Dragica", antwortete ihr Zoran. „Zoki, glaubst du, ich habe keine lieben Menschen verloren? Du glaubst wohl, nur du leidest? Ich habe fast meine ganze Familie im Krieg verloren. Ich habe genug Tränen vergossen und trotzdem habe ich erkannt, wie kostbar unser Leben ist. Das wirft man nicht leichtfertig weg. Jeder Mensch hat ein Recht auf Trauer, aber diese darf nicht das ganze Leben dauern. Das Glück des Lebens muss man sich erkämpfen, wir müssen es uns verdienen. Schau jeden Tag am Morgen bei deiner Tür hinaus und erkenne, dass es schön ist, das erleben zu dürfen. Selbst schwerer Sturm im Winter kann schön sein, vor allem wenn du im Trockenen und in einer geheizten Wohnung sitzt. Aber lass dich nicht gehen, mein Junge. Lass uns zurückgehen, Zoki, und denke darüber nach. Jetzt mache ich uns ein paar Palatschinken für das Abendessen.

Als Zoran in den frühen Morgenstunden des nächsten Tages mit dem Boot aufbrach, die Netze einzuholen, dachte er nochmals über die Worte von Dragica nach. Sein Sonnenschein, seine Liebe hätte es sicher nicht gewollt, dass er in seiner Trauer versinkt. Ach Jasna, dachte er sich, ich hätte mir so gerne ein glückliches Leben mit dir gewünscht.

Auf der Rückfahrt fiel Zoran das Beispiel mit dem Baum von Dragica ein. Dieses hatte es ihm im Besonderen angetan. Er erinnerte sich daran, was sein Nono, sein Großvater, eines Tages zu ihm sagte. „Wenn ich einmal sterbe, Zoki, glaube ja nicht, dass ich einfach verschwunden sei, dass es mich nicht mehr gibt. Du musst dir unser Haus mit vielen Zimmern vorstellen. In einem Zimmer werde ich wohnen. Der Unterschied zu früher ist, dass du nicht in mein Zimmer kannst. Aber du kannst mit mir sprechen, du kannst mit mir lachen, du kannst mit mir weinen."

Mit seinen Großeltern hielt er es ja auch so. Wie oft war er seit ihrem Tod bei ihrem Grab und unterhielt sich mit ihnen. Beide Beispiele, sowohl das mit dem Baum, als auch jenes mit dem Haus, gefielen ihm. Die Frage ist nur, so dachte er sich, woran die Menschen glauben, ob sie überhaupt an ein Weiterleben nach dem Tod, in welcher Form auch immer, glaubten.

Zoran war zutiefst von einer Existenz nach dem Tod überzeugt. Diese Beispiele brachten aber in jedem Fall Licht in seine Trauer. Warum sollte er es mit Jasna nicht genauso halten wie mit seinen Großeltern, fragte er sich.

Die andere Seite war, dass Zoran trotz seines jungen Alters die eigene Vergänglichkeit vor Augen geführt wurde. Die Tatsache, wie schnell ein Leben beendet war, auch wenn man so jung ist, wie Jasna es war, erschrak ihn von Neuem. Vor allem diese Endgültigkeit des Todes, unwiderruflich, das beschäftigte ihn über alle Maßen, es erschütterte ihn. Noch nie hatte er sich so intensiv mit dem Tod beschäftigt.

Eines war gewiss: Jasna würde nicht mehr unter seinem Baum die Nachtigallen singen hören. Er wird nun in Zukunft für sie diesen Gesängen lauschen und ihr davon erzählen.

EIN TRITT IN DAS HINTERTEIL

Es war gestern ein guter Tag für Zoran. Ihm war, als sei er von seinem tiefen Fall, der durch Jasnas Tod verursacht worden war, wieder ein Stück in Richtung Licht emporgeklettert. Für ihn war es das Licht des lebenswerten Lebens, von dem er sich wegbewegt hatte. Er hatte ganz schlimme Gedanken in seinem Kopf, an die wollte er eigentlich gar nicht mehr denken.

Dragica, diese liebenswerte alte Frau, sie hatte etwas in Bewegung gebracht. Sie hatte in seiner Seele ordentlich gerüttelt. Dabei war sie zwischendurch recht bestimmend. Vielleicht habe ich genau das gebraucht, als Zoki daran dachte, wie sie ihn zu allererst geschickt hatte, um sich zu duschen und zu rasieren. Hatte er dabei nicht nur einen Reinigungsprozess seines Körpers, sondern auch seiner Seele vollzogen, eine Reinigung seiner schlimmen Gedanken?

Zoran wurde immer bewusster, dass seine Selbstaufgabe, die er bis jetzt lebte, nicht im Sinne von seinem Sonnenschein Jasna gewesen wäre. Es wurde Zeit, dachte sich Zoki, dass ich mir überlege, was Jasna von mir verlangen würde. Dabei schlich sich ein zartes Lächeln auf seine Lippen, weil er wusste, dass Jasna nicht nur einen so liebevollen, sondern an sich auch resoluten Charakterzug hatte.

Ja, seine extreme Trauer um Jasna hatte auch mit Selbstmitleid zu tun. Das war ihm bis jetzt nicht klar. Dragica hatte ihm mit dieser Feststellung einen Seitenstich verpasst, der ihm so gar nicht passte. Aber wenn er ehrlich war, wie oft hatte er sich gedacht, ich habe meine Liebe verloren. Hatte nicht Jasna mit ihrem Tod auch ihre Liebe verloren? In seiner Trauer kam oft bei seinen sich selbst gestellten Fragen das Wort „ich" an erster Stelle.

Jetzt wurde es aber Zeit, zu Dragica zu gehen, um mit ihr das Mittagessen zu kochen. Sie wollte doch heute Nachmittag mit Milan wieder zurück nach Sali fahren. „Na, wird ja Zeit, dass du kommst, mein

Junge, ich freue mich schon, mit dir gemeinsam zu kochen", lächelte sie ihm schon entgegen. „Bring bitte die Fische, damit wir doch noch was zu essen bekommen."

Während sie mit den Vorbereitungen zu ihrem Mittagsmahl begannen, begann Zoki zögerlich: „Dragica, du hast mir gestern ganz ordentliche Hiebe versetzt. Ich habe heute Nacht kaum geschlafen und über vieles davon nachgedacht. Du hast ja recht mit allem, was du sagtest. Aber weißt du, es ist nicht leicht, wieder diesen Weg des Lichtes zu wandern. Es war einfacher, sich in ein Schneckenhaus zurückzuziehen, ich habe jetzt aber auch die Gefahren erkannt. Du hast mir die Augen geöffnet, meine Liebe. Ich möchte dir sagen, dass ich ab sofort diesen Weg weiter beschreiten werde, ich verspreche es dir, Dragica. Ich werde weiter an mir arbeiten, nur leicht ist es nicht."

Da sah ihn Dragica einige Momente lang an. Dann sagte sie bitterernst: „Zoki, glaubst du, dass es einem Alkoholiker, der den Entschluss gefasst und begonnen hat, mit dem Trinken aufzuhören, leicht fällt, trocken zu bleiben?" Zoran starrte sie verwundert und betroffen an. Mit so einem plausiblen Beispiel hatte er nicht gerechnet. Dragica hatte eine Art, ihm etwas mitzuteilen, die verblüffte ihn immer wieder. Sie zeichnete mit ihren Beispielen Bilder in seinem Kopf, die absolut unmissverständlich waren.

„Mund zu und lass die Zwiebeln nicht anbrennen, wir wollen ja keinen bitteren, verbrannten Geschmack", rief sie ihm zu, worauf er sofort leise fluchend mit dem Umrühren fortsetzte. „Du könntest übrigens auch mit dem Trinken aufhören, mein Junge. Und erzähle mir keinen Schwachsinn, ich brauche dich nur anzusehen, weiß ich Bescheid", setzte sie fort. „Keiner hat etwas dagegen, wenn ab und zu es einmal zu viel sein sollte. Doch dieses ab und zu geht auf keinen Fall jeden Tag. Und Probleme hat der Alkohol noch nie gelöst, höchstens neu heraufbeschworen. „Ja, Dragica", kam es von ihm leise zurück, „ich weiß. Du hast ja recht."

Na, wenn das so weitergeht mit diesen Moralpredigten, dachte sich Zoki. Heute bekam er es jedenfalls ordentlich gesagt. Und mit allem hatte sie recht. Inzwischen hatten sie ihrem Fischgulasch Gemüse beigegeben und weitergedünstet. Dann kamen passierte Tomaten dazu. Das löschte Zoki dann mit Weißwein ab. Und endlich durfte er die filetierten Fische, Muscheln und ein paar Skampi dazu einlegen. Dragica hatte inzwischen Polenta gemacht, die sie noch auf einer Grillplatte im Kamin braten wollte.

„Wie stellst du dir deine nächste Zukunft eigentlich vor, mein Junge", löcherte sie ihn weiter. „Na ja, Dragica, wie du vielleicht bemerkt hast, habe ich in der letzten Zeit alles rund herum ein bisschen vernachlässigt. Das will ich als Erstes wieder in Schuss bringen." „Pah, ein bisschen, lüge dich selbst nicht schon wieder an, und mich altes Weib schon gar nicht", meckerte sie dazwischen.

„Na ja, der Sommer ist in kürzester Zeit da", setzte Zoki fort, ohne auf den letzten Kommentar einzugehen. „Ich rechne damit, dass wieder einige Bootstouristen kommen, für die ich dann und wann koche. So habe ich ja auch Tomislav mit seinen deutschen Freunden kennengelernt." „Das klingt vernünftig, mein Junge. Macht dir das auch Spaß?", fragte Dragica ihn weiter.

„Meist schon, aber ich möchte das nicht jeden Tag machen, Dragica, auch wenn es gutes Geld ist, was ich da verdiene. Da könnte ich gleich ein Restaurant aufmachen. Ich möchte mich nicht an die Touristen versklaven. Eine gute Portion Ruhe ist mir da schon wichtig. Aber du hast recht, es werden jedes Jahr mehr Touristen. Vielleicht fällt mir da noch etwas anderes ein. Schau Dragica, ich will nicht jeden Abend mir das Gejohle von betrunkenen Touristen, die bis weit nach Mitternacht dann sitzen bleiben, mir anhören müssen. Und ich muss die ganze Arbeit alleine machen. Und dann soll ich mit nur zwei oder drei Stunden Schlaf wieder hinausfahren, um zu fischen. Nein, dieser Preis ist mir zu hoch, den ich dafür bezahle. Ab und zu für ein paar nette Menschen zu kochen, das mache ich wirklich gerne, aber nicht jeden Tag." „Ja, ich kann dich verstehen, das ist eine gute Einstellung, Zoki." Dragica war zufrieden mit dem, was sie da gehört hatte.

Nun wurde es aber Zeit zum Essen. Zoran griff wieder ordentlich zu, es schmeckte einfach köstlich. Zufrieden beobachtete Dragica ihn. Sie konnte sich ihren Kommentar auch diesmal nicht verkneifen. „Wird ja auch Zeit, dass du draufkommst, dass essen besser ist als sich zu betrinken." Zoran verschluckte sich bei diesem Kommentar fast und steckte seinen Kopf noch näher zu seiner Schüssel, wobei er das Grinsen von Dragica sehr wohl bemerkt hatte.

Als sie dann zusammenräumten und das Geschirr wuschen, begann Dragica das Schweigen zu brechen. „Zoki, ich würde mich sehr freuen, wenn du die nächsten paar Monate ein Mal pro Woche bei mir vorbeischauen würdest. Ich würde mich über deine Besuche sehr freuen. Dabei könntest du mir beispielsweise erzählen, welche Fortschritte du machst. Ich kann nicht so oft zu dir kommen. Ich brauche immer Milan als Taxi."

„Weiß du", setzte sie nach einer kurzen Pause fort, wobei Zoki merkte, dass es ihr plötzlich schwer fiel, dass sie mit den Tränen kämpfte, „du bist für mich wie mein eigenes Kind. Ich mache mir eben Sorgen um dich und ich will, dass es dir wieder gut geht. Ich möchte, dass sich deine Seele wieder erholt. Ich weiß, dass du es schaffen wirst, mein Junge. Ich möchte dich wieder unbekümmert und frei lachen hören. Ich kann dich nicht mehr so lange begleiten, meine Zeit wird bald ablaufen. Aber dieses Thema hatten wir schon einmal. Also, wie schaut es aus? Versprichst du mir, mich öfter zu besuchen?"

Zoki ließ nun alles stehen. Er drehte sich hin zu dieser so liebenswerten alten Frau. Einen tiefen Seufzer ausstoßend zog er sie an seine Brust. „Ja, Nona Dragica, das verspreche ich dir." Als Dragica hörte, dass Zoki sie Großmutter Dragica nannte, rannen ihr die Tränen nur mehr so herunter. Das war für sie das schönste Kompliment, das er ihr machen konnte. „Danke, Nona Dragica, danke, dass du gekommen bist und mir einen Tritt in mein Hinterteil verpasst hast."

DIE GEBURTSTAGSFEIER

Es war schon wieder einige Tage her, dass Dragica bei Zoran zu Besuch war. Ja, sie hat wirklich bei ihm etwas ausgelöst, seine Ersatzgroßmutter. Obwohl Zoki zwischendurch immer wieder mit seinen Dämonen kämpfte, zwang er sich, nicht nachzugeben. Täglich, wenn er frühmorgens sein Häuschen verließ, um die Tiere zu füttern, blieb er zuerst auf der Terrasse stehen. Er blickte in Richtung Meer, schwenkte langsam seinen Blick zum Ende seiner Bucht und erfreute sich an diesem Anblick. Mit einem tiefen Atemzug sog er diese wunderbare Meeresluft in seine Lungen, genoss dieses Aroma und sagte sich: Danke, dass ich das erleben darf. Das wurde zu einem Ritual für Zoran.

Auch sein Bewusstsein wurde immer stärker, dieser Stolz, dass das alles ihm hier gehörte, dass er ein reicher Mann war, so viel Schönheit sein eigen nennen zu dürfen. Wer hat schon die Möglichkeit, am Morgen nach dem Aufstehen diesen Ausblick sich gönnen zu dürfen, dachte er sich. Er war sich sicher, dass er zugrunde gehen würde, wenn er in einem Hochhaus in einer kleinen Wohnung mitten in einer Großstadt hausen müsste. Denn als Wohnung könnte er so etwas nicht bezeichnen, schon eher als Käfig.

Am schönsten fand er, wenn seine Freunde, die Möwen, ihn schon begrüßten, wenn er zu seinem kleinen Fischerboot ging und die aufgehende Sonne allmählich die Schatten der Hügel rundherum verdrängte, wenn die Nacht langsam dem Tag wich und die Geräusche der Natur noch gedämpft waren.

Heute wollte er aber nach Sali fahren. Zoran musste dringend einige Vorräte einkaufen. Bootstouristen hatten letzte Woche ein Essen für vier Personen für Freitagabend bestellt. Er würde ihnen Spaghetti mit Meeresfrüchten oder einen Fischeintopf kochen, je nach dem, was er fangen würde. Vielleicht grillte er ihnen auch frischen Fisch. Die Vorratskammer hatte bei ihm immer noch große Lücken, die es zu füllen galt.

Bevor er aber seinen Einkauf tätigte, suchte er seinen Freund Milan im Postamt auf. Der war richtig überrascht, als er Zoki sah. „Das gibt es nicht", entfuhr es ihm. „Du bist aus deinem Schneckenhaus hervorgekommen!" Er stürzte auf Zoki zu und umarmte ihn. „Komm, Zoki, ich koche uns Kaffee." Zoki erzählte ihm dann, was beim Besuch von Dragica passiert ist. Er beschönigte nichts. Schonungslos und ehrlich schilderte er Milan vom Besuch seiner Nona Dragica und was das in ihm ausgelöst hatte. „Ich weiß jetzt, Milan, dass Jasna sich das von mir sicher gewünscht hätte, dass ich mein Leben rasch wieder in den Griff bekomme. Dragica hat mir dazu die Augen geöffnet. Ab sofort gehe ich wieder unter die Leute, ich werde nicht mehr zurückgezogen leben."

„Zoki, das freut mich ungemein. Wir haben uns hier im Dorf schon fürchterliche Sorgen um dich gemacht. Du bist jedem aus dem Weg gegangen, dabei wollten wir dir doch nur helfen. Aber jetzt wird alles bald wieder in Ordnung sein." Dann setzte er kurz ab, als überlege er, ob er weitersprechen solle. Doch dann sagte er zu Zoran: „Eigentlich könntest du am Samstag deinen neuen Lebensmut dir selbst unter Beweis stellen. Ich organisiere für Samstag ab dreizehn Uhr meine Geburtstagsfeier bei mir zu Hause. Solltest du nicht kommen, hole ich mir eine Peitsche und treibe dich zur Feier!" Dabei lachte er herzhaft seinen Freund an. „Ich werde kommen, Milan, ich komme, ich verspreche es dir", freute sich Zoki über diese Einladung.

Am Freitag kamen die Bootstouristen zu Zoran in die Bucht. Sie kamen mit einem Segelboot und warfen in seiner Bucht den Anker aus. Dabei kamen in Zoran wieder Erinnerungen hoch, als Jasna das erste Mal hier hereingesegelt kam. Er verdrängte aber rasch wieder diese Gedanken, um nicht in sein altes Denkmuster zu verfallen.

Es wurde ein angenehmer Abend. Seine Gäste waren aus Italien. Zoran kochte ihnen Spaghetti mit Scampi als Vorspeise und grillte ihnen dann frischen Fisch. Er hatte Wolfsbarsche gefangen und einen Drachenkopf. Dazu grillte er als Beilage Zucchini und reichte frisches Brot aus der Peka-Pfanne. Die Bezahlung dieser Leute, die mit Deutscher Mark zahlten, war sehr großzügig. Waren sie schon mit der Vorspeise überaus zufrieden, verdrehten sie beim frischen Fisch vor Freude die Augen.

Am nächsten Tag war es dann aber so weit. Die Geburtstagsfeier von Milan stand an. Als Geschenk packte er für seinen Freund luftgetrockneten Schinken ein. Er hoffte, dass nicht zu viele Leute da waren, doch diese Hoffnung erfüllte sich nicht. Dafür waren aber fast alle seine und Milans Freunde gekommen, alle, die beim Bau seines Häuschens geholfen hatten.

Bei seinem Eintreffen hatten einige schon begonnen, mehrstimmig dalmatinische Lieder zu singen. Klappa Maslina werden diese genannt. Das war Labsal für seine Seele. Wer liebte nicht diese wunderschönen Lieder mit ihren traumhaften Melodien, wer kannte nicht ihre Texte! Selbst wenn man kein Stimmwunder war, fielen fast alle mit ein, sangen mit.

Ein Fest in Dalmatien zu feiern, hieß für die Inselbewohner, ein Fest der Herzlichkeit und Großzügigkeit zu zelebrieren. Nirgendwo wurde das Gemeinsame, mit dem man seinem Nächsten sagte, du bist mir wichtig, ich freue mich, dass es dich gibt, so intensiv gelebt wie hier. Kleine Streitigkeiten wurden bei einem Gläschen Wein beigelegt und man reichte sich die Hände.

Ach, wie hatte Zoran das vermisst. Es war ihm, als würde Jasna sagen: „Na, mein Lieber, es geht doch, ich freue mich." Er wurde von allen so herzlich begrüßt, auch von jenen Gästen, die er nicht so gut kannte, als wäre er der Mittelpunkt dieses Festes.

Milan hatte ihn gebeten, mit ihm dann die Fische zu grillen. Sie hatten im Freien offenes Feuer gemacht und bereits die Glut einen Zentimeter dick auf eine freie Fläche aufgeteilt. Darüber wurde ein riesiger Rost gestellt. Milan hatte ihm erzählt, dass Nino, ein Fischer aus Sali, im Kanal zwischen der Insel Rava und ihrer Insel Dugi Otok heute Morgen frischen Fisch gefangen habe. Er sei bereits kurz nach Mitternacht dazu aufgebrochen.

Sie hatten die Fische lediglich mit Meersalz gewürzt und dann auf den Rost gelegt. Schon nach kurzer Zeit konnte man diesen herrlichen Duft der bratenden Fische wahrnehmen. Rasch hatten sich die Gratulanten um das Feuer versammelt, fast jeder hielt schon einen Teller in der Hand. Jedem konnte man ansehen, dass er es nicht mehr erwarten konnte, diese Köstlichkeiten zu verspeisen, man konnte sehen, wie ihnen das Wasser im Munde schon zusammenlief.

Was wollte man mehr, als frisch gegrillten Fisch, frisches Weißbrot und Wein in Gesellschaft lieber Freunde zu verspeisen. Noch bevor die Fische fertig waren, sagte Milan zu seinen Freunden, wobei er einen Arm um Zoki legte: „Meine lieben Freunde, zuerst danke ich euch, dass ihr gekommen seid und über eure Geschenke. Jeder einzelne macht mich mit seiner Anwesenheit glücklich. In anderen Ländern glaubt man, dass es uns hier in Jugoslawien nicht so gut gehe wie in anderen Ländern. Nun, das sieht man ja heute, hier bei mir, wie schlecht es uns geht." Lautes Lachen und Beifall waren die Antwort. „Wir haben uns um solche dummen Aussagen noch nie etwas gemacht und werden das auch heute nicht tun", setzte er fort.

„Ganz besonders danken möchte ich unserem Freund Nino, der uns diese köstlichen Fische letzte Nacht gefangen hat." Wieder erschallte lauter Beifall. „Bravo, Nino!", riefen die anderen. „Ein Geschenk aber hat es mir besonders angetan. Es berührt mich sehr. Ihr kennt alle meinen Freund Zoran aus der Kruševica-Bucht. Ihr wisst auch, dass er eine schwere Zeit hinter sich hat und in den letzten Monaten sehr zurückgezogen lebte. Aber heute ist er erstmals wieder unterwegs, seit heute nimmt er wieder an unserem Leben teil. Du hast mich mit deinem Kommen sehr reich beschenkt, Zoki, danke", dabei umarmte er seinen Freund. Völlig ergriffen konnte jeder diese ehrliche Wärme und Herzlichkeit der beiden Freunde sehen und spüren. Berührt applaudierten alle den beiden.

„Jetzt wollen wir uns wieder dem Fest widmen", rief Milan, mit dem nächsten Lied wollen wir den beiden Fischern Nino und Zoran eines widmen. Er begann das Lied „Ribari", die Fischer, zu singen.
„Prije jutra, Ribari se bude, more znanih, more znate ljude…" Sofort fielen alle in dieses wunderschöne, melancholische Fischerlied mit ein, das von der schweren Arbeit der Fischer handelte. Es erzählt von den Fischern, die in den frühen Morgenstunden, bevor die Menschen noch erwachen, hinaus auf das Meer fahren, an jenen Platz, wo die Sonne und die Möwen sie erwarten.

Es wurde eine ganz tolle Geburtstagsfeier. Zoran war glücklich über seine Entscheidung, hierher zu kommen. Sie saßen bis in die frühen Morgenstunden zusammen, lachten und scherzten. Nur beim Tanzen wollte Zoran nicht mitmachen, das ertrug er noch nicht. Er wollte noch keine Frau zu nahe an sich heranlassen. Er freute sich über die Freude am Tanz der anderen, doch selbst war er noch nicht bereit dazu.

Zoran hatte bei Milan übernachtet. Doch nach nur zwei Stunden Schlaf brach er schon auf, um rasch nach Hause zu kommen. Seine Tiere warteten schon auf ihn.

Als er am Rückweg am Grab seiner Großeltern vorbeikam, blieb er stehen, drehte sich um und ging zu ihnen zurück. „Danke, dass ihr und Jasna mir in den letzten Tagen so unter die Arme gegriffen habt. Eure Liebe, ich konnte sie so deutlich spüren. Das hat mir nicht nur sehr geholfen, das hat mich aus meinem Loch wieder herausgeholt und Hoffnung gegeben."

Als er schon gehen wollte, drehte er sich noch einmal um und sagte ganz leise mit einem Lächeln: „Nicht nur Nona Dragica hätte mir in den Hintern getreten, auch ihr!"

OPERATION OKTOPUS

Der Sommer kam, Zoran hatte sich gut erholt. Er hatte wieder zu seinem Alltag zurückgefunden. Früh begann er schon, seine Wintervorräte anzulegen, insbesondere seine Fleischvorräte aufzufüllen. Im Stall befanden sich so viele Schweine wie nie zuvor. Er wollte den Stall noch ein bisschen vergrößern, was er alleine schaffen würde. Damit könnte er auch mehr luftgetrocknetes Fleisch und Würste verkaufen. Er hatte dazu schon mit einem Händler in Zadar Kontakt aufgenommen. Er bräuchte dann nur mit der Fähre die Ware mitgeben, das Geld dafür würde in der Post von Sali bei Milan deponiert werden.

Es war Anfang August, als er wieder einmal Besuch von Tomislav und Peter mit ihren Frauen bekam. Die Freude war riesengroß auf beiden Seiten. „Wie lange werdet ihr bleiben", wollte Zoran wissen. „Wenn du nichts dagegen hast, würden wir vier Tage bleiben, wir wissen ja, dass du wieder gerne deine Ruhe hast in deiner Bucht", grinste ihn Tomi an.

„Jetzt hört mal auf, ihr seid doch meine Freunde, da könnt ihr so lange bleiben, wie ihr wollt", ärgerte sich Zoki. Beschwichtigend setzte er fort: „Ich frage nämlich aus einem bestimmten Grund. Könnt ihr ein bisschen tauchen, ihr Landratten." Dabei lachte sein ganzes Gesicht. Als Landratte wurden Menschen von den Einheimischen bezeichnet, welche nicht am Meer zu Hause waren, die somit keinen Salzwasserbuckel hatten. „Zoki", antwortete ihm Tomi süffisant, „ein bisschen, Peter und ich sind in Deutschland bei einem Tauchklub." Gemeinsam hielten sie sich nun den Bauch vor Lachen.

„Na ja, ich hätte die Idee, mit euch Oktopusse zu fischen. Ich hätte zwar eine Harpune, aber meine Tauchermaske ist schon kaputt. Draußen bei der Steilküste, wenn man da hinuntertaucht, da sitzen sie in den Nischen der Felswand. Es könnte immer einer tauchen. So könnten wir uns abwechseln. Was hält ihr davon", fragte er seine Freunde.

Ein lautes und freudiges „Na klar!" war die Antwort. Schnell einigten sie sich darauf, schon am nächsten Tag die „Operation Oktopus" zu starten.

Wie geplant, brach Zoran mit seinen Freunden am Vormittag des nächsten Tages auf, um Oktopusse zu jagen. Zuerst wollte Zoran nahe der Insel Katina mit seinen Freunden auf Jagd gehen. Peter konnte tatsächlich dort einen Oktopus mit rund 800 Gramm harpunieren. Nachdem die Jagd aber keinen weiteren Erfolg bescherte, fuhren sie zur Westseite von Dugi Otok, zur Steilküste, wo die Klippen fast kerzengerade im Meer versanken.

Da dort das offene Meer gegen die Klippen brandete, schaukelte es wesentlich mehr als innerhalb der Inseln, wo bei so herrlichem Wetter keine Wellen waren. Aber das tat ihnen nichts, das waren selbst diese Landratten schon gewöhnt.

Zoran probierte als Erster sein Glück. Geschickt glitt er nach dem Abtauchen entlang der Felswand hinab in die Tiefe. Als er in den Nischen Ausschau hielt, glaubte er, einen Oktopus in einer Nische rund vier Meter links von ihm gesehen zu haben. Er musste aber nochmals an die Oberfläche, die Luft wurde ihm zu knapp. Dort schwamm er ein bisschen nach links, um beim Abtauchen genau zu der Felsnische zu kommen, in der er das Tier gesehen hatte, holte einige Male tief Luft und tauchte ab. Ja, da saß der Oktopus und beäugte ihn, welch ein prächtiges Exemplar, dachte sich Zoki, als er auch schon den Auslöser seiner Harpune drückte. Zoran hatte das Tier getroffen. Der muss mindestens drei Kilo haben, schätzte er.

Mit dieser Beute kehrten sie zurück in die Kruševica-Bucht. Fast vier Kilogramm Fleisch, das reichte wohl für sie alle. „Was haltet ihr davon, wenn ich uns damit eine herrliche Peka mache. Habt ihr schon einmal Oktopus-Peka gegessen, das ist das Beste, was ihr jemals vom Tintenfisch zu essen bekommen könnt, glaubt mir das", rief Zoki seinen Freunden zu und setzte fort: „Ich müsste nur die beiden Tiere zu Milan bringen, um sie einzufrieren. Wie ihr wisst, habe ich keine Gefriertruhe und die müssen mindestens 24 bis 48 Stunden tiefgefroren werden, damit das Fleisch nicht zäh ist. Ihr könnt natürlich die

Tintenfische auch so lange gegen die Felsen schlagen, bis sie auf diese Art kochfertig werden. Das ist aber keine schöne Arbeit", erklärte er ihnen. Nein, das wollten sie auf keinen Fall. Das war schnell geklärt. „Also, ich bringe sie heute noch zu Milan, gefriere sie dort ein und in zwei Tagen können wir sie verspeisen."

Gesagt, getan. Nach zwei Tagen war es soweit, Milan holte die beiden Tintenfische aus Sali. Seine Freunde hatten ihn bei seinem Häuschen auf der Veranda mit kaltem Bier aus einer Kühlbox schon erwartet. Sie wollten sich die Zubereitung nicht entgehen lassen. Zu groß war ihre Neugier.

Zuerst heizte Zoki den Kamin ein. Er brauchte für seine Peka viel Glut, um die Pfanne dann zugedeckt hineinstellen zu können. Dann schälte er Karotten, Kartoffeln und Knoblauch. Frischen Rosmarin pflückte er von einem Strauch, der zwanzig Meter entfernt hinter seinem Häuschen wuchs. Die beiden Frauen von Peter und Tomi befassten sich inzwischen mit dem Vorbereiten von Salaten.

Zoki gab die Karotten, Kartoffeln und Knoblauchzehen mit dem Rosmarin in den Peka-Topf. Dazu kam Olivenöl und die doppelte Menge Weißwein. Mit dem Spezialdeckel des Peka-Topfes zugedeckt, wurde nun dieser Topf mit dem Gemüse in den Kamin auf die Glut gestellt und weitere Glut auf den Deckel verteilt. Somit wurde die Hitze von allen Seiten an den Topf abgegeben und der Inhalt begann langsam in diesem Saft aus Olivenöl und Wein zu schmoren.

Inzwischen kochte schon das stark mit Meersalz versehene Wasser für die beiden Tintenfische. Zoki ließ sie mit einem wissenden Lächeln hineingleiten. Er wusste, dass seine Freunde, die ihn keine Sekunde aus den Augen ließen und jede seiner Tätigkeiten mit großer Vorfreude auf das Festessen verfolgten, es nicht erwarten konnten, den Oktopus am Teller zu haben.

Nach etwas mehr als einer halben Stunde brachten sie den Kessel mit den Tintenfischen zum Kamin. Zoran kratzte mit einem kleinen eisernen Rechen die Glut vom Deckel der Peka-Pfanne und entfernte den Deckel. Dann nahm er die beiden Oktopusse aus dem Kessel und legte sie auf das Gemüse in der Pfanne, deckte sie wieder zu, gab wieder Glut darauf und grinste seine Freunde an: „In 45 Minuten ist es soweit", erklärte er ihnen. Er konnte es ihnen ansehen, dass sie es kaum mehr erwarten konnten, weil ihnen das Wasser im Mund schon zusammenlief.

„Das halte ich nicht mehr aus", jammerte Peter voller Vorfreude. „Kommt, ich glaube, da brauchen wir einen Schluck Wein" und schenkte ihnen ein. Peter hatte nicht nur alles genau mitverfolgt, sondern jeden Schritt mit seiner Spiegelreflexkamera auch fotografiert.

Die Vorbereitungen waren schon abgeschlossen, die Salate standen am Tisch und das frische Weißbrot, das Zoki am Morgen gebacken hatte, durfte auch nicht fehlen. Dann nahm er die Pfanne aus dem Grill und hob den Deckel ab. Ein unwahrscheinlicher Duft entstieg dem gusseisernen Geschirr, der die Vorfreude der Freunde nur noch mehr steigerte. Dann stellte Zoran die Peka-Pfanne mitten auf den Tisch und forderte seine Freunde auf, sich zu bedienen. Das ließen sie sich nicht zweimal sagen.

Alle waren sich einig, nachdem sie fertig gespeist hatten, noch niemals so guten Tintenfisch gegessen zu haben. Faul blieben sie sitzen, unfähig, ob ihrer gegessenen Mengen an Oktopus, sich noch zu bewegen. „War das ein Fest für meinen Gaumen", sinnierte Peter, „Zoki, du bist der pure Wahnsinn, du solltest hier ein Restaurant eröffnen, du hättest jeden Tag deine Plätze voll. Aber wir wissen, dass du das nicht willst, ich kann dich verstehen."

Es wurde noch ein wunderschöner Abend. Erst gegen Mitternacht setzten seine Freunde zu ihrem Boot über. Zum Abschluss einigten sie sich noch auf ein gemeinsames spätes Frühstück. Zoran meinte mit einem Augenzwinkern, dass seine Hühner momentan in Legefreude seien und er viel zu viele Eier hätte, die er selbst gar nicht verzehren könne. Damit war klar, dass er am nächsten Tag gebratenen Speck mit Eiern auf den Frühstückstisch stellen würde. Diese Einladung schlugen seine Freunde auf keinen Fall aus.

Wie vereinbart, frühstückten sie gemeinsam am nächsten Tag. Zoki hatte mehr als zwanzig Eier mit Speck verarbeitet. „Zoki, wenn wir noch länger bei dir bleiben, müssen wir uns zu Hause einer Abmagerungskur unterziehen", stellte Peter fest, was allen ein herzliches Lachen kostete.

Bevor sie aufbrachen, kam Tomi zu Zoran und fragte ihn: „Du hast nie nach Dunja gefragt, Zoran, warum?" „Du kennst ja die Geschichte mit meiner Jasna, dass sie bei einem Verkehrsunfall ums Leben kam. Ich kann und will zurzeit von anderen Frauen nichts hören, Tomi. Außerdem muss Dunja inzwischen schon lange verheiratet sein. Wahrscheinlich hat sie schon ein Kind bekommen."

„Nein, Zoran. Dunja hat nicht geheiratet. So viel ich weiß, arbeitete sie bis jetzt in Rijeka, aber ich glaube, sie hat um Versetzung angesucht. Sie wollte diesmal eigentlich mitkommen, weiß aber nicht, warum es ihr nicht möglich war. Ich glaube, es geht ihr nicht allzu gut."

Seine Freunde verabschiedeten sich dann von Zoran und fuhren nach Zadar zurück. Sie mussten am selben Tag noch nach Deutschland aufbrechen. Nachdenklich setzte sich Zoran, nachdem sie weg waren, unter seinen Baum. Na, da geht es nicht nur mir schlecht, dachte er sich, auch andere Menschen haben ein Päckchen mit sich zu schleppen. Ich wünsche Dunja, dass auch sie das ohne großen Schaden übersteht.

SEELENFRIEDEN

Gegen Ende August, der Sommer neigte sich langsam seinem Ende zu, begann Zoran sich wieder Gedanken um Jasna zu machen. Er fand keine Verbindung zu ihr, sie war ihm nicht präsent. Sonst meinte er, sie spüren zu können, doch in den letzten Tagen fehlte ihm dieses Gefühl. Es verging kein Tag, an dem er sich nicht mit ihr beschäftigte. In seinen Gedanken hielt er oft Zwiesprache mit ihr. Doch jetzt hatte er das Gefühl, dass sie nicht mehr bei ihm war.

Er war sich bewusst, dass sie mit Sicherheit wollte, dass er wieder glücklich werde. Trotzdem konnte er noch immer nicht von Jasna in seinen Gedanken loslassen. Wie oft setzte er sich abends, wenn es kühler wurde und eine Ruhe über die Bucht hereinkam, unter seinen Baum am Ufer. Dann sah er in Gedanken Jasna mit ihrem Segelboot hereinkommen und vor Anker gehen. Wie er das vermisste! Diese Freude, die ihn ergriffen hatte, wenn er ihr Schiff erkannte! Oder wenn ihre Stimme bei ihrem Gesang über die Bucht erklang und sie ihn zutiefst dabei in seiner Seele berührte.

Zoran war sich klar, dass es Zeit wurde, wieder mit jemandem darüber zu sprechen, bevor er sich wieder auf einen Irrweg mit seinen Gefühlen begab. Dazu gab es für ihn nur eine Adresse: Sali, Postamt, Milan.

Am nächsten Tag setzte er sein Vorhaben sofort um und fuhr noch am Vormittag zu Milan zum Postamt. Milan hörte seinem Freund kurz zu. „Warte einen Moment", sagte er kurz zu Zoki, nahm ein Schild auf dem stand: BIN BEIM NACHBARN, das er auf die Eingangstür hing. Er grinste Zoki an und fragte ihn: „Was hältst du von meinem Einfallsreichtum? Wenn mich im Gasthaus aber jemand aufsucht, weil er etwas braucht, muss ich eben kurz weg. Das verstehst du doch." Zoran konnte nur noch lachen und suchte mit seinem Freund „den Nachbarn" auf.

Beide saßen dann im Schatten eines Baumes, wo beide ihre Ruhe hatten. Zoki erzählte nun ausführlich von seinen Gedanken, die ihn so derart beschäftigten, und seiner Angst, sich wieder in sein Schneckenhaus zu verziehen, sich von der Umwelt abzuschotten.

Milan hatte seinem Freund geduldig zugehört. Nach einer kurzen Pause, nachdem Zoki geendet hatte, sagte er behutsam: „Zoran, was du brauchst, ist dringend einen Menschen, ein weibliches Wesen, das dich beschäftigt, über das du dir Gedanken machen musst. Ich glaube nicht, dass die Einsamkeit im Moment das Richtige für dich ist. Ich glaube aber auch nicht, dass Männer wie deine Freunde diese Lücke zurzeit füllen können. Deren Gesellschaft hilft dir nur kurzfristig immer wieder. Zuerst musst du aber mit Jasna abschließen. Sie ist nicht mehr unter uns. Das ist endgültig. Das musst du akzeptieren. Ich denke, es wäre gut, wenn du ihr Grab aufsuchst, damit du abschließen kannst. Sich das vorzustellen und tatsächlich aber dort zu sein, an ihrer letzten Ruhestätte, sind zweierlei Dinge.“

Zoran bemerkte, wie schwer es Milan gefallen war, ihm das zu sagen. Aber in seinem Innersten wusste er, dass sein Freund das Richtige gesagt hatte. Mit einem tiefen Seufzer sagte er deshalb zu ihm: „Milan, ich weiß, dass du Recht hast. Ich hatte selbst schon den Gedanken, nach Zadar zu Jasnas Grab zu fahren. Ich traue mich nur nicht. Ich habe Angst, Milan. Ich habe Angst vor meinen Gefühlen.“ Zoki war immer leiser geworden.

Beide saßen sie nachdenklich da, bis Milan meinte: „Ich kann dich ja begleiten, wenn du willst. Zum Grab, Zoran, musst du aber alleine hingehen. Du musst alleine mit ihr sprechen. Ich will dir aber gerne bis dorthin und danach eine Stütze sein, du bist doch mein Freund. Wir werden am Freitag am Morgen mit der Fähre hinüberfahren und am späten Nachmittag wieder hier sein. Also, mach dich fertig und sei rechtzeitig hier.“

„Ich weiß ja nicht einmal, wo ihr Grab ist, Milan. Wie sollen wir das finden?“, fragte Zoran verzweifelt. „Lass das meine Sorge sein, ich werde bis dorthin die Friedhofsverwaltung anrufen, das ist das geringste Problem.“

Am Freitag stand Zoran schon sehr früh auf. Er hatte sich sein schönstes Gewand herausgesucht. Als er seine Tiere versorgt und sich sauber hergerichtet hatte, fuhr er nach Sali, wo er eine Stunde vor Abfahrt der Fähre bei Milan ankam. Ihm war bei Gott nicht wohl zumute. Er hatte kein Frühstück essen können und das wunderbare Wetter nahm er auch nicht wahr. Er hatte einfach nur Angst, an die Grabstätte von Jasna zu treten.

Zoran hatte heute keinen Blick für diese wunderschöne Überfahrt. Beide standen an die Reling gelehnt, der Fahrtwind wehte durch ihr Haar. Diese Abkühlung und die Meeresluft taten ihnen beiden gut. Auch Milan hatte ein flaues Gefühl im Magen, weil er wusste und sah, dass sein Freund fürchterlich litt. Wie würde es mir ergehen an seiner Stelle, schoss es ihm durch den Kopf.

Im Hafen nahmen sie sich ein Taxi zum Friedhof. Zoran hatte jede Farbe im Gesicht verloren. Er sah fürchterlich aus. Als sie dann beim Friedhof ankamen, zitterten Zoki die Knie. Es war ihm, als würden sie nun Jasna zu Grabe tragen.

Gemeinsam suchten sie das Grab von Jasna. Als sie es fanden, hielt Milan seinen Freund an der Schulter zurück. „Ich lass dich jetzt allein, Zoki. Lass dir Zeit. Wir haben bis zum Nachmittag Zeit mein Freund. Gegenüber dem Ausgang ist eine kleine Bar, dort werde ich sein." Abrupt drehte er sich um und verließ Zoran und ging in Richtung Ausgang.

Mit der großen Kerze in der Hand trat Zoran zum Grab von Jasna. „Hallo, mein Sonnenschein", flüsterte er mit seinem charmantesten Lächeln im Gesicht. Dann brachte er aber kein Wort mehr heraus. Seine Schultern begannen zu zucken, seine Tränen rannen nun ohne Unterbrechung. „Warum, Jasna, warum musstest du mich verlassen? Warum war uns unsere Liebe nicht vergönnt?" Er sank auf die Knie am Grabesrand. Ein Frösteln überkam ihn trotz der Hitze.

Er erzählte Jasna von seiner Sehnsucht nach ihr, von seinen vielen schlaflosen Nächten, in denen er nach ihr suchte, besonders wenn er unter seinem Baum saß und in die Stille der Nacht hinausblickte oder wenn er in seinem Bett lag und sich wünschte, ihren Duft einzuatmen, ihn genießen zu können. Er erzählte von seinen Wünschen, ihre glockenhelle Stimme noch einmal zu hören, in ihre wunderschönen Augen blicken zu dürfen und sie in den Armen zu halten. Er erzählte, und erzählte, und erzählte.

In seinem Kopf hörte er dann Jasna sagen: „Du sollst mich doch nicht vergessen, mein Lieber, aber jetzt bin ich nicht mehr bei dir. Vielleicht braucht eine andere Frau nun deine Aufmerksamkeit, deine Liebe, deine Hilfe. Alles hat einen Sinn. Glaube an dich."

Zoran blickte lange auf das Grab. Zögerlich griff er dann nach der Kerze, entzündete sie und stellte sie auf das Grab. „Ich liebe dich, mein Sonnenschein", flüsterte er. Ruckartig sprang er auf und ging eilends in Richtung Ausgang. Er hatte keine Ahnung, wie viel Zeit er am Grab verbracht hatte, aber er wusste, dass es von enormer Wichtigkeit für ihn war.

Die restliche Zeit verbrachten Milan und Zoran im Hafen von Zadar. Milan akzeptierte mit viel Geduld das Schweigen seines Freundes. Erst als sie nach dem Essen in einem Café saßen, fragte er Zoki vorsichtig, wie es ihm ergangen sei. „Ich denke, das war ein sehr guter Ratschlag von dir, Milan", begann Zoran. „Ich bin dir unendlich dankbar, vor allem aber, dass du mitgefahren bist. Ich glaube, meine Tränen an ihrem Grab fließen zu lassen, das hat mir sehr geholfen. Diese Endgültigkeit des Todes von Jasna habe ich erst jetzt begriffen."

„Während ich auf dich wartete, habe ich über deine Liebe mit Jasna nachgedacht, Zoran", antwortete Milan ihm leise. „Ich weiß nicht, wie ich reagiert hätte an deiner Stelle. Versuche aber Freude zu finden, wenn du an sie denkst. Freue dich, dass du ein kleines Stück deines Lebens gemeinsam mit ihr beschreiten durftest. Freue dich, dass sie dir ihre Liebe geschenkt hat. Sage dafür einfach nur danke."

EIN HILFESCHREI

Der Herbst kehrte ein. Zoran bereitete sich schon für den Winter vor. Er hatte sehr oft über seinen Besuch an Jasnas Grab nachgedacht. Diese Reise zu ihrer letzten Ruhestätte hatte ihm gut getan, sehr gut sogar. Die Worte seines Freundes Milan taten ein Übriges dazu. Egal wann er an die Liebe mit Jasna dachte, begannen seine Gedanken an sie mit einem Lächeln und der Freude, dass er diese Liebe mit ihr erleben durfte.

Es war einer der letzten Oktobertage und das Wetter zeigte sich von seiner schönsten Seite für diese Jahreszeit. Es war ein angenehmer, sonniger Tag, als er frühmorgens vom Fischfang zurückkehrte. Er hatte sich vorgenommen, die Fische dieses Mal nicht zu verkaufen. Er wollte sie an seine Freunde verschenken, die ihm in den letzten zwei Jahren so hilfreich zur Seite gestanden waren.

Er begann bei Milan. Er brachte die Fische für ihn aber nicht zu ihm zum Postamt, sondern gab sie zu Hause bei seinen Eltern ab. So fuhr er mit seinem Moped von einer Adresse zur anderen. Egal, wo er auch hinkam, er wurde mit viel Freude empfangen und großem Dank verabschiedet. Hätte er die vielen Einladungen, zumindest auf ein Getränk zu bleiben, angenommen, hätte er schon nach kurzer Zeit seine Tour aufgeben müssen.

Als letzte Adresse hatte er sich jene von seiner Nona Dragica aufgehoben. Er besuchte sie zwar nach wie vor sehr oft, doch diesmal freute er sich ganz besonders darauf. Dragica fiel ihm gleich um den Hals vor Freude, als Zoki an ihrer Haustür klopfte. Als er ihr dann auch noch einen schönen Drachenkopf und einen Wolfsbarsch überreichte, rief sie vor Entzücken: „Zoki, du bist so ein guter Junge!"

Als Zoran am frühen Nachmittag dann nach Hause kam, setzte er sich auf die Terrasse und genoss das schöne Wetter. Er hatte ein ungemein schönes Gefühl im Bauch. Es hatte ihn glücklich gemacht, seinen

Freunden mit den Fischen Freude zu bereiten. Es ist wirklich etwas Schönes, mit kleinen Gesten anderen Menschen zu danken, dachte er sich.

Mit diesem Glücksgefühl döste Zoran auf seiner Terrasse gemütlich dahin. Mala hatte es sich zu seinen Füßen gemütlich gemacht und schlief ebenfalls. Plötzlich sprang die Hündin auf und lief bellend zu dem Weg, der den Hang hinauf in Richtung des Abstellplatzes seines Mopeds führte. Zoki schrak auf. Er konnte sich nicht vorstellen, wer ihn besuchen kam. Leicht verschlafen stand er auf, als er eine Frauenstimme wahrnahm, die Mala beim Namen nannte. Wer kann das sein, dachte er sich.

„Nein, das darf doch nicht wahr sein", rief er, als die Frau um die Ecke kam. „Dunja, wie kommst du hierher?" Zoran kam aus dem Staunen nicht mehr heraus. Dunja, die einen Rucksack auf ihrem Rücken trug, versuchte ein freundliches Lächeln. Doch so wirklich gelang es ihr nicht. „Hallo, Zoki, darf ich mich zu dir her setzen", fragte sie ihn verlegen.

Was ist los mit ihr, dachte sich Zoran ganz verwundert, sie sieht sehr schlecht aus, das Gesicht eingefallen und mit schwarzen Ringen unter den Augen und Gewicht hat sie auch verloren. „Bitte setz dich, Dunja", lud er sie ein, bei ihm Platz zu nehmen. „Bevor du aber zu erzählen beginnst, was dich zu mir führt, koche ich uns Kaffee."

Als er dann mit Kaffee, Schinken, Käse und Brot zurückgekehrt war, saßen sie zunächst schweigend auf der Terrasse. Dunja trank ihren Kaffee, von der Jause rührte sie fast nichts an. „Ich kann nicht, Zoki", entschuldigte sie sich.

Zoran hielt es nicht mehr aus. „So, Dunja, jetzt erzähle, was dich zu mir führt", forderte er sie nun doch etwas energischer auf. „Zoran, mir geht es nervlich sehr schlecht. Ich kann zurzeit auch nicht meiner Arbeit nachgehen. Bitte frage mich nicht, warum, ich werde es dir in den nächsten Tagen erzählen, nur jetzt geht es noch nicht. Ich habe mich in den letzten Tagen an deine Bucht erinnert und wie gut es mir hier gegangen ist. Für mich ist das ein Platz der Ruhe, des Friedens. Ich möchte dich bitten, dass ich ein paar Tage hier bleiben darf, vielleicht hilft mir das. Ich werde dir auch nicht zur Last fallen, Zoki, ich möchte dir auch helfen, sofern mir das gelingt, sofern ich die Kraft dazu finde. Bitte lass mich ein paar Tage bei dir ausruhen."

Zoran sah, wie ihr lautlos dabei Tränen die Wangen runter rollten. Er sah, wie sie ihn hilfesuchend anblickte. Zoran vermisste ihre feurigen, temperamentvollen Augen. Jetzt sah er kein Feuer mehr in ihnen, er konnte nur Verzweiflung sehen.

„Dunja, weißt du von meiner Liebe, von Jasna, dass sie bei einem Unfall ums Leben gekommen ist und ich erst dabei bin, das zu verarbeiten?", fragte er sie. „Ja, Milan hat es mir erzählt. Es tut mir sehr leid für dich. Zoki, ich will nichts von dir persönlich. Ich suche nur einen Ort der Ruhe und ich will keine Menschen um mich haben, die mir ständig sagen wollen, was ich zu tun habe und ob ich der guten Gesellschaft wohl entspreche. Ich kann nicht mehr, ich habe alles so satt." Sie trocknete sich ihre Tränen mit ihrer Jacke ab und blickte starr auf das Meer, als wäre sie noch nicht bereit, die Schönheit der Natur in Zorans Bucht zu dieser Jahreszeit zu genießen. „Ich brauche auch nur eine einfache Liege, Zoran, ich stelle keine Ansprüche, aber bitte schicke mich nicht weg", flüsterte sie und schloss ihre Augen.

Nach ihren letzten Worten wurde es ganz ruhig. Für Zoran war es eine belastende Stille. Habe ich je einem anderen meine Hilfe verweigert, ihr geht es schlecht, das war offensichtlich, sinnierte er. Jetzt, wo es mir wieder besser geht, habe ich die Kraft für Dunja eine Hilfe zu sein? Wenn er ehrlich zu sich war, passte es ihm überhaupt nicht, dass sie gerade jetzt bei ihm auftauchte. Der Tag hatte so schön begonnen. Und nun saß Dunja bei ihm, ein seelisches Wrack, die Hilfe suchte.

Zoran dachte zurück, als es ihm schlecht ging, als er sich fast aufgegeben hatte. Er hatte Milan, seinen Freund, der ihm geholfen hatte, zu dem er jederzeit gehen konnte. Wen hatte Dunja? Offensichtlich niemanden, sonst wäre sie nicht hierher gekommen, dachte sich Zoran. Er konnte ihr seine Hilfe nicht verwehren, beschloss er.

„Dunja, du kannst gerne bleiben", sagte er leise zu ihr. Mit einem

Lächeln setzte er dann fort: „Du musst mir aber versprechen, dass du mir beim Kochen hilfst und dann auch isst, was wir uns zubereitet haben. Du kannst mir deinen guten Willen gleich zeigen, indem du von dieser Jause isst. Probiere es zumindest, bitte."

Dunja schlug langsam ihre Augen auf und hauchte ein leises „danke". Doch kaum hatte sie ein Stück Schinken und Brot gegessen, lief sie auf die Wiese und übergab sich. Kraftlos sank sie nieder und zitterte am ganzen Körper. Zoran sprang auf und lief zu ihr hin. Er ergriff sie bei ihrer Hand und zog sie mit sich in sein Häuschen. Er führte sie in seine Schlafkammer. Rasch hatte er frische Bettwäsche bezogen. „Komm, leg dich hin, ich bringe dir gleich Tee."

Zoki bereitete ihr Kräutertee mit Honig zu. Der Honig wird ihr ein bisschen Kraft geben, dachte er sich. Dunja schlief schon, als er wieder zu ihr zurückkehrte. Trotzdem weckte er sie nochmals auf. Langsam schlürfte sie dieses süße, würzige Getränk. Zoki merkte, wie ihr der Tee gut tat. Als sie ihn getrunken hatte, sank sie auf das Bett zurück und schlief sofort wieder ein.

Dunja wachte auch nicht auf, als Zoran die Schlafkammer betrat, um das Fenster zu schließen. Die Nächte waren zwar noch nicht kalt, aber mit hoher Luftfeuchtigkeit. Obwohl Dunja mit ihrem Gewand eingeschlafen war, deckte er sie vorsichtig zu und schlich sich auf den Zehen gehend wieder hinaus, um ihren Schlaf nicht zu stören.

Als Zoki am nächsten Morgen aufbrach, um Netze auszubringen, schlief sie noch immer, auch als er wieder zurückkehrte. Erst gegen Mittag, als er einen Eintopf mit Gemüse und Fisch kochte, kam Dunja zu ihm in den Wohnraum. „Wie lange habe ich geschlafen, Zoki", fragte sie ihn. „Seit gestern Nachmittag, jetzt haben wir Mittag und das Essen ist gleich fertig", lächelte er ihr entgegen und stellte ihr Entsetzen fest. „Das tut mir leid", versuchte sie sich zu entschuldigen. „Jetzt hör auf, dich zu entschuldigen, Dunja, wir wollen ja, dass du dich erholst und wieder zu Kräften kommst." Dabei deutete Zoran drohend mit dem Kochlöffel zu ihr hinüber, was Dunja nur ein leichtes Lächeln kostete.

„Zoran, glaube mir, ich wäre gestern nicht zu dir gekommen, wenn ich einen anderen Ausweg gefunden hätte", versuchte sie sich zu entschuldigen. Nach dem Essen half Dunja noch beim Abwasch. Dann legte sie sich wieder nieder und schlief sofort ein.

Zoran hatte das Bedürfnis, seinen Baum am Meer wieder aufzusuchen. Mit einem Glas Wein setzte er sich in seinen Schatten. Er sorgte sich um Dunja. Erst jetzt glaubte er zu erkennen, wie schlecht es Dunja wirklich ging. Da blickte er plötzlich in den Himmel hinauf. Seine Augenbrauen zogen sich zusammen und Zornesfalten erschienen auf seiner Stirn. Seine Hände ballten sich zur Faust und fragend stieß er hervor: „Hast du sie mir geschickt?"

EIN AUF UND AB

Zoran ließ Dunja in Ruhe ihr Dasein genießen. Er ließ ihr auch Zeit, ihre Wunden zu lecken. Es fielen auch kaum Worte zwischen ihnen. Zoki dachte sich, es sei das Beste für sie, wenn er einfach seiner Arbeit nachging und Dunja allen Freiraum ließ, den sie benötigte.

Er bemerkte auch, dass sie nach drei, vier Tagen ruhiger wurde. Sie verließ meist nach dem Mittagessen sein Anwesen. Zoki war überzeugt, dass sie sich einen Platz auf den Hügeln rund um die Bucht suchte, dort den Ausblick genoss und über ihr Leben nachdachte. Er wusste, wie heilsam das war, dass man dort den Weg zu seinem Herzen fand, zu seiner Seele. Wie oft hatte er das bei seinem Baum am Ufer gefunden. Wie oft hatte er in den letzten Monaten da oben gesessen und dem Wind gelauscht, die See beobachtet und den Möwen zugeschaut, wie sie majestätisch segelten und jeden Lufthauch nutzten. Jeder Mensch braucht einen Ort, wo er Ruhe und Frieden findet, dachte er sich.

Es ist immer nur die Frage, ob man den Tunnel, in dem man steckt, auch erkennt! Ob man versucht, das Licht am Ende des Tunnels zu finden, den Ausgang zum Licht! Es war ja noch nicht lange her, wo er glaubte, in seinem eigenen Tunnel stecken zu bleiben. Zoran war überzeugt, dass Dunja an ihn herantreten würde, wenn sie jemand zum Reden brauchte. Aber offensichtlich war sie dazu noch nicht bereit, die Zeit war noch nicht reif dafür.

Hier in seiner Bucht hatte Zeit eine besondere Bedeutung. Hier schien die Zeit für Zoran langsamer voranzuschreiten. Wie oft hatte er sich schon gedacht, die Zeit stehe still, sie umarme ihn, als würde sie sagen: „Mein Freund, genieße die Ewigkeit dieser Stunde!" Diese Magie hatte er auf keinem anderen Platz noch kennengelernt. Das war eines der größten Geschenke, die ihm seine Bucht darbrachte.

Warum müssen die Menschen genau nach dem Gegenteil gieren? Zoki wunderte sich immer wieder, wenn er von anderen Menschen hörte, dass sie sich zeitlich sehr enge Maßstäbe setzten, um das eine oder andere zu erledigen, und das Wort „schnell" in jedem dritten Satz vorkam.

Sich selbst mit Zeit zu beteilen, sich Zeit zu schenken, und selbst, um nur seine Wunden zu lecken, ist für jeden wie Balsam für die Seele. Davon war Zoran zutiefst überzeugt. Das war ihm heute klar. Er fühlte tief in seinem Herzen, dass Dunja genau an diesem Punkt angelangt war, dass sie diese Zeit benötigte, um das Licht, ihr Licht wieder zu finden.

Interessant für ihn war, dass sie begonnen hatte, Mala auf ihren Ausflügen mitzunehmen. Sie hatte ein unsichtbares Band zu seiner Hündin gefunden. Wenn Dunja vor dem Häuschen auf der Bank saß und scheinbar ins Leere blickte, saß Mala an ihrer Seite und hatte ihren Kopf in Dunjas Schoß gelegt. Erst heute hatte Dunja begonnen, Mala ein bisschen Zuneigung zukommen zu lassen. Sie hatte begonnen, Mala zu streicheln.

Für Zoki war klar, dass Mala es schaffte, an Dunjas Schutzmauer, die sie sich aufgebaut hatte, ein bisschen zu kratzen. Es war die Zuneigung seiner Hündin, die das Vertrauen von Dunja zu einem anderen Lebewesen wieder zu wecken schien. Zoki überlegte weiter. Mala gab Dunja auch ein Gefühl der Sicherheit, des Geborgenseins, in dem sie Dunja auf ihren Spaziergängen begleitete. Obwohl hier in der Bucht es keine wie auch immer geartete Gefahr für sie gegeben hätte. Aber das Gefühl alleine, bewacht von dieser wundervollen Hündin, tat Dunja offensichtlich gut. Zoran spürte, wie die beiden von Tag zu Tag zusammenwuchsen.

Wohin würde das führen, dachte er sich. Dunja wird über kurz oder lang sie wieder verlassen, wieder nach Hause zurückkehren. Dort hatte sie niemand, der auf sie achtete, der ihr das Gefühl der Geborgenheit gab, oder doch? Zoran war überzeugt, dass Dunja selbst feststellen musste, ob und wann sie wieder in ihre Zivilisation zurückkehren konnte. Nur sie konnte das entscheiden.

So vergingen die Tage. Dunja war schon fast drei Wochen bei ihm.

Sie half ihm bei der Hausarbeit, jedoch in aller Stille. Es fanden nur kurze Gespräche zwischen ihnen statt. Sie vermied es tunlichst dabei, auf ihre Person selbst einzugehen. Zoran wusste noch immer nicht, was Dunja geschehen ist, was ihr angetan wurde, was ihr solchen seelischen Schmerz zugefügt hatte. Er hatte nicht nur einmal ihre Tränen in ihren Augen bemerkt.

Irgendwann fragte er Dunja, ob sie nicht Lust hätte, mit ihm in der Bucht seine Reusen zu kontrollieren. Nach anfänglichem Zögern stimmte sie dann zu und meinte: „Mala nehmen wir aber mit." „Die will sowieso dabei sein, Dunja", lachte sie Zoran an. Es war das erste Mal, dass in Dunjas Gesicht wieder ein leichtes Lächeln erschien.

Der Ausflug mit seinem Fischerboot ließ Zoran hoffen, dass dies Dunja gut tun würde. Es hatte auch wirklich den Anschein. Sie half ihm, die Reusen aus dem Wasser zu holen und mit neuem Köder wieder zu bestücken. Als sie eine schöne große Languste in einem der Körbe fanden und Zoran sagte, dass sie nun am Abend ein leckeres Abendessen hätten, bot Dunja voll Freude sofort an, dass sie kochen möchte.

Doch kaum waren sie wieder zurück, das Boot sicher festgemacht, verfiel Dunja wieder in ihr altes Verhaltensmuster zurück, als hätte es diesen Ausflug nicht gegeben. Das darf doch nicht wahr sein, dachte sich Zoki. Dunja hatte sich in den Schlafraum zurückgezogen, wo er sie schluchzen hörte. Sie hatte sich wieder in ihrem Schneckenhaus versteckt.

Nicht einmal die Languste, die er am Abend am Grill zubereitete, konnte Dunja aus ihrer Schlafkammer hervorlocken. Sie ließ auch Mala nicht zu ihr hinein. Zoran konnte nicht glauben, was aus dieser wunderschönen, lebensfrohen jungen Frau geworden war, er erkannte sie nicht wieder.

Am nächsten Tag, Zoran hatte das Frühstück zubereitet, trat Dunja mit ihren Habseligkeiten aus der Schlafkammer. „Zoran, ich muss nach Hause fahren, ich muss einige Dinge in meinem Leben regeln. Würdest du mich bitte nach Sali bringen." Zoran konnte es nicht fassen. Er wusste, dass sie noch nicht so weit war, dass ihre Wunden bei

Weitem noch nicht verheilt waren. „Du kannst aber gerne noch bleiben, Dunja", bot er ihr zaghaft an, wissend, dass sie sein Angebot nicht annehmen würde.

„Nein Zoran", flüsterte Dunja, „ich muss nach Hause, sonst nimmt der Sturm in meinem Herzen nie ein Ende. Ich danke dir von ganzem Herzen, dass ich da sein durfte, vielleicht sehen wir uns ja einmal wieder." Dabei schaute Dunja ihn mit ihren großen traurigen Augen an, dass Zoki ihren Schmerz tief in seinem Herzen spüren konnte. „Wenn ich dir nur helfen könnte, kleine Dunja", antwortete ihr Zoki, zog sie in seine Arme und streichelte ihr zärtlich den Kopf.

Zoran hatte Dunja zur Fähre gebracht. Mit Tränen in den Augen hatte sie sich von ihm verabschiedet. Fluchend hatte Zoki seine Rückfahrt angetreten. Wenn sie sich mir nur anvertraut hätte, dachte er sich, vielleicht hätte ich ihr helfen können. Ich hatte doch auch Milan, mit dem ich meine Sorgen teilen durfte, und auch Dragica. Man muss mit jemand reden können, sinnierte er weiter. Vielleicht war ich doch nicht der Richtige für sie, ich konnte ihr nicht wirklich helfen, meldeten sich seine Selbstzweifel. Zoran schlief sehr schlecht in dieser Nacht. Seine Gedanken waren bei Dunja, die ihm nicht aus dem Kopf ging.

EIN UNWAHRSCHEINLICHES ANGEBOT

Eine gewisse Ruhe war eingekehrt. Zoran war einerseits froh, dass er wieder alleine war, andererseits aber fehlte ihm Dunja. Er hatte sich schon ein bisschen gewöhnt an ihre Anwesenheit, auch wenn sie nicht viel gesprochen hatte. Was auch immer in ihrem Leben passiert war, ihr solchen seelischen Schmerz zugefügt hatte, sie tat ihm leid.

Heute wollte er sich dem Stall widmen. Einige Ausbesserungsarbeiten waren nötig. Dazu musste er aber sich Holzmaterial in Sali besorgen. Also fuhr er los mit seinem Boot in die Magrovica-Bucht, wo er sein Moped stehen hatte.

In Sali besuchte er seinen Freund Milan im Postamt. Der verschloss sofort sein Amtshaus und ging mit Zoki ins nebenan liegende Gasthaus. Sie hatten sich viel zu erzählen, unter anderem musste Zoki seinem Freund alles über den Aufenthalt von Dunja berichten. „Du brauchst dir gar keine Hoffnung machen, Milan, dass sich aus mir und Dunja was entwickeln könnte. Ich will keine neue Beziehung, und sie hat mit sich selbst genug zu tun", knurrte er ihn an. „Aber sie hat dir schon immer gut gefallen, Zoki! Sie ist nicht nur eine überaus schöne Frau, sie ist intelligent und hat ein bezauberndes Wesen", entgegnete ihm Milan.

Sie unterhielten sich noch weiter, als plötzlich die Türe aufging und zwei Polizisten den Gastraum betraten. Mit wichtiger Miene musterten sie die anwesenden Gäste. Der Blick des einen blieb an Zoran und Milan hängen, nickte und deutete mit dem Finger auf sie. Zoran stellten sich die Haare auf, als er das bemerkte. Er hatte zwar nie schlechte Erfahrungen mit Polizisten gesammelt, doch hatte er auch keine allzu großen Sympathien für Vertreter des Staates, die auch Zwangsgewalt ausüben durften. Schon gar nicht für Uniformierte.

Kaum schossen ihm diese Gedanken durch den Kopf, standen die beiden Uniformträger neben ihnen. Milan grüßte die beiden als Erster, der sie offensichtlich kannte. Zumindest wussten die Polizisten, dass er der Postmeister war in Sali. Irgendwie beschlich Zoran das Gefühl, dass sein bester Freund, dem er am Vortag sein Kommen an diesem Tag angekündigt hatte, vom polizeilichen „zufälligen" Besuch Bescheid wusste.

„Dürfen wir uns zu euch setzen", eröffnete der ältere der beiden Polizisten das Gespräch. Er wartete auch nicht auf die Antwort und setzte sich schon. Als beide Platz genommen hatten, stellten sie sich vor. Auch Zoki sagte, als sie sich die Hände reichten, wer er ist. „Du bist doch derjenige, der in der Kruševica-Bucht wohnt, oder nicht", fragte ihn der Ältere. Zoran war sich sicher, dass der Polizist das schon wusste und die Frage nur mehr rein rhetorisch war. „Was machst du eigentlich den ganzen Tag, Zoran", setzte der Beamte seine Fragerei fort.

„Ihr Polizisten seid wirklich neugierig", antwortete Zoran mit einem Lächeln. „Ich kümmere mich um meine Tiere, gehe fischen und verkaufe, wenn ich was habe, meine Produkte und meinen Fischfang. Damit kann ich, wenn auch nur bescheiden, ganz gut leben. Ich gehe nicht einbrechen und bin nicht kriminell. Ich lebe so wie es mich meine Großeltern gelehrt haben." „Das wissen wir doch, Zoran", lächelte ihn der Polizist freundlich zurück. „Wir wissen doch, dass du ein hochanständiger Junge bist. Ich wollte doch nur wissen, ob du ununterbrochen immer zu arbeiten hast, oder ob du doch ein bisschen Zeit übrig hättest. Zum Beispiel, ob du ein bisschen Geld verdienen möchtest. So einen kleinen Zusatzverdienst, Junge."

Zoran blieb die Spucke weg. Was war denn das jetzt? Wofür wollten sie ihn den anheuern. Zorans Blick streifte seinen Freund Milan. Der grinste ihn versteckt an. „Du kleiner Schweinehund, was hast du wieder ausgeheckt! Ihr steckt doch alle unter einer Decke!", stieß Zoran hervor. „Was hat das zu bedeuten?", fragte er in die Runde. Dabei kam er sich richtig auf den Arm genommen vor, weil alle drei nun in schallendes Gelächter ausbrachen.

Nachdem sich die drei beruhigt und sich ihre Tränen aus dem Gesicht gewischt hatten, begann der ältere Polizist in leiserem Ton an Zoran gewandt zu sprechen: „Zoki, es gefällt mir, dass du uns sofort durchschaut hast. Weißt du, vor einigen Tagen hatten mein Kollege und ich hier auf eurer Insel etwas zu erledigen. Dabei kamen wir auch zu Milan in die Poststation. Ich erzählte ihm, dass wir jemanden suchen würden. Eine vertrauenswürdige junge Person, die für uns tätig werden könnte. Und wie aus der Pistole geschossen, erzählte uns dein Freund von dir. Tatsache ist, dass wir jemanden suchen, der beispielsweise die Boote, die aus dem Ausland kommen, in der Saison für uns abfertigt. Du weißt, dass jedes Schiff, das in unser Hoheitsgewässer kommt oder es verlässt, sich hier anmelden oder abmelden muss. Wir haben ab nächstem Jahr niemanden. Der Polizist, der jetzt hier ist, hat um Versetzung zum Festland angesucht. Hättest du grundsätzlich daran Interesse, Junge."

Zoran konnte sich das Grinsen nicht verkneifen. „Ich und Polizist, da fangen doch die Hühner in meinem Stall eine extra Runde zu gackern an", stieß er hervor. „Na, so schlimm wäre das dann auch nicht", meinte Milan. Du hättest ein festes Einkommen, Zoran, und eine Pension hättest du auch, wenn du das Alter erreicht hast. Denke doch an deine Zukunft und spiele jetzt nicht einen sturen Esel. Du bist intelligent, du kannst das rasch erlernen. Außerdem würden wir uns dann noch öfter sehen. Schalte jetzt endlich dein Hirn ein und höre dir das Angebot weiter an", forderte er Zoran auf. Zoki kam gar nicht dazu, etwas darauf zu erwidern.

Der Polizist erzählte ihm weiter: „Wir haben uns selbstverständlich auch Gedanken gemacht, Zoki. Du musst natürlich die Zeit haben, dass du deine Landwirtschaft weiter betreiben kannst. Das könnten wir dir bieten. Du müsstest an drei bis vier Tagen in der Woche von neun bis vierzehn Uhr arbeiten. Du müsstest auch eine zumindest drei Monate dauernde Ausbildung machen, die wir so ansetzen würden, dass du mit der Fähre am Vormittag nach Zadar kommst und am Nachmittag wieder zurückfährst. Du würdest ab dem ersten Tag deiner Ausbildung schon ein Gehalt bekommen. Du hättest also Zeit, deine Tiere sowohl am Morgen, als auch am Abend zu versorgen. Am Ende deiner Ausbildung müsstest du aber unverzüglich mit deiner Arbeit beginnen, denn die Zeit drängt uns schon. Wie gefällt dir das", fragte ihn der Beamte.

Alle drei schauten ihn neugierig an. Zoran bemerkte, dass sie seine Antwort kaum erwarten konnten. Ihre Blicke hingen auf seinen Lippen, als er langsam, vom Vertrauen, das ihm mit dem Angebot ausgesprochen wurde, gerührt zu sprechen begann. „Ich bedanke mich bei ihnen, dass sie mir diese Arbeit anbieten. Vor allem, dass es mir möglich wäre, meine eigentliche Arbeit, welche ich nie aufgeben würde, die mein Leben ist, fortzusetzen. Ich bedanke mich bei ihnen zutiefst, ich fühle mich auch dadurch geehrt. Gewähren sie mir aber die Bitte, dass ich noch eine Nacht darüber schlafen kann, obwohl ich jetzt schon glaube zu wissen, dass ich ihr Angebot annehmen werde. Und dir Milan, dir danke ich als mein Freund noch viel mehr. Ich weiß, dass ich ohne dich diese Möglichkeit nie bekommen hätte."

Kaum hatte er fertig gesprochen, drückte ihm der ältere Polizist die Hand. Freudestrahlend versprach er ihm, bis morgen auf seine endgültige Antwort abzuwarten. „So, die nächste Runde geht auf unseren neuen zukünftigen Kollegen, Zoki, du wirst dich richtig entscheiden, das weiß ich", lachte er ihn an. Aus der einen Runde Getränke wurden dann doch noch mehrere.

Als Zoran in seine Bucht zurückkam, hielt er es nicht aus. Er musste mit jemandem darüber sprechen. Er brauchte den Rat von jemand, dem er vertraute. Was sollte er wirklich tun? Unverzüglich begab er sich zum Grab seiner Großeltern. Stotternd vor Aufregung begann er ihnen zu erzählen: „Nono, was meint ihr dazu?", fragte er sie zögernd.

DER ERSTE SCHULTAG

Zoran fand in dieser Nacht kaum Schlaf. Er hatte mit den Polizisten vereinbart, dass er ihnen noch am Vormittag telefonisch Bescheid geben würde. Dazu musste er wieder nach Sali fahren und Milan aufsuchen. Dort hatte er die Möglichkeit zu telefonieren.

Zoran hatte alle Für und Wider abgewogen. Eigentlich sprach nichts dagegen, diese Arbeit anzunehmen. Letztlich war es eine zwar nicht so gut bezahlte Arbeit, aber auf der anderen Seite hätte er ein sicheres kleines Einkommen. Und eine Pension winkte ihm auch noch zu. Er müsste nur seine Arbeit hier in seiner Bucht an jenen Tagen etwas straffer organisieren, wenn er seiner zweiten Arbeit nachginge. Das würde er aber mit Sicherheit schaffen.

Als er nach Sali kam, nahm er sich vor, Milan ein bisschen zu ärgern. Diese Idee kam ihm erst, als er die Tür zur Poststation öffnete. Dazu setzte Zoran ein saures Gesicht auf. Damit ihm das gelang, stellte er sich vor, dass er an einem kalten Regentag mit dem Moped zu seiner neuen Arbeit fuhr. Milan, der ihn schon mit einem freudigen Lächeln begrüßen wollte, fielen die Mundwinkel hinunter. Er ahnte Schlimmes.

„Ich muss ihm absagen", eröffnete Zoran seinen Plan, Milan zu ärgern. „Nein, du wirst doch nicht so dumm sein, Zoki", ärgerte sich Milan. „Doch, es geht nicht anders", antwortete er ihm grantig und setzte fort, „ihr habt mich gestern alle verhökert. Warum hast du nicht früher mit mir gesprochen. Ich habe geglaubt, du bist mein Freund", schalt er Milan.

Milan begann nun verzweifelt auf Zoran einzureden, der ständig nur den Kopf hin und her drehend alles ablehnte. Milan wurde immer zorniger, bis... ja, bis Zoran sich nicht mehr zurückhalten konnte und in lautes Lachen ausbrach. „Ich sage ja zu, Milan, ich sage ja zu", brach es aus ihm heraus. „Dann wirst aber du derjenige sein, dem der Dorfpolizist auf die Füße tritt, wenn du mich noch einmal so hintergehst und mir nichts sagst", lachte Zoran. Milan umarmte ihn vor Freude. „Ich freue mich schon darauf, wenn du den ersten Tag deinen Dienst versiehst, Zoki, wenn du das erste Mal in Uniform hier erscheinst."

Sofort gingen sie zu Milans Schreibtisch und tätigten den erforderlichen Anruf. Zoki hatte seine Zusage erteilt. Was ihn überraschte, war die Tatsache, dass er schon die Woche darauf mit der Einschulung in Zadar beginnen musste. Darauf war er doch nicht gefasst. Damit war klar, dass er ab Montag sehr früh aufstehen musste, um die Fähre nach Zadar zu erwischen.

Am darauffolgenden Montag war es soweit. Er war richtig aufgeregt, als er in Zadar ankam. Zoran begab sich auf direktem Weg sofort zur Polizeidienststelle. Voller Ehrfurcht trat er ein, grüßte höflich und laut, als er schon von einem großen, älteren Polizisten mit lautem Organ empfangen wurde. „Ach, da kommt ja schon unser Neuling, du bist sicher Zoran aus der Kruševica-Bucht." „Ja, der bin ich, ich soll mich heute hier melden." „Na, dann melde dich, Junge", wurde er aufgefordert. Zoran, der beim Militär einiges gelernt und nichts vergessen hatte, nahm Haltung an, salutierte und meldete: „Zoran Paletič meldet sich zur Polizeiausbildung." Der große Beamte grinste übers ganze Gesicht. „Na, hast ja doch schon ein bisschen was gelernt, so ist es richtig", brummte er zufrieden. „Zukünftig wirst du dich jedes Mal, wenn du in der Früh ankommst, sofort bei mir melden. Und jetzt wirst du deine Uniform und Ausrüstungsgegenstände zuerst in Empfang nehmen. Wenn du hier bist, wirst du in Zukunft in Uniform deine Ausbildung versehen. Zuerst kommst du aber noch zu mir in mein Büro."

Kaum war Zoran bei dem Dienststellenkommandanten, der sich als Oberst Gospič vorstellte, im Büro angekommen, nahm dieser seine Daten auf. Ihm wurde mitgeteilt, dass er ein Bankkonto benötige, damit sein Lohn dorthin überwiesen werden könnte. Dann erklärte ihm der Polizeioffizier, dass er eine Sonderausbildung erhielte, um seine Aufgaben auf der Insel erledigen zu können. „Zoran, du wirst hier auf dieser Dienststelle ausgebildet werden. Du musst in Zukunft auf der Insel auch Akten erledigen, das bedeutet, wenn etwas passiert, musst du die ersten Ermittlungsschritte einleiten, bis unsere Fachleute dann vor Ort sind. Vor allem musst du die Schiffe im Transit abfertigen. Dazu wird es nötig sein, dass du auch beim Hafenkapitän Unterricht bekommst. Auch bei der Zollbehörde wirst du sein. Du musst deren Angelegenheiten im Zusammenhang mit den Schiffen mit erledigen. Ich weiß von dir, dass du jeden Tag wieder nach Hause fahren musst, um deine landwirtschaftlichen Angelegenheiten zu bewältigen. Ich habe deshalb großen Respekt, dass du das schaffen willst. Wir haben daher deinen Unterricht danach ausgerichtet. Außerdem bekommst du eine alte Schreibmaschine mit. Du musst zu Hause üben. In spätestens zwei Monaten musst du eine Prüfung damit ablegen. So, und jetzt mein Freund, melde dich bei deinem Kollegen Lavič." Damit war Zoran vorläufig entlassen.

Lavič war sehr freundlich zu ihm. Sie suchten solange Uniformteile, bis er alles hatte. Dort bekam er auch seine Waffe und andere Ausrüstungsgegenstände. Außerdem wurde ihm ein verschließbarer Kasten zugewiesen, wo er alles unterbringen konnte. Kaum hatte er seine Uniform angezogen, suchte er einen Spiegel, um sich darin zu betrachten. Er konnte es nicht fassen. Zoran, der Polizist! Ein breites Lächeln zierte sein Gesicht.

Gleich darauf wurde er seinem Lehrer Ante vorgestellt. Zoki konnte sich das Lachen kaum verhalten. Das war jener Polizist, der bis jetzt in Sali seinen Dienst verrichtet hatte. Kaum sah dieser Zoran, brüllte er schon los: „Zoki, wenn du jetzt blöd zu lachen beginnst, bekommst du einen Fußtritt in deinen Allerwertesten, dass dir alles vergeht." Dabei zwinkerte er ihm verschwörerisch zu. „So, und nun schwinge dich gleich zu dieser Schreibmaschine hierher, du Grünschnabel." Damit begann auch schon Zorans erste Unterrichtsstunde. Das Polizeiwesen hatte ihn nun fest im Griff.

Zoki konnte es nicht glauben, als Ante ihm plötzlich mitteilte, dass sie nun ihr Mittagessen einnehmen würden, er solle ihm folgen. Nach zwei Quergassen schwenkte Ante mit ihm in eine kleine Sackstraße, an deren Ende sich eine unscheinbare Konoba befand. „Na, wird ja Zeit, dass du endlich kommst, du alter Hornochse, das Essen steht schon am Tisch", rief ihnen eine fesche Wirtin zu. Sie dürfte im Alter von Ante sein, dachte sich Zoki. Sie hatte ihre blonden Haare hochgesteckt, war sauber gekleidet und hatte noch immer eine gute Figur, eine hübsche Erscheinung. Als sie sich umdrehte, erschrak sie, als sie Zoran sah. „Das wird mein Nachfolger in Dugi Otok, mein Herzstück, das ist Zoran", stellte Ante ihn vor. „Und ich bin Irina, deren Bett dieser alte Esel teilt", lachte ihn die Wirtin an. Nun war es an Zoran, der seine Überraschung nicht verbergen konnte.

„Ja, das ist der Grund, warum ich nicht mehr in Sali bleiben wollte, Zoran. Als meine Frau verstarb, habe ich Irina kennen und lieben gelernt. Wir sind nun schon drei Jahre zusammen. Ich hätte nie gedacht, dass ich noch einmal mit einer Frau zusammen sein würde, dass ich mich noch einmal verlieben würde. Sie ist ein sehr liebenswerter Mensch. Ich freue mich, dass ich hierher versetzt werden konnte. Wenn du dich nicht gemeldet hättest, müsste ich bis zu meiner Pension drüben Dienst versehen. So, jetzt kennst du mein Geheimnis, mein Freund. Also mache die Ausbildung, du wirst es nicht bereuen. Irina und ich haben daher beschlossen, dass du täglich bei uns zu Mittag essen kannst."

„Ante, ich danke euch von Herzen, dieses Angebot nehme ich gerne an. Du kannst dich verlassen, dass ich brav meine Ausbildung machen werde. Ich hoffe, ich kann viel bei dir lernen", bedankte sich Zoran. „Wir werden das schon hinbekommen", grinste ihn Ante an.

Als Zoran an seinem ersten Tag bei der Polizei fertig war, schritt er langsamen Schrittes zur Fähre. Er hatte seine Uniform wieder gegen seine Zivilkleidung gewechselt. Die Vögel in den Bäumen sangen ihm ein Lied, als würden sie ihm gratulieren. Was war das für ein Tag! Sein Herz war voller Freude und Stolz. Er brauchte sich ab sofort um seine Zukunft keine Sorgen mehr machen. Ein zufriedenes Lächeln in seinem Gesicht wollte nicht mehr enden.

OHNE FLEISS KEIN PREIS

Zoran hatte sich das Ganze ein bisschen einfacher vorgestellt. Allein mit der Schreibmaschine schreiben zu lernen, benötigte viel Übung. Er bekam aber auch viele Lernunterlagen mit. Abends saß er nach seiner Arbeit oft bis nach Mitternacht und lernte. Um halb fünf Uhr stand er schon wieder auf, versorgte seine Tiere und machte sich dann auf den Weg zur Fähre. Nur am Wochenende fand er ein klein wenig Erholung. Aber auch an diesen Tagen widmete er sich dem Lernen. Ante hatte ihm erklärt, dass er, sobald er in Sali seinen Dienst versehe, eine ruhige Arbeit haben werde. Nur jetzt müsse er in den sauren Apfel beißen.

Gegen Ende November teilte ihm Ante mit, dass er ab dem nächsten Tag beim Hafenamt, konkret beim Hafenkapitän, angemeldet sei. Seine Ausbildung dort würde rund acht bis zehn Tage dauern. „Sei sehr höflich zum Kapitän und sprich ihn ja immer mit „Herr Kapitän" an, mein Junge. Das ist ein etwas eitler Kerl. Passe ja gut auf, wenn er dir etwas erklärt, frage ihn aber sofort, wenn du etwas nicht verstehst", riet ihm Ante.

Am nächsten Tag meldete sich Zoran vorschriftsmäßig beim Hafenkapitän in dessen heiligen Gemächern. Dieser hatte seine Feiertagsuniform an. Mit strenger Miene blickte er Zoran an. „Na, Zoran Paletič, dann fangen wir gleich an. Du wirst zuerst das Bootspatent machen. Du wirst zuerst alles lernen, was Bootsführer können müssen, damit du weißt, wovon gesprochen wird. Zuerst lernst du eine Seekarte lesen." Dabei wurde seine Miene immer ernster. Er unterstrich damit seine Wichtigkeit.

Na, das kann ja heiter werden, dachte sich Zoki. Ein Pfau ist ja nichts dagegen, wie der sich aufplustert, und er musste sich zusammenreißen, dass ihm kein Lachen auskam. Je näher er jedoch den Hafenkapitän kennen lernte, umso mehr Respekt bekam Zoran. Er war korrekt, drückte sich klar und verständlich aus und bemühte sich, ihm, dem Laien, klar und verständlich alles zu erklären.

Zoran lernte aber auch jede Nacht bis spät in die Nacht hinein, sodass er ständig die Fragen des Hafenkapitäns richtig beantworten konnte. Da gab es auch viel Theorie zu lernen. Es interessierte natürlich Zoki, wie die Navigation funktionierte, welche Seezeichen es gab und vieles, vieles mehr. So war er voller Freude, als ihm der Kapitän mitteilte, dass er sich entschlossen habe, ihm auch das Manövrieren mit dem Boot in der Praxis zu lernen und dass er eine Nachtfahrt mit ihm für zwei Stunden absolvieren würde. Sie würden zu diesem Zweck zu Zorans Bucht fahren, wo er dann aussteigen könne. Als Zoran das hörte, begannen seine Augen zu leuchten. „Danke, danke, Herr Kapitän. Damit würden sie mir eine sehr große Freude machen."

Am neunten Tag seiner Ausbildung war es dann so weit. Zoran hatte seinen Tieren in der Kruševica-Bucht am frühen Morgen eine extra Portion Futter gegeben. Er würde sie erst nach seiner Ankunft gegen Mitternacht wieder füttern können.

Der Hafenkapitän, so schien es Zoran, hatte ihm bis zum frühen Nachmittag ständig Fragen gestellt, die ihm Zoran aber immer richtig beantworten konnte. Na ja, fast immer. Denn auf eine Frage war er nicht vorbereitet: „Zoran, erkläre mir, warum du nicht zur See fährst. Du bist ein Naturtalent." Zoran war völlig perplex. Er begann zu stammeln. „Ich, … ich weiß es nicht. Mein Großvater, er brauchte mich, ich wollte ihn nicht alleine lassen." Der Kapitän lächelte ihn warmherzig an und sagte: „Es ist wichtig, wenn die Familie an erster Stelle steht. Aber du bist ja jetzt alleine in deiner Bucht, hast keine Familie, bist noch jung."

„Ja, das ist richtig, Herr Kapitän. Es würde mir auch sehr gefallen, auf Schiffen zu arbeiten, zur See zu fahren. Ich habe schon oft darüber nachgedacht", antwortete ihm Zoran und fuhr nachdenklich fort, „aber diese Bucht, das ist mein Erbe, das ist mein Leben. Ich habe es meinen Großeltern versprochen, mich um unser Erbe zu kümmern. Das ist dort für mich ein magischer Ort, von dem ich nicht loskomme. Ich habe die Hoffnung für die Liebe nicht aufgegeben. Ich möchte dort einmal mit meiner Familie leben, eine Frau finden, die in dieser Einsamkeit genau so glücklich ist, wie ich es schon immer dort war und immer sein werde." Dabei wurden Zokis Augen feucht, als er das sagte. Der Hafenkapitän legte ihm seine Hand väterlich auf die Schulter, stieß einen tiefen Seufzer aus und sagte: „Wir können stolz auf solche Menschen wie dich sein. Du bist ein Garant für mich, dass unsere Kultur auf den Inseln erhalten bleibt, Zoran, ich verstehe dich. Aber jetzt wird es Zeit, dass wir gehen, meine Leute warten schon bei unserem Schiff." Nachdenklich gingen beide zur Mole, wo schon alles bereit war.

Was dann kam, hatte Zorans Erwartungen weit übertroffen, auch wenn es anstrengend war. Zuerst lernte Zoran mit hilfsbereiter Anleitung alle Hafenmanöver zu fahren. Natürlich tat er sich leichter, da er eine ordentliche Routine mit seinem kleinen Fischerboot schon mitbrachte. Doch ein großes Schiff, wie jenes vom Hafenkapitän mit zehn Tonnen Gewicht zu fahren, war schon etwas anderes. Mit viel Feingefühl fuhr er jedes Manöver. Zoran hatte rasch das richtige Gespür dafür gefunden. Die Stunden vergingen für ihn so rasch. Es kam ihm vor, als wären sie erst aufgebrochen.

Für das Abendessen blieb ihm kaum Zeit. Er musste vor dem nächsten Ablegen zur Nachtfahrt noch den Kurs berechnen, sämtliche Seezeichen und Leuchtfeuer notieren und das Schiff für diese Fahrt vorbereiten. Dabei schaute ihm immer einer der Mannschaft mit prüfendem Blick über die Schulter.

Dann ging es aber los. Zoran hatte mit dem Wetter großes Glück. Es herrschte klare Sicht, der Mond stand hell erleuchtet am Himmel, kein Wind und keine Wellen trübten das Meer. „Bist du klar zum Ablegen, Zoran? Dann starte den Motor und gib klare Befehle", forderte ihn der Hafenkapitän auf, der sich neben ihn stellte und alles genau beobachtete. Ihm entging nichts, auch nicht, dass Zoran kleine Schweißperlen auf der Stirn standen, was ihm kurz ein kleines Lächeln auf das Gesicht zauberte.

Während der Fahrt löcherte der Hafenkapitän seinen Schüler ständig mit Fragen. Zoran musste im Voraus ständig dem Kapitän das Fahrwasser erklären, wann er sich einer Untiefe näherte, wie oft das nächste

Leuchtfeuer blinkte und wie viele Sekunden es dann nicht leuchtete, wie lange sie mit welchem Kurs zur nächsten Insel fahren mussten, um eine bestimmte Insel zu passieren. Zoran hatte kaum Zeit, um Luft zu holen. Als sie dann in seine Bucht einbogen, merkte er, dass sein Hemd vor lauter Schweiß nass war. Der Hafenkapitän hatte ihm alles abverlangt. Zoki war froh, dass er jede Minute genutzt hatte, um zu lernen. Erst auf dieser Fahrt war ihm klar geworden, dass man im Notfall keine Zeit hatte, um in einem Buch nachzuschlagen, weil man etwas nicht wusste.

Kaum hatte er bei seinem Steg angelegt und den Motor abgestellt, fragte Zoran zaghaft: „Herr Kapitän, darf ich Sie und Ihre Kollegen auf ein bisschen Schinken und ein Getränk zu mir einladen?" „Zoran Paletič, zuerst muss ich dir sagen, dass du nicht wusstest, dass eine Prüfungskommission an Bord ist und du soeben deine Prüfung mit Bravour bestanden hast. Wir gratulieren dir dazu recht herzlich."

Zoran kam aus dem Staunen nicht raus. Er hatte soeben den offiziellen Bootsführerschein gemacht und bestanden. Ein unheimliches Gefühl machte sich in seiner Brust breit. Ein wahres Feuerwerk an Glücksgefühlen explodierte gerade in seinem Herzen. Seine Augen leuchteten voller Stolz, als er die gratulierende Hand des Kapitäns ergriff und ein ergriffenes „Danke, Herr Kapitän!" herausbrachte.

Nach einer herzhaften Jause bei Zoran und einigen Gläsern Wein und Schnaps brachen der Hafenkapitän und seine Leute nach Zadar auf. Bevor er ablegte, sagte er noch zu Zoran: „Zoki, ich habe mit deinem Polizeikommandanten vereinbart, falls du die Prüfung bestehen solltest, die bis nach Mitternacht dauerte, solltest du einen Tag frei bekommen. Du brauchst also morgen nicht nach Zadar fahren. Du warst hervorragend, ich werde das auch schriftlich so deinem Chef melden."

Zoran war nur mehr glücklich. Er blickte noch lange dem Schiff nach. Er blickte noch hinaus aufs Wasser, als das Schiff schon eine Zeit lang nicht mehr zu sehen war. Es war soviel geschehen in der letzten Zeit. Sein Inneres war aufgewühlt, er dachte wieder einmal an seine Großeltern, aber auch an Jasna, die ihn verlassen hatten. Er dachte aber auch an Dunja. Ob es ihr wohl schon besser geht?

AUFREGENDE ARBEIT

Als sich Zoran am übernächsten Tag bei seinem Kommandanten in Zadar meldete, rief ihm dieser zu: „Zoki, komm her und lass dir gratulieren. Der Hafenkapitän hat mir nicht nur bescheinigt, dass du die Prüfung mit Auszeichnung bestanden hast, nein, er hat auch noch ein wahres Loblied auf dich gesungen. Ich bin stolz auf dich, du hast uns Ehre gemacht." Als die anderen Kollegen dies hörten, standen sie auf, drehten sich zu Zoran und applaudierten ihm. Zoran bemerkte, dass er rot wurde im Gesicht, so viel Aufmerksamkeit war ihm peinlich.

Zoki war es wieder etwas leichter, als er zu seinem Kollegen Ante geschickt wurde. Er stand nicht gerne im Mittelpunkt. Aber Ante ließ ihn nicht zur Ruhe kommen. „Zoran, du musst ab sofort mit mir gemeinsam in den Außendienst fahren. Ich habe soeben den Auftrag bekommen, mit dir zu einem aufgefundenen Toten zu fahren um festzustellen, ob Fremdverschulden vorliegt. Sollten wir einen Verdacht haben, dass etwas nicht stimmen könnte, kommen dann andere Kollegen, um weiterzumachen. Also, komm mein Junge, wir sollten schon dort sein."

Als sie an der angegebenen Adresse ankamen, wurden sie von einer älteren Frau schon weinend erwartet. „Mein Mann hat sich erhängt, mein Mann hat sich erhängt, dort in der Hütte …", schluchzte sie dahin, wobei sie auf eine Holzhütte neben dem Wohnhaus deutete. „Na, dann lass' uns nachschauen gehen, du wartest im Haus auf uns", sagte Ante in bestimmendem Ton zur Frau und schob sie in Richtung Haustüre. Zoran und Ante warteten, bis sie im Haus verschwunden war. Dann fragte Ante: „Zoki, was hast du jetzt gelernt?" „Die Frau hat uns einen Selbstmord ihres Mannes geschildert. Ob es sich wirklich um einen solchen handelt, das werden erst unsere Ermittlungen zeigen", antwortete ihm Zoran aus seinem Bauchgefühl heraus. „Mein Gott, Junge, du hast Talent, einen gesunden Hausverstand", grinste ihn Ante an. Dann zog er ihn mit sich zur Holzhütte.

Vor der Türe der Holzhütte blieben sie stehen. Wortlos zeigte Ante auf ein uraltes Vorhängeschloss, in dem ein Schlüssel steckte. „Mache dir Notizen, Zoki", flüsterte ihm Ante zu, „denn du wirst den Bericht anschließend verfassen." Bevor sie die Hütte betraten, umrundeten sie diese noch, wobei Ante auch auf die Spinnweben an zwei Fenstern zeigte, aber auch auf die Gräser und Blumenbeete rund um die Hütte. „Keine Spuren eines gewaltsamen Eindringens. Wäre eines der Fenster geöffnet worden, gäbe es keine unverletzten Spinnweben, und Fußspuren sollten bei diesem weichen Erdreich auch zu sehen sein."

So ging es auch innerhalb der Hütte weiter. Zoki hätte sich nie gedacht, dass man so viel an einem Tatort entdecken konnte. „Achte auf das, was du sehen müsstest und nicht siehst, auch darauf, was du nicht sehen dürftest, aber siehst", grinste ihn Ante an, „jeder Tatort spricht mit dir, du musst nur hinhören. Schreibe dir alle deine Wahrnehmungen auf."

Obwohl sich Zoran auf den Toten darin geistig vorbereitet hatte, war er doch ein bisschen schockiert, es berührte ihn sehr. Sämtliche Umstände, die Ante und Zoran wahrnehmen konnten, deuteten auf einen eindeutigen Selbstmord hin. Zoran tat dieser Mann unendlich leid. Wie später die Witwe ihnen mitteilte, litt ihr Mann an einer unheilbaren Krankheit und hatte ständig fürchterliche Schmerzen. Er hatte seinem unendlich langen Leiden ein Ende gesetzt, er konnte nicht mehr.

„Das ist das Leben, mein Freund", sagte Ante, als sie zum Polizeirevier zurückgingen. „Auch damit müssen wir uns beschäftigen. Wir haben mit der ganzen Bandbreite des Lebens zu tun, Zoran. Auch auf der Insel. Dort benötigen Menschen unsere Hilfe, und anderswo müssen wir Kriminalität aufklären, und dann müssen wir uns um die Schiffe kümmern, die in unser Land kommen. Niemals wirst du so eine interessante Arbeit verrichten wie hier. Manchmal aber, so wie heute, brauchst du gute Nerven. Da wird an unserer Psyche gerüttelt. Du darfst das aber nie zu nahe an dich herankommen lassen. Sonst verlierst du nicht nur bei der Arbeit die Übersicht, sondern auch bei dir selbst. Du musst immer über den Dingen stehen. Es ist nicht immer leicht, Zoran."

Nachdenklich nahmen beide ihre Mahlzeit ein. Jeder hing seinen eigenen Gedanken nach. Als sie wieder in Richtung Polizeistation zurückkehren wollten, sah Zoran einen Mann, der ihnen zuwinkte. Offensichtlich benötigte er etwas von ihnen.

Ante und Zoran gingen auf den Mann zu. „Bitte helfen sie mir, ich weiß nicht, wo meine Frau ist", sagte er zu ihnen. Er erzählte den beiden, dass seine Frau dement sei und er sie beim Einkaufen verloren habe. Plötzlich sei sie nicht mehr neben ihm gewesen. Ante, aber auch Zoki sahen sich an, konnten sich ihr Grinsen nur schwer zurückhalten und ließen sich das Geschäft zeigen, wo der Mann einkaufen war.

Es dauerte nicht lange, als sie die Frau fanden. Sie saß an der Mole und war gerade dabei, sich auszuziehen. Offensichtlich wollte sie sich dort am Meer schlafen legen. Dabei unterhielt sie sich mit den Möwen, die ihr in gehörigem Abstand zuschauten. Sie konnten gerade noch verhindern, dass sie ihre letzten Kleidungsstücke fallen ließ. Es dauerte nicht lange und der Mann war mit seiner Frau wieder am Weg nach Hause.

„Das ist auch nicht einfach, wenn du mit einem dementen Menschen leben musst", meinte Zoran. „Ich hoffe, dass es uns selbst einmal nicht so ergeht." Auf der Polizeistation schnauzte der Kommandant Ante an, warum sie so lange gebraucht hätten. Erst, als Ante ihm alles geschildert hatte, grinste er über sein ganzes Gesicht und zeigte sich zufrieden.

Für Zoran war es aber Zeit, sich zur Fähre zu begeben. Er hatte noch den Bericht zum Selbstmord mit Hilfe von Ante verfasst. Er war zufrieden mit ihrer heutigen Arbeit. Nachdenklich über das Erlebte an diesem Tag bestieg er die Fähre. Er freute sich schon, auf seine Insel zurückzukehren. Hier lebte es sich wesentlich ruhiger, das wurde ihm von Tag zu Tag bewusster. Die Lebensqualität war für ihn wesentlich besser, angenehmer, obwohl diese Abgeschiedenheit doch auch andere Seiten hatte. Es wurde ihm aber immer bewusster, dass es seine beste Entscheidung gewesen ist, als er sich für das Leben in seiner Bucht entschieden hatte.

EIN SCHÖNER BEGINN

Über Weihnacht und Neujahr hatte Zoran frei bekommen. Er hatte Dragica zu sich eingeladen, so wie auch in der Vergangenheit. Es wurde wieder einmal ein wunderbares Weihnachtsfest. Unabhängig davon nützte Zoki jede freie Minute, um zu lernen. Manchmal ging er seinen Kollegen schon auf die Nerven mit seinen ständigen Fragen. Er wollte alles und immer perfekt lernen und versuchte seine Arbeit bestens zu erledigen. Er hatte inzwischen den Spitznamen „der Streber" erhalten. Ende März war es dann soweit. Zoran musste seine Dienstprüfung ablegen. Doch auch diese schaffte er mit Bravour.

Am Ende seiner Prüfung holte ihn sein Kommandant in sein Büro. „Zoran, ich bin stolz auf dich", eröffnete er das Gespräch und setzte dann langsam fort: „Ich glaube, wir haben eine gute Lösung für dich gefunden. Du wirst in Sali von Freitag bis Sonntag und am Dienstag jede Woche arbeiten. Am Sonntag brauchst du nur von 09:00 bis 12:00 Uhr arbeiten, an den anderen Tagen von 09:00 bis 14:00 Uhr. Wäre das für dich machbar?", fragte er ihn. Zoran strahlte. Das war genau das, was er sich vorgestellt hatte. „Ja, gerne, damit kann ich gut leben", freute er sich. „Dann wirst du ab 1. April in Sali arbeiten, Zoran."

Zoran konnte es nicht fassen. Am 1. April betrat er schon um 08:00 Uhr Früh in Sali das Büro der Polizei, dass in einem Haus neben der Poststation eingerichtet war. Mehr gab es nicht. Lediglich das Polizeischild, das an der Hausmauer angebracht war, wies darauf hin, dass hier die Polizeistation untergebracht war. Außer dem Büro gab es noch einen kleinen Nebenraum mit einem kleinen Kocher und einem Kühlschrank sowie einen uralten Kasten für seine persönlichen Sachen. Im Büro selbst verfügte er hinter dem Pult über einen Schreibtisch, einen Aktenschrank und ... darauf war er ganz besonders froh, ein Telefon. Das war nun sein Reich. Nicht einmal Vorhänge gab es. Das werde ich gleich ändern, dachte er sich. Ich werde es mir schon ein bisschen gemütlich einrichten.

Klein, aber mein, dachte sich Zoki. Er freute sich ungemein, dass er hier seinem Staat dienen durfte. Er freute sich schon auf seine kommenden Aufgaben. Hatte ihm Ante doch mehrfach von den schönen Seiten seiner Dienstzeit hier in Sali berichtet. „Wichtig ist nur, Zoran", teilte er ihm ganz vertraulich zum Schluss seiner Ausbildung in Zadar noch mit, „dass du in der Früh dich telefonisch in Zadar meldest. Was du dann machst, ist deine Angelegenheit." Dabei zwinkerte er ihm mit einem Grinsen im Gesicht zu.

Zuerst zog sich Zoran seine neue Uniform, die er bekommen hatte, voller Stolz an. Hätte es in seinem Büro einen Spiegel gegeben, wäre er sicher einige Minuten davor gestanden, um sich zu betrachten. Als Nächstes wollte er Milan besuchen. Der würde ihn zum ersten Mal als Polizisten sehen. Er freute sich schon auf sein erstauntes Gesicht. Er strich sich gerade seinen Uniformrock glatt, um loszugehen, als er vor dem Büro auf dem Platz aufgeregt Leute hörte, die durcheinander redeten.

Als er die Türe öffnete, kam er aus dem Staunen nicht heraus. Auf dem Platz hatten sich Leute versammelt und die Musikkapelle begann zu spielen, als er vor der Tür stand und den Mund nicht zubrachte. Der Bürgermeister selbst stand vor den Musikern und winkte Zoran heran. Die Leute begannen zu klatschen, als Zoran langsam auf sie zuging. Er musste sich zusammenreißen, so gerührt war er. Auch Milan stand bei der Kapelle. Er hatte seinen schönsten Anzug an, als müsste er vor den Altar treten. Ehrfürchtig blieb Zoran vor dem Bürgermeister stehen.

Als die Kapelle geendet hatte, fing der Bürgermeister zu sprechen an. „Lieber Zoran, Sohn dieser Insel. Wir haben noch niemals den Einzug eines neuen Polizisten hier in Sali gefeiert. Du aber, den wir von Kind auf kennen und schätzen, der von jedem gelobt wird, von dir wissen wir, dass du auch als Polizist immer für uns da sein wirst, um zu helfen, wo du kannst. Wir sind stolz darauf, dass du diesen beschwerlichen Weg in den letzten Monaten gegangen bist, um diesen Beruf zu ergreifen, um hier in deiner Heimat zu dienen. Wir heißen dich herzlich willkommen in deiner Funktion als Polizeibeamter. Als besonderes Geschenk haben wir im Gemeinderat beschlossen, dass du eine bessere Unterkunft bekommen sollst. Deine Polizeistation wird um einen Raum erweitert werden. Du wirst außerdem eine Toilette und eine Dusche bekommen. Und nun komm her zu mir und lass dich umarmen!" Es war der Bürgermeister, der auf Zoran zuging und ihn umarmte. Dann folgten schon Milan und viele der Anwesenden, die ihn herzlich willkommen hießen. Dazwischen rief der Bürgermeister den Leuten zu, dass alle auf ein Getränk in der Konoba am Platz eingeladen seien.

„Zoran", flüsterte Milan ihm zu, „ich kann dir gar nicht sagen, wie ich mich freue, dass nicht ein Fremder deine Position hier eingenommen hat." Nun hielt sich Zoki nicht mehr mit dem Lachen zurück, der seinen Freund wohl wissend anblickte.

Als sie das Gasthaus verlassen hatten, sah Zoki zwei Frauen vor der Polizeistation stehen. Sie hatten zwei Taschen bei sich. Milan zerrte Zoki am Arm über den Platz. „Na komm schon mein Freund", lachte er ihn an. „Die warten auf uns", grinste Milan über das ganze Gesicht. „Wir wissen natürlich alle, dass dein Büro nicht allzu schön ausschaut. Wir haben uns gedacht, dass wir es bis zum Umbau ein bisschen schöner herrichten. Die beiden Frauen haben dir ein bisschen was gebracht", erklärte ihm Milan. Tatsächlich hatten sie Vorhänge, einen Teppich und ein paar Grünpflanzen in Töpfen mit dabei. Sein Büro bekam schön langsam ein bisschen Farbe. „Und wenn dir langweilig ist, Zoki, dann brauchst du nur nach nebenan kommen, ich koche uns guten Kaffee."

Als Zoran dann alleine war, dachte er sich, so schön kann das Leben sein. Allein der Umstand, Tür an Tür mit seinem Freund Milan zu arbeiten, zukünftig regelmäßiges Einkommen zu haben, aber die meiste Zeit zu Hause sein zu können, wer hatte das schon?

An diesem ersten Arbeitstag hatte er schon eine der schönen Seiten seines Berufes kennengelernt. Hatte doch Ante in Zadar ständig zu ihm gesagt, dass die Kontaktpflege zur Bevölkerung der wichtigste Teil seiner Arbeit sei. „Man muss immer mit der Bevölkerung leben. Wenn du ihnen hilfst, werden auch sie dir helfen. Und du wirst oft die

Hilfe der Menschen brauchen", war sein Spruch, wenn sie in einem Café einkehrten.

Als Zoki in seine Bucht zurückkehrte, weilte er wieder einmal am Grab seiner Großeltern. Er blickte in die Bucht hinunter, die voll Frieden vor ihm lag. Ein tiefer Seufzer der Zufriedenheit entfloh seiner Brust. Was würde er dafür geben, hätten seine Großeltern diesen Tag mit ihm erleben dürfen? So aber erzählte er ihnen davon, wie er vom Bürgermeister und den Einwohnern von Sali empfangen wurde. Er war überzeugt davon, dass sie sich darüber freuten, dass sie stolz auf ihn waren.

Es würde nun nicht mehr lange dauern, bis die Nachtigallen wieder in seine Bucht zurückkehrten, er ihren Gesang genießen durfte. Diesmal würde er sie wieder hören, er freute sich schon darauf.

ÜBERRASCHUNG

Der Frühling kehrte ein. Zoran merkte, wie die Tage wärmer wurden, wie sie ihm Kraft gaben. Neue Kraft für das Leben, das vor ihm war. In seine Arbeit hatte er sich hineingefunden. Zweimal pro Monat kam Ante aus Zadar zu ihm nach Sali, um ihm bei der Arbeit zu helfen, ihm Fragen zu beantworten. Aber meistens verbrachten sie die Zeit bei einem Ausflug, den sie Außendienst nannten. In Wirklichkeit fuhren sie zu Zoran in seine Kruševica-Bucht, wo Zoki alles für ein gutes Mahl vorbereitet hatte. Oder sie fuhren einfach ein bisschen zum Fischen hinaus.

„So soll es sein", grinste dann Ante über sein ganzes Gesicht. „Schön langsam verstehst du die Vorteile dieses Berufes. Es wird aber einmal die Zeit kommen, da wirst du ständig durch irgendeine technische Meisterleistung erreichbar sein. Das wird eine Geisel der Menschheit werden, Zoki. Jetzt sind wir nicht erreichbar, egal was geschieht. Ich werde aber diese neue Zeit nur mehr in der Pension oder gar nicht mehr erleben." An so etwas wollte Zoran gar nicht denken. So, wie es jetzt war, gefiel es ihm. Wenn schönes Wetter war, befand er sich meist im Außendienst. Zumindest für zwei Stunden. Die Leute in Sali wussten das. Wollte ein Schiff ausklarieren, so mussten sie eben warten.

Zoki hatte es sich abgewöhnt, sich eine Jause zur Arbeit mitzunehmen. Meist wurde er in der nebenan gelegenen Konoba, also beim Nachbarn, wie Milan zu pflegen sagte, zum Essen eingeladen. Dafür brachte er ihnen immer wieder einen Teil seines Fischfangs oder mal wieder luftgetrockneten Schinken mit.

Milan besuchte er täglich. Dort verbrachte er seine Kaffeepause. Milan war nicht nur sein bester Freund, er war auch seine absolut wichtigste Informationsquelle. Es gab keine Adresse und keine Familie, die Milan nicht kannte, er wusste auch jede Neuigkeit und in welchem Haushalt der Haussegen schief hing.

Es war Anfang Juni, als Zoran seinem Freund Milan mitteilte, dass er am darauffolgenden Tag nach Zadar zu einer Besprechung fahren müsse. „Na, dann pass mal auf, dass du nicht mit einer Frau zurück kommst", verabschiedete ihn Milan lachend. Zoran schüttelte dazu nur den Kopf, „so schnell kommt keine mehr in mein Herz, du alter Kuppler."

Als Zoran in Zadar ankam, ging er sofort zur Polizeistation, wo er mit Beifall begrüßt wurde. „Unser Streber ist zurück", riefen ihm die Kollegen zu. Sie löcherten ihn sofort mit Fragen, wie es ihm bis jetzt ergangen sei. „Ich habe soviel Arbeit, dass ich sie fast nicht bewältigen kann. Jetzt weiß ich, warum ihr dort nicht arbeiten wollt", lachte Zoki zurück. Nun musste er sich aber lautes Gelächter und so manchen derben Witz anhören. Das Harmloseste war, dass es auf der Insel nur alte Frauen gab, die er nun trösten müsse.

Als Zoran dann mit einigen Kollegen nach der Besprechung in eine Konoba ging, um ein Mittagsmahl einzunehmen, setzten sie sich bei diesem schönen Wetter in den Gastgarten. Für Zoki war das ein bezahlter Ausflug nach Zadar. Er genoss es, nach Zadar zu fahren und das noch dazu bezahlt zu bekommen, was wollte er mehr. Während er sich mit seinen Kollegen unterhielt, sah er zwei junge Frauen sich nähern, die ebenso den Gastgarten ansteuerten. Die eine kam ihm bekannt vor, doch waren sie zu weit entfernt, um sich sicher zu sein, wer das sein könnte. Dann wusste er es plötzlich. Er war so überrascht, dass ihm fast die Luft wegblieb. „Dunja", murmelte er.

Zoki sprang auf und rief den beiden Frauen entgegen: „Falls ihr einen freien Platz sucht, bei uns findet ihr einen!" Diese blickten in seine Richtung und wollten schon ablehnen, als Dunja ihn erkannte. „Zoki!", rief sie erschrocken und begann auf ihn loszurennen. Trotz seiner Uniform fiel sie ihm um den Hals. „Zoki, du meine Güte." Tränen rannen ihr ins Gesicht, die sie sich beschämt sofort aus dem Gesicht wischte.

Zorans Kollegen schmunzelten verstohlen. So kannten sie Zoran nicht. Sie hatten sich schon immer gewundert, dass Zoran, der ja ein überaus fescher Kollege war und von dem sie annahmen, dass die

Frauen bei ihm Schlange standen, alleine lebte. Zoran entschuldigte sich bei seinen Kollegen und nahm mit Dunja an einem etwas entfernteren Tisch Platz. Dunjas Freundin hatte sich unter dem Vorwand, sie müsse dringend noch etwas erledigen, entfernt. So saßen die beiden plötzlich alleine da. Dunja hielt Zorans Hand, als sie ihn fragte, wie das kommen kann, dass er eine Polizeiuniform trage. Zoki erzählte ihr in wenigen Sätzen, was in der letzten Zeit geschehen war. Dunja kam aus dem Staunen nicht mehr heraus.

„Was machst du eigentlich hier in Zadar", fragte sie Zoki. „Ich bin hier vorübergehend als Lehrerin eingeteilt, es hat einige Zeit gedauert, bis ich wieder in der Lage war, zu arbeiten. Ich bin erst seit einem Monat hier, Zoran." „Du hast deine Schönheit fast wieder erreicht, Dunja", lächelte sie Zoran verlegen an. „Ich weiß, dass du das nicht gerne hörst. Wenn ich aber deine Augen sehe, dann bemerke ich fast schon wieder dieses wunderschöne Leuchten darin, was mir so gefallen hat, als ich dich das erste Mal sah." „Das ist schön, so etwas zu hören, Zoki. Von dir höre ich das besonders gerne, denn da weiß ich, dass das von deinem Herzen kommt, dass es ehrlich ist. Ja, ich bin sehr froh, dass es mir wieder besser geht."

„Wirst du mir erzählen, was wirklich geschehen ist, Dunja", fragte sie Zoran vorsichtig. Dunja zögerte vorerst mit ihrer Antwort. Dann sagte sie leise: „Ja, ich denke schon. Du wirst aber der Einzige sein, der das je erfahren wird. Zoran, du bist der Einzige, dem ich mich anvertrauen werde. Du weißt gar nicht, wie du mir in der letzten Zeit gefehlt hast. Ich habe niemanden, mit dem ich reden kann, der mein ganzes Vertrauen hat. Nicht einmal dieser tollen Freundin, die du eben kennengelernt hast, würde ich das erzählen. Ich sehne mich noch immer nach deiner Bucht, Zoran. Dort konnte ich mich erholen, dort habe ich wieder zu mir selbst gefunden. Ich hatte mich schon aufgegeben, aber deine Bucht und du, ihr habt mir das wahre Leben wieder gezeigt. Ich habe dort die Kraft gefunden, mich dem Leben wieder zu stellen."

Nach einer kleinen Pause fuhr sie fort: „Zoran, ich hatte schon fast aufgegeben. Als ich bei dir damals ankam, wusste ich, dass du mich wegschicken wolltest. Ich weiß nicht, was dann geschehen wäre. Ich glaube, dass es mich heute dann nicht mehr geben würde. Du hast mir das Leben gerettet, Zoran. Deine Güte, dein Verständnis, du hast mich in Ruhe gelassen und nicht mit Fragen gelöchert. Du hattest auf dein Bauchgefühl gehört und genau das Richtige mit mir gemacht. Nämlich mir meine Ruhe gelassen, mich deiner Bucht überlassen, dieser magischen Kraft, die dort herrscht. Und du hast deine Hündin Mala mir anvertraut, ohne Eifersucht. Du hast sie nie von mir weggeholt. Zoran, du bist der beste Mensch, der mir je untergekommen ist."

Zoran sah ihr lange in ihre wunderschönen Augen. Wie hatte er sie damals genannt? Glutäugig. Als ihm diese Gedanken durch den Kopf gingen, zeigte sich der Ansatz eines zärtlichen Lächelns in seinem Gesicht. In ruhigem Ton antwortete er ihr: „Dunja, einzig und allein, dass wir beide jetzt hier sitzen und ich sehe, dass es dir wieder viel besser geht, ist wichtig. Was gestern war, ist schon Geschichte. Auch ich musste meine Liebe zu Jasna im wahrsten Sinne des Wortes begraben. Ich musste selbst mit viel Schmerz lernen, dass das Leben weiter geht, dass man um jeden Tag unseres Lebens kämpfen muss. Ich habe aber auch festgestellt, dass das Leben wunderschön sein kann. Aber man muss diese Schönheit erkämpfen. Schön, dass es dich gibt, Dunja, schön, dass du in diesem Moment bei mir bist."

Die beiden sahen sich lange an. Zoran wurde es dabei ganz anders um sein Herz. Plötzlich sagte er leise zu Dunja: „Hättest du nicht Lust, mich am Wochenende zu besuchen. Du weißt schon, ein kleiner Rucksack genügt." Dabei lächelte er sie verschmitzt an. „Wir könnten ja wieder einmal zusammen kochen", setzte er mit einem Augenzwinkern nach.

„Ich komme gerne", flüsterte sie ihm mit ihrer unverkennbaren Stimme zu. „Ich werde am Freitag mit der Fähre kommen, Zoki. Ich hoffe, wir werden alleine sein. Ich komme in der Hoffnung, neues Leben zu finden. Ich komme, um meinen Weg in die Sonne bei dir zu finden. Ich möchte deine Wärme spüren."

DER BESUCH

Zoran konnte es kaum erwarten, dass es Freitag wurde. Schon am Vortag hatte er seinem Freund Milan von seinem zufälligen Treffen mit Dunja in Zadar erzählt. Er hatte es nicht ausgehalten, das vor ihm geheim zu halten. Er sagte ihm auch, dass er besondere Gefühle für diese wunderschöne Frau empfand. Zoran gestand ihm aber auch, dass er ein schlechtes Gewissen gegenüber Jasna habe. „Zoran", sagte Milan zu ihm, „wir haben das schon so oft besprochen. Jasna würde sich freuen, wenn du wieder glücklich werden und einer neuen Frau deine Liebe schenken könntest. Glaube mir, mein Freund, es wird Zeit, dass du neue Gefühle in dir zulässt."

Mit diesen Worten seines Freundes Milan begann er seinen Dienst in freudiger Erwartung, dass Dunja bald käme. Er konnte es gar nicht erwarten, dass die Fähre am Nachmittag nach Sali kam. Er hatte schon einmal auf jemand hier gewartet. Er hatte auf eine ganz besondere Frau gewartet, die nie mehr kam, die zu diesem Zeitpunkt des Wartens auf sie schon tot war. Rasch verdrängte er diese Gedanken. Diese durfte er nicht zulassen. Er war zutiefst davon überzeugt, dass Dunja kommen würde. Ein tiefes Gefühl der Freude, der Wärme, machte sich in seinem Herzen breit.

Als Zoran am Vormittag seinen Freund Milan aufsuchte, um mit ihm den täglichen Kaffee zu schlürfen, fragte er ihn frei aus dem Bauchgefühl heraus: „Milan, würdest du einer Liebe zwischen mir und Dunja eine Chance geben? Du kennst uns beide." Milan überlegte nicht lange. „Zoki, dich kenne ich fast mein ganzes Leben. Von dir weiß ich, dass ich mir um dich keine Sorgen machen brauche. Nur bei Dunja, da wird es spannend werden. Es ist die Frage, was ihr passiert ist. Dass dabei ein Mann die tragende Rolle gespielt hat, dass sie so traumatisiert war, daran gibt es für mich keinen Zweifel. Zu dir muss sie unheimliches Vertrauen haben, sonst wäre sie nicht beim letzten Mal in deine Bucht gekommen und so lange geblieben. Ob sie Gefühle für dich entwickeln wird, das wird sich zeigen, Zoki. Lass dich einfach überraschen, mein

Freund. Du kannst nur gewinnen." Zoran dachte nur kurz nach, bis er antwortete. „Ich glaube, du hast Recht, Milan, obwohl mein Herz schon ein bisschen sich wie ein Ringelspiel anfühlt, weil ich weiß, dass sie bald da sein wird. Ich freu mich auf sie."

Und dann geschah etwas, was Zoran so gar nicht in den Kram passte. Kurz bevor die Fähre zum Anlegen ihren Kurs nach Sali einschlug, hatte ein Segelboot im Hafen angelegt. Zoki sah, dass es die gelbe Flagge, die den Buchstaben „Q" im Flaggen-ABC darstellt, gehisst hatte. Das bedeutete, dass die Yacht entweder ausreisen oder einreisen wollte und an Bord alles in Ordnung ist und somit der Bootsführer zu ihm kam. Eigentlich hatte er schon frei. Wenn er aber in Uniform hier war, konnte er es mit seinem Gewissen nicht vereinbaren, dass er das Boot nicht abfertigte.

Somit war klar, dass er Dunja nicht bei der Fähre abholen konnte. Der Skipper, wie die Schiffsführer dieser Segelboote genannt wurden, kam schon auf ihn zu. Also zurück ins Büro. Er hatte die Arbeit so rasch wie möglich erledigt, und der Skipper wandte sich schon zum Ausgang zu, als sich die Türe zu seinem Büro öffnete. Er war erstaunt, mit welchem zauberhaften Lächeln Dunja hereinkam. Ihm blieb der Mund offen, so perplex war er. „Dunja, wie schön, dich zu sehen, aber entschuldige mich bitte, dass ich nicht an der Mole auf dich warten konnte", kam es freudig und doch verzagt aus seinem Mund.

„Ach Zoki, ich habe doch schon, als wir in den Hafen fuhren, gesehen, dass du mit diesem Mann zu deiner Polizeistation gingst. Das stellt für mich doch kein Problem dar, dass ist deine Arbeit", strahlte sie ihn an. „Außerdem ist es schön für mich, dich so in Amt und Würden zu erleben." Nun hielt es Dunja aber nicht mehr aus. Sie ließ ihren Rucksack fallen und fiel Zoran um den Hals. „Du weißt gar nicht, wie ich mich schon darauf gefreut habe. Dich, dein süßes Häuschen und deine Bucht wieder zu sehen. Ich freue mich schon, Mala wieder streicheln zu können. Hat sie mir doch, so wie du, in der schwersten Zeit meines Lebens geholfen, Mut und Kraft zu finden", flüsterte sie ihm ins Ohr.

„Na, dann wird es aber Zeit, dass wir nach Hause kommen", raunte Zoki ihr augenzwinkernd zu. Rasch verschloss er sein Büro. Gemeinsam brachte er sie mit dem Moped zur Kruševica-Bucht. Kaum hatten sie sein Häuschen erreicht, kam ihnen Mala laut bellend entgegen gelaufen, die vor Freude, Dunja wiederzusehen, laut winselnd an ihr hochhüpfte und versuchte, sie abzuschlecken. „Na, das ist ja ein Empfang", rief ihr Dunja zu und streichelte ihr das Fell.

Zoran hatte plötzlich das Gefühl, als würde Dunja nach Hause kommen. Das war für ihn ein sehr schönes Gefühl, das sich in seinem Inneren mit einer ungemeinen Wärme ausbreitete. Es strahlte ein Glücksgefühl aus, wie er es schon lange nicht mehr gespürt hatte. Als sie ins Haus kamen, fragte ihn Dunja ganz leise, „Zoki, ich weiß, es ist unhöflich, aber hättest du was dagegen, wenn ich alleine zum Meer hinunterginge. Ich möchte noch einmal für mich ein bisschen alleine sein." „Dunja, fühle dich einfach wie zu Hause. Tu das, was dich glücklich macht, dann werde ich auch glücklich sein." Sie trat auf ihn zu, küsste ihn vorsichtig auf den Mund, drehte sich wortlos um und ging hinaus.

Zoran blickte ihr nach. Er sah erstaunt, wie Dunja ohne zu zögern auf seinen Baum zusteuerte und sich dort niederließ. Der Baum hat was, dachte er sich, nicht nur mich zieht er immer wieder an. Er beobachtete, wie Dunjas Blick aufs Meer hinausglitt. Er konnte ihr nachempfinden. An diesem Platz zwingt es einen nahezu, die Faszination des Meeres, seiner Ruhe, aber auch seines Temperamentes in sich aufzunehmen. Nirgendwo anders kam er so mit sich ins Reine wie an diesem Platz.

Zoran begann inzwischen ein Nachtmahl zu kochen. Er hatte Lammfleisch gekauft, das er zum Grillen vorbereitete. In einer Pfanne hatte er schon mit ein bisschen Olivenöl und Weißwein sowie mit frischem Rosmarin Kartoffeln am Garen. Mit dem Fleisch wollte er warten, bis Dunja zurückgekehrt war. Auch wenn sie erst am späten Abend wieder da sein würde, es wäre ihm egal. Er wusste, dass sie diese Ruhe dringend brauchte.

Zoran saß auf der Bank vor dem Häuschen. Was ihr wohl alles durch den Kopf geht, dachte er sich. Er selbst genoss den Ausblick auf seine Bucht. Irgendwie ahnte er, dass dieses Wochenende ein wichtiges für sein Leben werden würde. Er hatte aber keine Angst davor und hütete sich, eine Erwartungshaltung einzunehmen. Zoki wollte es einfach geschehen lassen, komme, was kommt.

Plötzlich bemerkte er, wie Dunja auf ihn zukam. Sie hatte ein Lächeln aufgesetzt, dass ihm ganz anders wurde. Als würde sie ihm sagen wollen, dass sie ihn küssen möchte. Als sie dann auf ihn zutrat, mit ihren Händen zärtlich seinen Kopf hielt und ihn küsste, wusste er, dass er sich nicht geirrt hatte. „Ich weiß jetzt, Zoran, was ich will", hauchte sie leise in sein Ohr. Etwas verlegen drehte sie sich weg und ging hinein.

Dunja stand an Zokis Seite, als er für sie das Lammfleisch grillte. Sie half ihm, wo es nur ging, dabei streifte sie fast unabsichtlich mal seine Hand, dann wieder seine Hüfte. Dabei setzte sie ein unschuldiges Lächeln auf. Zoran wusste gar nicht richtig, wie ihm geschah, ihm blieb die Luft weg. Während des Essens sahen sie sich fast unentwegt tief in die Augen, es wurde ein sehr sinnliches Essen. Er versank in Dunjas Augen, die ihn so faszinierten, die ihn voller Emotionen anblickten.

Als sie sich dann mit einem Glas Wein vor das Häuschen setzten, hörte Zoran, wie schon lange nicht mehr, den Gesang der Nachtigallen. Es war Dunja, die ihn darauf aufmerksam machte und ihn fragte, um welche Vögel es sich handle. „Es ist das Liebeslied der Nachtigall, Dunja." Dabei beugte er sich zu ihr und küsste sie mit all seinen Gefühlen, mit all seiner Lust nach Liebe.

EIN SCHLIMMES GEHEIMNIS

Nachdenklich blickte Zoran zu Dunja hinab, als er aufstand. Ihr Gesicht sah glücklich aus, im Schlaf hatte sie ein zartes Lächeln aufgesetzt. Es war eine wunderschöne Nacht, dachte sich Zoki, sie hatten sich alle Liebe dieser Welt, all ihre Gefühle geschenkt. Nachdem sie ihr Glas am Abend auf der Terrasse ausgetrunken hatte, kam Dunja zu ihm und flüsterte ihm leise ins Ohr: „Ich will dich Zoki, jetzt, bitte, und stelle keine Fragen."

Leise trat Zoran in den Wohnraum und schloss die Türe hinter sich. Er wollte Dunja noch etwas schlafen lassen bis das Frühstück fertig war. Im Eilzugstempo hatte er die Tiere gefüttert, im Kamin Feuer gemacht, Kaffee aufgestellt und begann gerade damit, den Schinken in einer Pfanne zu braten, als Dunja zu ihm kam. Sie lehnte sich an seine Brust, küsste ihn mit all ihrer Zärtlichkeit und raunte ihm zu: „Zoran, du hast mich mit deinen Gefühlen heute Nacht so reich beschenkt, das habe ich so noch nie erlebt." Während Zoran mit einer Hand zärtlich über Dunjas Haar streichelte und mit der anderen sie an sich drückte, sagte er leise: „Mein süßes Mädchen, das machst doch du aus mir, die in mir diese wunderschönen Gefühle erweckt."

Während des Frühstücks erklärte Zoran: „Dunja, ich muss um neun Uhr in Sali sein und mein Büro aufsperren. Aber spätestens nach einer Stunde werde ich in den Außendienst gehen. Rate mal, wo ich nach dem Rechten sehen werde." Dabei lachte er über das ganze Gesicht. „Du glaubst doch nicht, dass du hier polizeiliche Ermittlungen bei einer glücklichen Frau machen musst", lachte sie ihn an. „Und ob", rief er selbstbewusst.

Tatsächlich kehrte Zoran schon kurz nach zehn Uhr in seine Bucht wieder zurück. „Milan weiß Bescheid, wo ich bin, somit können wir den ganzen Tag genießen, mein süßes Vögelchen. Was hältst von einem kleinen Bootsausflug, dabei könnten wir gleich die Netze einholen und am Abend uns Fisch grillen", schlug ihr Zoran vor. „Da würdest du mir eine große Freude machen, Zoki, wir würden erstmals gemeinsam fischen", strahlte Dunja ihn an, und etwas verlegen setzte sie nach: „Und hoffentlich noch sehr viele Male." Dabei schlug sie ihre Augen nieder und errötete ob ihrer ausgesprochenen Hoffnung, ihres Herzenswunsches. Zoran zog sie an sich, als er ihr gestand: „Du bist wie meine Nachtigall in dieser Bucht, ohne die ich hier nicht leben möchte, die mich immer wieder aufs Schönste verzaubert."

Er konnte es selbst nicht glauben, was da aus seinem Mund kam. Zoran wurde sich bewusst, dass er Dunja unmissverständlich seine Liebe gestanden hatte. Er hatte ihr gesagt, dass er sie bei sich haben wollte. Er war selbst überrascht, was ihm aus dem Bauch herausgerutscht war, aber es war sein Ernst. Dunja blickte ihn an und fragte: „Was hast du gerade gesagt, das kann ich nicht glauben, Zoran, das ist etwas so ungemein Schönes." Dabei traten Tränen in ihre Augen. Ein tiefes Schluchzen erschütterte sie. „Ich habe Angst und habe so viel Schlimmes erlebt, und nun geschieht etwas so Schönes mit uns", stammelte sie.

„Komm, lass uns zusammenpacken und aufs Meer hinausfahren. Lass uns das Leben genießen und Ruhe finden, ich glaube, die brauchen wir jetzt", forderte sie Zoran auf. Er war ein bisschen überfordert mit ihren Geständnissen.

Kurze Zeit später ruderte Zoki mit Dunja mit kräftigen Ruderschlägen in seine Bucht hinaus. Bald hatte er in Ufernähe ein sonniges Plätzchen gefunden, wo er den Anker ausbrachte. „Ist das herrlich hier", freute sich Dunja. Im Nu hatte sie sich ihrer Kleidung entledigt und sprang, so wie Gott sie erschaffen hatte, ins Meer. „Warum brauchst du so lange, Zoki, lass mich nicht warten", lockte sie ihn.

Als beide dann wieder im Boot waren und ihre mitgebrachte Jause verzehrten, gab sich Zoran einen Ruck. „Dunja", fragte er sie, „denkst du nicht, dass es Zeit wird, mir zu erzählen, was passiert ist, das dich so schockiert hat? Wir haben beide unsere Wunden aus der Vergangenheit, aber ich denke, wir sollten sie miteinander heilen, uns gegenseitig unterstützen, damit umzugehen", schlug er ihr vor.

Dunja sagte lange nichts. Sie war etwas schockiert über seine Frage.

Zoki wartete geduldig, doch dann setzte er nach. Er nahm ihre Hand und deutete mit der anderen aufs Wasser hinaus, als er sagte: „Schau, mein süßes Vögelchen, wie schön doch diese Welt sein kann. Ich möchte mit dir das immer wieder genießen können, ich möchte dir aber auch helfen, zu vergessen." Dunja sah ihm erschrocken ins Gesicht, als sie begann, das auszusprechen, was ihr jeden Tag die Luft nahm.

„Zoran, ich habe nur Angst, wenn ich dir alles erzähle, dass ich dich dann verliere und du für mich keine Gefühle mehr hast." Was Zoki dann zu hören bekam, schockierte ihn zutiefst.

Dunja hatte die Verlobung mit dem Mann, den sie ursprünglich heiraten sollte, gelöst. Sie konnte seine Eifersucht und seinen Drang, sie ständig kontrollieren zu müssen, nicht mehr ertragen. „Weißt du Zoran, bei dieser Entscheidung hat mir der Besuch bei dir sehr geholfen. Auch die Gespräche, die wir beide hatten. Ich habe plötzlich erkannt, dass man sich selbst gegenüber ehrlich bleiben muss und nicht dem nachgeben soll, was die sogenannte Gesellschaft glaubt, uns aufzwingen zu müssen. Ich habe vorgezogen, nicht in eine Zukunft der Angst zu gehen. Ich war diesem Mann, als wir noch zusammen waren, manchmal Gewalttätigkeiten ausgesetzt. Als er mich wieder einmal schlug, war es aus für mich. Er wollte es nicht wahrhaben. Es war drei Tage, bevor ich so verstört bei dir auftauchte. Es war Samstag, ich werde es nie vergessen, am frühen Morgen, als es an meiner Türe läutete. Ich dumme Kuh habe nicht nachgeschaut, wer vor der Tür steht. Als ich aufsperrte, wurde die Tür gewaltsam aufgedrückt, mein Exfreund drang mit zwei Freunden gewaltsam ein."

Dunja blickte mit Tränen ins Leere, als sie nach einer Pause, und nachdem sie tief Luft geholt hatte, weitersprach. „Sie waren alle betrunken. Er hat mich zuerst wieder geschlagen, aber nie ins Gesicht, das hätte man ja gesehen", dabei lachte sie verächtlich. „Dann haben sie mich immer zu zweit gehalten, während mich der dritte vergewaltigte. Sie haben sich dabei immer wieder abgewechselt. Dieses Martyrium hat bis in den späten Nachmittag gedauert. Die Worte und Drohungen, die dabei fielen, will ich nicht wiedergeben. Ab einem bestimmten Zeitpunkt habe ich nur mehr alles über mich ergehen lassen. Ich hatte keine Kraft mehr, mich zu wehren."

Dunja konnte kaum weitersprechen. Jedes Wort war ihr eine Qual. „Am liebsten hätte ich mich danach sofort selbst umgebracht. Ich weiß nicht, was mich abhielt. Ich war vielleicht zu kraftlos dazu. Ich schämte mich zutiefst. Am Montag war ich bei einem Arzt, der mich auf unbestimmte Zeit krank schrieb. Ich habe ihm nicht erzählt, was konkret passiert ist, aber das brauchte ich auch nicht, er ahnte die Wahrheit. Als ich wieder zu Hause war, dachte ich noch, wie schön wäre es doch in deiner einsamen Bucht, weg von den Menschen, die dich nur verletzen. In diesem Moment wusste ich, dass ich zu dir kommen musste. Ich wusste, dass mich ansonsten die ganz schlimmen Gedanken in meinem Kopf vernichten würden. Zoran, ich hatte fürchterliche Angst um mich selbst.“

Dunja brauchte immer wieder Pausen, die Tränen rannten ihr ohne Unterbrechung das Gesicht herunter. „Diese Bucht, Zoran, und du, ihr ward meine Rettung. Hier habe ich ein bisschen Licht am Ende meines Tunnels wieder gefunden. Ich fühlte mich so beschmutzt, so wertlos. Hätte ich dich in dieser Zeit nicht gehabt, ich hätte den Glauben an das Gute im Menschen verloren. Du hast mir wieder Sinn gegeben. Zoran, wenn wir uns in Zadar nicht begegnet wären, ich wäre spätestens in den nächsten zwei Wochen bei dir hier gewesen. Ich musste dich unbedingt wieder sehen, das Schicksal hat uns nur ein bisschen vorgegriffen.“

Plötzlich wurde Dunja von einem neuerlichen Weinkrampf gepackt. Zoran nahm sie in seine Arme und streichelte ihr den Rücken. Dabei stieß sie hervor: „Magst du mich noch ein bisschen?“

„Das fragst du noch, du bist doch die Sonne in meinem Herzen geworden, du bist meine Nachtigall, du bist meine Zukunft, du bist mein kleiner Engel, du bist mein Stern. Gemeinsam schaffen wir alles“, flüsterte Zoki.

Dunja begann wieder heftig zu weinen. Diesmal aber waren es Tränen der Freude, des Glücks. Sie konnte es nicht fassen, sie wusste, dass ihr eine wunderbare Zukunft bevorstand. Eine Zukunft, die Zoran hieß und Kruševica-Bucht.

DIE LIEBE NIMMT GESTALT AN

Es war ein wunderschönes Wochenende gewesen. Nachdem sich Dunja ihren Schmerz von der Seele geredet hatte, war der Weg für ihre Liebe frei geworden. Mit viel Gefühl gelang es Zoki, sie immer wieder zu motivieren, von ihren Ängsten und seelischen Schmerzen zu erzählen. Mit jeder weiteren Erzählung wurde es in ihrem Herzen leichter und machte Platz für ihre Liebe. Dunja versprach Zoran, am nächsten Wochenende wieder zu kommen.

Inzwischen hatten sich wieder Bootstouristen bei Zoran zum Essen am Abend angemeldet. Er versuchte nun, diese terminlich eher unter der Woche unterzubringen. Tomi hatte sich mit seinen Freunden angesagt, und diesen konnte er nicht absagen. Außerdem kannten sie Dunja. Sie wussten aber von Zorans und Dunjas neuer Liebe nichts. Na, das wird aber eine Überraschung für sie werden, dachte sich Zoki und grinste über das ganze Gesicht.

Als Dunja am Freitag mit der Fähre ankam, winkte sie ihm schon von Weitem entgegen. Zoran hatte schon den ganzen Tag Herzklopfen, er konnte es kaum erwarten, sie wieder in seinen Armen zu halten. Dementsprechend fiel auch das Wiedersehen aus. Beide kümmerten sich nicht um die Leute, die ihnen lächelnd und wissend zusahen, als sie sich wild und doch so zärtlich an der Mole küssten. Die Menschen freuten sich für Zoran, denn offensichtlich hatte er jetzt seine Liebe gefunden.

Bevor sie aber losfuhren, fragte Zoran, „Dunja, ich habe zwei Neuigkeiten für dich. Eine sehr schöne und eine weniger schöne. Welche willst du zuerst hören?" Dabei lachte er mit einem derartigen Charme sie an, dass sie lachend sagte: „Wenn du sie mir erzählst, werden beide nicht schlimm sein. Mit deinen Augen gibst du jeder Neuigkeit etwas Gutes."

„Also, wir werden kein allzu ruhiges Wochenende erleben, mein süßes

Vögelchen, denn … Tomi und seine Freunde kommen zum Essen." Als Dunja das hörte, machte sie einen Luftsprung vor Freude. „Oh Gott, ist das schön, Zoki, das wird ein Spaß werden." Und gleich setzte sie leise flüsternd nach: „Deshalb brauchen wir ja auf nichts verzichten", und wurde ganz rot im Gesicht, als Zoran mit den Augen rollte. „Wissen sie von uns beiden?", fragte Dunja. „Nein, wir wollen sie doch überraschen, oder etwa nicht? Du wirst dich anfangs nicht blicken lassen." Nun lachten beide aus ganzem Herzen.

Als sie in der Kruševica-Bucht ankamen, fragte Dunja: „Zoki, du musst doch morgen arbeiten?" „Ach, mein kleines Goldstück, meines Herzens Glück, du weißt doch, dass ich immer wieder in den Außendienst gehen muss", dabei konnte sich Zoran sein Lachen nicht zurückhalten. „Könnte ich nicht inzwischen schon beginnen, für das Abendessen mit unseren Freunden alles vorzubereiten", fragte Dunja weiter. „So fremd ist mir das nun auch wieder nicht. Du wirst dich hoffentlich noch daran erinnern, dass wir nicht das erste Mal zusammen kochen." „Wie könnte ich das nur vergessen, hast mir ja sogar beim ersten Mal deine Telefonnummer hinterlassen", flüsterte Zoki und bemerkte Dunjas Verlegenheit. „Du solltest mir bei Gelegenheit einmal erzählen, was dein wahres Motiv dafür war." Dunja drehte sich rasch um und widmete sich Malas Begrüßung. Dieses Gespräch hatte sie nicht auslösen wollen, denn sonst hätte sie zugeben müssen, dass Zoran ihr damals schon sehr gefallen hatte.

Bevor sie jedoch das Häuschen betraten, zog Dunja Zoran zu sich. „Bitte halte mich, Zoki, ich kann es nicht glauben, dass ich schon wieder hier bin." Zoki zog diese wunderschöne Frau an seine Brust, zärtlich streichelte er über ihr Haar. „Du machst mich so glücklich, Zoki, ich fühle mich so wohl bei dir", flüsterte Dunja ihm zu und setzte langsam fort: „Unsere Gefühle verstärken meine Freude hier ins Unermessliche. Ich fange nicht nur an, mich in dich zu verlieben, ich verliebe mich auch in diesen Ort. Ich spüre nur unendliche Freude, ich verspüre eine Wärme in mir, wie ich sie noch nie kennengelernt habe. Halte mich bitte, halt mich und lass mich nie mehr los." Dunjas Glückstränen benetzten Zorans Brust. Zärtlich drehte Zoran Dunjas Kopf zu sich und küsste sie mit all seinen Gefühlen und mit aller Zeit der Welt. Ein tiefer Seufzer des Glücks entfloh ihrer Brust.

Es wurde wieder ein traumhafter Abend. Gemeinsam hatten sie ein tolles Abendessen gekocht und anschließend saßen sie unter seinem Baum, wo sie die Stille der Bucht genossen. Nach einem ausgiebigen Bad zogen sie sich in das Häuschen zurück, wo sie sich ihrer Liebe hingebungsvoll widmeten.

Am nächsten Tag half Zoki Dunja noch bei einigen Vorbereitungen für den Besuch. „Lass dich vor dem Haus ja nicht sehen, wenn Tomi in die Bucht kommt. Verschließe die Türe", mahnte er sie noch zur Vorsicht. „Ich werde so rasch wie möglich zurückkehren, dann lüften wir gemeinsam das Geheimnis." „Ich freue mich schon darauf, Zoki", lachte ihn Dunja an.

Kurz nach elf Uhr kehrte Zoki in seine Kruševica-Bucht zurück. Als er sich auf den Weg, das letzte Stückchen zu seinem Häuschen aufmachte, sah er schon zwei kleine Motorboote unten vor Anker liegen. Na, dann kann der Spaß ja bald gelingen, dachte er sich. Die Haustür fand er verschlossen vor, doch Mala verriet ihn. „Dunja, ich bin's", rief er leise, als auch schon die Türe aufging. Zoki stellte seine Sachen vom Einkauf ab, küsste Dunja herzlich und sagte ihr, sie solle Getränke richten, er hole nun die Rasselbande zum Haus.

Zoran ging die paar Meter runter zum Meer und rief laut zu den Booten hinüber: „Hier gibt es nur für Freunde ein kaltes Getränk, wer mir nicht gut gesonnen ist, soll drüben bleiben!" Ein lautes Gelächter erschallte: „Zoki, Zoki, wir kommen!" Nach wenigen Minuten schon kamen sie. Sie begrüßten Zoran, umarmten und küssten ihn. „So wartet doch, ich hole uns nur was zum Trinken", zwinkerte er ihnen zu und lachte, als hätte er noch was nachzuholen. Dunja, die alles gehört hatte, kam nun mit den Getränken, während Zoki ihr die Türe aufhielt.

Als Dunja mit dem Wein auf die Terrasse trat, wurde es mucksmäuschenstill, alle hielten ihren Mund offen, sie konnten nicht glauben, was sie sahen. Nach wenigen Sekunden dann riefen sie alle gleichzeitig „Dunja!". Ihre Freunde waren völlig perplex. „Und nun klärt uns auf, ihr beiden, ihr seid offensichtlich ein Paar!"

Zoran nahm Dunjas Hand in seine und sagte ihnen: „Ja, das sind wir seit einer Woche. Ob ihr es nun glaubt oder nicht, wir lieben uns." Dabei sah er tief in Dunjas Augen, als er vor den Freunden seine Liebe gestand. Dunja begann zu schlucken, tiefe Freude strömte durch ihr Herz. Dann fiel sie ihm unter dem Applaus der Freunde Zoran um den Hals und flüsterte: „Ja, wir lieben uns."

Dann hielten es Tomi und seine Freunde nicht mehr aus. Sie wollten wissen, wie das geschah. Gemeinsam erzählten Zoran und Dunja ihre Geschichte, jedoch ohne den Grund preiszugeben, warum es Dunja so schlecht ergangen ist. Dabei erfuhren sie natürlich auch von Zokis Polizeiausbildung und dass er nun in Sali seine Lebensbeschäftigung gefunden hatte. Das wurde natürlich alles ordentlich gefeiert. Zoran holte Schinken und Käse, wobei er ihnen zulachte: „Esst, aber nicht zu viel, am Abend gibt es eine Grillplatte."

Als Dunja und Zoran am späten Nachmittag damit begannen, das Abendessen gemeinsam vorzubereiten, stellten beide fest, dass die gemeinsame Arbeit ihnen Spaß machte. „Weißt du Zoki, dass ich das zu Hause auch so geliebt habe, wenn ich meiner Mutter beim Kochen helfen konnte? Nur, das jetzt mit dir zu tun, das ist für mich schon etwas ganz Besonderes. Diese Harmonie, die uns vereint und mit der wir gemeinsam kochen, so etwas habe ich noch nicht kennengelernt. Am liebsten würde ich nie mehr weggehen von hier." Der letzte Satz war ihr so herausgerutscht. Dabei errötete sie wieder einmal bis über beide Ohren. Zoran schaute ihr tief in die Augen, als er ihr sagte: „Das sollst du auch nicht, du gehörst nun an meine Seite, mein Vögelchen!" „Sag sowas nicht, Zoran, sonst kann es passieren, dass du mich nie wieder los wirst", dabei küsste sie ihn zärtlich.

Es wurde ein wunderschöner Abend. Tomi und seine Freunde konnten es noch immer nicht glauben. „Ihr seid unser Traumpaar", stellten sie fest. Dann fragten sie plötzlich Dunja, ob sie nun für immer hier wohnen werde oder als Lehrerin weiter arbeiten wolle. „Das weiß ich noch nicht, das wird sich weisen. Ich möchte aber meine Arbeit grundsätzlich noch nicht beenden, sie macht mir Spaß, ich habe Freude daran. Ich denke, Zoki und ich werden eine gute Lösung finden."

Als Dunja und Zoki nach diesem wunderschönen Abend wieder alleine waren, setzten sie sich wieder unter Zokis Baum. Sie genossen diesen wunderschönen warmen Abend, der sie umschmeichelte, als Dunja plötzlich sagte: „Zoran, dieser Stern dort oben, das könnte jener von Jasna sein. Ich spüre, dass sie sich freut, dass wir zueinander gefunden haben." „Ja, das glaube ich auch, du mein kleines Goldstück."

SCHÖNE AUSSICHTEN

Zoran genoss jedes Wochenende, wenn Dunja mit der Fähre kam, wenn er sie abholte und mit ihr in seine Kruševica-Bucht fuhr. Fast jedes Wochenende hatten sie Gäste für ein Abendessen. Das war für sie beide, die ihre Einnahmen extra in eine Kasse gaben, ein lukratives Geschäft geworden. Sie hatten Freude daran, immer wieder neue Leute kennenzulernen, lehnten es aber ab, jeden Tag eines Wochenendes einen Termin anzunehmen.

Zoran wurde immer wieder gefragt, ob er nicht Brot, Gemüse oder Milch zu verkaufen hätte, auch Getränke waren sehr gefragt. Eines Tages fragte ihn Dunja: „Zoran, warum holst du denn nicht vom Geschäft in Sali vor dem Wochenende ein paar Sachen und verkaufst sie an die Bootstouristen?" Sie diskutierten darüber noch einige Zeit weiter.

„Das Problem ist, dass wir keinen Strom für einen Kühlschrank haben, Dunja, und wir wissen nicht, wie viele Leute kommen und ob alle etwas kaufen. Brot kann ich in der Peka-Pfanne jeden Tag machen. Getränke könnten wir holen. Das ginge. Wenn du mir dann auch noch dabei hilfst, könnten wir es ja probieren."

Am darauf folgenden Donnerstag startete Zoran den Vorschlag mit gemischten Gefühlen. Er kaufte Bier und Wein in Flaschen ein, kaufte ein bisschen Gemüse und Brot, Eier hatte er selbst. Mühsam schaffte er alles in sein Boot und brachte das zu seiner Bucht. Die ersten Boote ankerten schon in seiner Bucht. Er dachte, das könnte ich auf der Stelle ausprobieren.

Als er zum ersten Boot kam, freuten sich die Bootstouristen so sehr, dass sie ihm sofort einen Großteil abkauften. Als der Skipper des Nachbarbootes das sah, rief er ihm schon zu, ob er nicht auch zu ihm kommen wolle. Im Nu hatte Zoran bei den vier Booten fast alles verkauft und dabei auch nicht schlecht verdient. Na, das fängt ja gar nicht so schlecht an, dachte er sich. Das Geschäft in Sali profitiert und ich auch.

Als er am nächsten Tag Dunja von der Fähre abholte, erzählte er ihr sofort davon und sagte ihr, dass er schon wieder am Morgen die Boote beliefert habe und neuen Vorrat in seinem Boot hätte. „Du wirst kaum Platz finden, mein Vögelchen", lachte er sie an, „wir haben schon für das Wochenende vorgesorgt. Ich werde dir das zeigen, mit meinem Fischerboot zu manövrieren, dann kannst du das an den Wochenenden machen. Was glaubst du, wenn die Leute in dein wunderschönes, lächelndes Gesicht sehen, kaufen sie noch mehr." Dabei musste er sich den Bauch halten vor lauter Lachen. „Dunjas schwimmender Markt", setzte er noch nach. Nun lachten beide über seine Idee.

Dunja war am nächsten Tag mit Feuer und Flamme dabei, als Zoran ihr den Umgang mit dem Boot zeigte. Zuerst lernte sie mit den Ruderblättern umzugehen, wobei das bei Gott nicht leicht für sie war. Die Ruder alleine hatten schon ihr Gewichte und damit das Boot noch dazu zu bewegen, zu steuern und ohne Havarie damit anzulegen, war für sie nicht leicht. Dunja hatte aber ein sehr gutes Gefühl dafür. „Ja, das traue ich mir beim nächsten Mal auch alleine zu, mein Geliebter, du wirst dich noch wundern, was ich noch alles lernen werde. Ich hoffe, dass du mir noch viel beibringen wirst", dabei lächelte sie verschmitzt über ihr ganzes Gesicht, dass Zoran gar nicht anders konnte, als sie in seine Arme zu ziehen und zu küssen. „Bei deiner Begabung, mein süßes Mädchen...", weiter kam er nicht.

Mit dem Tomos-Motor ging es Dunja schon wesentlich besser. Nur den Motor zu starten, da hatte sie anfangs noch Probleme. Der wollte einfach nicht immer. „Probiere es mit Vollgas, Dunja, wenn der Motor warm ist. Am besten du lässt ihn im Leerlauf laufen, solange du bei den Schiffen angelegt hast, bis du wieder zurück bist." Letztlich hatte Dunja das enormen Spaß gemacht. „Na, dann kannst du nächstes Wochenende schon den schwimmenden Markt eröffnen", stellte Zoran fest.

Als Zoran am Montag nach Sali kam, besuchte er Milan im Postamt. „Gott sei Dank, dass du heute gekommen bist, Zoki", rief ihm Milan schon zu, „du sollst Dunja dringend anrufen. Du hast doch die Nummer von der Schule?", fragte er ihn. Zoran ging sofort in sein nebenan liegendes Polizeibüro, von wo er ungestört Dunja anrufen konnte. „Zoran, sitzt du gut?", fragte sie Zoki. „Dieses Mal habe ich eine gute und eine schlechte Nachricht. Die gute Nachricht, ich kann es nicht erwarten, dich wieder zu sehen" und lachte ins Telefon. „Ich ja auch nicht, Dunja, aber was ist die schlechte Nachricht", fragte er Dunja vorsichtig. „Na ja", begann Dunja langsam, „Tomi hat mit meinem Vater gesprochen und ihm so nebenbei erzählt, dass er sich über unser Wiedersehen in der Kruševica-Bucht so gefreut habe und dass wir ein tolles Paar seien. Meine Eltern wollen uns mit Tomi am Wochenende besuchen kommen, die haben mich auch schon angerufen. Ich konnte nicht nein sagen. Ist dir das recht?"

Zoran konnte Dunjas Zweifel und ihre Angst nicht nur heraushören, er spürte sie auch ganz deutlich. „Ach Dunja, du bist meine Liebe, hast du das vergessen? Was kann uns aufhalten, mein Mädchen, deine Eltern? Sicher nicht. Wir werden sie gemeinsam herzlich willkommen heißen. Wir werden ihnen zeigen, warum du bei mir so glücklich bist. Wir werden ihnen die Magie dieser Bucht spüren lassen." „Oh Zoki, dafür liebe dich noch viel mehr, du machst mich ständig nur glücklich", hauchte Dunja ins Telefon. Sie konnte wieder einmal ihr Glück mit Zoran nicht fassen.

Als Zoran das Telefonat mit Dunja beendet hatte, kehrte er zu Milan zurück. Er erzählte ihm von dem bevorstehenden Besuch von Dunjas Eltern. „Milan, ich würde mich sehr freuen, wenn du mit deiner Frau Mara auch kommen könntest, ich brauche ein bisschen moralische Unterstützung", grinste Zoki seinen Freund verlegen an. „Das machen wir gerne, Zoki, wir lassen euch beide Turteltauben sicher nicht alleine in der Not", versprach ihm Milan grinsend, der sich Zokis Gefühle vorstellen konnte. „Wir werden schon am frühen Morgen kommen, sodass wir euch ein bisschen unter die Arme greifen können."

Nun begannen die beiden einen Schlachtplan auszuhecken. Milan schlug Zoran vor, dass er am Samstag schon sehr früh nach Sali fahren und dort seiner Arbeit nachgehen sollte, damit Dunjas Eltern ihn noch nicht sehen könnten. Dunja wäre ja nicht alleine, weil er mit seiner Frau spätestens um neun Uhr schon bei ihr wäre. Damit hätten ihre Eltern schon Zeit, sich der Schönheit der Bucht hinzugeben und könnten so allein mit ihrer Tochter ein bisschen Zeit verbringen. Denn dass sie ihren zukünftigen Schwiegersohn kennenlernen wollten, war ja nicht zu übersehen. Zoran hielt das für eine tolle Idee.

Als Dunja dann am Freitag kam, erzählte er ihr von Milans Idee. Sie war sehr erfreut darüber. „Ja, ich glaube, das ist ein guter Plan, Zoki. Sie werden begeistert sein. Und dann fängt am Nachmittag unser Teil an, wir werden sie gemeinsam kulinarisch verwöhnen. Ich kann es gar nicht mehr erwarten. Du wirst sehen, alleine wenn die beiden sich in die Fluten stürzen und der Atem dieser Bucht sie umhüllt, wird ihre Begeisterung keine Ende nehmen."

Zoran hoffte, dass diese Rechnung aufging. Er wünschte es sich nicht nur für sich, sondern auch für Dunja. „Du wirst sie mit deinem Charme um den Finger wickeln, das weiß ich jetzt schon. Aber jetzt lass uns diese wunderschöne Nacht genießen, du Liebe meines Lebens!", hauchte Dunja ihrem Liebsten entgegen, „die Nachtigallen singen unser Liebeslied."

HERZLICHE BEGEGNUNG

Zoran und Dunja standen schon sehr früh auf. Sie wollten nicht nur die Tiere gemeinsam füttern, sie wollten auch die wichtigsten Vorbereitungen für den Besuch ihrer Eltern treffen. Dann verabschiedete sich Zoran. Er würde zwar früher als erforderlich in seinem Büro sein, aber er wusste ja nicht, wann Tomi mit ihnen kommen würde. Außerdem hatte ihm Milan versprochen, mit seiner Frau spätestens um neun Uhr Dunja zu unterstützen. Zoran hatte eine gewisse Nervosität ergriffen, obwohl er sich sagte, dass dies nicht notwendig war. Er versuchte sich mit ein bisschen Büroarbeit abzulenken.

Milan kam mit seiner Frau mit einem alten Fischerboot in die Kruševica-Bucht gefahren. Dunja war froh, nicht mehr allein zu sein. Rasch hatten sie die Vorbereitungen für ein kleines Mittagessen fertig, als Tomi schon mit seinem Motorboot in die Bucht gefahren kam. „Dunja", sagte Milan zu ihr, „du musst jetzt zu ihnen hinüberfahren und ihnen ein Bad im Meer schmackhaft machen", grinste er sie an. „Sag ihnen, sie sollen in ein bis zwei Stunden zum Essen kommen." „Das ist eine perfekte Idee", lachte Dunja und machte sich mit Zorans Fischerboot schon auf den Weg zu ihren Eltern.

Die Begrüßung war natürlich herzlich, und doch konnte ihre Mutter es sich nicht zurückhalten und meinte so beiläufig zu Dunja: „Na, ein bisschen einsam ist es hier schon, du wirst doch hier nicht leben wollen." Dabei blickte sie ihre Tochter sorgenvoll an. „Aber Muttilein, das weiß ich doch noch gar nicht. Genieße zuerst das Bad, geht ein bisschen schwimmen. Schaut, wie herrlich klar hier das Wasser ist. Ich muss noch ein bisschen kochen gehen, damit ich euch etwas Gutes auf den Tisch stellen kann", versuchte Dunja ihrer Mutter den Wind aus den Segeln zu nehmen. „Du wirst schon sehen, dass das ein traumhafter Platz ist", versuchte Tomi ein bisschen positive Stimmung hineinzubringen.

Dunja und ihre Freunde begannen nun auf der Terrasse für das Mittagessen alles herzurichten. Dunja hatte schon einen Topf über dem Feuer gehängt, in dem sie das berühmte Fischgulasch kochte. Dazu gab es diese herrlichen gegrillten Polentaschnitten. Sie freute sich schon auf Zokis Ankunft. Sie wusste, dass er sich mit ihren Eltern gut verstehen würde. Sie musste sich natürlich eingestehen, dass sie für die Sorgen ihrer Eltern Verständnis hatte. Die lebten ja in der Stadt, sie konnten sich das Leben in derartiger Abgeschiedenheit überhaupt nicht vorstellen. Tomi hatte ihr gesagt, dass er mit ihren Eltern hier am Schiff übernachten würde. Er meinte, erst wenn man die Ruhe der Nacht in der Kruševica-Bucht erlebt habe, kann man die Schönheit und den Frieden dieser Bucht verstehen lernen.

Kurz vor Mittag kamen sie dann. Tomi mit seiner Frau und Dunjas Eltern. Sie wurden von Mala freudig begrüßt, was mit vorsichtigen Streichelversuchen skeptisch zu Kenntnis genommen wurde. Dunja fiel ihren Eltern vor Freude um den Hals. „Kommt, ich zeige euch Zorans Reich. Ihr glaubt gar nicht, wie glücklich ich hier bin", forderte Dunja sie auf. Bei dieser Besichtigungstour stellte sie ihnen auch Milan und seine Frau vor. Dabei erzählte sie ihnen, wie Zorans altes Haus abbrannte und Milan mit seinen Freunden ihm geholfen hatten, ein neues wieder aufzubauen. Die beiden kamen aus dem Staunen nicht heraus, sie konnten nicht glauben, was hier in so kurzer Zeit geschaffen worden ist. Und das aus den Teilen eines Abbruchhauses.

Als alle schon um den Tisch saßen und gemütlich den guten Wein genossen, sprang Mala plötzlich bellend auf und lief den Weg zum Hang hinauf. „Ah, Zoran, kommt schon!", rief Dunja, deren Freude sich in ihrem Gesicht widerspiegelte. Ihre Eltern sahen sich nur an, ihrem Vater glitt ein Lächeln übers Gesicht. Er freute sich über seine Tochter, dass sie endlich ihre Liebe gefunden hatte, was man von Dunjas Mutter noch nicht sagen konnte. Ihr wäre ein Professor oder etwas Ähnliches als Mann für ihre Tochter lieber gewesen, sie wollte für ihre Tochter immer schon eine standesgemäße Verbindung. Sie wollte nicht, dass ihre Tochter hier in der Wildnis lebte. Mit einem Polizisten! Was da ihre Freundinnen wohl sagen würden?

Zoki kam mit seinem charmantesten Lächeln, das er sich ins Gesicht gezaubert hatte, an den Tisch. Mit diesem entwaffnenden Lächeln sagte er zu Dunjas Eltern: „Herzlich willkommen in meinem bescheidenen Heim, ich bin Zoran, ich freue mich über Ihren Besuch." Dabei wurde er von Dunja zur Begrüßung herzhaft geküsst. Sie wollte bei ihren Eltern keinen Zweifel über den Grund ihrer Anwesenheit aufkommen lassen. Zoran sah sofort, dass er mit Dunjas Vater, der sich als Goran vorstellte, keine Probleme hätte. Nur bei Maria, Dunjas Mutter, wusste er, dass sie etwas schwieriger sein würde. Tomi und seine Frau umarmte er zur Begrüßung.

Während des Essens rief Dunja plötzlich ihren Eltern zu: „Schaut", und zeigte hinaus aufs Meer, „zwei Delfine kommen herein geschwommen!" „Oh", rief ihre Mutter als Erste, „wie majestätisch und schön." Ganz verzückt blickte sie den Tieren nach. Zoki nahm das lächelnd zur Kenntnis, als ihm gleichzeitig eine Idee kam. Er fragte sofort Dunjas Eltern: „Ich würde nach dem Essen in die Bucht hinausfahren, um meine Reusen zu kontrollieren. Wenn ihr wollt, könntet ihr mich begleiten. Vielleicht sehen wir noch andere Delfine." „Das wäre eine tolle Sache, Zoran", befürwortete Goran seine Idee sofort, bevor seine Frau ablehnen konnte. „Nehmt euch was zum Schwimmen mit", riet Zoki ihnen noch.

Nach dem Essen konnte Dunjas Vater sich nicht zurückhalten, als er sagte: „So ein herrliches Fischgulasch habe ich noch nie gegessen. Unwahrscheinlich gut. Ich wusste nicht, dass meine Tochter so gut kochen kann." „Ich hatte ja eine gute Lehrerin", lobte Dunja ihre Mutter, die verlegen zu Boden blickte. „Na dann lasst uns aufbrechen, bevor wir noch zu viel des Lobes hören", forderte Zoran sie auf, mit ihm zu kommen.

Es wurde ein wahrlich schöner Nachmittag, den Zoran mit Dunjas Eltern in der Bucht verbrachte. Milan war ebenfalls mit seiner Frau dabei. Freudig sahen sie zu, wie Zoran einen kleinen Katzenhai und zwei Langusten aus seinen Reusen holte. „Die werden heute am Abend unsere Vorspeise sein", grinste dieser.

Dunjas Mutter gefiel es inzwischen immer besser. Ihre anfängliche Nervosität legte sich zusehends. Außerdem fand sie Zoki immer sympathischer. Er bemühte sich aber auch, sie ständig in die Gespräche einzubeziehen. Er merkte, wie ihre Vorurteile ihm gegenüber ständig abnahmen. Kurz bevor sie nach Hause fuhren, sahen sie dann doch noch Delfine. Dunjas Mutter war ganz verzaubert. Mit offenem Mund sah sie den Tieren nach, ein „Ah" und „Oh" folgte dem anderen. Am liebsten, so hatten alle den Eindruck, wäre sie ins Wasser gesprungen und zu ihnen hingeschwommen.

Als sich alle am Abend zum Essen auf der Terrasse einfanden, hatte Zoran den Kamin schon in Betrieb. Dunja servierte als Vorspeise Schinken, Käse, gegrillten Katzenhai und die Langusten mit frischem Brot aus der Peka-Pfanne. Pures Verzücken stand in den Gesichtern der Gäste. Erst recht, als Dunja ihren Eltern erklärte, dass Zoran selbst den Schinken, aber auch das Olivenöl produzierte. Es gab ja keinen Bissen von diesen Köstlichkeiten, ohne dass sie einige Tropfen Olivenöl darauf träufelten.

Zoran zeigte dann sein ganzes Können am Grill. Das Fleisch war knusprig und innen wunderbar saftig und weich. Dazu grillte er Gemüse und in einer Pfanne hatte er Rosmarinkartoffeln. Dunja hatte Tomaten mit Zwiebeln, Knoblauch und frischer Petersilie, alles aus Zorans Garten, zu einem herrlichen Salat verarbeitet. Dieses Essen hatte die letzten Zweifel bei ihren Eltern vertrieben, erst recht, als Zoki dann noch seinen selbst angesetzten Schnaps, einen Traverica, als Draufgabe servierte.

„Zoran, wie schaffst du das alles", fragte ihn Dunjas Vater, „du gehst fischen, du hältst Haustiere, du hast deine Arbeit als Polizist, du kochst für Gäste? Wann hast du Zeit für dich?" „Immer", lachte Zoran, „ich genieße und liebe diese Arbeit, die keine Arbeit, sondern Vergnügen für mich ist. So hielt es schon mein Großvater. Ich habe alles von ihm gelernt. Diese Bucht gibt mir die Kraft und den Frieden dafür. Wir haben verlernt, mit der Kraft der Natur, mit dem Frieden, die sie uns gibt, zu leben. Dunja hatte sich schon beim ersten Mal in diesen Platz hier verliebt. Inzwischen haben wir unsere Liebe hier an diesem Platz auch gefunden. Wir beide haben Wunden der Vergangenheit in unserem Herzen. Aber unsere Liebe hier in dieser Bucht heilt diese Wunden. Diese Magie, die hier herrscht, lässt uns schweben und lehrt uns Demut. Hier empfindet man die sogenannte Arbeit als Vergnügen, als tiefe Befriedigung, wenn wir dann das Resultat sehen. Viele Menschen würden uns darum beneiden, hier leben zu dürfen, wenn sie wüssten, wie schön es hier ist. Dieser Platz, so einfach man hier auch lebt, gibt einem eine innere Kraft, über die ich selbst manchmal staune. Hier bin ich aufgewachsen. Hier möchte ich auch einmal meine Kinder aufwachsen sehen. Hier zu leben, heißt für mich, sein Leben lang jung zu bleiben, ein bisschen von der Ewigkeit kennenzulernen." Zoran, war über sich und seine Rede selbst erstaunt. Aber er hatte nur seine tiefe innere Überzeugung kundgetan.

„Ich kann dich verstehen", antwortete Dunjas Vater leise. „In der Stadt haben wir das schon lange vergessen, was so ein Leben bedeuten kann." „Dunja und ich würden uns sehr freuen, wenn ihr öfter zu uns kommen würdet. Wir könnten ja im Dachgeschoss einen Schlafraum einrichten, daran soll es doch nicht scheitern", schlug Zoran vor. „Wer weiß, vielleicht würde es euch auch gut tun", setzte er nach. Zoran ließ mit seinen Worten einen sehr nachdenklichen Mann zurück.

Als sich am nächsten Tag Dunjas Eltern von ihnen verabschiedeten, standen Tränen in den Augen von Dunjas Mutter. „Heute Nacht", erzählte sie ihrer Tochter, „saß ich mindestens eine Stunde im Cockpit des Schiffes und betrachtete den Sternenhimmel, blickte dazwischen zu diesem Häuschen herüber und genoss diese Stille. Das habe ich schon sehr lange nicht mehr gemacht, Dunja. Ich konnte es nicht mehr. Ich hatte vergessen, was es heißt, mit sich ins Reine zu kommen. Die Ruhe und der Frieden an diesem Platz sind unwahrscheinlich. Je länger ich hier bin, umso mehr beneide ich dich. Ich wünsche dir, dass du hier mit Zoran glücklich bist. Ich weiß jetzt, dass ich das Falsche für dich wollte, bitte verzeihe mir."

Nun rannen auch Dunja Tränen über ihr Gesicht, als sie ihre Mutter umarmte. Endlich hatte sie bei ihr wieder das Gefühl der Geborgenheit gefunden. Sie hatte wieder das Gefühl, das sie als Mädchen kannte, dass ihre Mutter sich um sie aufrichtig sorgte und ihr Liebe angedeihen ließ. Sie war froh, dass ihre Eltern sie bei Zoki besucht hatten. Die Worte ihrer Mutter taten ihr gut. Tiefer Dank breitete sich in ihrem Herzen aus.

„Es ist das Herz, das über sie gesiegt hat", raunte Zoran seinem Vögelchen Dunja ins Ohr, als sie plötzlich wieder alleine waren. „Es war ein Sieg der Menschlichkeit", setzte er nach.

EIN WICHTIGES TELEFONAT

Es war schon Ende September, ein sehr warmer, sonniger Tag lag vor
Zoran. Die Nächte waren zwar schon kühler, aber Zoki liebte diese
Jahreszeit. Die Saison neigte sich dem Ende zu, das bedeutete aber
auch, dass die Ernten eingebracht wurden. Bald waren auch die Oliven
zu ernten, er freute sich schon darauf. In der letzten Zeit konnte er viel
von seinem Olivenöl an die Touristen, die ihn in seiner Bucht besuchten, verkaufen. Bei den Verkostungen verdrehten sie meist verzückt
die Augen, so begeistert waren sie von seinem Öl. Er selbst kochte ausschließlich mit seinem Olivenöl. Nicht umsonst, so war man auf der
Insel überzeugt, gab es so viele alte Leute wie hier. Olivenöl gehörte
hier zum Alltag. Nur trugen die Bäume hier nicht so viele Früchte wie
am Festland. Das lag nicht nur am kargen Boden, sondern auch daran,
dass es hier wesentlich weniger als am Festland regnete.

Als Zoran kurz nach neun Uhr in Sali in seine Polizeistation kam,
erwartete ihn schon der Skipper eines Segelbootes, das aus Italien
einreisen wollte. Rasch hatte Zoran die Formalitäten erledigt und die
erforderlichen Papiere ausgestellt. Seine Arbeit machte ihm Spaß. Hier
am Festland hatte er viel Freiheit während seiner Tätigkeit als Polizist.
Das hätte er an anderer Stelle nicht. Hier war er alleine und sein eige-
ner Chef. Ab nächstem Jahr soll er befördert werden, so hatte es ihm
ein Freund aus Zadar geflüstert, weil er auch die Dienststelle leitete.
Da überkam Zoran ein Lächeln. Er war glücklich über seine Entscheidung, das Angebot, in den Polizeidienst zu treten, angenommen zu
haben. Sollte er aber seine Arbeit zu Hause mit der Polizei nicht mehr
in Einklang bringen können, würde er den Polizeidienst sofort wieder
aufgeben.

Zoki wollte nach der Abfertigung des Segelbootes gerade zu Milan
Kaffee trinken gehen, als sein Telefon läutete. Als er abhob, staunte er
nicht wenig. Goran, Dunjas Vater, meldete sich. „Hallo Zoran, ich bin
es, Goran, der Vater von Dunja. Zoran, meine Frau und ich, wir waren

schwer beeindruckt von unserem Besuch in deiner Bucht. Wir haben das am Anfang noch gar nicht so verstanden, als wir Dunja und dich besucht haben. Zu Hause haben wir noch sehr oft darüber gesprochen. Erst da haben wir ein bisschen zu verstehen begonnen, was wir in deiner Bucht erlebt haben."

Zoran hörte Dunjas Vater schlucken, er spürte direkt, wie er nach den richtigen Worten suchte. „Das freut mich sehr. Goran, ich muss Ihnen sagen, auch Dunja und ich haben über euren Besuch oft gesprochen. Wir hatten zuvor ein bisschen Angst, es könnte euch nicht gefallen oder ihr hättet was gegen unsere Beziehung. Wir haben aber festgestellt, dass ihr uns eine sehr große Freude gemacht habt, dass ihr gekommen seid. Ich weiß, dass es auch für euch nicht leicht war."

„Na ja, Zoran, die Wahrheit ist, das wir bis heute nicht wissen, was zwischen Dunja und ihrem ehemaligen Verlobten tatsächlich passiert ist. Es muss etwas sehr, sehr Tragisches gewesen sein. Wir wussten lange nicht, wo sich Dunja aufgehalten hat, sie war einfach verschwunden. Sie hinterließ uns nur einen Brief, in dem sie uns schrieb, dass sie bei einem Freund sei und wir uns nicht sorgen müssten. In ihrer Schule erfuhr ich, dass sie krank geschrieben war. Als sie wieder zurückkam, ging es ihr zwar wesentlich besser, aber sie sah furchtbar aus. Sie sprach mit uns kaum. Sie hatte sich mit ihrer Mutter die letzten Jahre kaum vertragen. Ich glaube zu wissen, dass sie unter dem Wunsch ihrer Mutter, dass sie genau diesen Mann heiraten sollte, sehr gelitten hat. Leider hat sie sich mir nie anvertraut."

Goran seufzte tief. Zoran spürte dessen Sorge um Dunja ganz stark. Also sagte er: „Sie brauchen sich nicht sorgen, Goran. Dunja hat sich mir anvertraut. Sie hat bei mir nicht nur Trost, sondern auch die wirkliche Liebe gefunden. Wir müssen nur einen gemeinsamen und schönen Weg für uns beide finden. Ich möchte auch nicht, dass Dunja ihre Arbeit beendet. Zum anderen möchte ich sie auch beruhigen. Dunja hat sehr schlechte Erfahrungen in ihrem Leben gemacht. Auch ich habe eine traumatische Liebe hinter mir. Gerade unsere beiden Erlebnisse geben uns in dieser Verbindung Kraft für Neues, stärken unsere Liebe noch mehr."

„Zoran, ich muss dir sagen, dass wir, meine Frau Maria und ich, uns große Sorgen um Dunja gemacht haben. Wir haben nicht gewusst, ob wir unser Kind verlieren würden. Wir hatten das Gefühl, dass sie sich von uns abkapseln wollte. Wir hatten Angst, das wir sie verlieren." Zoran hörte, wie Goran wieder einen tiefen Seufzer ausstieß. Er konnte ihn verstehen, da er Dunjas Geheimnis doch kannte. Er wusste, dass Dunja unwahrscheinlich unter ihrer Vergangenheit und den schrecklichen Geschehnissen gelitten hatte. Und das alles, weil sie dem Wunsch ihrer Mutter folgen wollte, einen Mann zu heiraten, den sie in Wirklichkeit ablehnte.

Es herrschte kurze Zeit Ruhe am Telefon. Nach einer kleinen Pause setzte Goran fort: „Ich habe dich eigentlich aus einem ganz bestimmten Grund angerufen, Zoran. Ich wollte dir einen Vorschlag unterbreiten. Bevor ich dir diesen nenne, muss ich dir noch etwas sagen. Bei unserem Besuch bei dir und Dunja haben wir dich natürlich auch beobachtet. Wir sind der Überzeugung, dass du nicht nur ein überaus sympathischer junger Mann bist, du bist auch sehr fleißig und ein grundehrlicher Mensch. Das ist auch der Grund, warum ich mit dir dieses Gespräch führe. Wir haben sehr großes Glück, dass sich Dunja in dich verliebt hat. Wir mögen dich sehr, Zoran." Jetzt war es an Zoran, der verlegen wurde und ein leises „danke" in den Hörer hauchte.

„Der wahre Grund, warum ich dich anrufe", fuhr Goran fort, „ist mein Vorschlag für dich: Du sagtest zu mir, du würdest dein Dachgeschoss insofern ausbauen, damit wir dort schlafen könnten und wir euch länger als einen Tag besuchen dürften. Ich würde dir beim Ausbau nicht nur helfen, ich würde die Materialien auch bezahlen. Du würdest mir eine große Freude machen, wenn du dazu deine Einwilligung gäbest."

Zoran konnte das nicht glauben. Sein Herz machte einen Sprung vor Freude. Nicht nur, dass er damit Dunja eine ganz besondere Freude machen konnte, wenn sie öfter ihre Eltern sah, sondern auch diese Hand, die Goran ihm mit seinem Vorschlag entgegenstreckte, diese Geste seiner Freundschaft, die er ihm auch mit seiner Großzügigkeit anbot. „Das … das würde Dunja und mich sehr freuen", antwortete er ihm.

Zoran und Goran vereinbarten, dass sie schon am übernächsten Wochenende damit beginnen würden. Zoran würde die Materialien besorgen.

Als das Telefonat beendet war, ging Zoki sofort zu Milan in die Poststation nebenan und erzählte ihm davon. Der begann lauthals zu lachen. „Was lachst du so blöd, ich dachte, du bist mein Freund", schnauzte ihn Zoki an. Milan sagte ihm lachend und sich den Bauch haltend: „Zoki, dein Schwiegerpapi hat dir gerade mitgeteilt, dass er für deine Kinderschar, die du mit Dunja noch in die Welt setzen wirst, das erste Zimmer ausbaut, und bis das erste Kind da ist, dürfen er und seine Frau darin schlafen." Milan hörte nicht auf zu lachen, erst recht nicht, als Zoran das Kinn herunterfiel. Plötzlich stimmte Zoran in das Gelächter mit ein.

Nachdem sich die beiden etwas beruhigt hatten, sagte Milan plötzlich, „Zoki, ich werde mit Stipe, dem Tischler, kommen, wir werden dir helfen. Ich würde dir aber vorschlagen, dass du Dunja nichts sagst, sie soll überrascht werden. Was hältst du davon? Du sagst Stipe noch, was du brauchst, oder besser, ich komme morgen mit ihm zu dir, wir schauen uns alles an und beraten uns, wie wir das lösen können." „Milan, das ist eine tolle Idee, ich danke dir, mein Freund." Damit sprang Zoki auf und ging in sein Büro zurück. Sofort rief er nochmals Dunjas Vater Goran an. Er bat ihn, Dunja nichts von seinem Kommen zu erzählen.

DER AUSBAU

Milan hatte Wort gehalten. Er kam tatsächlich am Tag nach dem Telefonat mit Stipe, dem Tischler. Gemeinsam überlegten sie die Planung des Obergeschosses. Zoki war froh, dass er einen Fachmann wie Stipe zur Seite hatte. Der legte gleichzeitig mit dem Plan, den er sich zeichnete, auch eine Materialliste an. Stipe versprach auch, die Besorgung des gesamten Baumaterials zu übernehmen. Er musste alles in Zadar organisieren.

Mit Goran hatte Zoran noch einmal telefoniert. Sie einigten sich, dass Goran Urlaub nehmen und am Donnerstag der darauffolgenden Woche mit der Fähre kommen würde. Also einen Tag, bevor Dunja wieder aus Zadar in die Kruševica-Bucht käme.

Auch das gesamte Baumaterial wurde schon Mitte der Woche geliefert. Der gesamte Ausbau unter dem Dach sollte mit Holz gemacht werden. Sie würden wieder einmal mit dem Fischerboot des Öfteren Material in die Bucht transportieren müssen.

Als am Donnerstag dann Goran am späten Nachmittag mit der Fähre in Sali ankam, holte ihn Zoki dort ab. Sie sahen sich lange in die Augen, bis Goran dann sagte: „Ich freue mich, wieder hier zu sein, Zoran. Am meisten freue ich mich aber auf deine Bucht und meine Tochter, sie wieder zu sehen." „Herzlich willkommen, Goran! Ich freue mich auch, dass Sie hier sind.

Gemeinsam fuhren sie dann mit dem Moped zu Zorans Fischerboot, das er in der Magrovica-Bucht stehen hatte. Dort lagerten auch die Baumaterialien. Als Goran das sah, sagte er etwas verzagt: „Na, das kann ja heiter werden, mit dem kleinen Boot das alles zu deiner Bucht zu transportieren." Zoki lächelte: „Da haben wir schon viel mehr dorthin gebracht. Wir werden jetzt schon einiges mitnehmen."

Sie luden ein, was ging. Das Wetter war schön und somit keine Wellen zu erwarten. Das Boot hatte ziemlich Tiefgang, als sie dann endlich aufbrachen. Goran war das nicht ganz geheuer. Immerhin musste er auf den Brettern Platz nehmen. Er war froh, als sie endlich in die Kruševica-Bucht kamen. Sie luden das Material aus. Dabei konnte Zoki erkennen, dass Dunjas Vater diese körperliche Arbeit nicht gewohnt war. Als sie fertig waren, kochte Zoran ihnen sofort ein einfaches Mahl.

„Morgen muss ich um neun Uhr wieder in Sali bei meiner Arbeit sein", erklärte er Goran. „Dafür werden mein Freund Milan und der Tischler Stipe kommen. Am Nachmittag komme ich dann mit Dunja, die bis jetzt von allem noch nichts weiß." „Mache dir um mich keine Gedanken, Zoran", beruhigte ihn Dunjas Vater, „ich werde versuchen, deinen Freunden zu helfen."

Zoran, der seine Tiere noch versorgte, stellte bei seiner Rückkehr ins Haus fest, dass Goran schon tief und fest schlief. Die gesamte Anreise, dachte sich Zoki, und dann noch die Schufterei mit dem Material, das war dann doch zu viel. Seine Gedanken glitten zu Dunja. Was sie wohl zum Ausbau sagen würde und wenn sie ihren Vater hier vorfand? Er freute sich schon, wenn ihre Augen zu leuchten beginnen würden. Er konnte es nicht erwarten, sie wieder bei ihm zu haben.

Als am nächsten Tag Zoran schon in Sali war, trafen Milan und Stipe mit einem weiteren Freund in der Bucht von Zoki ein. Milan und Goran begannen sofort, mit Zokis Fischerboot Material aus der Magrovica-Bucht zu holen, während Stipe und sein Freund Vlado mit den Arbeiten im Dachgeschoss begannen.

Zoran konnte die Ankunft von Dunja kaum erwarten. Als sie sich dann endlich in den Armen lagen, sagte Dunja zu ihm: „Irgendetwas hast du heute, du bist so geheimnisvoll?" Zoran lächelte sie aber nur an und meinte verschmitzt: „Du bist mein schönstes Geheimnis, meine Liebe, lass uns nach Hause fahren." Er nahm Dunja bei der Hand und brachte sie zu seinem Moped. Als sie am Ende des Weges bei der Kruševica-Bucht ankamen, hörte man ein bisschen Lärm von der Bucht herauf.

„Zoki", was ist da los?" Dunja konnte nichts mit den Geräuschen anfangen. „Ach, Kleines, komm, lass uns einfach nachschauen gehen", grinste er Dunja an. Mala kam ihnen schon ganz aufgeregt entgegen, als sie kurz vor dem Haus anlangten. Dunja konnte aber noch immer nichts erkennen, da sie nur die Rückseite des Hauses vor sich hatte.

Als sie aber dann um die Ecke kamen, sah Dunja ihren erschöpften Vater auf den Brettern sitzen, die vor dem Häuschen lagerten. Sie blieb nur kurz stehen. Dann rannte sie mit einem lauten Aufschrei auf ihn zu, fiel ihm um den Hals und begann vor Freude zu weinen. Goran streichelte sie. „Ach, mein kleines Mädchen", lachte er, „ich musste dich einfach wieder sehen." „Oh, Papa, das ist nicht wahr, du bist hier, ist das schön", strahlte sie ihn ganz aufgelöst an. „Hast du meine Mutter auch mitgebracht", fragte sie ihn sofort. „Nein, aber beim nächsten Mal wird sie dabei sein. Sie freut sich schon sehr darauf."

Dunja sprang nun auf und lief zu Zoran. Sie warf sich an seine Brust und küsste ihn wie verrückt. „Danke, mein Lieber, du hast mir eine ungeheure Freude bereitet", und begann wieder zu schluchzen. „Aber mein süßes Vögelchen, du hast ja noch gar nicht alle gesehen", flüsterte er ihr zu und streichelte dabei ihr Haar. Zoki ergriff ihre Hand und zog sie mit sich ins Häuschen.

„Geh rauf ins Dachgeschoss, mein kleiner Engel", forderte er Dunja auf. „Ich habe Milan schon erkannt an der Stimme", rief Dunja nun fröhlich lachend nach oben. Was machst du hier?" „Na, dann komm rauf, schöne Frau", forderte Milan sie auf, was sich Dunja nicht zweimal sagen ließ. Sie kam aus dem Staunen nicht heraus. „Was wird das, wenn ich fragen darf", fragte Dunja, die noch immer nicht erkannte, was da passierte. „Na, dann frage einmal deinen Vater", lachte sie Milan an.

Das ließ sie sich nicht zweimal sagen. Als sie ihren Vater vor sich hatte, nahm er still ihre Hand und ging mit ihr zum Meer hinunter. Dort erzählte er seiner Tochter von dem wunderschönen Besuch hier in der Bucht, was dieser bei ihrer Mutter und bei ihm ausgelöst hatte. Er erzählte ihr, dass sie dabei ihre Fehler, die sie als Eltern ihr gegenüber gemacht hatten, erkannt haben. Im Besonderen, als sie Zoran, diesen tollen Menschen an ihrer Seite kennengelernt haben. Er erzählte ihr auch vom Telefonat mit Zoran und seinem Vorschlag. Dann fragte er sie vorsichtig: „Dunja, wir lieben dich sehr und würden dich gerne öfter wieder sehen. Wir wollen aber nicht, dass du Zoran alleine lässt, nur um uns zu besuchen. Deshalb würden wir gerne dann und wann für einige Tage zu euch kommen. Ich hoffe, du verzeihst uns unsere Fehler, die wir dir gegenüber gemacht haben."

Was dann folgte, trieb beiden die Tränen in die Augen. Offenbar war diese Aussprache sowohl für Dunja als auch für ihren Vater schon lange notwendig. Zoran blickte mehrmals zu ihnen hinunter. Er wusste, dass es Dunja sehr aufwühlen würde, er spürte aber auch, dass diese Tränen, die dabei vergossen wurden, Dunja mit ihren Eltern wieder sehr eng vereinen würden.

Es wurde schon dunkel, als Goran mit Dunja wieder zum Häuschen zurückkam. Milan, Stipe und Vlado waren schon nach Hause gefahren. Zoran hatte den Kamin schon eingeheizt und Fleisch gegrillt. Gemeinsam aßen sie dann fast schweigend, bis Zoran dann die Stille brach. „Dunja, wir werden noch zwei bis drei Tage brauchen, bis wir hier fertig sind. Das heißt, wir brauchen nur noch ein Bett zu kaufen. Dann könnten deine Eltern schon bei uns schlafen, wenn du das willst. Und für Weihnachten würde ich sie auch gerne einladen." Bei Dunja sammelten sich schon wieder Tränen in den Augen. „Ja, das würde mir sehr gefallen", sagte sie leise.

Goran blieb bis zum bitteren Ende. Dunja war schon wieder in Zadar zurück. Tatsächlich wurden sie erst am Mittwoch fertig. Milan konnte nur bis Sonntag helfen. Als sich Zoran und Goran verabschiedeten, sagte Dunjas Vater: „Zoran, du hast mir mit deiner Einladung für Weihnachten eine ganz besondere Freude gemacht. Du wirst übrigens demnächst mit der Fähre ein größeres Paket bekommen. Ich werde das Bett und ein paar Kleinigkeiten für das Dachgeschoss kaufen und dir schicken. Wenn wir schon da schlafen müssen, will ich in meinem eigenen Bett schlafen", lachte er ihn zum Abschied an.

DAS VEHIKEL

Es war am Donnerstag, nachdem Dunjas Vater mitgeholfen hatte, das Dachgeschoss auszubauen. Zoran bekam von einer Spedition aus Zadar einen Anruf in seiner Polizeistation. Sie kündigten für Freitag die Lieferung des Bettes und einiger weiterer Möbel mit der Fähre am selben Tag an. Zoki war etwas schockiert, das alles so schnell ging. Er rief Dunja an und fragte sie, ob sie sich nicht für Freitag freinehmen und am selben Tag mit den Möbeln zu ihm kommen könnte. Eine halbe Stunde später konnte sie ihm schon zusagen.

Na, das kann ja heiter werden, dachte sich Zoran. Wie bringe ich die Möbel in meine Bucht? Er überlegte nicht lange und ging sofort nach nebenan zu Milan. Der begann sofort zu lachen, als Zoki ihm von seiner Not erzählte. „Weißt du, mein Freund", begann er wie ein Schulmeister, „vor einiger Zeit hättest du das ganz ruhig zur Kenntnis genommen, weil du wusstest, dass wir hier auf unserer Insel alles organisieren können. Seit du aber nun mit Dunja zusammen bist, schmeißt du bei so einer Kleinigkeit gleich die Nerven."

Zoran blickte ihn hilfesuchend an. Irgendwie wusste er tief in seinem Herzen, dass Milan recht hatte. Er kannte sich selbst nicht mehr. Ja, Dunja hat sein Leben ziemlich auf den Kopf gestellt. Ihm war das nur bis jetzt nicht so bewusst. Er verspürte plötzlich einen Druck, dass er rasch mit dem Dachgeschoss fertig sein müsse. Er wollte ständig Dunja eine Freude machen, er wollte sie nur glücklich sehen.

Zoran teilte seine Gedanken seinem Freund mit. Der sah ihn lange an und sagte dann mit einem Lächeln: „Zoran, das ist doch normal. Ihr seid frisch verliebt, du vergötterst dein süßes Vögelchen. Aber du darfst dir deswegen keinen Druck machen. Wir werden das schon organisieren. Übrigens, ich wüsste ein altes Auto für dich. Das wäre sogar ein kleiner Transporter. Er ist zwar etwas rostig, aber der Motor läuft. Der Vater von meinem Freund Dean ist gestorben, sein Sohn würde diesen Karren wahrscheinlich hergeben. Sperr zu deine Polizeistation, wir fahren gleich hin. Du könntest dann deine Möbel selbst in die Magrovica-Bucht bringen."

Zoran blickte ihn ganz entgeistert an, sagte nichts und verließ die Poststation, um sein Büro zu versperren. Gemeinsam fuhren sie zur Landwirtschaft von Dean, die unweit von Sali sich befand. Dean konnte nur lachen, als ihm die beiden fragten, ob er das alte Auto verkaufen würde. „Ich wäre froh, wenn ich ein bisschen dafür bekäme, Zoran. Es müsste nicht einmal Geld sein, mir würde es schon reichen, wenn ich ab und zu ein bisschen frischen Fisch bekäme und gleichzeitig Platz in der Scheune wieder hätte. Du müsstest aber ein paar rostige Löcher verschweißen. Der Motor geht noch und nass wirst du auch nicht, wenn es regnet."

Die beiden waren sich schnell handelseinig. Zoran erschrak zwar, als er den Karren sah. Er dachte sich aber, diese Kiste hat vier Räder, eine kleine Ladefläche und der Motor läuft, was will ich mehr. Außerdem fragte auf der Insel keiner, ob das Auto technisch in Ordnung ist. Es hatte hier auch kaum jemand eine amtliche Zulassung für sein Fahrzeug. Er war doch der einzige Polizist hier auf der Insel und würde daran auch nichts ändern.

Damit hatte Zoran nun wirklich nicht gerechnet. Er hatte ein Auto, war sprachlos und voller Freude, als er es startete. Es hustete zwar etwas, sprang aber letztlich an. Als er die ersten Häuser von Sali mit seinem Vehikel erreichte, drehte sich jeder, dem er damit begegnete, voller Erstaunen zu ihm und winkte ihm lachend zu. „Zoran, ist das dein neues Dienstfahrzeug", schrie der eine und ein anderer: „Zoran, diese rostige Karre hält nur mehr die Angst vor der Verschrottung zusammen." Zoran winkte und lachte ihnen zurück und schrie: „Das wird der neue Gefängniswagen, damit ich euch einsperren kann."

Damit, so war Zoran klar, hatte die Insel für die nächsten Tage wieder genug Gesprächsstoff. Demonstrativ stellte er sein Fahrzeug vor der Polizeistation ab, wo ihn Milan schon lachend erwartete. „Zoran, du wirst doch unseren schönen Hafen nicht mit deinem Rosthaufen verunstalten", fragte er ihn. „Der wird auch nicht mehr lange ein Rosthaufen bleiben, mein Freund", antwortete Zoran. „Zuerst müssen wir die Möbel damit zu meinem Boot transportieren, und nächste Woche werde ich ihn gleich zu Robi, unserem Mechaniker bringen." „Ob das helfen wird", zweifelte Milan und hielt sich den Bauch vor lauter Lachen.

Zoran wollte aber nun nicht alleine auf Dunja und die Möbel warten. Deshalb schlug er Milan vor, ihn auf ein Getränk zum Nachbarn zu begleiten. Als sie dort im Gastgarten endlich Platz nahmen, kamen schon die ersten Neugierigen zu ihnen, die das Auto kannten, aber lange nicht mehr gesehen hatten. Es wurde ein lustiger Nachmittag. Jeder freute sich für Zoran und bot ihm an, falls er Hilfe für das Auto brauche, ihm zu helfen. Ihr Inselpolizist hatte endlich ein Auto, wenn auch ein sehr altes. Für das neue Erscheinungsbild dieser Karre, so sagten sie, würden sie schon sorgen. Alle waren sich aber einig, Zoki nun beim Transport der Möbel zu helfen.

Als endlich dann die Fähre kam, stürmte Dunja sofort zu ihm und fiel ihm um den Hals. Aufgeregt berichtete sie ihm, dass die Möbel gleich entladen werden würden. Tatsächlich sah Zoran, wie die Crew der Fähre mit einigen Paketen die Gangways herabkam und sie auf der Mole ablegten. Zoki unterzeichnete noch die Bestätigung, dass er sie erhalten habe. Dann drehte er sich zu Dunja und fragte sie ganz ernst: „Hast du gute Nerven?"

„Für dich immer, mein Lieber", raunte sie ihm leise ins Ohr. „Dann komm mit mir, mein süßes Vögelchen", sagte Zoki und zog sie mit sich. Als sie bei dem alten Vehikel ankamen, sagte er zu Dunja: „Schließe deine Augen und denke an etwas ganz Schönes." Als Dunja seiner Aufforderung nachgekommen war, drehte er sie mit dem Gesicht zum Fahrzeug und forderte sie auf, die Augen zu öffnen. „Mein Liebling", erklärte er ihr mit einem herzlichen Lachen. „Darf ich dir unsere Luxuskarosse vorstellen? Mit der werde ich dich und die Möbel in die Magrovica-Bucht chauffieren." Dunja bekam große Augen, schaute ihn an, dann das alte, so erbärmlich aussehende Vehikel, dann wieder Zoki. Nun begann sich ihr schlanker Körper krampfhaft vor Lachen zu zucken. Dabei fiel sie ihm abermals um den Hals. „Es wäre mir eine Ehre, wenn ich mitfahren dürfte", lachte sie weiter.

Zoran öffnete die Beifahrertür und hoffte, dass sie sich auch wieder schließen ließ. „Erlauben sie, Madame, ihnen helfen zu dürfen", und griff nach Dunjas Hand. So schnell konnte er gar nicht schauen, saß Dunja schon am Beifahrersitz und strich mit den Fingern über das Armaturenbrett und meinte verspielt schnippisch: „Dieser Brummi braucht mein Pflege."

Als Zoran das Auto startete, um damit auf die Mole zu fahren, hüllte er beim Starten die herumstehenden Leute mit einer blauen Wolke ein. Mit lautem Gelächter wurde das zur Kenntnis genommen.

Es fanden sich sofort einige Leute ein, die den beiden Verliebten beim Verladen der verpackten Möbel auf die Ladefläche halfen. Dass einige Teile über einen Meter hinten aus dem Auto ragten, störte niemand. Endlich war es soweit, das Auto konnte sich erstmals bewähren. Dunja musste immer wieder lachen. Plötzlich verstummte sie, drehte sich zu Zoran und fragte ihn: „Zoki, darf ich deine beiden Fahrzeuge taufen?" Dieser nickte nur stumm und sah sie fragend an.

„Du weißt, dass ich dein Moped süß finde, das soll Kätzchen heißen, und dieses noch ungestüme und ungepflegte Ungetüm, das mich an einen kleinen Bären erinnert, will ich Brummi nennen. Und wenn du es hergerichtet hast, will ich auch damit fahren." Dabei lächelte sie Zoran so liebevoll und unschuldig an, dass er ihre Hand nahm und sie küsste. „Ach, Dunja", seufzte er, „was machst du nur aus mir? Glaubst du wirklich, dass ich eine Bitte von dir abschlagen könnte?"

Die beiden holten erst am nächsten Tag mit dem Boot die Möbelstücke in ihre Bucht. In dieser Nacht gaben sie sich der Magie ihrer Liebe hin.

DAS BÄUMCHEN

Zoran und Dunja konnten es nicht glauben, sie hatten einen fahrbaren Untersatz. Als sie am nächsten Tag frühmorgens in ihrem kuscheligen Bettchen erwachten, sagte Dunja voll Freude: „Zoki, wir richten das Vehikel schön her und wenn es fertig ist, wünsche ich mir, dass wir mit Brummi einen schönen Ausflug machen. Du weißt schon, mit einem Picknick und so…" Das Picknick hatte sie richtig lange hinaus gedehnt und schaute ihn ganz verführerisch an. „Ach, mein Vögelchen", seufzte Zoki, „wie könnte ich dir nur etwas verweigern." Dabei grinste er selbst über beide Ohren hinaus. Zoran zog sie in seine Arme und meinte noch, „Wie gerne würde ich jetzt mit dir bis Mittag da liegen bleiben, mein Goldstück. Komm, die Tiere warten auf unseren Besuch, sie sind schon hungrig. Nach dem Frühstück holen wir unsere Fracht."

Dreimal mussten die beiden in die Magrovica-Bucht fahren, bis sie endlich alle Teile des Mobiliars für das Dachgeschoss bei ihnen in der Kruševica-Bucht vor dem Haus hatten. Dann schleppten sie alles unter das Dachgeschoss. Nach dem verspäteten Mittagessen begannen sie die Möbel zusammenzubauen. Das schaute einfacher aus als es war. Gemeinsam aber schafften sie es, wobei schon der eine oder andere Fluch aus Zokis Mund kam.

Als sie endlich die Montage der Möbel fertig hatten, waren beide richtig stolz auf ihr Werk. Selbst die gelieferte Matratze passte perfekt. „Da werden sich meine Eltern aber wirklich freuen. Sie haben genug Platz, um ihre Wäsche zu verstauen. Ich freue mich so sehr, Zoki. Weißt du, du gibst mir das Gefühl von Familie. Du gibst mir das Gefühl, dass du das nicht für dich machst, sondern für uns, du beziehst mich immer mit ein. Ich fühle mich dabei so glücklich, weil ich merke, dass ich dir tatsächlich wichtig bin. Bis jetzt hatte ich bei Männern immer das Gefühl, dass sie mich nur als Lustobjekt betrachteten. Bei dir merke ich, dass du mich einfach nur glücklich machen möchtest, dass ich dir als Mensch sehr viel bedeute. Das kannte ich bis heute nicht. Das ist auch der Grund, warum ich mein schreckliches Erlebnis so rasch in ein sehr tiefes Loch eingraben konnte. Wenn ich dich anblicke, dir in die Augen schaue, dann sehe und spüre ich tiefe Gefühle und Wärme. Ist es nicht das, was wir uns alle wünschen? Das ist für mich genau das, was ich mir in meinem Innersten schon immer gewünscht habe. Du machst mich glücklich, Zoki."

Dunja liefen dabei einige Tränen die Wangen runter. Zärtlich küsste Zoki diese Tränen weg und zog sie an sich. „Dunja, du bist für mich der wichtigste Mensch geworden. Du musst lernen, das zu verstehen. Ich habe außerdem noch eine kleine Überraschung für dich. Eigentlich für uns beide, nur ich kenne diese Überraschung schon. Warte ein bisschen, mein Vögelchen. Ich muss nur rasch etwas holen." Zoki stand rasch auf und lief hinter das Haus.

Als er zurückkam, hielt er in der einen Hand eine Schaufel und in der anderen ein Päckchen in Packpapier locker eingerollt, aus dem ein paar Blätter ragten. Damit setzte er sich zu Dunja und schaute ihr tief in die Augen. „Dunja, das was ich dir jetzt sage, ist mein tiefster Ernst, so ernst, wie es mir in meinem Leben noch nie war." Er begann das Papier zu entrollen. Zum Vorschein kam eine Olivenbaumpflanze. Dann nahm er Dunjas Hand, schaute ihr tief in die Augen und fragte sie mit heiserer Stimme: „Dunja, würdest du mit mir mein Leben teilen wollen? Würdest du mit mir als Zeichen unseres Willens, unserer Liebe mit mir gemeinsam diesen Lebensbaum pflanzen. Unsere Liebe soll so ewig wie dieser Baum bestehen, und wenn es über unseren Tod hinausgeht."

Dunja konnte es nicht fassen, was sie da hörte, was sie da gefragt wurde. Ein leises Schütteln ging durch ihren Körper, ihre Hände begannen zu zittern, jetzt rannen ihr erst recht Tränen herunter. „Heißt das, du hältst um meine Hand an, du fragst mich, ob ich deine Frau werden will", kam es stoßweise aus ihr hervor. „Ja, mein Vögelchen, ja, das heißt es", flüsterte Zoran und lächelte sie mit seinem ganzen Charme an. „Ich weiß, dass wir noch nicht lange ein Paar sind, aber ich weiß, dass ich mit dir mein Leben führen will und dass du die richtige Frau für mich und das Leben an diesem schönen, magischen Ort bist."

„Oh Zoki, wie kannst du nur? Du machst mich damit zum glücklichsten Menschen, ich hätte nie so früh damit gerechnet. Ja, mein Lieber, ja, das möchte ich von ganzem Herzen." Dunja fiel Zoran um den Hals. Sie konnte kaum mehr aufhören zu schluchzen. „Du weißt ganz genau, dass ich mich nicht nur in dich, sondern auch in deine Kruševica-Bucht verliebt habe. Ich liebe auch dieses einfache Leben hier, Zoran. Hier möchte ich unsere Kinder haben, sehen, wie sie das Meer und die Natur jeden Tag genießen. Das ist der schönste Tag in meinem bisherigen Leben, diese Perspektive die du mir gibst. Glaubst du wirklich, dass mir materieller Luxus wichtig ist? Nein, Zoran, das hier ist der wahre Luxus für mich. Wir haben keinen Strom, kein Telefon, keinen Fernseher. Brauchen wir das? Zoran, brauchen wir das wirklich? Nein. Wir haben uns, wir dürfen all diesen Luxus, den uns diese Bucht gibt, jeden Tag unseres Lebens genießen."

„Komm, mein Goldstück", lächelte sie Zoran an, „lass uns unser Bäumchen pflanzen gehen", forderte sie Zoran auf und zog sie gleichzeitig hoch. Bedächtig ging Zoran mit Dunja zum Strand. Fast ehrfürchtig begann er mit der Schaufel nahe des Ufers, aber noch ein wenig auf der Anhöhe, ein kleines Loch auszuheben. Als er fertig war, nahm er zärtlich eine Hand von Dunja, schloss diese um das junge Bäumchen, legte seine Hand auf ihre. Gemeinsam stellten sie das Bäumchen in das ausgegrabene Loch und Zoran sagte zu Dunja: „Lass uns unser Lebensbäumchen als Zeichen unserer Liebe pflanzen. Lass es uns pflegen, jeden Tag, so wie wir auch unsere Liebe pflegen wollen, Dunja. Lass uns jedes Jahr als Zeichen der Vertiefung unserer Gefühle einmal gemeinsam diesen Baum umarmen und danke sagen für unser Leben." Dann küsste er Dunja mit allen seinen Gefühlen. Ein tiefer Seufzer des Glücks entwich ihr dabei. Dann schaufelten die beiden Erde mit ihren Händen in das Loch, bis das Bäumchen seinen Halt gefunden hatte. Still standen sie noch ein Weilchen beim Olivenbäumchen, bei ihrem Bäumchen, und hielten sich die Hände. Es hatte sich ein Gefühl tiefer Dankbarkeit und Wärme in ihren Herzen ausgebreitet, aber auch ein Gefühl der Zusammengehörigkeit.

Als sie am Abend gemeinsam das Abendessen genossen, sagte Dunja, plötzlich auflachend: „Zoki, was werden meine Eltern dazu sagen, wenn ich ihnen erzähle, dass wir uns verlobt haben, dass du um meine

Hand angehalten hast." „Dunja, ich glaube nicht, dass du dir darum Sorgen machen musst. Ich denke, dieser Platz hier hat bereits seinen Zauber über deine Eltern gelegt." Beide lachten nun, denn das war mehr als glaubhaft. Sie waren sich sogar einig darüber.

Als sie am nächsten Tag gefrühstückt hatten, fragte Dunja leise: „Zoki, würdest du bitte mit mir zu unserem Bäumchen gehen, bitte? Und frag nicht warum." Zoki schaute sie fragend an, sagte aber dann doch nichts und stand wortlos auf. Gemeinsam gingen sie zu ihrem Bäumchen. Dort nahm Dunja Zorans Hand und blickte auf das Meer hinaus.

Langsam begann sie dann zu sprechen. „Zoran, es ist noch nicht lange her, da ist für mich eine Welt eingebrochen. Ich habe das Vertrauen in die Menschheit verloren, ich habe das Licht verloren. Ich war gefangen in einer Welt der Trauer, einer Welt der Finsternis. Du hast mir das Licht wieder gebracht. Du hast Wärme und Liebe gesät in meinem Herzen. Ich wollte heute nochmals mit dir hierher kommen, weil ich mein Glück nicht fassen kann. Ich weiß nicht, wie ich dir das sagen soll", sie suchte nach den richtigen Worten. „Das war so unwirklich für mich, gestern, als du mich gefragt hast, ob ich mit dir in die Zukunft gehen möchte, ob ich deine Frau werden möchte. Ich musste heute noch einmal mit dir hierherkommen. Ich muss noch einmal unser Bäumchen fühlen, während du mich an der Hand hältst. Spürst du das auch? Dieses gemeinsame Wir? Dieses zarte Pflänzchen, das unsere Liebe widerspiegelt?"

„Ja, meine Liebe", meinte Zoran und schaute ihr tief in ihre wunderschönen Augen, „es sprießt mit unseren Gefühlen, es wurzelt mit unserer Liebe." Er zog sie an sich und streichelte zärtlich ihren Kopf, während beide ihren Blick hinaus auf das Meer gerichtet hatten. Zoran glaubte an ihre gemeinsame Zukunft, er spürte ihre Liebe, die sie in die Ferne trug.

DIE REPARATUR

Es war ein wunderschönes Wochenende, das Dunja und Zoran verbracht hatten. Sie waren überglücklich auseinandergegangen. Dunja versprach Zoran, nun täglich mit der Fähre hin- und herzufahren, sofern es ihr gelang, ihre Direktorin zu überzeugen, dass sie erst nach Ankunft der Fähre in den Unterricht gehen konnte.

Es dauerte auch nicht lange, als sie ihn schon anrief. „Zoki, ich habe meiner Direktorin von unserer Verlobung erzählt. Jetzt stell dir vor, sie wollte mir vorerst gar nicht glauben. Sie fragte mich, wo denn der Verlobungsring sei. Ich erzählte ihr, dass wir keinen Ring haben, sondern ein Bäumchen. Dann erzählte ich ihr, wie du mit dem Olivenbäumchen mich um meine Hand gebeten hattest, worauf sie vor Rührung zu weinen begonnen hatte. Ehrlich gestanden, haben wir beide geweint. Sie sagte zu mir, so etwas Schönes habe sie noch nie gehört. Sie hat mir versichert, dass ich ab nächster Woche erst ab zehn Uhr unterrichten müsse. Zoki, ab nächster Woche kann ich jeden Tag mit der Fähre hin- und herfahren, wir können endlich richtig zusammen leben!"

Zoran konnte seine Freude nicht verbergen. Dann aber begann er zu lachen und sagte zu Dunja: „Dann wirst du aber ab und zu mit unserem Luxusauto fahren müssen, und zwar dann, wenn ich nicht arbeiten muss, mein Täubchen." „Glaubst du vielleicht, dass Frauen nicht mit dem Auto fahren können. Du wirst mir Fahrunterricht geben. Du sollst wissen, dass Frauen nicht nur dazu da sind, um euch Männern Freuden zu bereiten." Dabei lachte sie aus tiefstem Herzen. „Oh je", jammerte Zoki, „mein armes Auto."

„Zoki", setzte Dunja fort, „damit du auf andere Gedanken kommst, „meine Eltern haben mich angerufen, sie kommen schon dieses Wochenende, sie wollen einige Tage bleiben. Jetzt wirst du schön langsam merken, was du dir mit mir eingefangen hast", und lachte wieder aus vollem Herzen. Zoki konnte aus ihrem Lachen heraushören, wie glücklich Dunja war. Das machte ihn froh. Er liebte ihr Lachen. Er war süchtig danach, ihr Lachen zu hören und ihr dabei in ihre strahlenden, wunderschönen Augen sehen zu können.

Als kurz nach Mittag Dunja erneut anrief, war er mehr als überrascht. „Zoki, ich komme heute schon zu dir, ich habe den Rest der Woche keinen Unterricht mehr. Meine Direktorin hat gemeint, wir beide müssten ein bisschen Zeit für uns haben. Konkret meinte sie, wir sollten an der Familienplanung und der Hochzeit arbeiten. Na, was meinst du dazu. Außerdem muss ich so rasch als möglich Fahrunterricht nehmen. Kennst du vielleicht einen geduldigen Fahrlehrer?"

Zoran stieß einen verzweifelten Seufzer aus. Er ahnte, was auf ihn in den nächsten Tagen zukommen würde. Was soll's, dachte er sich, solange mein süßes Vögelchen bei mir ist, bin ich zufrieden. Er spürte unheimliches Glück in seinem Herzen. Er wusste, das Dunja die richtige Frau für ihn war, das sie eine gute Mutter für seine Kinder sein würde. Wie hatte sein Nono, der alte Mate zu ihm gesagt? „Es kommt alles, wie es kommen muss, mein Junge." Zoran sah ihn vor sich, sein von Falten gezeichnetes Gesicht, wie er vor sich hinlächelte. Mit Wehmut dachte Zoki an Mate, er fehlte ihm sehr. Wie gerne hätte er gehabt, dass sein Nono sein Glück mit Dunja miterleben hätte können.

„Zoran, wir haben fast die ganze Woche für uns", wirbelte ihm Dunja entgegen, als sie die Fähre verlassen hatte. Voll Freude fiel sie ihm um den Hals und küsste ihn vor allen Leuten, obwohl er noch in Uniform war. Verstohlen lächelten die Einheimischen, als sie merkten, dass Zoran verlegen wurde. Er hätte sich keine Sorgen machen müssen, hatten doch die Menschen hier volles Verständnis für seine so junge Liebe und diese wunderschöne junge Frau.

Kaum saßen die beiden Verliebten in ihrem Vehikel, sprudelte es aus Dunja schon heraus: „Zoki, morgen, ja, da stehen wir ganz früh auf, dass wir mit unserer Arbeit fertig werden. Und dann beginnen wir mit dem Fahrunterricht." Genau damit hatte Zoran gerechnet, dass Dunja ungeduldig sein wird. „Dunja, mein Vögelchen, bevor wir mit dem Fahrunterricht beginnen, müssen wir zuerst das Auto reparieren lassen. So darfst du auf keinen Fall das Fahren lernen. Das wäre zu gefährlich. Außerdem müssen wir uns um deine Eltern kümmern.

Die werden am Donnerstag oder Freitag ankommen. Wir müssen hinausfahren aufs Meer zum Fischen, die restlichen Oliven müssen geerntet werden und um das Auto müssen wir uns auch kümmern." „Das ist schade, Zoki, aber verzeihe mir, bitte, ich habe vor lauter Vorfreude vergessen, dass wir auch andere Arbeit haben. Aber das macht nichts, mein Liebster, wir machen alles gemeinsam. Du wirst mir eben das ein anderes Mal beibringen." Die beiden entschieden sich, sich schon am nächsten Tag um das Auto zu kümmern.

Schon am Vormittag des nächsten Tages fuhren sie nach Sali. Sie fuhren zu Robi, dem Mechaniker. Als sie dort ankamen, hielt Zoran vor einer Scheune. Dunja hatte geglaubt, dass sie ihr Vehikel zu einer Werkstätte bringen würden. Da hatte sie sich schwer getäuscht. Aber das, was sie hier sah, darauf war sie nicht vorbereitet. Diese windschiefe Bretterhütte! Da sollte das Auto repariert werden? Sie sah eine offenstehende große Brettertür und nach innen war alles finster, als würde alles verschlungen werden, was da hineinkam.

Und genau aus diesem finsteren Loch kam ein völlig im Gesicht ölverschmierter älterer Mann heraus. Er blieb vor ihrem Auto stehen, seine Augen wurden groß, sah dann zu ihnen her, drehte sich wortlos um und verschwand wieder in seinem finsteren Lock. Zoran und Dunja waren inzwischen ausgestiegen. Dann hörten die beiden den Mann fluchend herumschreien. „Das darf doch nicht wahr sein, das darf nicht wahr sein!"

Nun begann Zoki zu lächeln. „Ich glaube, er kennt unser Auto", grinste er Dunja an. „Er wird gleich wieder auftauchen, ich kenne ihn." Dann sahen sie Robi, den Mechaniker, wie er langsam wieder herauskam. „Zoran, das kannst du mir nicht antun! Ich hatte mir schon vor zehn Jahren gedacht, ich muss mich beim Anblick dieser alten Krücke nicht mehr ärgern! Und jetzt kommst du und willst diese Karre herrichten lassen? Ist das dein Ernst?"

Dunja konnte sich nun das Lachen nicht mehr verhalten. Erst recht nicht, als sie hörte, was Zoran nun antwortete. „Robi, mein Freund, du wirst doch nicht den Polizeichef von Sali im Stich lassen. Außerdem muss ich diesem hübschen Mädchen, das meine Verlobte ist,

Fahrunterricht mit unserer Luxuskarosse geben." Nun ahnte Dunja, warum Zoran frischen Fisch von zu Hause mitgenommen hatte. „Außerdem", setzte Zoran fort, „habe ich dir von der Kruševica-Bucht was mitgenommen, das solltest du dir anschauen, ganz frisch."

„Wenn ich dich nicht schon als kleiner Junge gekannt hätte, Zoran, hätte ich dich jetzt mit diesem fahrbaren Zustand der Verzweiflung davongejagt." Dann holte Robi tief Luft. Langsam bewegte er sich auf das Auto zu, legte sich auf den Boden, um die Unterseite zu begutachten, öffnete den Motorraum, stieß wieder einen Seufzer aus, bis er endlich stehen blieb. „Zoran, nächste Woche wirst du mir beim Motor helfen. Bis dorthin werde ich schon einige Schweißarbeiten erledigt haben. Bist du dir klar darüber, dass das eine einzige Baustelle ist?", dabei zeigte Robi auf das Fahrzeug. „Da brauchen wir mindestens zwei Monate", jammerte er weiter. „Robi, mit meiner Hilfe sind wir schon in zwei Wochen fertig", grinste ihn Zoran an, und reichte ihm den mitgebrachten Fisch.

Sie einigten sich darauf, das Zoki das Auto erst nach dem Besuch von Dunjas Eltern bringen würde, denn die konnte er schlecht mit dem Moped hin- und herbringen. Außerdem entschied Robi, dass er sich um einen anderen Motor umschauen würde, da dies billiger käme, als diesen zu reparieren. Außerdem würden sie Probleme mit Ersatzteilen haben.

„Ach Zoki", schmunzelte Dunja, „erst langsam wird mir bewusst, dass das Leben hier auf der Insel ein bisschen anders als am Festland ist. Ich hatte mir gedacht, wenn wir das Auto herbringen, hätten wir es am Freitag schon wieder zur Verfügung. Schön langsam merke ich, dass hier Zeit eine andere Rolle spielt. Die andere Seite ist, dass ich das einfach süß finde, wie hier die Leute miteinander umgehen. Robi war ja wirklich geschockt über die Bitte, dieses Fahrzeug zu reparieren. Und trotzdem wird er es machen. Und du wirst ihm helfen. Ich finde das einfach großartig. Außerdem kommt der Spaß dabei nicht zu kurz. Zoran, ich glaube, ich werde hier sehr glücklich sein. Mein Wunsch, hier ständig zu leben, wird von Mal zu Mal größer, du, mein Held." Dabei schaute sie Zoki überglücklich an.

„Dunja, du machst mich jeden Tag sehr glücklich. Ich freue mich, dass du am Inselleben tatsächlich Spaß hast, dass du das als schön empfindest", freute sich Zoran und setzte fort: „Ich hätte nie gedacht, dass eine so wunderschöne Frau wie du sich ein Leben auf einer, wenn auch sehr schönen, aber einsamen Insel vorstellen kann. Lass uns nach Hause kehren, das sollten wir beide feiern." Dabei blickte er sie verschwörerisch mit einem Lächeln an, dass Dunja ganz warm ums Herz wurde. Sie spürte, wie sie unter seinem Blick errötete.

EINE WICHTIGE FRAGE

Die Gewissheit, dass Dunja nun einige Tag bei ihm blieb, vermittelte ihm ein unwahrscheinliches Hochgefühl. Jedes Lächeln von Dunja, bei dem sich auch ihre Augen veränderten, als würde ihre Seele Luftsprünge machen, versetzte ihn in eine Stimmung, die er so noch nie erlebt hatte. Es waren die Kleinigkeiten, ihre Gesten, ihre leichten Berührungen, die ihn so faszinierten. Und wenn sie ihn dann mit ihren wunderschönen großen Augen anblickte, dann konnte er gar nicht anders, als sie in seine Arme zu schließen und zärtlich zu küssen.

Es bedeutete Zoran auch sehr viel, dass sie für alles, was er tat, ein enormes Interesse zeigte. Am liebsten aber stand er mit ihr beim Kamin und kochte mit ihr gemeinsam. Dunja hatte auch dafür nicht nur ein irrsinnig feines Gefühl, sondern auch Fantasie und einen feinen Gaumen. Auch das Essen mit ihr war jedes Mal ein Geschenk für ihn. Auch wenn es ein sehr einfaches Gericht war, so schaffte es Dunja, daraus ein Galadiner zu machen, als würden sie im besten Restaurant des Landes speisen. Da wurde der Tisch schön gedeckt, die Weingläser erstrahlten im Kerzenlicht und Stoffservietten lagen kunstvoll gefaltet vor ihnen.

Am Abend, nach dem Besuch bei Robi in seiner Werkstatt, erinnerte ihn Dunja, dass am Donnerstag ihre Eltern kämen. „Ja, Dunja, ich habe es nicht vergessen, ich freue mich schon darauf. Ich freue mich auch darauf, ihnen zu sagen, dass wir beschlossen haben, gemeinsam durch das Leben zu gehen. Ich kann es auf der einen Seite gar nicht mehr erwarten, ihnen das zu sagen", lächelte sie Zoran an, „aber irgendwie habe ich auch ein eigenartiges Gefühl dabei."

„Du wirst doch nicht davor Angst haben", kicherte ihn Dunja an, wobei ihre großen Augen nur mehr so strahlten. Sie konnte es doch gar nicht mehr erwarten, dass Zoki ihnen das mitteilte. Er sollte doch offiziell bei ihren Eltern um ihre Erlaubnis fragen, sie heiraten zu dürfen. So waren nun mal die Bräuche, das gehört doch auch zu unserer Kultur, dachte sie sich. Dunja war überzeugt davon, dass dieses Mal nicht nur sie und Zoran, sondern auch beide Elternteile zufrieden und glücklich sein würden. Sie kannte ihre Mutter und wusste, dass sie nur mehr eines im Sinn hatte, nämlich, dass ihre Tochter glücklich wurde. Sie würde ihr nie mehr so etwas antun.

„Dunja, was hältst du davon, wenn wir gemeinsam zum Fischen rausfahren würden? Ich möchte dir das auch gerne zeigen. Dann könnten wir bei der Ankunft deiner Eltern Fisch grillen oder einen Eintopf damit kochen", fragte sie Zoran. „Oh ja", rief sie ganz verzückt, „das würde ich wirklich gern machen. Außerdem lieben meine Eltern frischen Fisch." Wir müssten aber heute Nacht schon die Netze auslegen. Wir könnten auch ein paar Reusen auslegen, vielleicht fangen wir die eine oder andere Languste", versuchte sie Zoki zu locken. Er wusste ja, dass Dunja eher ein Murmeltier war und ihre Freude sich in Grenzen hielt, in den Nachtstunden aus dem Bett zu kriechen. „Ich lass dich trotzdem nicht allein hinausfahren", lachte Dunja ihn an, „du wirst dir schon was einfallen lassen, dass ich aufstehe."

So war es dann auch, als Zoki gegen zwei Uhr nachts zärtlich seine Angebetete weckte. „Ich habe uns schon heißen Kaffee gekocht, mein Vögelchen, komm, das Frühstück wartet." Dunja schwankte schlaftrunken hinaus zum Tisch. Um diese Zeit konnte sie noch nicht sprechen, bevor sie nicht ihren dampfend heißen Kaffee genossen hatte. Sie war noch zu müde. Inzwischen hatte sie ihre Bereitschaft mitzukommen schon bereut. Aber da half nichts, jetzt wollte sie erst recht ihren geliebten Zoran nicht alleine lassen. Sie wollte ihm zeigen, dass es ihr wirklich Freude bereitete, das Leben, auch bei der Arbeit, mit ihm zu teilen.

Warm angezogen glitten sie mit ihrem Fischerboot in die Dunkelheit, in die Ruhe hinaus. Das Sternenlicht ließ die Nacht dann doch nicht so finster erscheinen wie sich Dunja gedacht hatte. Sie war der Meinung, man sehe überhaupt nichts. Nein, so war es ganz und gar nicht. Sie konnte die Konturen der Inseln genau erkennen. Sie genoss die Ruhe um sie herum. Lediglich das Glucksen dieser kleinen Wellen innerhalb der Inseln war zu hören. Dass am offenen Meer wesentlich stärkere, größere Wellen waren, das war ihr bewusst. Sie bewunderte Zoran, der mit einer Sicherheit und Ruhe das Boot steuerte und wie er beim Netze auslegen hantierte. Sie bewunderte ihn ständig, diesen so faszinierenden Mann.

Als die beiden fertig waren, fuhren sie zurück in ihre Bucht. Die ersten Lichtschimmer waren schon zu erkennen. „Es wird Zeit, dass wir die Tiere füttern, ich muss mich beeilen, Dunja. Vielleicht könntest du uns ein zweites Frühstück richten, ich muss um acht Uhr in Sali meinen Dienst antreten. Ich versuche, dann vor Mittag wieder hier zu sein und dann holen wir die Netze wieder ein, danach werden wir deine Eltern von der Fähre abholen." „Meinst du, dass sich das alles ausgehen wird?", fragte Dunja ängstlich. Nun begann Zoran zu lachen und sagte schelmisch zu ihr: „Nur wenn du mir zur Hand gehst. Ohne deine Hilfe geht das auf keinen Fall."

Zoran beobachtete immer wieder seine Dunja, sein zartes Vögelchen. Er war begeistert davon, dass sie ihn nicht alleine ließ, dass sie das Bedürfnis hatte, an seinem Leben teilzunehmen. Er wusste, dass es für sie nicht leicht war, sich den Wellen des Meeres in der Nacht hinzugeben. Er war sich auch unsicher, ob sie nicht seekrank werden würde. Doch sie hielt eisern stand. Zoki war ganz hingerissen von ihr. Nur schwer trennte er sich später von Dunja, um in Sali seinen Dienst anzutreten.

Zoran, der sich jeden Tag bei Dienstantritt telefonisch bei seinem Vorgesetzten in Zadar melden musste, sagte diesem, dass er gleich in den Außendienst gehen müsse. Als Grund nannte er ihm, dass er eine vertrauliche Mitteilung über Wilderei überprüfen wolle. Dabei musste er sich zusammennehmen, dass ihm kein Lachen auskam. Sein Vorgesetzter dankte Zoran, dass er sich derart um die Angelegenheiten auf der Insel kümmere. Als Zoran fertig telefoniert hatte, versperrte er seine Polizeistation, sagte Milan Bescheid, dass er seine Netze einholen müsse und kehrte wieder nach Hause zurück.

Dunja hatte damit schon gerechnet, dass Zoran nicht lange ausblieb. Sie hatte schon eine Jause und Trinken eingepackt. Kurz darauf waren die beiden schon mit dem Boot hinaus unterwegs. Sie staunten nicht schlecht über den heutigen Fang. Auch in den Reusen fanden sie zwei schöne, große Langusten. Dunja freute sich so darüber, dass sie vor lauter Tollerei fast ins Wasser gefallen wäre. Als sie zurückkehrten, wurden die Fische gesäubert und der Grill für den Abend vorbereitet. Dunja begann bereits, Peka-Brot in der Pfanne zu backen. Als Zoran dann nach Sali aufbrach, um ihre Eltern zu holen, wusste er mit Genugtuung, dass alles für den Besuch vorbereitet war.

Dunja hatte Gemüse als Beilage gerade fertig für die Pfanne hergerichtet, als sie Zorans Fischerboot in die Bucht fahren hörte. Sie hielt nun nichts mehr zurück. Sie lief so schnell sie konnte zur Anlegestelle hinunter und fiel ihren Eltern um den Hals, als hätte sie sie Jahre nicht mehr gesehen. „Na, na, mein Sternchen", sagte ihr Vater ganz gerührt, so hatte er sie immer als Kind ganz liebevoll genannt, „was ist denn los mit dir?"

Voll Freude haben sie dann die beiden in das Dachgeschoss geführt. Ihre Mutter und ihr Vater waren erstaunt, als sie sahen, was sie daraus gemacht haben. „Da freue ich mich jetzt schon, heute in diesem schönen Bett schlafen zu dürfen", strahlte ihre Mutter Zoran und Dunja an. „Da kann man ja vom Bett aus direkt auf das Meer hinausschauen." Sie war ganz begeistert von der Aussicht.

Zoran konnte es fast nicht glauben, als er die ehrliche Freude von Dunjas Mutter spürte. Sie war für ihn noch immer ein kleiner Unsicherheitsfaktor. Er hatte ihr gegenüber irgendwie noch Komplexe. Das kannte er bisher nicht. Er hatte in gewisser Weise Angst, ob er in ihren Augen gut genug war für ihre Tochter. Er würde die Wahrheit heute noch herausfinden, wenn er ihre Reaktion auf seine alles entscheidende Frage sah.

Goran leistete Zoran beim Grillen der Fische Gesellschaft, während Dunja und ihre Mutter die letzten Handgriffe für den Rest der Speisen tätigten. Als sie dann den herrlichen Fisch genossen und zusammensaßen, wurde die Unterhaltung immer ruhiger. Eine eigenartige Ruhe kehrte ein. Dunja stieß Zoran immer wieder mit der Hand unter dem Tisch gegen Zorans Oberschenkel, der aber deutete mit einem unmerklichen Kopfschütteln an, dass er noch nicht fragen wolle. Ihre

Eltern sahen sich wiederum verstohlen an und dachten, dass sich Dunja über irgendetwas Sorgen machte.

Bevor die Frauen das Geschirr abräumen konnten, sagte Zoran plötzlich zu Dunjas Eltern gewandt: „Bevor wir den Nachtisch holen, möchte ich, dass wir alle kurz zum Meer hinuntergehen, ich möchte euch was zeigen." Dabei ließ er sein charmantestes Lächeln sehen. Er spürte, dass er damit seine zukünftige Schwiegermutter beeindrucken konnte.

Zoran nahm Dunja bei der Hand und ging mit ihnen hinunter zum Meer, wo die beiden ihr Bäumchen gepflanzt hatten. Er bat Dunjas Eltern im Gras Platz zu nehmen. Nun merkten die beiden, dass Zoran und Dunja ihnen etwas Ernstes mitzuteilen hatten. Zoki musste zuerst einmal schlucken, als er mit belegter Stimme anfing zu sprechen. Die Hand von Dunja hielt er an sein Herz gedrückt. „Wie ihr wisst, haben Dunja und ich in einer unheimlich berührenden und sehr ungewöhnlichen Art unsere Liebe gefunden. Wir sind keine kleinen Kinder mehr und haben jeder schon weniger schöne Seiten des Lebens kennengelernt."

Zoran konnte vor lauter Rührung kaum weitersprechen. Erst nach einer kurzen Pause setzte er fort: „Wir haben letztes Wochenende beschlossen, unser Leben gemeinsam zu beschreiten und haben als Zeichen unserer jungen Liebe diesen jungen Olivenbaum als unseren Lebensbaum gesetzt. Ich möchte hiermit um die Hand eurer Tochter bitten, ich möchte um euer Vertrauen bitten, dass ich sie im Leben begleiten darf. Ich würde euch als Zeichen eures Einverständnisses bitten, ebenfalls ein bisschen Erde unserem Bäumchen zu schenken, wir möchten euren Segen erbeten." Nun war es raus. Dunja küsste zärtlich Zokis Wange.

Nach einem kurzen Moment stand Dunjas Mutter Maria auf, ging wortlos zu Zoran, wobei ihr bereits die ersten Tränen die Wangen hinunterrannen. „Zoran, ich habe gehofft, dass das passiert, ich weiß, dass du der beste Mann sein wirst für Dunja, den sie sich verdient hat. Ich freue mich riesig." Sie umarmte und küsste ihn. Dann aber drückte sie ihre Tochter an sich. Beide weinten vor Freude.

Inzwischen kam Goran zu Zoki. Er drückte ihn an seine Brust und sagte voller Stolz und Freude: „Zoki du bist nicht nur in unserer Familie willkommen, du wirst für uns wie ein Sohn sein."

Als sich die Aufregung etwas gelegt hatte, nahm Goran seine Frau an der Hand und sagte: „Wir wollen ein bisschen Erde dem Bäumchen hinzufügen und uns freuen, dass sie uns an ihrem Leben weiter teilhaben lassen." Und zu seiner Frau gewandt, forderte er sie auf: „Lass uns jede Sekunde genießen, die wir bei ihnen verbringen dürfen."

Zoran war sich jetzt sicher, dass sich auch Dunjas Mutter über ihre Verbindung freute. Er war sich zuvor noch nicht ganz sicher gewesen, doch jetzt hatte er keinen Zweifel mehr. Berührt von dem Geschehen, schaufelten die beiden für ihre Kinder Erde zum Bäumchen. Sie hatten Zoran ab sofort in ihre Familie mit einbezogen. Wer konnte schon diesem tollen Menschen widerstehen, seinem rauen und doch so herzlichen Charme entkommen.

Als Dunja sich am Abend an Zoran kuschelte, hauchte sie ihm ins Ohr: „Danke, Zoran, du hast selbst diese Frage an meine Eltern zu einer Zeremonie, zu etwas ganz Besonderem gemacht. Du bist nicht nur ein toller Mann, du bist vor allem ein Mensch mit einem wunderbaren und großen Herz. Danke, dass es dich gibt."

DER AUSFLUG

Glücklich und zufrieden wachten Zoran und Dunja am nächsten Tag auf. Sie waren einfach nur glücklich. Hatte das doch mit Dunjas Eltern besser geklappt, als erhofft. Als sie dann zum Frühstück alle zusammensaßen, herrschte eine stille, einfach friedliche und glückliche Stimmung. Der Atem der Bucht hatte sich über sie gelegt, ihre Herzen berührt. Dunja hatte ein wunderbares Frühstück zubereitet, das sein Übriges dazu beitrug.

„Wir hoffen, dass ihr glücklich werdet", sagte Goran zu ihnen und fuhr fort: „Ihr werdet hier zwar nicht das große Vermögen verdienen, aber ich denke, dass es reichen wird. Und falls nicht, gibt es uns auch noch. Also macht euch keine Sorgen. Wir müssen euch danken, dass ihr uns an eurem Leben auf so wunderbare Art und Weise teilhaben lässt. Das ist für uns keine Selbstverständlichkeit. Ihr wisst gar nicht, wie schön das für Eltern ist. Es berührt uns noch immer sehr, wie du um die Hand von Dunja angehalten hast, Zoran." Dabei lächelte er Dunja und Zoran an. Man konnte spüren, dass Goran das genau so meinte, wie er es sagte. Es war so viel Wärme in seiner Stimme, die ihnen das offenbarte.

Zoran war bewusst, dass Goran hinsichtlich ihrer finanziellen Verhältnisse das in bester Absicht zu ihnen gesagt hatte. Er bemerkte aber, dass er Dunja und ihn doch nicht wirklich verstanden hatte. Deshalb setzte er vorsichtig zu seiner Antwort an. „Goran, verstehen Sie mich bitte nicht falsch. All das Geld, was Dunja und ich verdienen, das nehmen wir ein, das geben wir aus. Es wechselt die Besitzer. Ob wir davon was haben oder nicht, ist uns in Wirklichkeit nicht so wichtig, denn zum Leben werden wir immer was haben. Alleine mit unserem Beruf verdienen wir zwar nicht viel, doch es reicht. Mit dem, was wir hier einnehmen, geht es uns nicht schlecht. Aber unser Leben ist so einmalig, von einer so seltenen Schönheit, die uns jeden Tag betört, die wir aber auch in Demut annehmen. Das ist unser wahrer Reichtum. Wenn wir uns umschauen, das gehört uns."

Zoran drehte sich um seine Achse und zeigte mit seiner rechten Hand auf die ganze Hügelkette hinter ihm. Nach einer kurzen Pause setzte er fort: „Wir dürfen es für die Dauer unseres Lebens besitzen, uns daran erfreuen. Und trotzdem ist auch dieser Besitz nur geliehen." Dabei atmete er tief aus, als genieße er diese Feststellung.

Er war aber mit seiner Meinung noch nicht fertig, Goran hörte Zoki aufmerksam zu, als er weitersprach. „Sollten wir einmal Kinder haben, dann sollen sie sich daran später auch noch erfreuen können, und vielleicht wird diese Bucht, dieses Land, auch sie ernähren. Ich werde mein Erbe mit einem Verkaufsverbot belegen. Ich werde das deshalb tun, damit diese Bucht nicht wie Geld nur zu einem ständigen Eigentumswechsel gelangt. Es soll, wie unser Leben, so einmalig bleiben. Es soll kein Hotel hier stehen, keine Touristenhochburg entstehen, Goran. Es soll unserer Familie immer wieder die Augen öffnen, wie einmalig diese Bucht ist, so einmalig wie unser Leben."

„Ja, Zoran, das hast du wirklich auf den Punkt gebracht", meldete sich Dunjas Mutter, „du hast wirklich die wahren Werte des Lebens erfasst. Ich hatte sie kurzzeitig verloren, war auf einem Seitenweg gewandert. Dabei hätte ich fast das Wesentliche aus den Augen verloren. Aber ihr beide habt mich wieder auf den Weg zurückgebracht, dafür danke ich euch beiden." Sie hatte dabei die Hand ihrer Tochter in ihre genommen und blickte ihr dankbar in ihre Augen.

„Wisst ihr was", wir sollten heute noch einen schönen Ausflug machen, die Oliven können wir morgen auch noch ernten, es sind nur noch einige Bäume, die wir machen müssen", meinte Zoki, bevor die Diskussion zu sehr die Emotionen wieder weckte. „Oh ja, Zoki, was hast du dir ausgedacht", fragte Dunja neugierig und voller Begeisterung. „Was hältst du davon, wenn wir mit deinen Eltern in den Norden der Insel fahren würden, nach Božava oder Veli Rat", schlug er vor. „Das habe ich auch noch nicht gesehen, das ist toll", klatschte Dunja voll Begeisterung in die Hände.

Kurz darauf fuhren sie alle vier mit dem Fischerboot in die Magrovica-Bucht, wo sie ihr altes Vehikel stehen hatten. „Na, hoffentlich kommen wir damit auch wieder zurück", meinte Goran mit einem vorsichtigen, aber skeptischen Lächeln. „Ach Papilein, male doch den Teufel nicht an die Wand, das wird schon hinhauen. Beim nächsten Besuch von euch haben wir dieses Auto zu einem Luxusfahrzeug repariert", lachte Dunja ihren Vater an.

Langsam fuhr Zoran mit ihnen nach Božava die bergige, enge Straße in den Norden von Dugi Otok. Er bemerkte die freudigen Gesichter von Dunja und ihren Eltern, als sie dort ankamen. Dieser kleine Ort lag gut geschützt rund um das kleine Hafenbecken, das nur nach Südosten offen war. Aber auch in diese Richtung gab es eine künstlich errichtete Hafenmauer, sodass bei Winden aus dieser Richtung die Wellen nicht voll in den Hafen brettern konnten. Es war erstaunlich, wie viel man hier für den aufkommenden Tourismus schon gemacht hatte.

Ein leichter Nordwestwind sorgte dafür, dass sie im Gastgarten einer kleinen Konoba gut geschützt im Gastgarten im Freien sitzen konnten. Der Wirt, der Zoran kannte, bot ihnen frisches Fischgulasch an. Da konnten sie nicht ablehnen, da lief ihnen schon das Wasser im Mund zusammen. Und sie wurden nicht enttäuscht, als der große Topf gebracht wurde. Dazu gab es die für die Insel so typischen gegrillten Polentascheiben und frisches Weißbrot. Im Fischgulasch befanden sich außer Fischfleisch Tintenfische, Muscheln, Skampi und Krebse. Es war ein Festessen, das über eine Stunde dauerte. Dunja und Zoki bemerkten, wie Dunjas Eltern glücklich waren. Sie genossen diesen Ausflug, als wären sie noch kleine Kinder, solche Freude hatten sie daran.

Nach dem Essen fuhr Zoki mit ihnen noch bis zum nördlichsten Punkt von Dugi Otok, nach Veli Rat. Goran und seine Frau waren begeistert von der kleinen Lagune, die dort durch das vorgelagerte Riff entstanden ist. Es kam ihnen vor, als wäre das ein See, so gut war die Lagune gegen das offene Meer geschützt. „Im Sommer ankern hier immer wieder kleine Schiffe von Touristen", erklärte ihnen Zoran. „Ich denke, dass das noch mehr zunehmen wird, auch bei mir in der Bucht", mutmaßte Zoran. Dabei erzählte er, wie Dunja und er bereits dann und wann mit seinem schwimmenden Markt den Touristen von ankernden Booten Waren verkauften. „Dunja macht das hervorragend", lobte er seine Liebe.

Langsam, aber sicher brachen sie dann auf, um nach Hause zurückzukehren. Kurz vor Božava bemerkte Zoran, dass die Motortemperatur stieg. Rasch blieb er stehen. Das Problem war gleich geklärt. Er hatte zu wenig Wasser im Kühler, doch hatten sie keines bei sich. „Wie weit wäre es noch bis Božava, Zoran?", fragte Goran. „Ich denke, es dürfte ein Fußmarsch von ca. 30 Minuten sein. Also, ich werde bald wieder zurück sein." „Nein, nein, Zoki", wandte Goran ein, „lass mich mit meiner Frau Maria gehen, wir wollen doch auch ein kleines Abenteuer erleben." Seine Frau sah ihn mit großen Augen an und sagte nur: „Na, was stehst du noch herum, lass uns aufbrechen", worauf Dunja und Zoki laut lachend und Beifall klatschend die beiden verabschiedeten.

„Zoran", sagte Dunja, als sie dann alleine waren, „fällt dir eigentlich auf, dass du immer öfter von *Wir* und nicht von *Ich* sprichst, wenn du meinen Eltern was erklärst oder ihnen erzählst? Das macht mich nicht nur sehr glücklich, mein Lieber. Das erfüllt mich mit einer tiefen, inneren Zufriedenheit." „Ist dir noch nicht klar, dass wir zusammengehören, mein Vögelchen? Alles, was mir gehört, wird zukünftig auch dir gehören, das ist doch selbstverständlich, Dunja, so wie wir gemeinsam Entscheidungen treffen werden", antwortete ihr Zoki.

„Ja, Zoran, aber wir sind noch nicht verheiratet. Ich habe so etwas noch nicht kennengelernt. Alleine, wie du dich um meine Eltern bemühst. Das geht sehr tief in mein Herz, Zoran. Ich liebe dich von Tag zu Tag mehr, dass es manchmal schon schmerzt." Dunja küsste ihn dabei ganz zärtlich und streichelte über sein Gesicht. „Du machst mich jeden Tag so glücklich, mein Lieber."

Letztlich kam Goran mit seiner Frau erst nach zwei Stunden wieder zurück. Es war doch weiter zu gehen als gedacht. Das Problem konnte aber damit behoben werden, indem sie das mitgebrachte Wasser nachfüllten. Der Rest der Fahrt mit diesem Oldtimer verlief dann problemlos. Vor Dankbarkeit, dass der Transport mit der alten Karre bis auf den Wassermangel problemlos funktioniert hatte, streichelte Dunja liebevoll über einen vorderen Kotflügel. Schmunzelnd meinte sie: „Bald wirst du in neuem Glanz erscheinen, mein Guter." „Da werde ich aber eifersüchtig", knurrte Zoran sie an, als er das hörte, wobei er über das ganze Gesicht grinste.

Als sie dann in der Kruševica-Bucht wieder ankamen, saßen sie zufrieden am Abend noch beisammen. Dabei hielt es Dunjas Mutter vor Neugierde nicht mehr aus, als sie scheinbar ganz nebenbei fragte: „Wann wollt ihr eigentlich heiraten?"

Zoran und Dunja blickten sich an, brachen in lautes Gelächter aus, bis Dunja endlich antwortete: „Aber Mami, das wissen wir doch selbst noch nicht. Wir haben darüber noch nicht gesprochen. Wichtig ist doch, dass wir das gemeinsam schon beschlossen haben. Ihr werdet aber die Ersten sein, die es erfahren."

Zoran musste noch lange danach über die Neugier seiner Schwiegermutter lächeln. Hatte für ihn Zeit doch einen anderen Begriff. Was ist schon Zeit, dachte er sich. Wichtiger für ihn war der Umstand, dass es für einen Menschen nicht nur das Heute gibt, sondern dass er das Morgen auch erleben darf.

EIN TRAURIGER ABSCHIED

Es war ein überaus herzlicher Besuch, den die beiden genossen hatten. Mit viel Tränen verabschiedete sich Dunja von ihren Eltern, als sie wieder nach Hause fuhren. Dunja kam nun täglich mit der Fähre von Zadar nach Dugi Otok in die Kruševica-Bucht. Langsam hatte sie sich daran gewöhnt. Auch das einfache Leben bei Zoki machte ihr auf Dauer nichts aus. Im Gegenteil, sie genoss es. Auch ihre Direktorin hatte Wort gehalten. Ihre Unterrichtsstunden wurden so eingeteilt, dass sie mühelos täglich mit der Fähre zwischen Sali und Zadar hin- und herfahren konnte.

Zoran hatte Dunja gefragt, ob sie auch in Sali arbeiten würde. Er meinte, dass er gehört habe, dass jene Lehrerin, die in der Schule hier unterrichte, im nächsten Jahr in Pension ginge. Da wurde Dunja hellhörig: „Zoki, das wäre fantastisch, da bräuchte ich nicht mehr hin- und herfahren. Ich muss mich da gleich erkundigen. So eine Stelle bekommt man nicht so einfach."

Weihnachten war nicht mehr weit entfernt. Zoran besuchte mindestens zweimal pro Woche, wenn er arbeitete, seine alte Dragica. Dabei hielt er sie, was seine Liebe mit Dunja betraf, immer am Laufenden. Sie freute sich jedes Mal mit ihm, wenn er von den Fortschritten berichtete, wenn er ihr erzählte, welches Glück er mit Dunja hatte.

Normalerweise übersah Dragica nie, wenn Zoran sich ihrem Haus näherte, doch dieses Mal, als Zoran kam, öffnete ihm niemand. Was ist denn mit meiner besten Kochlehrerin los, dachte er sich, als ihm niemand öffnete. Als er versuchte, die Türe zu öffnen, bemerkte er, dass sie unverschlossen war. Vorsichtig trat er ein und rief: „Dragica, ich bin's, dein Zoki, bist du da?" Da hörte er ein ganz leises Krächzen und ein Stöhnen. Vorsichtig ging er weiter und öffnete die Tür zu ihrem Schlafzimmer.

Da lag sie, seine alte Dragica. Erschreckt darüber, dass sie mitten am

Tag im Bett lag, ging er voller Sorge um sie zu ihr. „Dragica, wo fehlt es dir, was ist denn los mit dir?", fragte er sie. Sie blickte ihn an, brachte aber vorerst kein Wort heraus. Er merkte, dass sie ihm was sagen wollte, doch schaffte sie es nicht. Rasch holte er ein Glas Wasser aus der Küche, hob ihren Kopf an und gab ihr so zu trinken. „Mein Zoki", flüsterte sie leise, „jetzt geht es mit mir dahin."

Zoran erschrak, als er das hörte. „Aber Dragica, ich brauche dich doch noch. Ich hole rasch unseren Doktor, ich bin gleich wieder hier." Sein Gefühl sagte ihm, dass der Gesundheitszustand von Dragica tatsächlich äußerst schlecht war. Rasch ging er ins Dorf zurück und verständigte den Arzt. Gemeinsam fuhr er mit ihm zu Dragica zurück.

Als der Arzt aus dem Schlafzimmer von Dragica kam, schloss er hinter sich die Türe. „Zoran, ich weiß, dass du diese alte Frau liebst wie dein eigen Fleisch und Blut. Aber du weißt auch, dass sie schon alt ist." Er holte nun tief Luft und stieß einen Seufzer aus, bevor er fortfuhr. „Ihr Körper hat fertig gelebt, Zoran. Das muss man akzeptieren. Sie liegt im Sterben, Zoran. Es wäre schön, wenn jemand bei ihr bliebe."

Zoran konnte es nicht glauben, was er da hörte. Seine liebe Dragica, die mit ihm immer so liebevoll umgegangen ist, sie wird ihn nun verlassen. Ein tiefer Schmerz machte sich in ihm breit. „Ich werde bei ihr bleiben", sagte er mit weinerlicher Stimme leise und setzte nach, „und Dunja, wenn sie kommt." Er brachte diese Worte kaum heraus. Diese Nachricht erschütterte ihn bis in den tiefsten Winkel seines Herzens. „Ich habe ihr jetzt etwas gegeben, dass sie ein bisschen schlafen kann, Zoran", erklärte ihm der Arzt, „du kannst mich aber jederzeit holen, falls es notwendig ist, auch nachts." Dann verließ er Zoran.

Zoran sah nach Dragica. Sie schlief schon. Er blickte auf die Uhr und erschrak. Er musste dringend zur Fähre hinuntereilen, Dunja würde in zehn Minuten ankommen. Also verließ er leise das Haus, um Dragica nicht zu wecken, und eilte hinunter zum Hafen.

Als Dunja ankam, erschrak sie, als sie Zoki sah. „Was ist denn los mit dir", fragte sie ihn ganz besorgt. Tränen traten ihm in die Augen, als er flüsterte: „Dragica liegt im Sterben, Dunja. Keiner ist bei ihr, ich habe beschlossen, dass ich sie nicht alleine lasse, bis sie uns verlassen hat. Würdest du bei mir bleiben, meine Liebe?"

Er sah, wie sich ein bleicher Schleier über Dunjas Gesicht legte. „Darüber brauchen wir nicht einmal diskutieren, Zoran, das ist selbstverständlich. Komm, lass uns sofort zu ihr gehen." Sie reichte ihm die Hand und begleitete ihn schweren Herzens. Auch ihr war Dragica ans Herz gewachsen, die ihren geliebten Zoran wie ihr eigenes Kind aufgenommen hatte.

Es wurde ein sehr trauriger Abend. Dragica erwachte immer wieder. Sie fantasierte, wusste nicht, wo sie war. Kraftlos hielt sie sich immer wieder an Zoran fest, wenn sie munter war. Es war gegen zehn Uhr abends, als sie plötzlich die Augen öffnete. Ihre Augen blickten klar, als fehle es ihr an nichts. „Zoran, mein Junge, es tut mir so leid", flüsterte sie. „Dir braucht nichts leid zu tun, Dragica", sagte ihr Zoki. Er konnte kaum reden vor Trauer und Schmerz, es schnürte ihm die Kehle zu. „Es tut mir leid, dass ich dich alleine lassen muss, Zoki, ich hätte es so gerne erlebt, wenn du heiratest, mein Junge, ich liebe dich, du bist so ein guter Mensch, Zoran."

Zoran streichelte ihr das Gesicht und die Hand. Er merkte, dass es ihr sehr schwer fiel zu sprechen. Ihre Stimme wurde immer leiser, immer kraftloser. Bis er nichts mehr hörte. Sie schlief wieder ein. Dunja hatte sich inzwischen im Wohnraum hingelegt. Sie wollten sich abwechselnd um Dragica kümmern.

Gegen drei Uhr Früh, Zoran hatte sich etwas hingelegt, weckte ihn Dunja. „Zoki, Zoki, ich glaube sie ist gegangen", weinte sie ihm ins Ohr. Zoran zog Dunja zu sich. Nun rannten auch ihm Tränen ins Gesicht. Gemeinsam gingen sie zurück ins Schlafzimmer von Dragica. Mit einem Anflug eines Lächelns lag sie hier, als würde sie etwas Schönes träumen. Zoran setzte sich zu ihr aufs Bett. Zärtlich nahm er ihre Hand und streichelte sie. Ein tiefes Schluchzen kam aus seiner Brust. „Du warst immer für mich da, meine liebe Dragica, danke dafür. Wir wünschen ihr eine gute Reise, Dunja", setzte er noch nach. Mehr brachte er nicht heraus.

Schweren Herzens verständigte Zoran am nächsten Tag nochmals den Arzt und den Pfarrer, die ihre Pflicht taten. Zoran hatte einige Blumen besorgt. Dunja und Zoran hatten Dragica in feierlichem Gewand gebettet und mit Blumen geschmückt. Dann verständigten sie Ivo, den Neffen von Dragica, von ihrem Tod.

Als Dunja am nächsten Tag von der Arbeit in die Kruševica-Bucht kam, konnte Zoran ihr mitteilen, dass das Begräbnis für Freitag schon feststand. „Ich werde dich nicht alleine dorthin gehen lassen, Zoran. Wir werden gemeinsam von ihr Abschied nehmen." Dabei drückte Dunja ihm die Hand und küsste ihn liebevoll.

Zoran hasste den Tod. Er konnte nicht wirklich damit umgehen. Er konnte nicht verstehen, dass ihm schon wieder ein geliebter Mensch genommen worden ist. „Zoki", versuchte Dunja ihn zu trösten, „der Tod begleitet uns doch selbst. Wir wissen auch nicht, wann er uns ereilt. Das ist ein Teil unseres Lebens. Freuen wir uns doch, dass Dragica einen kleinen Weg ihres Lebens mit dir, mit uns, gegangen ist. Komm, lass uns was auf Dragica trinken, winken wir ihr zu und sagen ihr, dass wir sie in unserem Herzen mit uns nehmen."

Zoran schloss Dunja dankbar in seine Arme. Sie hatte ihn von seinem Zorn heruntergeholt. Jeder Tag, den Zoran mit Dunja zusammenlebte, mit ihr zusammen durchs Leben ging, bereicherte ihn. In ihren Händen wurde er zu Wachs. Er liebte sie alleine dafür, dass sie es schaffte, seinen Zorn über den Tod im Nu verschwinden zu lassen. Sie hatte es ja richtig gesagt, der Tod gehört zu unserem Leben. Und ja, Dragica bleibt deshalb weiterhin in seinem Herzen, so wie sein Großvater, sein Mate.

Außer Ivo, dem Neffen von Dragica, war keiner ihrer Verwandten zum Begräbnis gekommen. Zoran und Dunja konnten es nicht fassen. Nicht einmal Ivo's Frau ist erschienen oder eines seiner Kinder.

Unsere Gesellschaft wird immer kälter, dachte sich Zoran und zog Dunja noch näher zu sich. Es tat ihm gut, ihre unmittelbare Nähe zu spüren. Für ihn war es das Mindeste, einem derart liebevollen und gütigen Menschen wie Dragica die letzte Ehre zu erweisen. Es ist die Einsamkeit, vor der wir uns fürchten, dachte er sich, selbst im Tod.

EIN SCHÖNER ALTER

Es war sehr rührend und bewegend, dieser letzte Gang mit Dragica. „Zoran, geht bitte mit mir gleich hinter dem Sarg", bat ihn Ivo, „ich weiß doch, wie sehr sie dich geliebt hat." Zoran hatte seine schönste Polizeiuniform angezogen. Auch Dunja erschien in einem feinen schwarzen Kleid und einem schwarzen Mantel. Es wurde ein sehr feierlicher Abschied. Viele Leute nahmen an dem Begräbnis teil. Auch dem Pfarrer fiel der Abschied schwer, hatte Dragica doch viele, viele Jahre für ihn gekocht und den Haushalt versorgt.

Als Zoran mit Dunja in der Kruševica-Bucht wieder ankam, meinte er: „Ich hätte mich sehr gefreut, wenn Dragica das Weihnachtsfest noch mit uns verbringen hätte können. Sie wird mir sehr fehlen, diese liebe, alte Hexe." „Aber Zoki", sagte Dunja leise zu ihm, „sie wird, so wie deine Großeltern, bei uns sein, mein Lieber. Sie wird uns begleiten, wenn wir kochen und mit Stolz feststellen, dass du viel von ihr gelernt hast."

Zoran und Dunja wollten nach dem Wochenende sofort ihr altes Auto in Angriff nehmen. Es wurde Zeit, dass diese Karre eine Verjüngungskur in jeder Hinsicht bekam. Zoki hatte Robi schon verständigt, dass er am Montag kommen würde.

Als Zoran dann am Montag Früh mit dem Auto bei Robi ankam, erwartete ihn dieser. „Du weißt schon, Zoki, dass ich wegen dir drei andere Aufträge auf später verschieben musste. Ja, ja, man muss dem einzigen Polizisten hier schon einen gewissen Vorrang einräumen", lachte er. Zoran bekam gleich ein schlechtes Gewissen. „Das wollte ich eigentlich nicht, Robi, das habe ich nicht gewusst", antwortete er ihm verzagt. Er wusste nicht, wie er damit umgehen sollte. „Ach, mach dir nichts daraus, das ist doch normal. Du genießt eben den einen oder anderen kleinen Vorteil, mein Freund. Das nimmt dir auch keiner übel. Was glaubst du, wie sich die Leute freuen, wenn sie dich brauchen und du mit deinem Auto zu ihnen fährst. Du wirst auch in der nächsten Zeit kein Polizeiauto bekommen, die haben doch kein Geld für unsere Insel, Zoran. Wir wissen das doch. Daher werden die Menschen hier dich sehr schätzen, wenn du mit dem eigenen Auto kommst. Also, jetzt schauen wir einmal, was wir machen können."

Robi erstellte zuerst eine lange Liste über alle Arbeiten, die zu erledigen waren. Dann trug er Zoran auf, die Sitze auszubauen. „Die wirst du in Zadar neu beziehen lassen, die sind ja komplett kaputt. Die Sitzgestelle müssen wir ausbessern, entrosten und lackieren, die Füllungen machen wir selbst, aber du musst neue Bezüge anfertigen lassen. Ich werde dir die Adresse eines Sattlers in Zadar geben. Dunja soll sie hinbringen. Wenn du das fertig hast, wirst du mir helfen, den Motor auszubauen, der neue wartet schon. Der ist zwar auch mindestens dreißig Jahre alt, aber ich habe ihn schon überholt, der läuft wie neu. Wir müssen dann mit den Schweißarbeiten beginnen. Da erwartet uns erst richtig eine riesige Baustelle. Außerdem werden wir eine komplett neue Elektrik installieren, damit du nicht gleich wieder irgendwo stehen bleibst."

Zoran wurde immer nachdenklicher, als er Robi so zuhörte. Langsam, aber sicher zweifelte er immer mehr daran, ob er richtig gehandelt hatte, als er das Auto nahm. Letztlich sah er aber die Restaurierung dieses schönen, aber sehr alten Autos als ein kleines Abenteuer.

Schon bei seiner ersten Arbeit verzweifelte er. Sämtliche Schrauben, die er lösen musste, um die Sitze herausnehmen zu können, waren so verrostet, dass er fast jede Schraube beim Versuch, sie zu lösen, abriss. Zoran fluchte in einem dahin. Aber irgendwie schaffte er es alleine, diese Aufgabe zu erledigen. Er war kaum fertig, rief ihn Robi zu sich.

Als sie mit der Demontage des Motors und aller Zusatzaggregate fertig waren, machten die beiden sich über das Fahrgestell her. So ging es Tag für Tag. Jede freie Minute nützte Zoran, um Robi zu helfen. Selbst am Wochenende, nach seiner Arbeit, kam Zoran gemeinsam mit Dunja und halfen Robi. Dunja half beim Schleifen und jeder anderen Kleinigkeit. Sie war zudem noch sehr aufmerksam und lernte schnell. So hatte sie unter anderem das Armaturenbrett ausgebaut und sie zeigten ihr jeden Restaurierungsschritt, ob das nun die Metallteile oder die Holzeinlegearbeiten anbelangte.

Nur einmal gerieten Robi und Zoran aus ihrem Rhythmus. Gerade als sie den Motor einbauen wollten, geschah es. Der Motor hing an einer Kette befestigt auf einem Flaschenzug, als sie ihn in den Motorraum senkten. Zoran quetschte sich dabei den linken Daumen, dass das Blut nur so rann. Dass seine Finger ölverschmiert waren, war nicht gerade hilfreich dabei. Zoki brüllte dabei kurz auf. Es trieb ihm die Tränen ins Gesicht. Robi konnte sich ein Grinsen nicht verhalten. „Zoki, was sucht dein Daumen dort!", rief er, „denk daran, bis du deine Dunja heiratest, wird das wieder verheilt sein." Am liebsten hätte Zoran Robi angebrüllt, dass er ein Schwachkopf sei. Im letzten Moment hielt er das aber zurück. Als Robi jedoch dann weiter grinste, als er ihm mit Schnaps die Wunde auswusch und den Finger verband, kam er aus dem Fluchen nicht mehr heraus.

Auch zu Hause, als Dunja ihm mit einem mitleidigen Lächeln ihr Mitgefühl bekundete, begann Zoran wieder zu fluchen. Er war auf sich selbst böse, weil er zu wenig aufgepasst hatte. Ihm fehlte einfach die Routine bei dieser Arbeit, obwohl sie ihm seit seiner Militärzeit nicht fremd war. Es waren doch schon etliche Jahre vergangen. Er ist älter geworden.

Als er darüber mit Dunja sprach, sagte sie zu ihm: „Ja, Zoran, wir sind keine Jugendlichen mehr. Unsere innere Uhr tickt. Hast du dir schon einmal Gedanken darüber gemacht, ob wir Kinder wollen?" Diese Frage haute Zoran um. „Natürlich wollen wir eine Familie haben. Darüber sind wir uns doch einig! Oder etwa nicht?", antwortete er zögernd. Dunja sah ihn erstaunt an. „Zoki", sagte sie mahnend, „bis jetzt haben wir über unsere Familienplanung konkret noch nie gesprochen. Zuerst sollten wir einmal heiraten, meinst du nicht?"

Zoran flüchtete fast nach draußen. Er ging hinab zu seinem Fischerboot, wohin ihn Mala begleitete. Dort hing er seinen Gedanken nach. Er wollte heute nicht weiter darüber mit Dunja diskutieren. Irgendwo hatte er ein beengendes Gefühl, als Dunja dieses Thema konkret ansprach.

Am Ende der ersten Dezemberwoche war es dann soweit. Robi und Zoki wurden mit der Restaurierung des Fahrzeugs fertig. Es strahlte und glänzte, wohin man auch sah. Es gab kein Fleckchen des alten Autos, das nicht überarbeitet worden war, selbst der Aschenbecher glänzte, wenn man ihn öffnete. Sie hatten mit Unterstützung von Dunja ganze Arbeit geleistet. Zoran konnte es gar nicht glauben, als das Auto in der Sonne stand.

„Robi, dieses schöne Auto verdient nicht mehr den Ausdruck ‚Vehikel'. Es ist wunderschön geworden und läuft wie ein neues Fahrzeug. Es ist eine Freude, es anzuschauen. Dieses Auto hat Charakter", freute sich Zoran, „morgen werde ich mit Dunja sofort einen Ausflug damit machen."

Robi freute sich für die beiden. Er war selbst stolz darauf, was sie da geleistet hatten. Leider gibt es zuwenig Leute, die den Wunsch verspüren, Altes zu neuem Leben zu erwecken. Wo geht unsere Gesellschaft hin, dachte sich Robi. Wer hätte in diese Rostkarre sein Geld investiert? Er hatte sich anfangs nicht gerade gefreut, als Zoki ihn vor wenigen Wochen fragte, ob er diesen Wagen reparieren würde. Doch jetzt, wenn er das Resultat ihrer Bemühungen so betrachtete, freute er sich mindestens so, wie dieser verrückte, aber liebenswerte Zoran, ihr Dorfpolizist.

Zoran fuhr mit Stolz mit seinem Oldtimer nach Sali und stellte ihn vor der Polizeistation ab. Es dauerte nicht lange, hatte er mit dem Auto für einen kleinen Menschenauflauf gesorgt. Milan war der erste, der vor seine Poststation trat und aus dem Staunen nicht mehr herauskam. „Ist das dasselbe Auto, das wir beide geholt haben?", fragte er voller Entzücken seinen Freund.

Von rundherum kamen die Menschen und gratulierten Zoran. Einige fragten sogar, ob sie sich hineinsetzen dürften. Zoran grinste sie an und sagte jedem: „Erst, wenn Dunja zuerst darin Platz genommen hatte." Er konnte es gar nicht mehr erwarten, dass sie mit der Fähre ankam. Doch bis dorthin hatte er noch etwas Zeit. Er musste ohnehin mit dem Bürgermeister noch ein ernstes Wort reden.

EIN BESONDERER AUSFLUG

Als Dunja im Hafen ankam, sah sie noch, bevor sie die Fähre verließ, die Menschenversammlung bei Zorans Polizeistation. Ihr erster Gedanke war, dass irgendetwas Besonderes passiert sei. Man kann doch nie wissen, dachte sie noch. Doch als die Menschen dort sich zur Fähre drehten, bemerkte sie die Blicke, die sie auf sich zog. Einige zeigten sogar auf sie. Dann hörte sie die Leute klatschen, als sie sich näherte.

Erst da sah sie hinter den Leuten verborgen das Autodach ihres Fahrzeuges. Sie hatte es fertig repariert noch nicht gesehen. Die Menschenmenge teilte sich und ließ sie hindurch. Dunja musste stehenbleiben. Mit offenem Mund stand sie da, so sehr freute sie sich. Davor stand Zoran und lächelte sie an. Jetzt konnte sich Dunja nicht mehr halten. Jauchzend lief sie ihrem Liebsten entgegen und fiel ihm um den Hals. Die Leute klatschten nun noch lauter und riefen „Bravo"!

Zoki nahm Dunja bei der Hand und führte sie zur Fahrertür, die er ihr elegant öffnete und sie aufforderte, einzusteigen. Dunja ließ sich das nicht zweimal sagen. Sie strich zärtlich mit ihrer Hand über das Lenkrad. „Oh, wie schön, Zoki", flüsterte sie ehrfurchtsvoll. Sie rutschte rüber auf den Beifahrersitz und forderte Zoran auf, rasch nach Hause zu fahren. „Seht meine Freunde" rief er den Leuten zu, „zuerst meine Verlobte habe ich euch gesagt! Bis Morgen!" Dabei grinste er von einem Ohr bis zum anderen.

Dunja streichelte auf der Nachhausefahrt immer wieder über den einen oder anderen Teil des Interieurs. „Dieses Cognac-farbene Leder der Sitze, Zoran, das kommt erst im Fahrzeug so richtig zur Geltung", nahm ihre Begeisterung kein Ende. „Am liebsten würde ich gar nicht aussteigen", beschwerte sie sich. „Ach, mein Vögelchen", tröstete sie Zoran, „morgen werden wir beide eine kleine Ausfahrt machen, wenn du willst, wir werden gegen zehn Uhr los fahren."

Dunja hatte sich am nächsten Morgen ganz besonders hübsch gemacht. Sie wollte dieser Ausfahrt ihre besondere Note geben. Sie freute sich darauf, mit Zoran alleine die erste Ausfahrt nach der Restaurierung des Oldtimers zu machen. Sie gingen es ganz gemütlich an. Zoran fuhr in langsamem Tempo an Sali vorbei in Richtung Norden. „Wo willst du mit mir eigentlich hin, Zoki", fragte ihn Dunja. Ihr schien es, als wollte Zoran ein Geheimnis daraus machen. „Ach, du süßes Mädchen, lass dich überraschen", grinste er Dunja geheimnisvoll an.

Langsam näherten sie sich Božava. Als Zoki dann zum Hafen hin abbog, konnte sie sich noch immer keinen Reim darauf machen. Sie kehrten in jenes kleine Restaurant an der Mole ein, das sie mit ihren Eltern schon besucht hatten. Dunja kam aus dem Staunen nicht mehr heraus, als die beiden Wirtsleute vor der Tür schon auf sie warteten. „Ihre Gäste sind schon eingetroffen", begrüßte sie der Chef. „Welche Gäste, Zoki?", fragte Dunja. Dabei sah sie ihn misstrauisch an. „Du verheimlichst mir was", setzte sie vorwurfsvoll mit einer nach oben gezogenen Augenbraue nach. Zoki grinste sie liebevoll an, küsste sie und meinte: „Du wirst schon noch alles erfahren, übe dich ein bisschen in Geduld, du meine Liebe." Gleichzeitig zog er seine Angebetete mit sich in das Restaurant. Auch der Wirt konnte sich nun ein Grinsen nicht verhalten und zwinkerte Zoran verschwörerisch zu.

Ehrfurchtsvoll schritt er Zoran und Dunja voran und führte sie ins Gastzimmer, wo im offenen Kamin das Feuer romantisch knisterte. Und dann sahen sie ihre Gäste. Milan und seine Frau Mara strahlten ihnen entgegen und erhoben sich. „Wir sind auch erst vor fünf Minuten gekommen", sagte Milan. Sie umarmten sich mit einer Herzlichkeit, die Dunja und Zoran tief berührte.

Als dann der Wirt ohne weitere Worte eine Flasche Champagner brachte und einschenkte, zerplatzte Dunja fast vor Neugierde. „Zoki, was soll das eigentlich, du alter Geheimniskrämer?", fragte sie ihn und boxte ihm in die Seite.

Zuerst blickte er ihr tief in ihre wunderschönen Augen, wobei Zoran einen tiefen Seufzer hören ließ. Dann erhob er sich. Er griff in seine rechte Hosentasche und holte eine kleine Schachtel heraus, aus der er einen wunderschönen Ring entnahm. Er konnte kaum sprechen, so schwer fiel es ihm plötzlich. Dunja, die ahnte, was nun kommen würde, traten Tränen in ihre Augen und schluckte schwer.

Zoran kniete sich vor ihr hin: „Dunja, meine Liebe des Lebens. Ich habe dich bis heute noch nicht vor Zeugen gefragt, ob du meine Frau werden willst. Du hast mich vor einigen Tagen etwas überrumpelt mit deinen Fragen. Ich habe ein bisschen darüber nachgedacht. Ja, ich liebe dich von ganzem Herzen und will mein Leben mit dir teilen und Kinder mit dir haben. Und nein, ich lass dich nicht mehr von mir weg, ich überlasse dich keinem anderen Mann, diese Chance gibt es nicht mehr für dich. Willst du mich heiraten."

Dunja schluchzte laut auf, als sie gleichzeitig „ja, ich will" hauchte. Zoran nahm den Ring und steckte ihn ihr an. Dann erhob er sich und küsste sie ganz zärtlich. Milan und seine Frau sprangen auf, umarmten sie und gratulierten ihnen.

„Damit seid ihr offiziell verlobt, das wurde auch Zeit", ließ Milan mit einem Knurren verlauten, „ich hatte ja schon Angst, dass mein bester Freund nicht mehr unter die Haube kommt." „Ja, Milan", antwortete ihm Zoran, „du hast wirklich viel dazu beigetragen, dass ich wieder Freude im Leben finden konnte, dass ich mich für diese Liebe zu Dunja öffnen konnte. Ich will gar nicht darüber näher nachdenken, was ohne dich geschehen wäre. Dunja, ich habe Milan gebeten, mein Trauzeuge zu sein." „Bravo, das freut mich wirklich sehr, Milan", war Dunja begeistertet.

„Und weil wir gerade bei der Enthüllung von Geheimnissen sind, meine Liebe", setzte Zoran fort. „Du hast doch am 1. Februar Geburtstag?", fragte er sie. „Ja, das weißt du doch", antwortete ihm Dunja ganz entgeistert und fragend. „Dann werden wir nun, sofern du einverstanden bist, in einigen Wochen an diesem Tag heiraten. Ich habe beim Bürgermeister und in der Kirche diesen Termin jetzt reservieren lassen."

Und schon wieder rannen Dunja die Tränen das Gesicht herab. „Ach

Zoran, ich kann dir gar nicht sagen, wie sehr ich mich freue und dich liebe."

Der Wirt blickte nun in das Gastzimmer. „Können wir?", fragte er vorsichtig in Richtung Zoran. „Ja, bitte", antwortete ihm Zoki, noch immer mit etwas belegter Stimme. Es vergingen keine zwei Minuten, als die erste von drei Vorspeisen aufgetischt wurde. Als Hauptspeise grillte ihnen der Chef persönlich herrliche Steaks im offenen Kamin und als Nachspeise gab es noch eine besondere Torte. Es wurde ein wunderschöner Tag mit ihren Freunden. Es hätte kaum schöner sein können. Dunja bewunderte immer wieder ihren Verlobungsring, an den sie sich noch gar nicht so richtig gewöhnen konnte.

Als sie nach Hause fuhren, hatte sich Dunja an Zorans Schulter gelehnt. Sie war bis tief in ihr Herz glücklich. „Zoran", begann sie leise zu sprechen, „ich liebe dich ganz tief in meinem Inneren. Du machst mich ständig nur glücklich. Ich hoffe, wir werden noch viele schöne Momente in unserem gemeinsamen Dasein erleben. Auch ich hatte schon geglaubt, kein Licht mehr in meinem Leben zu finden. Du hast mir aber sehr schnell den richtigen Weg wieder gezeigt. Du hast nicht nur die Schatten in meinem Herzen vernichtet, du hast mir auch die Schönheit der wahren Liebe gebracht. Du verwöhnst mich und überraschst mich immer wieder. Ich freue mich schon darauf, dich heiraten zu dürfen, weil unsere Liebe dann ihren Hafen gefunden hat."

DER KRIMINALIST

Der Ausflug hatte Zoran und Dunja gut getan. Dunja hatte ihm erzählt, dass ihre Mutter ihr Beistand bei der Hochzeit sein würde. Das habe sie sich nicht nehmen lassen. Ihre Eltern freuten sich bereits auf den großen Tag. Inzwischen hatte sich Dunja auch schon erkundigt, ob es für Dugi Otok bereits eine Nachfolge als Lehrer in der Schule gäbe. Sie hatte sich ihrer Direktorin, die zu einer lieben Freundin geworden war, anvertraut.

Es war kurz vor Weihnachten, an einem wunderschönen Tag, als Zoran aus Zadar einen Telefonanruf bekam. Sein Vorgesetzter rief ihn an. „Zoki", sagte er, „es gab hier kurz nach acht Uhr einen bewaffneten Raubüberfall auf einen Juwelier. Es wurden Bargeld und Schmuck erbeutet. Der Täter war alleine und er war mit einem Messer bewaffnet. Es könnte sein, dass er mit der Fähre jetzt nach Dugi Otok kommt und sich dort verstecken will." Zoran bekam noch eine Personenbeschreibung des Täters übermittelt. Sorgfältig hatte er sich alles notiert.

Dunja würde ebenfalls mit der Fähre nach Hause kommen. Er hatte Angst um sie, falls der Täter tatsächlich sich auf der Fähre befinden sollte. Man konnte nie wissen, wie solche Verbrecher in ihrem Kopf tickten. Zoki war sich dessen bewusst, dass von solchen Menschen immer eine Gefahr ausging, wenn sie sich in die Enge getrieben fühlten. Man durfte diese Gefahr nie unterschätzen.

Sorgfältig prüfte er seine Waffe und bereitete sich auf eine Kontrolle der ankommenden Passagiere vor. Er rechnete nicht damit, das viele kommen würden, außer den Pendlern, die drüben am Festland ihrer Arbeit nachgingen oder Inselbewohnern, die ihren Einkauf erledigten.

Als die Fähre dann endlich bei der Hafeneinfahrt hereinbog, wartete Zoran in voller Adjustierung bereits an der Mole. Es stiegen aber nur sechs Personen aus, die Zoran alle bekannt waren. Dunja war die letzte. Niemand von ihnen kam für die gesuchte Person nur im Entferntesten in Frage. Sein bildhübsches Mädchen eilte wie immer auf ihn zu und umarmte ihn, als hätte sie ihn schon lange vermisst. Er freute sich wie jeden Tag, sie in seinen Armen zu halten.

Er erzählte Dunja von der Fahndung nach dem Räuber und dass er sich Sorgen um sie gemacht hatte. Bevor sie nach Hause fuhren, meldete Zoran noch seine erfolglose Kontrolle nach Zadar. „Zoran, halte bitte weiterhin die Augen offen", bat ihn sein Vorgesetzter, „laut Zeugenaussagen dürfte der Gesuchte tatsächlich die Fähre im Auge gehabt haben." Zoran versprach es und machte sich dann mit Dunja auf den Weg in seine Kruševica-Bucht.

Zu Hause erzählte Dunja, dass ihre Direktorin den Landesschulinspektor angerufen und Dunja als Nachfolge für die Schule auf Dugi Otok vorgeschlagen hat. „Abschließend hat sie zu mir gesagt, dass sie mich zwar in ihrer Schule nicht verlieren wolle, aber es sei uns von Herzen vergönnt." Dabei lächelte sie Zoran verschmitzt an.

Am Morgen brachte Zoki Dunja nach Sali zur Fähre. Zuvor hatte er sich wieder seine Polizeiuniform angezogen. Als das Fährschiff festgemacht hatte, kam ein Passagier die Gangway herunter. Er erkannte in ihm Ivan, der nahe Božava zu Hause war. Warum steigt der hier aus, dachte sich Zoran, während sich Dunja mit einem Kuss verabschiedete und ihm noch zuwinkte.

Eigenartigerweise ging Ivan nicht an ihm vorbei in den Ort, sondern schlenderte zum Ende der Mole, wo er stehen blieb und aufs Meer hinausblickte, als suche er dort etwas. Als die Fähre abgelegt hatte, wandte sich Zoki um und betrachtete Ivan, der unverwandt auf das Meer hinausschaute. Wieso kommt der jetzt aus Zadar, sinnierte Zoran weiter. Und in diesem Moment fiel es ihm auf. Ivan entsprach genau der Beschreibung nach der gefahndeten Person. ER ist es, schoss es ihm durch den Kopf.

In diesem Moment rief Zoran schon zu ihm hinüber: „Hej, Ivan, dir ist sicher kalt, komm, ich mach uns Kaffee!" Zoran beobachtete ihn genau und merkte, dass er zögerte. Ich werde den dummen Dorfpolizisten spielen, dachte sich Zoki. Endlich gab sich Ivan einen Ruck und ging langsam auf Zoran zu. In der rechten Hand hielt er eine alte, gefüllte Stofftasche in der Hand.

Ivan lächelte ihn verkrampft an. „Hallo Zoran, wie geht's dir?", fragte er ihn mit krächzender Stimme. „Na, hast wohl die Nacht in Zadar durchgefeiert?", fragte Zoran sein Gegenüber mit einem Lächeln, als ahne er nichts. „Komm in meine warme Stube, etwas Heißes wird dir sicher gut tun." Zoki versuchte eine naive Art an den Tag zu legen und zog ihn mit sich. Er ließ Ivan im Nebenraum seiner Polizeistation so hinsetzen, dass er nicht mehr flüchten konnte.

Zoran versuchte Ivan in ein belangloses Gespräch zu verwickeln, während er Kaffee kochte. Ivan wunderte sich, woher er diesen köstlichen Kaffee hatte, war es doch sehr schwierig, welchen zu bekommen. Wenn der wüsste, dachte sich Zoran, ganz Sali wurde von einem Schiff, das zumindest zweimal pro Monat nach Italien hinüber musste, mit Kaffee von drüben versorgt. Da kam ihm immer wieder ein Schmunzeln aus, wenn er an diese herrliche Schmuggelware dachte. Das gab es am Festland nicht.

Als Zoran ihnen dieses herrliche Getränk einschenkte, nahm er ganz belanglos Ivans Tasche. Ivan hatte es zu spät bemerkt. Zoran stellte die Tasche so auf den leeren Sessel, dass sie hinunterfallen musste. Dabei fiel ein Messer und in Stoff gewickelter Schmuck heraus. Ivan wurde ganz bleich im Gesicht. Zoki stellte sofort seinen Fuß auf das Messer. „Na na na, Ivan, was machst du denn für Sachen mein Junge? So jetzt sage ich dir etwas. Wir trinken jetzt in Ruhe unseren Kaffee und dann erzählst du mir, was du für einen Blödsinn gemacht hast", forderte er Ivan in ruhigem, väterlichen Ton auf.

Zoran bemerkte, wie Ivan plötzlich seine Schultern hängen ließ und seine Gesichtsfarbe noch bleicher wurde. Seine Hände begannen zu zittern. „Zoran, ich habe wirklich einen totalen Blödsinn gemacht", flüsterte er. Zoran brachte die Stofftasche und das Messer in sein Gewahrsam und sperrte es in seinem Kasten vorerst ein. „So Junge, jetzt erzähle mir, was los war. Du lässt aber nichts aus und erzählst mir die Wahrheit, dann werde ich auch dir, soweit es mir möglich ist, helfen."

Zuerst stockend, dann aber immer flüssiger, begann Ivan zu erzählen. „Ich hatte in Zadar einen kleinen Kredit beantragt und diesen genehmigt bekommen. Ich fuhr also hinüber und holte das Geld. Dann traf ich einen Freund, mit dem ich in einer Bar einige Getränke bis zum späteren Abend genommen habe. Die Fähre hatte ich schon versäumt. Dann sagte ein älterer Mann zu mir, ob ich nicht Lust auf ein Spielchen hätte. Ich dachte mir, da könnte ich doch ein bisschen mein erhaltenes Geld aufstocken. Was soll ich dir sagen, Zoran, wir waren zu viert. Gegen drei Uhr morgens hatte ich kein Geld mehr. Ich konnte gerade noch meine Zeche bezahlen. Ich wandelte durch Zadar, mir war nur mehr kalt und betrunken war ich auch. Als ich völlig verzweifelt dann am Weg zur Fähre war, sah ich, wie ein Juwelier gerade sein Geschäft öffnete. Ich überlegte nicht lange und überfiel ihn. Ich weiß nicht einmal, was ich erbeutet habe. Ich weiß nur, dass ich von diesem Geld die Überfahrt bezahlt habe. Die konnte ich aber erst heute am Morgen antreten, weil ich gestern einige Polizisten bei der Fähre stehen sah. Ich habe mich die ganze Zeit versteckt, bis heute Früh."

Zoran merkte, dass Ivan nun direkt erleichtert war. „Was bist du nur für ein dummer Mensch, Ivan." „Ich weiß, Zoki", seufzte er. Zoran überlegte lange. Dann sagte er Folgendes: „Ivan, höre mir gut zu. Ich werde jetzt mit dir ein kurzes Protokoll aufnehmen. Dass ich dich festnehmen muss, ist dir ja klar. Aber wir werden da reinschreiben, dass du heute zu mir aus freien Stücken gekommen bist, weil du diesen Raubüberfall gestehen wolltest, weil es dir leid tut. Damit wirst du nicht so lange im Gefängnis bleiben müssen. Hast du mich verstanden? Meine Kollegen in Zadar verständige ich erst, wenn wir fertig sind. Die werden dich dann mit dem Polizeiboot abholen."

Ivan sah Zoran lange an. Dann stieß er einen Seufzer aus und nickte. „Zoran, danke, das vergesse ich dir nie." Gleich darauf schritten sie zur Tat. Zoran musste zum ersten Mal ein Verbrechen zu Protokoll nehmen, doch meisterte er das hervorragend. Als er dann seinen Vorgesetzten anrief, war dieser von ihm ganz begeistert. Zoran hielt Wort und legte Ivan erst kurz vor dem Eintreffen der Polizei die Handschellen an.

Dass Zoran einen Räuber erwischte, machte ihn auf Dugi Otok zum

Helden. Einige Einwohner hatten den in Handschellen abgeführten Ivan gesehen, das hatte gereicht. Milan war der Erste, der ihm gratulierte, dann aber kam schon der Bürgermeister. Zoran ahnte noch nicht, dass er dafür vom Innenminister auch eine Auszeichnung bekommen würde.

Die Aufregung über Zorans Erfolg verebbte erst nach zwei Tagen, bis wieder Ruhe auf der Insel einkehrte. Das war auch gut so. Immerhin standen Weihnachten vor der Tür. Dunjas Eltern waren schon am Weg zu ihnen. In Gedanken wünschte er sich, dass Ivan seine Zeit im Gefängnis gut überstehen würde.

DAS WEIHNACHTSKIND

Es gibt nichts Älteres als die Schlagzeile einer Tageszeitung, dachte sich Zoki, als er auch als Held in der Zeitung gefeiert wurde. Zwei Tage danach krähte kein Hahn mehr danach. So war es ihm auch recht. Irgendwie tat ihm Ivan leid, dass er so dumm war. Er musste nun doch einige Zeit im Gefängnis verbringen und jeder auf der Insel würde immer, wenn er sich sehen ließ, daran denken, das ist doch der, der einen Juwelier überfallen hatte. Das war ein Makel, mit dem Zoki nicht hätte leben wollen. Oh Schande!

Dunja machte ihm in den letzten Tagen auch ein bisschen Sorge. Sie verhielt sich irgendwie eigenartig. Er wusste nicht, was los war mit ihr. Sie schaute ihn so geheimnisvoll an, dann lächelte sie ihn wieder an, als wolle sie ihm etwas sagen und tat es dann doch nicht. Sie rückte aber nicht damit heraus, um seine Neugierde zu stillen. Also fragte er sie auch nicht. So gut kannte er sie schon, dass er wusste, dass sie ihm nicht sagen würde, was ihr auf dem Herzen lag.

Heute Nachmittag würden ihre Eltern kommen. Er freute sich schon auf sie. Hatten sie ihn doch wie einen Sohn aufgenommen. Er hatte das Gefühl, dass sie sehr ehrliche Menschen sind. Vor allem Goran, er sagte alles, was er dachte, und hielt sich nicht damit zurück. Sie akzeptierten nun das Leben von Dunja, so wie es war, und freuten sich mit ihr, dass sie hier bei ihm lebte.

Das Einzige, was Zoran wirklich Leid tat, war der Tod von Dragica. Er war soeben am Weg zu ihrem Grab, bevor er seine zukünftigen Schwiegereltern von der Fähre abholen wollte. Er hätte sich so gefreut, wenn Dragica an diesem Weihnachtsfest teilnehmen hätte können. Wäre das schön gewesen, er vermisste sie so sehr. Ihre verschmitzten, aber treffsicheren Kommentare hatten ihn immer wieder schmunzeln lassen, andererseits aber auch überrascht. Sie war eine weise alte Frau gewesen, mit dem Herz am richtigen Fleck. Noch mehr hätte er sich gefreut, wenn sie in wenigen Wochen an seiner Seite die Hochzeit miterleben hätte können. Er hatte ja keine Verwandten mehr. Dragica wäre anstatt irgendwelcher Verwandten da gewesen, weil sie ihn wie einen geliebten Enkelsohn ansah. Wie hatte er es geliebt, wenn sie ihn „mein Junge" nannte.

Als er an ihrem Grab ankam, ließ sich die Sonne gerade zu einem kurzen Auftritt hinreißen. Die Wolken hatten sie freigegeben. Als Zoran gerade die Blumen auf ihr Grab in eine Vase stellte, strich um einen Grabstein ein junges Kätzchen schnurrend zu ihm her, als es ihm sagen, na, wird ja Zeit, dass du kommst. Das Kätzchen schlich so lange um seine Füße, bis er es endlich anhob und streichelte. „Schau, Dragica, du bringst für mich immer wieder Überraschungen, warum schickst du mir dieses Kätzchen?", wandte er sich zum Grab. Dann sprach er weiter: „Ich wollte herkommen und dir sagen, dass wir dich immer in unserem Herzen tragen, du liebe alte Hexe, du fehlst mir unglaublich. Weißt du, als mein Mate starb, warst du der einzige Mensch, mit dem ich noch so sprechen konnte wie damals mit ihm. Vor allem deine Liebe zu mir, die hat mich sehr berührt. Zu mir, einem Fremden. Wie du mit mir umgegangen bist, als ich in deine Pfarrküche kam. Ich habe mich sehr aufgehoben gefühlt bei dir dort. Du hattest mich aufgefangen. Und jetzt, wo wieder Weihnachten vor der Tür steht, da kommen die Erinnerungen wieder hoch, wie du die ersten Weihnachten bei mir verbracht hattest! War das schön! Das hat uns beiden so gut getan, es wurde ein wunderschönes Fest, meine Liebe." Zoran hatte währenddessen ständig in seinen Armen das Kätzchen gestreichelt, welches vom Schnurren überhaupt nicht mehr aufhören wollte.

Als Zoran sich von Dragica verabschiedet hatte und den Friedhof wieder verlassen wollte, bemerkte er, dass das Kätzchen ihm folgte. Nun rannte es sogar vor ihm den Weg entlang und miaute ständig. Als er dann bei seinem Auto ankam, begann es erbärmlich laut ein Katzengeschrei zum Besten zu geben. Zoki bückte sich, worauf es sofort zu ihm gelaufen kam. Das Kätzchen hörte aber nicht auf mit dem Gejammer. „Na, du wirst doch nicht alleine sein, mein Kätzchen", mutmaßte Zoran. Das Kätzchen tat ihm leid. Er schätzte, dass es höchstens vier Monate alt war.

Irgendetwas rührte sich in seinem Herzen. Kurzerhand nahm er die

Katze und setzte sie im Auto auf den Beifahrersitz, wo sie sich sofort auf seine Jacke, die er dort liegen hatte, niederließ. Sie hatte sich beruhigt und begann wieder zu schnurren. Na, das kann ja noch was werden, dachte er sich, Mala wird eine Freude mit dir haben. Dabei schmunzelte er, als er an seine Hündin dachte. Aber Zoran sah darin kein Problem, denn sie würden sich rasch anfreunden.

Nun fuhr er zur Mole von Sali, um Goran und seine Frau abzuholen. Es war ein freudiges Wiedersehen. Am Weg zu seinem Oldtimer erzählte er ihnen von dem Kätzchen. Gorans Frau war hellauf begeistert, als sie das vernahm. Sie nahm das Kätzchen auch sofort in ihre Arme, wo sich die kleine Hexe offensichtlich gleich pudelwohl fühlte.

Als sie dann mit dem Fischerboot in der Kruševica-Bucht ankamen, wurden sie von Mala wie gewöhnlich stürmisch begrüßt. Als Zoran ihr das Kätzchen zeigte, war es nicht Mala, auf die er aufpassen musste, sondern auf die kleine Wildkatze, die erstmals ihr Temperament zeigte. Als Mala dieses kleine Katzenungeheuer nur beschnuppern wollte, fuhr das Kätzchen seine Krallen aus und pfauchte ohne Unterlass.

Dunja freute sich genauso wie ihre Mutter über das Kätzchen. Die Wiedersehensfreude mit ihren Eltern war natürlich herzlich, doch sie verblasste fast wegen der Neuankunft dieses Tieres. Dunja und ihre Mutter waren sich sofort einig, dass sie Minka heißen soll.

Am nächsten Tag fuhren Goran und Zoki in der Früh nach Sali. Der Weihnachtsbaum, den Zoran am Festland bestellt hatte, wurde mit der Fähre geliefert. Mindestens zwanzig Bäumchen wurden ausgeladen. Die Menschen warteten schon begierig darauf.

Es war ein schöner Beginn des Tages. Zoran und sein Schwiegervater Goran hatten Zeit für einen kleinen Tratsch unter Männern im Gasthaus, gegenüber seiner Polizeistation. Milan war auch zu ihnen gestoßen. So kam es, dass sie erst kurz vor Mittag wieder in die Kruševica-Bucht zurückkehrten. Ihre beiden Frauen hatten einen köstlichen Eintopf gemacht.

Am Nachmittag begannen sie für das morgige Weihnachtsfest den Christbaum zu schmücken. Es herrschte schon ein bisschen feierliche Stimmung. Dunja und ihre Mutter backten noch ein paar Kekse, sodass es wunderbar duftete. Goran begleitete Zoran am späten Nachmittag auf das Meer hinaus, um die Netze für den Weihnachtsfisch auszulegen. Es sollte gegrillten Fisch geben.

Auch frühmorgens wurde Zoki von Goran begleitet. Sie hatten nicht viel gefangen, aber für ihr Abendessen reichte es allemal. Ein wunderbarer und wohlschmeckender Drachenkopf war ihm auch ins Netz gegangen. Am meisten freuten sie sich über einige Langusten, die sie in den Reusen vorfanden.

Bevor sie sich zu ihrem Weihnachtsfest zurückzogen, gingen Zoran und Dunja noch zum Grab seiner Großeltern. Es war sehr berührend, als er mit Dunja dort stand. Er hielt sie an der Hand. Gemeinsam blickten sie dabei auf das Meer hinaus. Eine tiefe Zufriedenheit erfüllte Zoran mit dieser wundervollen Frau an seiner Seite. Er spürte, wie Mate glücklich lächelte, als würde er sagen, siehst du Zoki, alles wird wieder gut, man darf nur nie aufgeben zu kämpfen.

Als dann die Zeit der Bescherung näher rückte, musste Zoki lächeln. Jeder suchte sein kleines Versteck auf, wo sie ihre Geschenke deponiert hatten und legte es mit Bedacht und voller Hingabe unter den Christbaum. Im Kamin flackerte das Feuer, Zoran hatte Weihrauch auf ein bisschen Glut gestreut, die Rauchfäden ließen diesen wunderbaren Geruch durch den Wohnraum schweben.

Es herrschte eine wunderbare Stimmung. Wäre da nicht Minka gewesen. Sie hatte eine Zeitlang schon den Christbaum im Auge. Immer wieder ging sie hin und versuchte mit ihren kleinen Tatzen mit dem Christbaumschmuck zu spielen. Ein paarmal mussten sie hineilen und die Katze entfernen, damit der Baum nicht kippte. Sie hatte sogar versucht hinaufzuklettern.

Dann war es soweit. Nachdem sie gemeinsam gebetet hatten, wurden die Geschenke verteilt. Dunja kam mit drei Briefen, von denen jeder, ihre Eltern und Zoran, einen bekamen. Mit Tränen in den Augen übergab sie ihn Zoran. „Frohe Weihnachten, Zoki", flüsterte sie mit ihrer rauchigen Stimme. Dabei sah sie ihn mit all ihrer Liebe und Zärtlichkeit an und küsste ihn, als sei es ihr erster Kuss.

Zoran dachte nur, was für einen Brief bekommen wir denn? Er konnte es nicht länger aushalten, er musste ihn sofort öffnen. Aus den Augenwinkeln sah er, dass es ihren Eltern gleich erging. Er hatte direkt Angst vor dem Inhalt dieses geheimnisvollen Briefes. Er hoffte inständig, dass er keine schlechte Nachricht beinhaltete. Als er ihn geöffnet hatte, nahm er einen Zettel raus. Was er da sah, konnte er kaum glauben. Mit einem Freudenschrei riss er Dunja an sich und küsste sie. Auf dem Zettel war ein kleines Baby aufgezeichnet, darunter stand: „Frohe Weihnachten, Papa!"

DER GANZ GROSSE TAG

Diese Feiertage hatte es in sich gehabt, dachte Zoran zu sich, als er mit Dunja nach Zadar fuhr. Das war schon ein ganz erhebendes und glückliches Gefühl, zu wissen, dass er Vater wurde. Jetzt wurde es wirklich Zeit, Dunja offiziell zu ehelichen. Er musste lachen, als er an Dunjas Worte dachte, als sie ihm sagte, sie sei sich unsicher gewesen, ob er sich darüber freuen würde. Ach, mein kleines Vögelchen, manchmal quatscht sie wirklich Unsinn.

Dunjas Eltern waren bis zum neuen Jahr geblieben. Sie fühlten sich richtig wohl bei ihnen in der Kruševica-Bucht, obwohl sich dieses Leben entschieden anderes gestaltete als bei ihnen in der Stadt. Doch nun konzentrierte sich Zoran ganz auf Dunja. Sie konnte es kaum erwarten, sich mit ihrem Bräutigam in Zadar für die Hochzeit einzukleiden.

Kaum hatte die Fähre angelegt, zog Dunja ihren Prachtkerl in Richtung Innenstadt. Sie hatte natürlich zuvor schon ausgekundschaftet, wo sie einkaufen würden. Zoran hatte da keine Chance, selbst ein Geschäft auszusuchen. Ihm war es auch lieber so, dass Dunja das alles fest im Griff hatte. Ihm war es lieber, mit Milan zusammen die Hochzeit selbst zu organisieren.

Zoran wusste, was bei diesem Einkauf auf ihn zukam. Er hatte sich schon darauf eingestellt, dass er starke Nerven brauchen würde. Die Realität war aber noch viel schlimmer. Bis kurz vor der Rückreise nach Sali dauerte ihr Einkauf. Nicht einmal zum Essen hatten sie Zeit. Dunja war voll in ihrem Element. Zoran nahm es aber mit Würde und Humor. Er dachte, dass er hoffentlich nur einmal in seinem Leben über sich ergehen lassen müsse.

Für Zoran selbst hatten sie nur eine gute Stunde benötigt, dann war er mit neuer Kleidung und Schuhen versorgt. Wäre doch Dunjas Mutter noch hier geblieben, zog es immer wieder durch Zorans Kopf. Die beiden hätten das bravourös gemeistert, aber ohne ihn, was ihm ein Lächeln ins Gesicht zauberte, als er diese Möglichkeit ins Auge fasste.

Die Zeit rückte immer näher und die Liste der eingeladenen Gäste wurde immer länger. Auch die Direktorin von Dunja würde anwesend sein und sein Vorgesetzter aus Zadar befand sich darauf. Natürlich hatte Zoran seine engsten Freunde auch eingeladen. Er hoffte, dass sie schönes, sonniges Wetter haben würden.

Dunja wurde immer unruhiger, je näher der Tag heranrückte. Ihre Eltern waren heute gekommen, um ihr ein bisschen früher schon beizustehen. In zwei Tagen war es nun soweit. Zoran zog sich immer mehr zurück. Das Wochenende zuvor hatte er seinen Junggesellenabschied gefeiert. Milan war dabei der Zeremonienmeister. Er dachte mit Freude daran zurück. Abgesehen davon, dass genug Alkohol geflossen ist, haben sie Zoran ganz schön in der Mangel gehabt. Sie hatten ihm ein weißes, altes Nachtgewand angezogen, in einen Schweinetrog, der auf einem kleinen Leiterwagen montiert war, gesetzt und fuhren so mit ihm von Haus zu Haus. Überall musste er erzählen, warum er unbedingt heiraten wolle. Es wurde viel gelacht und gescherzt. Die Menschen waren sehr angetan von Zoran, weil er diesen Spaß mitmachte. Sie liebten ihn, so wie er war, weil er auch als Polizist immer Mensch blieb. Sie fühlten, wie ihm das Wohl der Menschen auf dieser Insel am Herzen lag.

Am letzten Tag vor der Hochzeit brachte Zoran seine Dunja zu seinem Freund Milan und seiner Frau nach Sali. Diese Nacht durfte er nicht mit seinem Vögelchen verbringen. Am nächsten Tag würde Zoran sie dort abholen und zur Kirche führen. Jetzt wurde er doch ein bisschen nervös. Als er sich von Dunja mit einem charmanten Lächeln und liebevollen Kuss verabschiedet hatte, fuhr er in seine Bucht zurück.

Sehr nachdenklich ging er gemeinsam mit Mala zum Grab seiner Großeltern. „Ab Morgen", begann er, „werde ich für immer mit einer ganz tollen Frau verheiratet sein. Ab Morgen werde ich unsere Bucht mit einem wundervollen Menschen teilen. Ich bitte euch inständig um euren Segen. Und wie ihr wisst, werden Dunja und ich in absehbarer Zeit nicht mehr alleine sein, Nona, Nono. Ich freue mich auf unseren

Nachwuchs schon so. Ich möchte unser Kind genauso liebevoll umsorgen, wie ihr das mit mir gemacht habt." Zoran blickte zu Mala, die zu seinen Füßen lag und ihn beobachtete. Auch sie lauschte seinen Worten, auch, als er fortfuhr: „Ich wünschte, ihr könntet den morgigen Tag miterleben, mir Kraft geben. Ein bisschen nervös bin ich schon. Ich werde euch in meinem Herzen morgen bei mir haben, ich liebe euch."

Zoran stand am nächsten Tag sehr früh auf. Nachdem er seine Tiere versorgt hatte, nahm er ein Bad im Meer. Minka und Mala, die schon innige Freunde geworden waren, beobachteten ihn dabei genau, als würden sie aufpassen, dass er seine Körperpflege ja sehr genau nahm. Zoran wäre froh gewesen, wenn er jetzt nicht alleine gewesen wäre. Dunjas Eltern hatten sich für zwei Tage ein Zimmer in Sali genommen.

Ein letzter prüfender Blick in den Spiegel. Ja, es saß alles, wie es sein sollte. Er hoffte, dass er Dunja gefallen würde. Bedächtig ging er zu seiner Zlatna Duša, seinem Fischerboot. Es wurde Zeit, um neun Uhr sollte er Dunja bei Milan abholen. Mit seinem Oldtimer fuhr er dann von der Magrovica-Bucht zu Milan. Dort wurde er schon von seinen Freunden erwartet, die ihn mit Beifall begrüßten. Er war noch kaum angekommen, hatte sich auf das Bevorstehende innerlich noch nicht vorbereiten können, ging schon die Haustüre auf. Heraus trat eine wunderschöne Frau, seine Dunja, mit einem Strahlen im Gesicht, dass Zoran weiche Knie bekam. Er war überwältigt von ihrem Anblick. Das Rundherum nahm er nicht mehr wahr. Ihm blieb der Mund offen.

Langsam ging er auf sie zu und murmelte: „Meine Dunja, du meine Liebe." Zärtlich nahm er sie in seine Arme. „Darf ich dich, du meine Liebe, mein Alles, du wunderschöne Frau, zum Altar führen", flüsterte er ihr ins Ohr. „Ja, Zoran, nur du", hauchte ihn Dunja zu, wobei ihr die Tränen fast die Stimme nahmen. Rundherum brach Jubel aus.

Da es nicht weit zum Gemeindeamt war, gingen sie zu Fuß. Zuerst Dunja und Zoran, dann ihre Eltern mit Milan und seiner Frau. Dann folgten alle anderen. Was sie dann zu sehen bekamen, damit hatte keiner gerechnet. Der ganze Dorfplatz war voll von Menschen. Ein Beifall brandete auf, als sie ums Eck bogen und auf sie zugingen. Sofort hatte sich ein Spalier gebildet und vor dem Gemeindeamt hatte sich die Musikkapelle aufgestellt und begannen zu spielen. Auch die Feuerwehr stand Spalier.

Der Bürgermeister wartete beim Eingang zu seinem Amt auf die beiden. Feierlich führte er sie in seinen Amtsraum, wo er die beiden standesamtlich traute. Dann führte er sie zum Eingang der Kirche, wo die Musikkapelle sie mit einer schönen dalmatinischen Melodie hineingeleitete. Die Kirche war bis auf den letzten Platz gefüllt. Keiner wollte sich das entgehen lassen, wenn ihr Polizeichef unter die Haube kam. Jeder wollte einen Blick auf die beiden erhaschen, wenn sie sich das Jawort gaben.

Als der Pfarrer sie dann traute, hörte man den einen oder anderen Schluchzer in den Bankreihen. Ganz besonders, als Dunja mit ihrer schönen rauchigen Stimme ihr Jawort gab. Als dann Zoran den zierlichen Schleier von Dunja lüftete und sie küsste, brandete in der Kirche ein Beifall auf, wie es ihn schon lange in diesen Gemäuern nicht mehr gegeben hatte.

Als sie dann aus der Kirche hinausschritten, jubelten ihnen die Menschen entgegen. Blumen wurden geworfen, die Kapelle spielte. Man hatte am Dorfplatz inzwischen Tische und Bänke aufgestellt. Unweit daneben wurde seit den frühen Morgenstunden ein großes Schwein gegrillt. Es herrschte eine Stimmung, die Dunja und Zoran fast aus dem Gleichgewicht brachte. Bevor sie jedoch zu ihrem Platz gingen, bat der Bürgermeister um Ruhe. Er hielt eine Ansprache, die es in sich hatte, so kannte man ihn kaum. Er fand derart schöne Worte für die beiden, die jedem ins Herz gingen. Als er fertig war, dankte Zoran allen für ihre Teilnahme. Abschließend sagte er dann: „Meine so wundervolle Frau und ich würden uns sehr, sehr freuen, wenn ihr mit uns jetzt essen und trinken würdet. Ich ersuche nun unseren Herrn Pfarrer um seinen Segen. Lasst uns feiern und stolz sein, dass wir hier auf dieser so schönen Insel leben dürfen."

Es wurde ein wahrlich schönes Fest. Noch bevor die Sonne unterging, fuhren Dunja und Zoran zurück in die Kruševica-Bucht. Als sie am

Steg standen, drehte Zoran sich mit Dunja in Richtung Meer. Er zog sie zu sich heran und sagte zu ihr mit all seiner Liebe: „Willkommen in unserer Bucht, meine Liebe."

EIN ERFÜLLTES LEBEN

Es waren nun über vierzig Jahre vergangen, als er seinen Großvater Mate beerdigen musste und sein Erbe angetreten hatte. Zoran stand neben dem Grab seiner Großeltern. In wenigen Tagen wurde er nun dreiundsechzig Jahre alt.

Wie so oft blickte er hinaus aufs Meer und in seine Bucht hinunter. Inzwischen hatten Dunja und er dort eine kleine Konoba errichtet. Zoki war sehr früh in Pension gegangen, was es ihm ermöglichte, das kleine Restaurant zu betreiben. Sie hatten jetzt jede Zeit der Welt. Dunja und er hatten sich aber entschlossen, dass ihr Lokal ein sehr einfaches bleiben sollte, nicht so wie jene in den Kornaten, wo das Essen astronomisch teuer war. Sie wollten zufriedene Gäste und keinen Massenbetrieb haben. Sie wollten wie immer mit Ruhe leben. Sie hatten nur acht Tische, mehr Gäste wollten sie nicht.

Mit Dunja hatte er ein Glückslos gezogen. Ihre Liebe war ungebrochen, so wie am ersten Tag. Sie scherzten und lachten noch immer gemeinsam. Ihm wurde ganz warm ums Herz, wenn er nur an sie dachte. Am liebsten saß er aber mit ihr unten am Meer unter seinem Baum. Im Frühling und Sommer lauschten sie dem herrlichen Gesang der Nachtigallen, seinen Lieblingsvögeln hier. Es gab sie noch immer.

Zoran sah, wie ein Segelboot hereinkam und an einer dieser Bojen festmachte. Es erinnerte ihn an Jasna, die damals genauso hereingesegelt kam. Noch immer dankte er ihr. Zoki war felsenfest davon überzeugt, dass sie ihm Dunja geschickt hatte, nachdem sie so grausam aus dem Leben gerissen wurde. Er hatte ihr aber auch versprochen, dass er Dunja mindestens dieselbe Liebe und Aufmerksamkeit angedeihen lassen würde, die sie von ihm bekommen hätte. Dieses Versprechen hatte er gehalten. Es war ihm auch nicht schwergefallen, bei dieser so liebevollen und wunderbaren Frau.

Er dachte zurück an die Jahrtausendwende, als er mit Dunja und seinen Freunden hier in der Kruševica-Bucht feierte. Zuerst wollten sie nach Zadar fahren, um dort bei einer der großen Partys teilzunehmen. Dann entschieden sie aber, an jenem Platz diese besondere Nacht zu verbringen, der ihr Leben so geprägt hatte. Es war wunderschön. Milan und Zoran sprangen trotz der eiskalten Wassertemperatur mit der ersten Sekunde des neuen Jahrtausends mit viel Beifall ins Meer. Auch seine Freundschaft zu Milan war ungebrochen, sie hatte sich noch vertieft. Milan war wie ein Bruder für ihn geworden.

Am meisten dankte er aber Dunja, die ihm drei so wunderbare Kinder geschenkt hatte. Das erste Kind war Tochter Mara, die inzwischen als Ärztin in einem Krankenhaus in Zadar arbeitete. Kurz darauf kam Mario auf die Welt, der als Erster Offizier auf einem Containerschiff die Welt befuhr. Einige Jahre später kam der kleine Nachzügler Mateo, genannt nach seinem Urgroßvater Mate, zur Welt. Der wollte gar nicht weg von seinem Zuhause, der Kruševica-Bucht. Obwohl er „der Kleine" genannt wurde, war er mindestens so groß wie Zoran selbst. Er sah seinem Vater auch sehr ähnlich und hatte denselben Charme. Er würde einmal die Kruševica-Bucht übernehmen. Zoran musste lächeln, als er daran dachte, wie „der Kleine" den Mädchen in Sali den Kopf verdrehte.

Aber Dunja und Zoki machten sich in der letzten Zeit große Sorgen um ihre Kinder. Was da heute mit diesem Corona-Virus passierte, machte ihnen Angst. Angst vor der Zukunft, obwohl ihnen ihre Tochter immer wieder versicherte, dass sie auf der Insel relativ sicher seien. Ja, es stimmte schon, dass es hier keinen einzigen positiven Fall gab. Das war auch mit ein Grund, warum Dunja und er nur sehr selten nach Zadar fuhren.

Wenn Zoran und Dunja besorgt in ihre Zukunft schauten, dann nahmen sie sich an den Händen und gingen hinunter zu ihrem Lebensbaum. Dieser Olivenbaum ist wunderschön angewachsen. Gemeinsam schnitten sie die Wassertriebe jedes Jahr am Ende des Winters. Sie genossen es, zu sehen, wie dieser Baum immer kräftiger wurde, und fühlten, wie er ihnen immer wieder Kraft gab. Wenn ihre Kinder bei ihnen waren, gingen sie gemeinsam zum Baum. Auch für sie hatten sie

Lebensbäume gepflanzt, rund um ihren herum, wo sich auch der von Dunjas Eltern befand.

Die Umwelt machte ihnen immer wieder Kopfzerbrechen, so wie die Menschen damit umgingen, allein, wenn Zoran an den Fischfang dachte. Wie verschmutzt war sein geliebtes Meer geworden? Jedes Mal mit bloßem Auge sichtbar, wenn er auf das offene Meer hinausfuhr. Wenn er sah, wie die Menschen Müll einfach im Meer entsorgten, Flaschen und Dosen herumschwammen. Zoki hatte immer einen Kescher bei sich, um den Müll herauszuholen.

Die Fische sind immer weniger geworden. Wo sind die Meeresschildkröten hingekommen? Heute musste er froh sein, wenn er selbst ein paar Fische für seine Speisekarte fangen konnte. Den Rest musste er am Fischmarkt in Zadar bestellen. Dabei handelte es sich um gezüchteten Fisch, der in riesigen Käfigen, die sich im Meer befanden, gehalten wurde. In welche Zeit gehen wir?, dachte sich Zoran.

Die Gesellschaft war immer selbstsüchtiger, immer aggressiver geworden. Nur hier, auf der Insel, war es noch einigermaßen die heile Welt. Hier half man sich noch gegenseitig, hier wusste man, wann ein Nachbar oder Freund Hilfe benötigte. Es war nach wie vor selbstverständlich, sich zu helfen. Die andere Seite aber war, dass viele Junge auf das Festland zogen. Es wurden immer weniger Menschen, die das nach wie vor teils beschwerliche, aber ruhige und friedliche Leben hier bevorzugten.

Zoran und Dunja hatten nie einen Strom oder Wasseranschluss in ihrem Häuschen. Die meisten Menschen, die sie hier besuchten, konnten das nicht verstehen. Zoran beobachtete oft ihren mitleidigen und unverständlichen Blick. Viele Gäste konnten nicht verstehen, dass es im Sommer keine Eiswürfel für die Getränke gab.

War das wichtig? Die haben das Leben bis heute nicht verstanden. Dunja und Zoran waren froh, dass sie keinen Fernseher hatten. Sie hatten sich noch immer viel zu erzählen und genossen ihre Gespräche, die sie gerne miteinander führten.

Zoran und Dunja waren schon lange in diesem für sie so wunderbaren Leben angekommen. Mit Stolz stellten sie immer wieder fest, was aus ihren Kindern geworden ist. Es sind wahrlich rechtschaffene Menschen, dachte sich Zoran, die wussten, was sie an ihrer Heimat, der Kruševica-Bucht, auf dieser so schönen Insel Dugi Otok haben. Sie genossen es, wenn sie zu ihren Eltern nach Hause auf Besuch kamen. Nur Mate zog es nicht weg. Er war nicht dazu zu bewegen, auf das Festland zu ziehen.

Ja, sie genossen noch immer dieses so einfache, bescheidene Leben. Es war die Bucht seines Großvaters Mateo, genannt Mate, die sie so glücklich machte, und sie wird auch ihren jüngsten Sohn einmal sehr glücklich machen. Tief in seinem Herzen wusste Zoran, dass er in seinem Leben alles richtig gemacht hatte.

Zoran nahm das leichte Säuseln des Maestrale, des Schönwetterwindes, wahr und beobachtete das Wasser da draußen, dort, wo er seine Kraft und seinen Frieden für dieses so wunderschöne Leben fand, in der Bucht seines Nono Mate, in die jedes Jahr die Nachtigallen zurückkehrten.

NACHWORT

Ja, diese Kruševica-Bucht gibt es wirklich in Kroatien. Ich entdeckte sie für mich, als ich, es dürfte 2001 gewesen sein, am Südende von Dugi Otok in die lang gezogene Telašćica-Bucht hineinsegelte. Ich suchte einen sicheren Ankerplatz. Damals gab es im hinteren, nördlichen Teil des heutigen Nationalparks noch keine Bojen.

Ich habe sie natürlich auf meiner Seekarte gesehen. Dass es sich aber um einen so schönen Platz handelte, wusste ich nicht. Als ich dort auf sieben Meter Wassertiefe meinen Anker fallen ließ, war ich hin- und hergerissen von meinen Gefühlen. Mein Schiff war das einzige in dieser Bucht, in der sich ein altes, verträumtes kleines Häuschen befand.

Am späten Nachmittag kam dann ein kleines altes Fischerboot zu mir herangefahren. Es hatte einen kleinen Holzmast, darauf hing am oberen Ende ein Plastiksackerl der österreichischen Lebensmittelkette BILLA. Ein alter Mann saß darin. Es war Toni, der mir Getränke und Lebensmittel anpreiste. Er grinste mich mit seinem Charme an. Es war offensichtlich, dass er schon einiges an Alkohol intus hatte.

Ich kaufte Toni einige Kleinigkeiten ab und sagte ihm, dass ich kein Brot und keine Eier mehr hätte. „Morgen bringe ich dir alles frisch", schmunzelte er. Ich dachte mir, na, das kann ja heiter werden, der weiß das sicher nicht mehr. In diesem Zustand merkt er sich das sicher nicht.

Am nächsten Morgen erwachte ich durch lautes Klopfen am Bootsrumpf. Als ich mich ins Cockpit begab, grinste mich Toni an, ich konnte es nicht glauben. Er hatte mir Brot und Eier gebracht. Ich fragte ihn: „Toni, willst du frischen Kaffee?" „Brrr", kam es aus seinem Mund und er schüttelte dabei heftig den Kopf. „Ich hätte auch einen guten Schnaps", sagte ich darauf. Sein Gesicht begann zu strahlen, „može" (phon. mosche, das geht) war seine Antwort.

Das war der Beginn einer lieben Freundschaft. Einige Jahre später kam ich wieder in die Bucht und wollte Toni besuchen. Nachdem ich vor Anker gegangen war, fuhr ich mit dem Beiboot an Land zu seinem Häuschen. Doch nicht Toni blickte mir entgegen, sondern ein älterer Mann mit langem schlohweißem Haar. Ich fragte ihn ganz verwundert: „Wer bist denn du? Wo ist Toni." Er fragte zurück: „Und wer bist du, dass du Toni suchst?" Dann lachten wir beide.

Es stellte sich heraus, dass ich Goran, den Sohn von Toni, vor mir hatte. Er bezeichnet sich als den letzten Hippie von Dugi Otok. Toni war schon zu alt, um seinen schwimmenden Markt weiter zu betreiben. Goran hatte eine kleine Konoba dort eröffnet, die er bis heute mit seiner Familie betreibt. Goran hatte, wie er mir später erzählte, während des Krieges in Jugoslawien für einige Monate in Sali als Polizist gearbeitet. Toni ist inzwischen gestorben. Mit Goran und seiner Familie verbindet mich noch immer eine liebe Freundschaft.

Als ich das erste Mal mit meiner Frau an diesen Platz kam und wir bei Goran unser Abendessen einnahmen, sagte sie plötzlich zu mir: „Spürst du das auch, diese Kraft, die hier in dieser Bucht herrscht, diese Magie? Das ist ein unheimlich friedvoller Platz!"

Goran hat bis heute noch keinen Strom oder fließendes Wasser in seiner Bucht. Und ein Hotel will er auch nicht dort haben. Er will im Winter hier seine Ruhe genießen, wenn er täglich aus Sali kommt, um seine Tiere zu füttern.

Es gibt keine Segelsaison, in der ich nicht in die Kruševica-Bucht komme, um dort Kraft zu tanken. Dann gehe ich den kleinen Weg nach oben, wo ich den wunderschönen Ausblick genieße und die Ruhe, die dort herrscht.

DANKSAGUNG

Es war an einem Spätsommertag, als ich mit meinen Freunden, den bekannten Grazer Schauspielern Niki Lechthaler und seiner Frau Rosi in der Marina Poreč einen wunderschönen Nachmittag verbrachte. Dabei diskutierten wir auch über meine Lyrik, die ich bereits veröffentlicht hatte. Irgendwie kam das Gespräch zu einem Roman auf und warum ich keinen schreibe. „Ich traue mich nicht, Niki", gestand ich ihm. Das hätte ich nicht sagen sollen. „Probiere es einfach!", hörte ich an diesem Tag nicht nur einmal von ihm und Rosi. „Wenn du die Geschichte im Kopf hast und du sie in drei Sätzen erzählen kannst, dann schreibe sie. Wenn du das nicht kannst, lass es." Das hämmerte er mir immer wieder ein. Na, was soll ich sagen. Am nächsten Tag setzte ich mich auf die Terrasse des Restaurants in unserer Marina in Poreč und blickte hinaus aufs Meer. Ich hatte die Kruševica-Bucht vor Augen und schrieb drei Sätze auf. Es war der Beginn dieses Buches.

Euch beiden, liebe Rosi und Niki, habe ich es zu verdanken, dass ich erstmalig einen Roman geschrieben habe, euch gilt mein besonderer Dank. Auch für die vielen aufmunternden Worte während des Entstehens dieser Geschichte. Ihr seid nicht nur ganz großartige Schauspieler, die ich immer wieder bewundere in eurem Theater in der Herrgottwiesgasse 4 in Graz, ihr seid vor allem ganz liebevolle Menschen. Danke, dass ich euer Freund sein darf!

Was hätte ich getan, ohne die viele lieben Menschen, die für mich als Testleser mir Rückmeldungen zukommen haben lassen. Ihr habt mich ständig über alle Maßen hinaus motiviert, weiterzumachen. Ihr habt mir geholfen, trotz der Corona-Krise nicht den Kopf hängen zu lassen. Ich danke euch von ganzem Herzen. Vielen, vielen lieben Dank!

Mein besonderer Dank aber gilt vor allem meiner Familie, voran meiner lieben Frau Maria. Wie oft hat sie mich motiviert, weiterzuschreiben. Mit ihrer offenen und grundehrlichen Kritik hat sie mich immer wieder auf den richtigen Weg dieser Geschichte gebracht. An ihren

Tränen habe ich erkannt, dass meine geschriebenen Worte Bilder im Kopf eines Menschen zeichnen können. Sie war mit ihrem Verständnis für mein Schreiben und ihrer Liebe zu mir der wichtigste Mensch. Du, mein Liebes, warst meine Inspiration!

Danke, dass ich so etwas wie die Kruševica-Bucht mit dem eigenen Schiff erleben durfte und noch immer darf. Wir sollten das Leben in all seinen Facetten genießen, denn es ist zu kostbar, um es in Gram und Verdrossenheit zu vergeuden.

Mein wichtigster Dank gilt aber meinen Lesern, ohne die mir jede Motivation fehlen würde. Ich hoffe, euch hat diese Geschichte gefallen. Ich würde mich freuen, wenn ihr mir eine Rückmeldung zukommen lasst. Am besten auf Facebook unter Gerhard von Leonstein oder unter meiner E-Mail-Adresse gerhardvonleonstein@icloud.com.

Die nächste Geschichte für einen Roman habe ich bereits im Kopf, lasst euch überraschen.

Alles Liebe,
Euer
Gerhard von Leonstein

Gerhard von Leonstein, mit bürgerlichem Namen Gerhard Bengesser, war gelernter Koch, bevor er in die Österreichische Bundesgendarmerie eintrat und dort als Kriminalbeamter tätig war. Nach seiner Pensionierung stieg er auf sein Segelschiff und segelte einfach los, hinaus in die Freiheit. Dabei hat er seine Neigung, Geschichten und Lyrik zu schreiben, entdeckt.

Kroatien, das zu seiner zweiten Heimat geworden ist, hat es ihm angetan. Obwohl ihn andere Länder immer wieder reizen, ist er diesem faszinierenden Küstenstaat als eingefleischter Segler treu geblieben und kehrt immer wieder hierher zurück. „Es sind die Menschen und ihre Geschichten, die mich immer wieder fesseln, vor allem auf den Inseln", erzählt er gerne. Man könnte ihm stundenlang zuhören, wenn er davon in seiner temperamentvollen Weise berichtet.

Seit 2018 ist Gerhard Bengesser mit seinem Segelschiff im Mittelmeer unterwegs, wo er erstmals unter seinem Künstlernamen „Gerhard von Leonstein" mit seinen Ideen in seiner unverkennbaren gefühlvollen Art Bücher schreibt und so Bilder in den Köpfen seiner Leser zeichnet.